10
18

12, AVENUE D'ITALIE. PARIS XIIIe

Sur l'auteur

Né en Angleterre en 1966 dans le Hampshire, David Nicholls a étudié les lettres et le théâtre à l'université de Bristol. Multipliant les petits boulots pendant quelques années – libraire à Notting Hill, puis lecteur de scripts pour les maisons de production londoniennes –, il finit par trouver sa voie dans l'écriture. Son premier livre, *Pourquoi pas ?*, a été choisi par le célèbre Richard & Judy Show, mais c'est *Un jour*, qui lui vaudra une reconnaissance critique, commerciale et internationale. Son nouveau roman, *Pour une fois*, a paru en 2013 aux éditions Belfond. David Nicholls vit à Londres.

DAVID NICHOLLS

POURQUOI PAS ?

Traduit de l'anglais
par Michèle Lévy-Bram

10
18
BELFOND

Du même auteur
aux Éditions 10/18

UN JOUR, n° 4526

Tous les personnages de ce roman sont fictifs
et toute ressemblance avec des personnes réelles,
vivantes ou mortes, serait pure coïncidence.

Titre original :
STARTER FOR TEN
publié par Hodder & Stoughton,
une division de Hodder Headline, Londres

ISBN 978-2-264-06002-0

Pour Ann et Allan Nicholls.
Et pour Hannah, bien sûr.

PREMIÈRE MANCHE

« Elle connaissait très bien ce type d'homme – les vagues aspirations, la malhonnêteté intellectuelle, les livres jamais ouverts… »

E.M. Forster, *Howards End*, chapitre XIV.

1

QUESTION : Quel gentilhomme, beau-fils de Robert Dudley, comte de Leicester, un temps favori d'Élisabeth Ire, mena contre cette reine une révolte avortée faute de préparation, qui lui valut d'être décapité en 1601 ?

RÉPONSE : Essex.

TOUS LES JEUNES SE FONT DU MOURON. C'est normal, inévitable. Grandir, c'est ça. À seize ans, ma plus grande inquiétude dans la vie c'était de ne plus rien réussir d'aussi brillant, d'aussi noble, d'aussi pur, d'aussi tangible que mon triomphe au brevet des collèges.

Sur le moment, bien sûr, je l'avais joué modeste : pas de diplômes encadrés au mur, ou autre excentricité. Aujourd'hui encore, pour ne pas entretenir un esprit de compétition, je me garderai bien de vous parler de mes notes, mais je ne renie pas le plaisir qu'elles m'ont procuré. « Aptitude » : J'avais seize ans, et c'était bien la première fois que je me sentais apte à quelque chose.

Évidemment, c'est du passé. Du haut de ma dix-huitième année, je veux croire que je suis beaucoup plus cool et plus sage. Alors, comparativement, l'obtention par la suite du diplôme de fin d'études secondaires ne fut qu'une formalité. De surcroît, la notion de mesure de l'intelligence selon un critère ridiculement désuet d'épreuves écrites est à l'évidence fallacieuse. J'ajoute cependant que mes notes à l'examen ont été les meilleures obtenues pour l'année 1985 par le lycée de Langley Street, une institution publique ni chic ni sélective. J'ai eu trois A et un B, à savoir dix-neuf points – voilà, c'est dit, mais en passant, car je doute fort de la pertinence de cette information. Et d'ailleurs, en comparaison d'autres qualités telles que le courage physique, la popularité, une belle gueule, une peau saine et une vie sexuelle active, la simple accumulation de connaissances n'a pas grand intérêt.

Pourtant, comme le disait mon père, l'éducation joue un rôle primordial : elle vous offre des chances, elle vous ouvre des portes. Mais le savoir en soi ne suffit pas ; c'est une impasse. Pour le comprendre, il n'y a qu'à me voir, assis ici, un mercredi après-midi de la fin septembre, dans une usine de grille-pain.

J'ai passé l'été à travailler au service expédition d'Ashworth Electrical. Mon boulot consistait à mettre les toasters dans leurs cartons avant de les envoyer aux détaillants. Comme il n'y a pas quarante mille façons de les disposer, les deux mois écoulés ont été globalement monotones. Le côté positif, c'était le salaire, £ 1,85 l'heure – pas si mal – et autant de toasts qu'on pouvait en avaler. Comme c'est mon dernier jour ici, j'ai ouvert l'œil, guettant la subreptice circulation de la carte d'adieu et la collecte pour le cadeau, mais je n'ai rien vu venir. Je me demandais aussi dans quel pub on irait pour célébrer mon départ, mais comme il est déjà 18 h 15, il est plus raisonnable de croire que tout le monde est rentré chez soi.

Tant mieux en fin de compte, car j'ai d'autres projets. Je rassemble mes affaires, ouvre l'armoire à fournitures, empoche une poignée de stylos à bille et un rouleau de Scotch, et me dirige vers la jetée où j'ai rendez-vous avec Spencer et Tone.

Avec ses 2 360 yards, ou 2 158 kilomètres, la jetée de Southend est officiellement la plus longue du monde. Un peu trop longue, pour être franc, quand on compte y pique-niquer. Nous trimballons douze pintes de Skol en canettes, des boulettes de porc à la sauce aigre-douce, du riz cantonais et une portion chacun de frites au curry – notre participation à la mondialisation du goût en somme –, mais quand nous arrivons au bout, la bière est tiède et le repas, froid. Comme il s'agit d'une célébration, Tone se trimballe en sus son ghetto-blaster ; aussi lourd qu'une petite armoire à glace, en matière de décibels, il ne ferait certainement pas sauter tout un quartier – Shoeburyness à la rigueur, ce désert plus bucolique qu'urbain qui constitue la fin de la ligne de chemin de fer pour Southend. Là, tout de suite, la radiocassette de Tone joue une compilation, *The Best of the Zep*, tandis qu'assis sur un banc, on regarde le soleil se coucher en majesté derrière la raffinerie de pétrole.

« Tu ne vas pas devenir un connard, j'espère, me dit Tone en décapsulant une bière.

— Pourquoi tu me demandes ça ?

— Il s'interroge, des fois que tu nous la jouerais étudiant, intervint Spencer.

— Mais je suis étudiant. Du moins, je vais l'être, alors…

— Il veut dire : devenir un crétin qui se prend la tête. Le genre qui reviendra à Noël en toge, causera latin, ou dira des choses du genre : “On pourrait concevoir…” et autres inepties.

— Ouais, Tone, c'est tout à fait mon genre.

— Bon, je te conseille d'éviter ; vu que tu es déjà un crétin, tu n'as pas besoin d'en rajouter. »

Il m'appelle sans arrêt « crétin » – ça, et « enfoiré ». Le truc, c'est de pratiquer un petit ajustement linguistique en essayant de penser que ce sont des termes d'affection, tout comme, dans un couple, on se dit « mon chou » ou « mon lapin ». Tone travaille chez Currys, une grosse boîte d'électronique, et il arrive à se faire de petits extras en piquant du matériel hi-fi, telle la grosse radiocassette que nous sommes en train d'écouter. La cassette aussi : il l'a simplement personnalisée avec la compil des Led Zeppelin ; Tone se définit comme un « métalliste », ce qui fait plus sérieux que rocker ou fan de heavy metal. Il s'habille également en métalliste. Denim bleu clair à tous les étages, longue chevelure blonde gominée coiffée en arrière, genre Viking efféminé. Ses cheveux sont bien le seul élément efféminé de sa personne. C'est un type brutal, pétri de violence. Une soirée réussie en compagnie de Tone, c'est d'arriver à rentrer chez soi sans qu'il vous ait enfoncé la tête dans une cuvette de chiotte avant de tirer la chasse.

On écoute maintenant « Stairway to Heaven ».

« Faut-il vraiment qu'on se farcisse cette connerie hippie, Tone ? demande Spencer.

— Cette "connerie", c'est les Zep, Spence.

— Je sais, Tone. C'est bien pour ça que je voudrais que tu arrêtes cette saloperie de cassette.

— Mais les Zep règnent, Spence. Ils sont sans rivaux.

— C'est toi qui le dis.

— Pas seulement moi : c'est un groupe important, ils ont une influence incroyable.

— Tu te rends compte qu'ils parlent de lopettes [1], Tony ? C'est gênant, tout de même.

— Pas de "lopettes", de lutins…

— D'elfes, plutôt, dis-je.

— Ce n'est pas seulement les lutins et les elfes, c'est Tolkien. C'est de la littérature, imbécile. »

Tone adore ces trucs : les livres avec des plans partout et, sur la couverture, des créatures en chemises à cottes de mailles, sabre au clair – le genre de femme qu'il épouserait dans un monde idéal. Ce qui, à Southend, est moins improbable qu'on ne le croirait.

« De toute façon, quelle est la différence entre un lutin et un elfe ? demande Spencer.

— Aucune idée, dit Tony. Demande à Jackson. C'est lui le con diplômé.

— Sais pas non plus, Tone. »

Jimmy Page attaque le solo de guitare. Spencer fait la grimace.

« Ça va finir un jour, ou ça va durer jusqu'à la fin des temps ? demande-t-il.

— Exactement sept minutes, trente-deux secondes de pur génie.

— De pure torture, plutôt, dis-je. D'ailleurs, pourquoi c'est toujours toi qui choisis les groupes ?

— Parce que c'est mon ghetto-blaster.

— Que tu as tiré. Techniquement, il appartient toujours à Currys.

— Ouais, mais j'ai acheté les piles.

— Non, tu les as tirées.

— Pas celles-là. Je les ai achetées.

— Combien ?

— 1,98 livre.

1. En anglais, *pixy* a un double sens : lutin et lopette. *(Toutes les notes sont de la traductrice.)*

— D'accord. Si je te file 66 pence, on peut écouter quelque chose de potable ?

— Kate Bush par exemple ? D'accord, Jackson, mettons du Kate Bush, tout le monde prend son pied avec Kate – ah, danser et chanter en chœur sur la musique de Kate Bush ! »

Tandis que Tone et moi nous chamaillons, Spencer se penche sur l'appareil et, nonchalamment, éjecte *The Best of the Zep* qu'il envoie à la mer.

« Hé ! », crie Tone en lui lançant dessus sa canette de Skol tout en lui courant après sur la jetée. Il vaut mieux rester en dehors de leurs bagarres. Tone, sans doute possédé par l'esprit d'Odin ou je ne sais qui, tend à perdre le contrôle de soi et si je m'en mêle, je finirai étendu par terre, Spencer assis sur mes bras maintenus au-dessus de ma tête tandis que Tony me pétera à la figure. Je me tiens donc peinard et bois ma bière tout en regardant Tone essayer de balancer les jambes de Spencer par-dessus la rambarde.

Nous sommes en septembre, mais il y a dans l'air du soir une fraîcheur humide qui annonce la fin de l'été, et je ne regrette pas d'avoir enfilé ma capote achetée au surplus militaire. J'ai toujours détesté l'été : le contre-jour sur l'écran de télévision qui devient irregardable l'après-midi, la contrainte implicite de porter des T-shirts et des shorts. Je déteste les T-shirts et les shorts. Si je m'installais devant la porte d'une pharmacie en T-shirt et short, je suis sûr qu'un brave vieux, me prenant pour une tirelire, essaierait en vain de me glisser une pièce dans la caboche.

Non, ce que j'attends vraiment, c'est l'automne, les feuilles mortes qu'on disperse sous les pieds en parlant avec exaltation des poètes métaphysiques du XVIIe siècle avec une fille prénommée Emma, ou Catherine, ou Françoise, ou je ne sais quoi. Elle porterait des collants opaques en laine noire et arborerait une coupe de cheveux à la Louise Brooks, je la raccompagnerais dans sa petite mansarde sous les toits et nous ferions l'amour devant son radiateur électrique à résistance unique. Après, nous lirions T.S. Eliot à haute voix tout en buvant de minuscules gobelets d'un porto millésimé sur fond sonore de Miles Davis. Voilà comment j'envisage mon avenir immédiat. Mon expérience universitaire, plus précisément. J'aime ce mot d'« expérience ». Il m'évoque Alton Towers – les montagnes russes de tous les parcs d'attractions, en fait.

Leur bagarre terminée, Tone évacue ce qui lui reste d'agressivité en jetant aux mouettes les boulettes de porc à la sauce aigre-douce. Spencer revient en rentrant ses pans de chemise et s'assied à côté de moi ; il ouvre une nouvelle canette qu'il boit avec autant d'élégance que s'il utilisait un verre à cocktail.

Spencer est la personne qui me manquera le plus. Il n'ira pas en fac, alors qu'il est, de loin, le type le plus intelligent que je connaisse, le plus beau aussi, et le plus cool. Je ne le lui dirai pas, bien sûr, parce que ce serait sexuellement inapproprié, mais de toute façon je n'ai pas besoin de le dire puisqu'il le sait. S'il l'avait voulu, il aurait fait des études supérieures, mais il a saboté ses examens ; pas délibérément au sens exact du terme, mais tout le monde l'a vu faire. Il était assis à côté de moi pour l'épreuve d'anglais, celle avec des questions multiples sur les œuvres inscrites au programme. Aux mouvements de son stylo, on voyait bien qu'il n'écrivait pas mais qu'il dessinait. Pour la question sur le théâtre de Shakespeare, il dessinait *les Joyeuses Commères de Windsor* ; pour celle sur la poésie, il faisait un croquis sous-titré : « Wilfred Owen vit en direct l'horreur des tranchées. » J'ai essayé plusieurs fois de capter son regard, de lui adresser une mise en garde muette et affectueuse du genre « Attention, mon pote… », mais il gardait la tête soigneusement baissée sur ses gribouillages. Au bout d'une heure, il s'est levé et, avant de sortir, m'a fait un clin d'œil – pas insolent, mais plutôt ému –, ce clin d'œil aux yeux rouges que vous adresse le soldat intrépide qu'on emmène au peloton d'exécution.

Après, il ne s'est tout simplement plus présenté aux épreuves. En privé, on a prononcé une fois ou deux les mots « dépression nerveuse », mais Spencer était bien trop cool pour craquer. Ou, s'il l'avait fait, il avait réussi à donner de ce qui le fragilisait une image aussi cool que lui. Ce que j'en pense vraiment ? Ce truc existentiel torturé à la Jack Kerouac est super jusqu'à un certain point : s'il interfère avec vos études, ça ne va plus.

« Alors, qu'est-ce que tu vas faire, Spence ? »

Il me fixe, les yeux réduits à deux fentes.

« Tu veux dire quoi, par "faire" ?

— Je parle du boulot.

— J'en ai un, de boulot. »

Spencer pointe au chômage tout en travaillant au noir pour la station-service de l'A 127 ouverte toute la nuit.

« Je sais qu'aujourd'hui tu en as un, mais après ? »

Il a le regard fixé au loin, sur l'estuaire, et je regrette d'avoir abordé le sujet.

« Ton problème, Brian, mon ami, c'est que tu sous-estimes les charmes de la vie nocturne dans une station-service : je peux manger toutes les sucreries que je veux, lire tous les atlas routiers que je veux, inhaler des vapeurs très intéressantes. Je peux même boire du vin à l'œil, si j'en veux. » Il avale une grande goulée de bière, cherchant visiblement un moyen de changer de sujet. Plongeant la main dans son blouson vintage

Harrington, il en sort une cassette avec des titres manuscrits sur la jaquette. « J'ai fait ça pour toi. Pour que tu fasses croire à tes futurs copains étudiants que tu as des goûts musicaux corrects. »

Je la prends en main. Sur le dos, Spence a écrit en capitales, et en 3D : *Compilation pour Bri en FAC*. Du travail d'artiste.

« C'est super, Spence. Merci, vieux.

— Ça va, Jackson, c'est juste une cassette vierge à 69 pence achetée en solde. Pas la peine d'en faire un fromage. »

Mais nous savons tous deux que quatre-vingt-dix minutes d'enregistrement de compil représentent au bas mot trois heures de travail. Encore plus si on se donne le mal de *designer* le dos plastique.

« Mets-la dans l'appareil avant que cet abruti de Tone revienne. »

J'insère la cassette et appuie sur Lecture. Curtis Mayfield chante « Move on Up ». Spencer était autrefois un mod, un « moderniste » qui, suivant le conseil de Curtis Mayfield, avait « bougé », mais en délaissant les nouveautés pour s'intéresser aux activistes blacks, aux classiques de la soul, de la funk et du rhythm'n'blues tels Al Green ou Gil Scott-Heron, ancêtre du hip-hop. Ce genre de trucs. Spencer est si cool qu'il aime même le jazz. Pas seulement Sade et The Style Council, mais le vrai jazz, irritant et ennuyeux. On reste assis un moment à écouter. Tone, pour leur faire rendre les pièces, est maintenant en train de cajoler les télescopes de la pointe d'un couteau à cran d'arrêt acheté lors d'une sortie scolaire à Calais ; Spence et moi le regardons faire avec l'indulgence résignée de parents devant leur ado affligé de troubles aigus du comportement.

« Alors, tu reviendras les week-ends ? me demande Spence.

— Je ne sais pas. J'espère bien. Mais pas tous.

— Débrouille-toi, vieux. Autrement, je serai coincé ici avec Conan le Barbare… »

Spencer désigne du menton Tone qui fait maintenant des ciseaux en l'air pour démolir les télescopes.

« On devrait porter un toast, non ? »

Spencer me regarde en faisant la moue. « Un toast ? Pour quoi faire ?

— Eh bien, boire à l'avenir, je ne sais pas, moi. »

Spence soupire et trinque avec moi – canette contre canette.

« Alors, à l'avenir, et à la disparition de ton acné.

— Va te faire voir, Spencer.

— Va te faire voir, Brian. »

Mais il rit.

Aux dernières canettes, on est plutôt beurrés. Étendus sur le dos, moi entre mes deux meilleurs amis, on se tait en écoutant la mer et Otis Redding qui chante « Try a Little Tenderness » ; le ciel dégagé est plein d'étoiles, et j'ai l'impression que la vraie vie va enfin commencer, qu'absolument tout est possible.

Je veux pouvoir écouter des sonates pour piano et savoir qui les a composées. Je veux assister à des concerts de musique classique et savoir à quel moment on peut applaudir. Je veux piger le jazz moderne sans me dire que les musiciens font des fausses notes. Je veux connaître les origines exactes du Velvet Underground et le nom de tous ses membres. Je veux m'immerger dans le Monde des Idées, je veux comprendre les théories économiques complexes et ce que les gens trouvent à Bob Dylan. Je veux des idéaux politiques à la fois radicaux et humanistes et des débats passionnés mais argumentés, autour de tables de cuisine en pin, où je dirai des choses du genre : « Définis tes termes ! » et « Ton axiome est de toute évidence spécieux ! » avant de découvrir que le soleil vient de se lever et que nous avons parlé toute la nuit. Je veux utiliser en toute confiance des mots comme « éponyme », « solipsisme » et « utilitariste ». Je veux apprendre à apprécier les bons vins, les liqueurs exotiques et les whiskeys pur malt ; apprendre à les boire sans avoir l'air d'un parfait idiot, et manger des mets aux noms bizarres tels les œufs de charadriidés et le homard thermidor – des choses a priori infectes, sinon imprononçables. Je veux faire l'amour en toute sobriété, sans la moindre crainte, en plein jour (ou, du moins, avec la lumière allumée) à des femmes belles, sophistiquées et intimidantes ; je veux apprendre à parler couramment plusieurs langues (et peut-être même une langue morte ou deux), et garder toujours sur moi un petit carnet de cuir dans lequel je noterai les pensées percutantes qui me viennent, sans compter les inévitables poèmes. Plus que tout, je veux lire tous les livres – pavés, livres en papier bible reliés de cuir avec des rubans rouges pour marquer la page, recueils d'occasion poussiéreux de poésies diverses, essais parfaitement indigestes commandés à prix d'or à des universités étrangères.

À un certain moment de ma vie, j'espère qu'on m'estimera capable d'avoir des idées originales. Je voudrais plaire, et même être aimé, mais pour ça, on verra. Quant à mon futur métier, je ne sais pas encore ce qu'il sera, mais j'irai l'exercer le matin sans avoir l'estomac noué et il ne m'inspirera aucun mépris, même s'il m'assure une certaine sécurité financière. Voilà ce qu'une éducation universitaire va me procurer.

On finit la bière puis la situation dégénère. Tone lance mes souliers à la mer et je dois rentrer chez moi en chaussettes.

2

QUESTION : Dans quel film de Michael Powell et Emeric Pressburger de 1948, librement inspiré d'un conte d'Andersen, Moira Shearer danse-t-elle jusqu'à la mort devant une locomotive à vapeur ?

RÉPONSE : *Les Chaussons rouges.*

LE 16 ARCHER ROAD, comme toutes les habitations de cette rue, est une maison jumelée à un seul étage. Une *maisonnette*, comme on dit ici, que les Français définiraient tout simplement comme une maisonnette tellement elle est petite. J'y vis avec ma mère. Un garçon de dix-huit ans et une veuve de quarante et un ans entassés là-dedans, c'est d'un inconfort suprême. Vous voulez un exemple ? Ce matin, à 8 h 30, je suis encore au lit en train d'écouter sur la BBC le *Breakfast Show* tout en contemplant mes maquettes d'avion pendues au plafond. Je sais bien que j'aurais dû depuis longtemps ôter ces mobiles qui, depuis deux ans, avaient perdu leur dimension touchante et nunuche pour devenir plaisamment kitsch. Je les ai donc laissés où ils étaient.

Maman entre, puis elle frappe.

« Bonjour, chère marmotte, dit-elle.

— Frapper, ça ne te vient pas à l'idée ?
— Mais j'ai frappé !
— Oui : après être entrée.
— Et alors ? J'interromps quelque chose de privé ? (Ton vaguement polisson.)
— Non, mais…
— Ne me dis pas que tu as caché une fille dans ton lit. (Elle tiraille un coin du duvet.) Allez, cocotte, sors d'ici. N'aie pas honte. Qui que tu sois, expliquons-nous entre femmes. »

Je remonte le duvet au-dessus de ma tête.

« Je descends tout de suite, dis-je.
— Bon sang, ça pue ici. Tu t'en rends compte ?
— Je ne t'entends pas, maman.
— Ça sent le garçon. Comment vous débrouillez-vous, les jeunes, pour sentir le fauve ?
— Une chance que je parte, hein ?
— À quelle heure est ton train ?
— 12 h 15.
— Alors qu'est-ce que tu fais encore au lit ? Tiens, un cadeau d'adieu pour toi. »

Elle m'envoie un tube en plastique qui ressemble à un étui de balles de tennis. Il contient trois slips d'homme en coton, roulés serrés. Rouge, blanc et noir : les couleurs du drapeau nazi.

« Maman, tu n'aurais pas dû…
— Oh, ce n'est pas grand-chose.
— Non, je veux dire que j'aurais préféré que ce ne soit pas… ça.
— Ne fais pas le malin. Lève-toi, mon garçon. Tu as tes bagages à faire. Et ouvre une fenêtre, je te prie. »

Après son départ je secoue le tube en plastique pour faire tomber les slips sur le duvet, savourant la virile solennité de l'occasion. Car ce sont définitivement les derniers sous-vêtements que ma mère m'achètera. Le blanc ? Ça va. Le noir ? Il durera (pas salissant). Mais le rouge ? Il est censé être « osé », ou je ne sais quoi. Pour moi, les slips rouges signifient « stop », et « danger ».

N'empêche que, possédé par un esprit d'aventure, je me lève et enfile le slip écarlate en pensant que, contrairement aux chaussons rouges du film, j'arriverai à l'enlever. En me regardant dans la glace du placard, j'espère que oui, car on dirait qu'on m'a tiré une balle dans l'aine. Je remets néanmoins mon pantalon de la veille et, l'haleine chargée et les dents entartrées, encore un peu dans les vapes à cause des Skol de la veille au soir, je descends prendre mon petit déjeuner. Ensuite, je me ferai couler un bain, expédierai ma valise et décamperai. J'ai du mal à y croire. J'ai du mal à croire que je peux partir d'ici.

Bien entendu, aujourd'hui, le grand défi, c'est de faire mes bagages, quitter la maison et monter dans le train sans que maman me dise : « Papa aurait été fier de toi. »

Un mardi soir de juillet : il fait encore jour dehors, les rideaux sont à moitié tirés pour qu'on puisse voir correctement l'écran de télé. Je suis en pyjama et robe de chambre, tout juste sorti du bain, le goût du Dettol dans la bouche. Je me concentre à mort sur le bombardier Airfix 1/72 Lancaster posé sur le plateau à thé que j'ai sur les genoux. Papa, tout juste rentré du travail, boit une bière brune ; la fumée de sa cigarette flotte dans le soleil couchant.

« PREMIÈRE QUESTION À DIX POINTS : QUEL SOUVERAIN ANGLAIS A VU LA FIN DU SERVICE ACTIF ? »

« George V », dit papa.

« George III, dit Wheeler, Jesus College, Cambridge.

— Exact. La belle commence avec une question sur la géologie. »

« Tu t'y connais en géologie, Brian ?

— Un peu », dis-je, au culot.

« D'APPARENCE CRISTALLINE OU VITREUSE, LAQUELLE DES TROIS CATÉGORIES DE ROCHE EST FORMÉE PAR LA SOLIDIFICATION DE LA MATIÈRE TERRESTRE EN FUSION ? »

Je connais la réponse. J'en suis sûr.

« Volcanique », dis-je.

« Magmatique, dit Armstrong, Jesus, Cambridge.

— Exact. »

« Tu y étais presque », me dit papa.

« COMMENT DÉFINIT-ON LA TEXTURE DES ROCHES MAGMATIQUES CONTENANT DE GROS CRISTAUX APPARENTS NOMMÉS PHÉNOCRISTAUX ? »

Je tente le coup :

« Granuleuse », dis-je.

« Porphyrique ? hasarde Johnson, Jesus, Cambridge.

— Exact. »

« Tu y étais presque », me dit papa.

« "PORPHYRIA'S LOVER", DANS LEQUEL LE PROTAGONISTE ÉTRANGLE SA BIEN-AIMÉE AVEC LA TRESSE DE SES CHEVEUX... *(MINUTE, JE LA CONNAIS CELLE-LÀ !)* A ÉTÉ ÉCRIT PAR QUEL POÈTE NARRATIF VICTORIEN ? »

C'est Robert Browning : on l'a étudié la semaine dernière en cours d'anglais.

« Robert Browning », dis-je, en essayant de ne pas hurler.

« Robert Browning, répond Armstrong, de Jesus, Cambridge.

— Exact. » *L'assistance applaudit Armstrong, de Jesus, Cambridge, mais en réalité nous savons tous deux que les applaudissements sont pour moi.*

« Bon sang, Bri, comment sais-tu ça ? demande papa.

— Je le sais, c'est tout. »

Je me retiens de me retourner pour regarder son visage, voir s'il sourit, ce qu'il fait rarement ces temps-ci – pas en rentrant du boulot de toute façon – mais je ne veux pas paraître suffisant ; je me contente de regarder son visage reflété sur l'écran. Il tire sur sa clope et pose la même main sur ma tête, comme un cardinal, et me caresse les cheveux de ses longs doigts tachés de nicotine.

« Tu vas te retrouver un jour là-bas, si tu ne fais pas gaffe », dit-il.

Pour une fois, je me sens intelligent, futé, sagace. Je me souris à moi-même.

Mais après, j'en rajoute. Je tente de répondre à toutes les questions et je me plante régulièrement, mais cela n'a pas d'importance, car ce jour-là, j'ai su au moins une chose, et une prochaine fois, j'en saurai d'autres.

L'honnêteté me pousse à confesser que je n'ai jamais été l'esclave de la mode et de ses fluctuations. Ce n'est pas que je sois antimode, c'est juste que les divers mouvements auxquels j'ai appartenu ne m'ont jamais vraiment convenu. En fin de compte, la dure réalité, c'est que si vous êtes un fan de Kate Bush, de Charles Dickens, de Scrabble, du naturaliste David Attenborough et du quiz *University Challenge*, il ne vous reste pas grand-chose en termes de mouvements de jeunesse.

Ce n'est pas faute d'avoir essayé. À une certaine époque, l'idée que j'étais peut-être un gothique m'empêchait de dormir, mais je crois que c'était juste une phase. De plus, être un gothique mâle vous oblige à vous déguiser en vampire aristocratique, et s'il y a un rôle dans lequel je ne serai jamais convaincant, c'est bien celui-là. Je n'ai tout simplement pas les pommettes qu'il faut. Et leur musique ! Elle est atroce.

Je n'ai donc jamais vraiment essayé de me frotter aux subcultures jeunes. Je suppose qu'on pourrait définir mon style personnel comme décontracté mais classique. Je préfère les pantalons de coton à pli au denim, et le denim noir au bleu. Les pardessus doivent être épais et longs, avec le col relevé, les écharpes doivent être à glands mais pas trop, noires ou bordeaux, et elles sont essentielles entre le début septembre et la fin mai. Les souliers doivent être à semelles fines, pas trop pointus et – capital – on ne doit les porter que noirs ou marron avec des jeans.

Je n'ai pourtant pas peur d'expérimenter, surtout en ce moment où j'ai l'occasion de me réinventer. La vieille valise de mes parents ouverte sur le lit, je passe en revue les achats que j'ai faits pour l'occasion. Vient en premier ma veste d'ouvrier, une sorte de caban incroyablement dense, noir et chaud, qui donne l'impression d'avoir un âne[1] sur le dos. J'en suis assez content, ainsi que du mélange de bohème artistique et de travail de force qu'elle symbolise – « Bon, Shelley, c'est bien beau, mais faut que j'aille goudronner. »

Puis viennent les cinq chemises de grand-père aux tons assortis de bleu et de blanc que j'ai payées £ 1,99 pièce lors d'un raid londonien sur Carnaby Street, mené en compagnie de Tone et Spencer. Spencer les déteste, mais moi, je les trouve fabuleuses, surtout combinées au gilet noir dégoté pour 3 livres dans une vente de charité au profit des personnes âgées. J'ai dû le cacher à maman, non qu'elle ait quelque chose contre les vieux, mais parce qu'elle trouve que porter

1. *Donkey* (âne), *jacket* en anglais.

des vêtements d'occasion, c'est vulgaire – la dernière étape de la déchéance avant de faire les poubelles pour se nourrir. L'effet que je recherche avec ce gilet, ces chemises et les lunettes rondes cerclées, c'est celui du jeune officier commotionné que l'on a arraché aux horreurs du front pour lui faire effectuer un service civil dans une ferme d'un village paumé du Gloucestershire où il se heurte à la méfiance bourrue des gens du coin, mais où il est aimé en secret et de loin par la fille du pasteur, une suffragette splendide et livresque adonnée au pacifisme, au végétarisme et à la bisexualité. Mon gilet est vraiment fabuleux. De plus, il n'est pas d'occase, il est vintage.

Puis il y a la veste de velours côtelé brun de papa. Je la pose à plat sur le lit et en croise soigneusement les manches sur la poitrine. Il y a devant une légère tache de thé qui date d'il y a deux ans, quand j'ai commis l'erreur de vouloir la porter pour une soirée disco de l'école. Je sais que cela peut sembler un peu morbide, mais je pensais que ce serait un beau geste, une sorte de tribut payé à mon père. J'aurais dû en parler à ma mère avant : quand elle m'a vu devant la glace vêtu de la veste de papa, elle s'est mise à hurler et m'a jeté sa tasse de thé dessus. Quand elle a finalement compris que ce n'était que moi, elle a éclaté en sanglots et, étendue sur le lit, elle a pleuré une demi-heure – de quoi vous bousiller le moral avant une fête, je vous jure. Quand elle s'est calmée et que j'ai pu aller à la soirée disco, voici la conversation que j'ai eue avec mon grand amour de la semaine, Janet Parks :

MOI : Tu viens danser ce slow, Janet ?

JANET PARKS : Jolie veste que tu as là, Bri.

MOI : Merci.

JANET PARKS : D'où elle vient ?
MOI : Elle était à mon père.
JANET PARKS : Mais je croyais ton père… mort ?
MOI : Ouais.
JANET PARKS : Et tu portes la veste de ton père mort ?
MOI : Affirmatif. Alors ce slow ?

À ce stade Janet Parks met la main devant sa bouche puis s'éloigne de moi pour aller chuchoter dans un coin, en me montrant du doigt, avec Michelle Thomas et Sam Dobson avant de se tirer avec Spencer Lewis. Je n'en veux à personne, d'autant plus qu'à la fac, cet épisode n'aura plus aucune importance. Personne n'en saura rien sauf moi. À la fac, ce vêtement ne sera qu'une chouette veste de velours, point. Je la plie et la mets dans ma valise.

Maman entre, puis frappe. Je referme en hâte le couvercle pour qu'elle ne voie pas l'objet de son émoi. Elle semble déjà assez déprimée comme ça. Après tout, elle a pris sa matinée rien que pour pouvoir pleurer.

« Tu es presque prêt, on dirait.

— Presque.

— Tu ne veux pas emporter la friteuse ?

— Non, je m'en passerai très bien, maman.

— Mais qu'est-ce que tu vas manger alors ?

— Il m'arrive d'avaler autre chose que des frites, tu sais.

— Non, justement !

— Bon, je vais essayer alors. De toute façon, il y a les précuites qu'on n'a qu'à mettre au four. »

Je me retourne pour vérifier qu'elle sourit presque.

« Dépêche-toi. »

Le train ne partira que dans des heures mais ma mère confond les gares avec les aéroports internationaux, où il faut arriver horriblement en avance. Nous n'avons jamais pris l'avion, mais c'est tout juste si elle ne m'a pas obligé à aller me faire vacciner.

« Je partirai dans une demi-heure », dis-je. Il y a un silence. Puis maman dit quelque chose que je ne suis pas sûr d'avoir compris, mais qui me semble plus ou moins dans le registre « Papa serait fier, etc. ». Elle décide néanmoins de le garder pour plus tard et tourne les talons. Je m'assieds sur la valise pour la fermer puis m'étends sur mon lit, regardant ma chambre pour la dernière fois. Le genre de moment où je fumerais si je fumais.

Je n'arrive pas à croire que ça m'arrive vraiment. Je me sens adulte, enfin indépendant. Ne devrait-il pas y avoir une cérémonie quelconque ? Dans certaines tribus d'Afrique, il y aurait des rites initiatiques incroyables qui dureraient quatre jours, impliquant tatouages et hallucinogènes puissants à base de jus de crapaud pressé, et les sages du village enduiraient mon corps de sang de singe. Ici, en fait de rites de passage, il y a trois pantalons neufs et un duvet fourré dans un sac-poubelle.

En bas, je vois qu'on m'a préparé deux cartons à céréales géants remplis de tous les ustensiles de cuisine de la maison. Je suis sûr que la friteuse y est, astucieusement cachée sous de la vaisselle, le toaster que j'ai piqué chez Ashworth Electrical, une bouilloire, un exemplaire des *Mille et Une Recettes pour réussir un hamburger* et une boîte à pain remplie de six buns farinés et d'une miche extra-blanche. Il y a même une râpe à fromage, alors que maman sait que j'ai horreur du fromage râpé. « Je ne peux pas transporter tout ça », dis-je. Nous gaspillons les derniers moments symboliques et touchants de ma vie à la maison à ergoter : ai-je vraiment besoin d'un fouet à œufs et d'un grille-pain ? Non, il y en aura un là-bas. Et oui, j'ai besoin de la chaîne stéréo et des baffles. Une fois les négociations terminées, je me retrouve avec une valise, un sac à dos occupé par la stéréo et les livres, plus deux sacs-poubelle remplis d'oreillers et, sur les instances de ma mère, de serviettes de table.

Il est enfin temps de partir. J'insiste pour qu'elle ne m'accompagne pas à la gare car la rupture sera plus frappante, plus symbolique ainsi. Je suis sur le pas de la porte lorsqu'elle tire de son sac un billet de 10 livres, miniaturisé à force d'être plié, qu'elle me pose cérémonieusement sur la paume comme si c'était un rubis.

« Maman…

— Allez, prends-le.

— Ce n'est pas la peine…

— Allez. Et prends soin de toi.

— Promis.

— Et mange un fruit de temps à autre, et… (je sens sa gorge se serrer, ça y est)… Tu sais, n'est-ce pas, combien ton père serait fier de toi. »

Je pose un rapide baiser sur les lèvres sèches qu'elle me tend et, chargé comme un baudet, je marche en crabe jusqu'à la gare.

Durant le trajet, je mets mes écouteurs et me passe ma compil personnelle de Kate Bush, spécialement préparée pour l'occasion. Les enregistrements sont de qualité, mais notre stéréo est tellement médiocre que j'entends maman me hurler que les côtelettes sont cuites en plein milieu de « The Man with the Child in His Eyes ».

J'ouvre solennellement mon exemplaire neuf de *La Reine des fées*. (Nous allons étudier Spenser au premier trimestre.) Je me suis toujours considéré comme un bon lecteur, un garçon ouvert et tout, mais ce livre me paraît absurde. Je le pose après avoir lu les dix-huit premières lignes et me concentre sur Kate Bush, sur le paysage qui défile à toute allure, et sur le peaufinage de mon image – celle d'un garçon à l'air songeur, compliqué et intéressant. J'ai pour moi seul une grande fenêtre, quatre sièges et une table, une canette de coca et un Twix. Seule manque à mon bonheur la fille canon qui viendrait s'asseoir en face de moi et me dirait quelque chose comme…

« Excusez-moi, je n'ai pas pu m'empêcher de remarquer que vous lisiez *La Reine des Fées*. Vous n'iriez pas par hasard à l'université étudier la littérature anglaise ?

— Justement, si.

— Mais quelle coïncidence fabuleuse ! Ça ne vous dérange pas que je me joigne à vous ? Au fait, je m'appelle Emily. Dites-moi, vous intéressez-vous par hasard à la musique de Kate Bush ? »

Ma conversation est si sophistiquée, si courtoise, si spirituelle, l'air que nous respirons tous deux est tellement chargé d'électricité sexuelle qu'au moment où nous arrivons à la gare, Emily, de l'autre côté de la table, se penche vers moi en mordant sa lèvre inférieure sensuelle et, l'air de ne pas y toucher, me dit : « Écoutez, Brian, je vous connais à peine et je n'ai encore jamais dit ça à un homme jusqu'ici, mais nous pourrions peut-être aller dans… un hôtel, ou quelque chose. Je ne peux combattre plus longtemps mon attirance pour vous… » J'acquiesce avec un sourire las signifiant : « Pourquoi cela m'arrive-t-il chaque fois que je prends le train ? » puis lui prenant la main, je l'emmène à hôtel le plus proche.

Sauf que, minute : tout d'abord, mes bagages, qu'est-ce que j'en fais ? Je peux difficilement débarquer dans un hôtel avec deux sacs-poubelle noirs, non ?

Et l'argent ? Celui que j'ai gagné cet été dans ce petit boulot à l'usine est déjà passé dans la location de mon logement universitaire, je ne toucherai le chèque de ma bourse que la semaine prochaine, et, bien que n'ayant jamais mis les pieds à l'hôtel, je sais que c'est cher : 40 ou 50 livres pour… ne nous cachons pas la vérité… quelque chose qui durera dix minutes : quinze pénétrations avec un peu de chance, et un moment d'extase sexuelle bousillé par l'idée du rapport qualité-prix. Emily pourrait me proposer de partager le coût de la chambre, mais je serais obligé de refuser sous peine de lui sembler sordide. Et même si je finissais par accepter, il faudrait qu'elle me passe le fric, et on ferait ça quand ? Avant ou après l'amour ? De toute façon, ce geste ôterait à notre rencontre sa légère mélancolie, son côté doux-amer. Emily trouverait bizarre que je m'attarde pour profiter du confort fourni dans le prix. « Très chère Emily, faire l'amour avec toi fut beau et étrangement poignant. Mais maintenant, pourrais-tu m'aider à sortir les serviettes de mon sac à dos ? » De plus, est-ce judicieux de se précipiter au lit avec une camarade de fac ? Et si la tension sexuelle régnant entre nous contrariait notre travail ? Non, à la réflexion, l'idée n'est pas terrible. Mieux vaut fréquenter un peu Emily avant d'avoir une relation physique avec elle.

Quand le train entre en gare, je suis plutôt soulagé que cette créature de rêve soit restée telle.

La gare est au sommet d'une colline qui domine la ville. Je traîne mes sacs et ma valise dans la pente. C'est la deuxième fois que je viens dans cette ville depuis mon entretien préliminaire. D'accord, sur le plan du prestige, ce n'est pas Oxford ou Cambridge, mais cette université vient en troisième position, et il y a aussi des clochers et des flèches. Ce qu'il faut pour vous faire rêver.

3

QUESTION : Quel roman en vogue écrit en 1886 par Frances Hodgson Burnett et maintes fois adapté pour la scène a-t-il inspiré aux jeunes garçons la mode des cheveux longs et bouclés et des costumes de velours à col de dentelle ?

RÉPONSE : *Le Petit Lord Fauntleroy.*

POUR LE LOGEMENT, l'administration universitaire m'avait fait remplir une fiche. À la section hobbies et centres d'intérêt, j'avais écrit : lecture, cinéma, musique, théâtre, natation, badminton, socialisation !

Une liste peu révélatrice, même pas totalement honnête. La lecture, oui, mais qui ne la mentionne pas ? Pareil pour « cinéma » et « musique ». « Théâtre », c'est un mensonge. Je déteste le théâtre. J'ai joué dans des pièces, mais j'en ai très peu vu, à part un spectacle éducatif itinérant en faveur de la sécurité routière qui, quoique interprété avec allant, brio et panache, n'avait pas opéré des miracles sur moi, esthétiquement parlant. Mais il faut faire semblant d'aimer le théâtre. C'est la loi. La « natation », c'est très exagéré ; je la pratique à peu près comme tout animal jeté à l'eau. Comme il fallait que je trouve un truc un peu physique, j'ai écrit

« badminton », un jeu que je jouerais si on m'y obligeait en me mettant un revolver sur la tempe, le Scrabble n'étant pas considéré comme un sport. (Je veux dire, il leur faut quoi, exactement, comme degré de pénibilité ?) Quant à la « socialisation », elle aussi était une exagération. « Solitaire et sexuellement frustré » auraient été des termes plus justes, mais on m'aurait pris pour un malade. À propos, le point d'exclamation après « socialisation », c'était pour suggérer mon irrévérence, ma désinvolture, ma décontraction naturelles.

Je n'avais donc pas donné aux responsables du logement étudiant des éléments probants, mais cela n'explique toujours pas pourquoi ils m'ont collé dans cette bâtisse sinistre avec Josh et Marcus.

Richmond House est une maison mitoyenne en brique rouge perchée sur une colline raide d'accès, commodément située à plusieurs miles de tout arrêt de bus. Quand j'y arrive enfin, mon caban est mouillé de sueur. La porte d'entrée est ouverte, et le hall, bourré de cartons, de vélos de course, d'avirons, de battes et de jambières de cricket, d'équipements de ski, de caissons d'oxygène et de combinaisons de plongée. Le lieu évoque la cache où on a planqué le butin d'un magasin de sport cambriolé. Je pose ma valise là où il reste de la place, quasiment sur le seuil, et, le cœur battant, j'enjambe les obstacles pour aller faire connaissance avec mes colocataires.

La cuisine, éclairée au néon, ressemble à celle d'un internat ; elle sent la Javel et, curieusement, la levure. Devant l'évier, deux garçons, un blond gigantesque et un petit brun boutonneux à face de rat, remplissent d'eau une poubelle avec un flexible de douche fixé au robinet. The Cult gueule « She Sells Sanctuary » dans la radiocassette et je dois me farcir ce rock gothique un bon moment car ils ne m'entendent pas les interpeller. Après force « Salut ! » et « Hello ! » de ma part, le blond finit par lever la tête. J'ai toujours mes sacs-poubelle à la main.

« Oh, salut. Vous êtes l'éboueur je présume ! »

Il baisse un poil la musique et bondit vers moi comme un labrador amical pour me serrer vigoureusement la main ; je m'en rends compte, c'est la première fois que je serre la main de quelqu'un de mon âge.

« Tu dois être Brian. Je suis Josh, et voici Marcus. »

Marcus est rabougri, plein de furoncles, avec des traits ramassés au centre du visage, mal dissimulés par des Ray-Ban d'aviateur qui dissimulent singulièrement mal son inaptitude à piloter un avion. Il m'examine de pied en cap avec ses petits yeux de rat, renifle, puis tourne de nouveau son attention vers la poubelle en plastique. Josh, lui, continue à bavarder, sans attendre mes réponses, avec une voix tout droit sortie des actualités Pathé. « Comment es-tu arrivé ici ? Transports publics ? Où habitent tes parents ? Tu te sens bien ? Tu es positivement en nage. »

Josh porte des boots souples genre Peter Pan, un gilet beige en velours – il n'a pas dû transpirer pour se le payer, lui –, une chemise de pirate pourpre et un jean noir si serré qu'on peut distinguer la forme de ses testicules. Il a la même coupe de cheveux que Tone – cette « Viking » efféminée qui est la marque du métalliste convaincu, complétée ici par une fine moustache de dandy lui conférant un faux air de mousquetaire ayant égaré sa rapière.

« Qu'est-ce qu'il y a dans la poubelle ? dis-je.

— De la bière maison. On se disait que le plus tôt on commencerait la fermentation, mieux ce serait. Tu peux te joindre à nous, si tu veux. On divisera le coût en trois.

— D'accord...

— C'est 10 livres par personne pour la levure, le concentré de houblon, les tubes, le tonneau, tout le kit, quoi. Mais dans trois semaines, tu pourras savourer de la traditionnelle Yorkshire Bitter à 6 pence la pinte.

— Un cadeau !

— Marcus et moi, on est des bouilleurs de cru redoutables. À l'internat, notre petit commerce clandestin dans les dortoirs nous a été tout à fait profitable. Sauf qu'une fois, on s'est plantés sur le taux maximal de méthanol autorisé. Deux externes ont perdu la vue.

— Vous étiez dans la même école ?

— Oui. Inséparables. Des siamois collés par la hanche, hein, Marcus ? (Marcus renifle son approbation.) Et toi, tu étais où ?

— Oh, je suis sûr que ça ne te dira rien : Langley.

— Jamais entendu parler.

— L'école polyvalente de Langley Street, à Southend ?

— Connais pas.

— Southend, dans l'Essex, dis-je.

— Que dalle. T'as raison. Ton école est inconnue au bataillon. Tu veux que je te montre tes quartiers ? »

Je monte à l'étage derrière Josh, avec Marcus qui sautille comme un rat sur mes talons. Nous enfilons un couloir gris cuirassé décoré de consignes à respecter en cas d'incendie. Nous passons devant leurs chambres, encombrées de cartons et de valises mais malgré tout spacieuses. Au bout du couloir, Josh ouvre à la volée la porte d'une pièce qui ressemble à une cellule de prison.

« J'espère que tu ne te vexes pas, vieux. Mais on est arrivé avant toi.

— Pas de problème.

— On a tiré les chambres au sort. On voulait défaire nos bagages. S'installer, tu vois ?

— Bien sûr. Tout à fait. »

J'ai l'impression qu'on me mène en bateau et me jure de ne plus jamais faire confiance à un homme en gilet de velours. Le truc, maintenant, c'est de m'affirmer sans trop la ramener.

« C'est petit, non ? dis-je.

— Petites, ces chambres le sont toutes, Brian. Et on a tiré au sort loyalement.

— On peut tirer au sort quand on est trois ? »

Silence. Josh fronce les sourcils en mâchant des mots qu'il ne prononce pas.

« On peut retirer si tu ne nous crois pas, renifle Marcus avec indignation.

— Non, c'est juste que…

— Bon, on te laisse t'installer. Heureux de t'avoir à bord ! »

Ils se tirent en chuchotant pour aller retrouver leur poubelle à bière.

Ma piaule ressemble à un lopin de terre piochée. Mauvaise pioche. Elle est aussi accueillante que la scène d'un crime. Un matelas pour une personne posé sur un sommier métallique, une armoire et un bureau en contreplaqué du même ton et deux étagères en formica effet bois. Les tapis, d'un brun boueux, semblent tissés avec des poils pubiens compactés. Au-dessus du bureau, une fenêtre aux vitres sales donne sur le local à poubelles. Un avis encadré m'avertit que l'usage de Patafix au mur est puni de mort. Cela dit, je voulais une mansarde, eh bien je l'ai. Autant s'en accommoder.

Mon premier geste est de brancher la stéréo pour écouter *Never for Ever*, le glorieux troisième album de Kate Bush. Je range le reste des disques compacts près de la chaîne en hésitant sur celui dont la couverture sera visible de la chambre. J'essaie *Revolver*, des Beatles, *Blue*, de Joni Mitchell, Diana Ross et les Supremes, et Ella Fitzgerald, avant de me décider pour mon nouvel enregistrement des *Concertos brandebourgeois* de Bach, sous le label Music for Pleasure – une affaire, à £ 2,49.

Je déballe mes livres, débattant avec moi-même de la meilleure façon de les classer sur les étagères en formica. Alphabétiquement par auteur, mais avec subdivision par sujet, par genre, par nationalité, par taille ; et enfin, plus efficacement, par couleur, les Penguins classiques noirs à un bout, les couleurs pâlissant progressivement jusqu'aux blancs Picadors à l'autre bout, en passant par cinq centimètres de Viragos verts que je n'ai pas encore ouverts mais que je me promets de lire. Tout cela me prend du temps et quand j'ai fini, la nuit est tombée ; je visse alors la lampe d'architecte au coin du bureau.

Je décide ensuite de transformer mon lit en futon. Cette idée me travaillait depuis un certain temps, mais quand j'ai voulu la mettre à exécution à la maison, maman m'a ri au nez. Ici, je veux m'y essayer. Je soulève le matelas, mystérieusement taché et assez humide pour y faire pousser du cresson, en m'arrangeant pour qu'il ne me touche pas le visage, puis le pose à terre ; avec quelque difficulté, j'arrive à hisser le sommier métallique à la verticale et à le glisser derrière l'armoire. Il pèse une tonne mais je parviens à l'escamoter. De ce fait, je perds bien sûr quelques précieux centimètres d'espace mais l'effet final en vaut la peine – une sorte d'ambiance minimaliste orientale et contemplative, un peu gâchée par les couleurs pétantes du drapeau anglais ornant la housse de couette British Home Store.

Pour rester en phase avec ce décor zen, je décide de limiter la décoration murale à un montage de cartes postales de mes photos et tableaux favoris, une sorte de manifeste pictural de mes héros et de mes œuvres de prédilection ; je les placerai au-dessus de mon matelas. Étendu sur mon futon, je sors la Patafix et mes trésors – préraphaélites tout d'abord : *La Mort de Chatterton*, par Henry Wallis ; *Ophélie noyée*, par John Everett Millais ; puis *La Vierge et l'Enfant* de Léonard ; *La Nuit étoilée* de Van Gogh et un Edward Hopper ; puis Marilyn en tutu fixant tristement l'objectif de Milton Greene ; James Dean à New York, vêtu d'un long pardessus ; Dustin Hoffman dans *Marathon Man* ; Woody Allen ; papa et maman dans le Somerset, endormis dans leurs transats (objectif atteint) au parc de détente de Butlins, Charles Dickens, Karl Marx, Che Guevara, Laurence Olivier en Hamlet, Samuel Beckett, Anton Tchekhov, moi en Jésus, en sixième, quand nous avions monté *Godspell*, la comédie musicale de Broadway basée sur l'Évangile (Gospel) selon saint Matthieu, Jack Kerouac, Richard Burton et Elizabeth Taylor dans *Qui a peur de Virginia Woolf ?* et une photo de Spencer, Tony et moi devant le château de Douvres, lors d'une sortie scolaire. Spencer se la joue un peu, la tête inclinée sur le côté, arborant un air de lassitude intelligente on ne peut plus cool. Tony, comme d'habitude, brandit un doigt d'honneur.

Immédiatement au-dessus de mon oreiller je fixe une photo de papa, efflanqué comme un lévrier et vaguement menaçant ; il ressemble à Pinkie Brown, le chef de gang du *Rocher de Brighton* de Graham

Greene. La photo a été prise à Southend, en bord de mer, et il tient une cigarette à moitié éteinte entre ses longs doigts. Son front est barré d'une mèche noire, il a des joues maigres aux pommettes hautes, un long nez mince et un costume ajusté à trois boutons sur une chemise à col droit et, malgré son sourire, il a l'air sacrément intimidant. Elle date de 1962, soit quatre ans avant ma naissance ; il devait donc avoir l'âge que j'ai aujourd'hui. J'adore cette photo, mais j'ai sans arrêt l'impression que si mon père de dix-huit ans avait rencontré le type de dix-huit ans que je suis, bourré, un samedi soir, sur la jetée de sa ville, il l'aurait très probablement boxé.

On frappe à la porte. Instinctivement je cache la Patafix derrière mon dos. Je me dis que c'est Josh qui vient me demander une cigarette, mais je vois entrer une immense Walkyrie blonde avec un soupçon de moustache.

« Alors, ça se passe bien ? me demande Josh en travesti.

— C'est parfait.

— Que fait ton matelas par terre ?

— Je voulais essayer d'en faire un futon.

— Un futon ! Non ! (Il pince ses lèvres barbouillées de rouge comme si ce qu'il entendait était inimaginable, ce que je trouve un peu fort de la part d'un travelo.) Marcus, viens voir le futon de Jackson », crie-t-il.

Marcus entre, affublé d'une perruque bouclée en nylon noir, d'une jupette plissée de joueuse de hockey et de bas filés. Il passe le nez dans l'entrebâillement de la porte, renifle et disparaît.

« Bon, il faut qu'on y aille. Tu viens avec nous ? demande Josh.

— Où ?

— À une soirée costumée à la Cité universitaire de Kenwood Manor. Le thème : “Pasteurs et Putains”. On devrait se poiler.

— Oui, peut-être. Mais je pensais rester ici à lire…

— Oh, quelle lavette !

— Mais je n'ai rien pour me déguiser.

— Tu n'as pas une chemise noire ?

— Si.

— Alors le tour est joué. Tu découpes un bout de carton blanc et tu te fais un faux col de curé. À tout à l'heure. Oh, et n'oublie pas ces dix sacs pour la bière maison, hein. Au fait, *j'adore* la façon dont tu as arrangé ta chambre. »

4

QUESTION : L'énergie d'interaction entre deux protons naît de leur séparation. Comment définit-on les forces quand la séparation entre les protons est respectivement *a)* peu importante, *b)* moyenne ?

RÉPONSE : Répulsive et attractive.

EN HOMME D'EXPÉRIENCE – L'HOMME AVERTI QUE JE SUIS –, je sais combien il est important de se tapisser l'estomac avant une soirée arrosée. Je dîne donc d'un cornet de frites et d'une saucisse grillée que je mange en me rendant à la fête. Comme il commence à pleuvoir, j'avale autant de patates que je peux avant qu'elles soient ramollies. Marcus et Josh ne sont pas très loin devant, la démarche assurée sur leurs hauts talons, apparemment indifférents aux regards nullement amusés des passants. Je me dis que le travestissement des étudiants doit être une plaie chronique pour les habitants de toute ville universitaire. Car bientôt ce sera la semaine du canular au profit d'institutions charitables : les feuilles roussiront, les hirondelles fileront vers le sud et la galerie marchande débordera d'étudiants en médecine mâles déguisés en infirmières sexy.

En chemin, Josh me bombarde de questions.

« Qu'est-ce que tu étudies, Brian ?
— La littérature anglaise.
— Ah, un amateur de poésie, hein ? Moi, c'est l'économie politique. Marcus, c'est le droit. Tu pratiques quels sports ?
— Seulement le Scrabble, dis-je avec esprit.
— Pas un sport, renifle Marcus avec mépris.
— Oh, mais vous n'avez pas vu à quelle vitesse j'y joue ! »

Quel esprit d'à-propos, me dis-je. Mais il ne semble pas trouver ma remarque drôle :

« Désolé, ce n'est pas un sport.
— Je sais. J'essayais juste...
— Tu joues au cricket, au foot, au rugby ? me demande Josh.
— Euh, non.
— Pas sportif alors ?
— Non. »

Je ne peux m'empêcher de penser que j'ai raté l'admission à un club élitiste.

« Et ton squash, il est comment ? J'ai besoin d'un partenaire.
— Je n'y joue pas. Au badminton, à l'occasion...
— Le badminton, c'est un jeu de filles, dit Marcus en ajustant les brides de ses escarpins.
— Tu as pris une année sabbatique ? me demande Josh.
— Non.
— Tu es parti dans un endroit chouette cet été ?
— Non.
— Que font tes parents ?
— Euh... ma mère est caissière chez Woolworths. Mon père vendait des doubles vitrages, mais il est mort. »

Josh me serre le bras avec compassion :

« Je suis désolé. »

Je ne sais pas exactement ce qui le désole : la mort de mon père ou le boulot de ma mère.

« Et les tiens, dis-je ?

— Papa travaille au Foreign Office et maman au ministère des Transports. » Oh, mon Dieu, il est tory – du moins je le suppose, si ses parents le sont. Ça tend à être héréditaire. Quant à Marcus, je ne serais pas surpris d'apprendre qu'il est aux Jeunesses hitlériennes.

On finit par arriver à Kenwood Manor. Comme on me l'avait conseillé lors de la journée portes ouvertes de l'université, j'ai évité le logement en cité U, qu'on m'avait décrit comme austère, ennuyeux, et bourré de chrétiens. La réalité est à mi-chemin entre l'asile de fous et le collège privé sans panache – longs couloirs sonores, sols parquetés, odeurs de sous-vêtements en train de sécher sur des radiateurs tièdes, et l'impression que, quelque part dans des toilettes, une chose terrible est en train de se passer.

Les grondements sourds de la Northern Soul des Dexys Midnight Runners, ce groupe de Birmingham, nous invitent à nous rapprocher de la source sonore. Nous débouchons dans un grand salon lambrissé à hautes fenêtres peuplé de rares étudiants ; sept parts de *tarts* (putes) pour trois pasteurs, avec une répartition cinquante/cinquante entre putes femelles et putes mâles. Ce n'est pas beau à voir. Quelques femmes, et des grands baraqués harnachés de bas nylon aux échelles artistiquement travaillées et aux soutiens-gorge bourrés de chaussettes de sport appuyés aux murs comme des… eh bien comme des putes, sous le regard réprobateur des présidents d'université à l'allure patricienne dont les portraits ornent les murs en question.

« Au fait, Brian, tu n'aurais pas sur toi ces 10 livres pour la bière ? » me demande Josh.

Il est évident que je ne peux pas m'offrir de gaspiller le billet offert par maman, mais, animé par l'esprit de camaraderie qui s'impose, je le leur tends. Josh et Marcus s'esbignent alors comme des chiens sur une plage, me laissant toute liberté de me faire d'autres copains pour la vie. Je décide qu'en général, à ce stade précoce de la soirée, mieux vaut tenter sa chance auprès des Pasteurs que des Putains.

Je me dirige vers le « bar », une table à tréteaux où on peut se procurer de la bière jamaïcaine Red Stripe au prix très raisonnable de 50 pence par canette. Je compose soigneusement mon visage, prenant cet air « parlez-moi je vous prie » qui suppose un sourire de demeuré, de timides saluts de la tête et des regards circulaires pleins d'un espoir désespéré. Dans la queue, je repère un hippy dégingandé affligé d'un sourire qui rivalise avec le mien en idiotie et, miracle, d'une peau encore plus ravinée que la mienne. Il balaie la pièce du regard et dit, avec un accent de Birmingham à couper au couteau (en traînant sur la consonne médiane, sans oublier la coalescence finale) : "C'est dinnnng', non ?"

— Démmmmm'nt », dis-je.

Nous levons tous deux les yeux au ciel comme pour soupirer : « Ah, ces jeunes d'aujourd'hui... » Il s'appelle Chris et il m'apparaît vite qu'il « fait » lui aussi littérature anglaise. « On est sur la même longueur d'onde, t'vois ? » me dit-il. Il entreprend de me narrer l'ensemble de son curriculum, depuis le bac jusqu'à l'UCCA [1] et l'intrigue de tous les romans qu'il a lus dans sa vie avant de s'embarquer dans le récit en

1. Universities Central Council on Admission : organisme de régulation (remplacé depuis par l'UCAS) destiné à éviter les demandes d'inscriptions individuelles à un nombre illimité d'universités.

temps réel de son voyage en Inde ; je passe les jours et les nuits qui se succèdent interminablement à hocher la tête, boire trois canettes de Red Stripe et me demander si son acné est pire que la mienne, quand, soudain, j'entends quelque chose qui me fait dresser l'oreille :

« ... et tu sais quoi ? Je n'ai pas utilisé une seule feuille de papier-toilette pendant tout ce temps.

— Non !

— Affirmatif. Et je ne crois pas que j'en utiliserai jamais à l'avenir. C'est tellement mieux comme ça, tellement moins nocif pour l'environnement...

— Comment tu fais, alors ?

— Oh, juste ma main et un seau d'eau. Cette main-ci ! (il me l'agite sous le nez). Crois-moi, c'est beaucoup plus hygiénique.

— Mais alors, ta dysenterie chronique ?

— Oh, là-bas, c'est différent. Tout le monde en souffre. »

Je renonce. Mieux vaut abonder dans son sens. (« Bravo. Tu as raison. ») Et nous voilà repartis, assis sur les banquettes en bois nu d'un bus bringuebalant pour un trajet entre Hyderabad et Bangalore lorsque, quelque part dans les collines de l'Erramala, la Red Stripe remplit son office. Je note avec joie que ma vessie est pleine et que, désolé, je dois aller aux toilettes.

« Ne t'en va pas, reste exactement où tu es, dis-je. Je reviens. » Il me prend l'épaule, me met sa main gauche sous le nez et me dit : « Et n'oublie pas ! Pas besoin de papier ! » Je souris et m'éclipse fissa.

Au retour, je constate avec soulagement qu'il n'est plus là ; je vais donc m'asseoir au bord de l'estrade, à côté d'une fille de petite taille qui n'est déguisée ni en Pasteur ni en Putain. Vu sa mise, elle doit plutôt faire partie du mouvement de jeunesse du KGB. Elle porte un long imper noir, des bas noirs, une minijupe en jean et une casquette noire de type soviétique repoussée en arrière sur une chevelure noire gominée. Je lui fais un sourire d'excuse (« Je peux m'asseoir près de toi ?) qu'elle me rend parcimonieusement (« Oui, tire-toi »), assez crispée. Je vois des petites dents blanches et régulières derrière le rideau incongru d'un rouge à lèvres cramoisi. Je devrais laisser tomber, bien sûr, mais la bière a raison de ma timidité. Devenu collant, je m'accroche. Les gargouillis de la basse de Frankie Goes to Hollywood dans « Two Tribes » ne m'empêchent pas d'entendre grincer les muscles de son visage qui durcissent un à un.

Au bout d'un moment, je me tourne vers elle. Elle fume nerveusement, à petites bouffées, une cigarette roulée en fixant obstinément la piste de danse. J'ai deux choix : parler ou partir. Je tente le premier. « L'ironie, c'est que je suis vraiment pasteur », dis-je.

Pas de réponse.

« Je n'ai pas vu autant de prostituées depuis mon seizième anniversaire. »

Pas de réponse. Peut-être n'entend-elle pas ? Je lui tends ma canette de bière pour qu'elle en boive une goulée. Elle me la rend en la remuant.

« Trop aimable de ta part. Je préfère passer mon tour », dit-elle.

Sa voix va bien avec son visage : sèche et brusque, avec un fort accent écossais – Glasgow, me dis-je.

« Alors, tu es déguisée en quoi ? dis-je avec jovialité en désignant ses vêtements du menton.

— En rien. En personne normale, répond-elle sans sourire.

— Tu aurais pu faire un effort, porter au moins un faux col d'ecclésiastique, ou je ne sais quoi.

— Peut-être bien. Sauf que je suis juive. Dans notre communauté, le déguisement n'a pas vraiment la cote.

— Tu sais, je regrette parfois de ne pas être juif. »

Comme gambit, c'est plutôt raide, et je me demande pourquoi j'ai dit ça. En partie parce qu'il est important à mes yeux d'aborder franchement le problème des origines, du genre, de l'identité, et aussi parce que je suis déjà beurré.

Elle plisse les yeux et me dévisage un moment comme dans un western-spaghetti, où le héros suçote sa clope en se demandant s'il va ou non se fâcher, puis elle me demande calmement :

« C'est vrai ?

— Je détesterais te sembler raciste. Je veux tout simplement dire qu'un grand nombre de mes héros sont juifs…

— Heureuse que mon peuple jouisse de ton approbation. Et qui sont ces héros ?

— Oh, tu vois… Einstein, Freud, Marx…

— Karl ou Groucho ?

— Les deux. Arthur Miller, Lenny Bruce, Woody Allen, Dustin Hoffman, Philip Roth…

— Jésus aussi ?

— Affirmatif. Stanley Kubrick, J.D. Salinger…

— Salinger n'est pas juif au sens strict du terme.

— Mais si.

— Mais non.

— Tu en es sûre ?

— Nous avons un sixième sens à cet égard.

— Mais il a un nom juif…

— Son père l'était. Sa mère était catholique. Donc, techniquement, il ne l'est pas. La transmission de la judéité est matrilinéaire.

— Je l'ignorais.

— Tu viens de prendre ta première leçon d'étudiant en fac. »

Sourcils froncés, elle continue à fixer la piste de danse maintenant bondée de tapineuses clopinant au son de la musique. Ce spectacle lamentable dévoile un nouveau cercle de l'Enfer et la fille le regarde avec un mépris sagace, comme si elle attendait l'explosion de la bombe qu'elle venait de poser. À « Two Tribes » succède « Relax », du même Frankie Goes To… etc. *« Abso-lute-ly Nooo Fucking Ideaa… »*, s'égosille-t-il. Bon, il ne comprend rien à rien, on a compris. Quant à moi, je glousse ostensiblement, décidant que l'attitude à adopter est la lassitude cynique vis-à-vis du monde. Elle se tourne vers moi, un demi-sourire aux lèvres.

« Tu sais quelle est la plus grande réussite des pensions anglaises ? Créer des générations de mecs aux cheveux longs qui savent agrafer des bas à un porte-jarretelles. Ce qui est ahurissant c'est le nombre d'entre vous qui font leurs bagages en y incluant des vêtements de femmes. »

D'entre vous ? *Elle m'inclut dans le lot ?*

« Sauf que moi, je viens d'une école polyvalente, dis-je.

— Bravo. Mais tu es le sixième à me dire ça ce soir. Vous vous êtes mis d'accord sur un baratin prolo collectif, ou quoi ? Qu'est-ce qui est censé m'impressionner le plus : notre système scolaire public, ou tes réussites personnelles ? »

Battu. J'ai tout de même assez de jugeote pour m'en rendre compte. Je lève ma canette aux trois quarts pleine et l'agite comme si elle était vide.

« Je vais au bar. Je peux te rapporter quelque chose… euh…

— Rebecca.

— … Rebecca ?

— Non, merci. Ça va.

— Bon. Alors à plus tard. Au fait, je m'appelle Brian.

— Au revoir, Brian.

— Au revoir, Rebecca. »

Je me dirige vers le bar quand je vois dans la queue Chris, le hippy, le bras et la main en question plongés jusqu'au coude dans un paquet de chips géant. Je quitte le salon d'apparat et décide d'aller faire un tour dehors.

J'enfile tranquillement le hall lambrissé, où la dernière fournée d'étudiants dit au revoir à ses parents sur une musique de Bob Marley, « Legend ». Une fille sanglote dans les bras de sa mère en pleurs tandis que son père, impatient et raide comme un piquet, attend la fin de l'averse, un rouleau de billets serré dans sa main. Un type grand et maigre affligé d'un appareil dentaire proéminent, tout de noir vêtu – un goth, à l'évidence – est si embarrassé par la présence de ses géniteurs qu'il les pousse presque dehors pour pouvoir enfin se consacrer aux choses sérieuses : dévoiler à ses pairs la créature démoniaque embusquée derrière toutes ces chaînes et ce skaï. D'autres nouveaux arrivants se présentent à leurs voisins des chambres voisines en leur livrant des biographies minimales : matières étudiées, lieu de naissance, diplômes, groupe préféré, traumatismes affectifs infantiles, etc. La version bourgeoise et polie de la scène, dans les films de guerre, où les nouvelles recrues arrivées au cantonnement se montrent les photos de leurs petites amies.

Tout en sirotant ma bière, je m'arrête devant la corpo pour lire les annonces – une batterie à vendre, des appels au boycott de Barclays, une réunion périmée du Parti communiste révolutionnaire en soutien aux mineurs, plusieurs auditions pour un remake de l'opéra-comique *Les Pirates de Penzance* ; je note avec intérêt que Katy Perry, des Self Inflicted, ainsi que Meet Your Feet, le groupe de Bristol exclusivement féminin, jouent au pub La Grenouille et le Pélican mardi prochain. Et c'est là que je vois l'affiche :

ta question initiale à dix points !

tu ne confonds pas ton Sophocle et ton Socrate ?
la *Petite Ourse* et *Epsilon canis majoris* ?
Carpe diem et *Habeas corpus* ?

tu crois pouvoir jouer dans la cour des grands ?

alors viens faire le test pour participer
à *l'University Challenge 1985-1986.*

il s'agit de mesurer tes capacités par une courte
(et amusante) épreuve écrite,
vendredi à l'heure du déjeuner, 13 heures précises,
corpo, salle de réunion nº 6.

sérieux exigé. ni flemmards ni fumistes.
cette candidature ne concerne que les esprits brillants.

Nous y voilà. Le jeu-concours.

5

QUESTION : Quel artiste noir, se définissant lui-même comme « le travailleur infatigable du show-business » et le pionnier de la musique funk appelle-t-on communément le « parrain de la soul » ?

RÉPONSE : James Brown.

CE QUI ME FRAPPAIT LE PLUS, c'étaient leurs cheveux : improbables vagues capillaires cassantes comme le blé séché, ou rideau baissé de franges soyeuses balayant des fronts bombés, ou rouflaquettes laineuses accompagnées d'un menton glabre. Mon père était vert de rage en constatant, sur BBC One, dans les vidéoclips de Top of The Pops, *que les chanteurs des groupes en vogue n'avaient pas la coupe en brosse qu'il affectionnait. En revanche, s'agissant de l'*University Challenge, *les gars qui étaient arrivés à se qualifier avaient le droit de se coiffer comme ils le souhaitaient. On aurait presque dit que leur folle exubérance capillaire n'était que l'exutoire obligé à leur incroyable surplus d'énergie mentale. On ne peut demander à un savant fou d'être tout à la fois un génie, d'avoir une coiffure convenable, d'y voir sans lunettes et d'être propre sur lui. Pareil pour ces types.*

Et leurs vêtements… L'ésotérique et ancienne tradition anglaise de la toge rouge combinée aux cravates à motifs de touches de piano volontairement loufoques, les sempiternelles écharpes tricotées maison, les gilets afghans. Bien sûr, pour un gosse qui regarde la télé, tout le monde semble vieux, et, rétrospectivement, je sais que ces gars n'avaient pas plus de vingt ans – ils étaient donc jeunes techniquement, en termes de rotation orbitale, mais ils faisaient plutôt soixante-deux ans que vingt. Rien sur leur visage ne suggérait la fraîcheur, la vigueur, la santé. Le teint terreux, ils avaient l'air usés, accablés par le poids de leur savoir – la durée de vie moyenne du tritium (T,3^H), l'origine de l'expression « éminence grise [1] », *les vingt premiers nombres parfaits, le schéma des rimes des sonnets de Pétrarque – toutes choses dont leur corps accusait le lourd fardeau.*

Bien sûr, papa et moi ignorions la plupart des réponses, mais le problème n'était pas là. Cette expérience n'avait rien de futile : il ne s'agissait pas de prétention ni d'autosatisfaction quand par hasard nous savions, mais au contraire d'humilité devant la multitude de choses que nous ignorions. L'important, c'était de porter un regard respectueux et admiratif sur ces étranges créatures omniscientes. Elles pouvaient répondre aux questions les plus incongrues : quel est le poids du Soleil ? Pourquoi sommes-nous sur terre ? L'Univers est-il infini ? Quel est le secret du bonheur ? Et même s'ils ne trouvaient pas immédiatement la réponse, ils pouvaient conférer, échanger à voix basse et produire une réponse qui, si elle n'était pas à cent pour cent juste, était grosso modo satisfaisante.

1. En français dans le texte.

Peu importait que les concurrents fussent manifestement des inadaptés sociaux, ou des boutonneux, ou des crades, ou des vierges vieillissantes, ou, dans certains cas, carrément des givrés. L'important, c'était qu'existait une sphère dans laquelle des gens se savaient des puits de science, et qu'ils aimaient l'être. On était dans le registre de la passion, là, et mon père me disait : « Si tu te donnes suffisamment, tu feras partie de leur groupe. »

« Tu supputes tes chances ? » me demande-t-elle. Je me retourne, médusé. Elle est tellement belle que je manque lâcher ma bière.

« Tu supputes tes chances ? »

Jamais de ma vie je n'ai côtoyé d'aussi près une splendeur pareille. La beauté, on la connaît par les livres, bien sûr, et par les tableaux, ou par les merveilles de la nature, comme lors de cette sortie avec notre prof de géo à l'île de Purbeck, dans le Dorset ; mais jusqu'à maintenant, je n'en avais jamais fait l'expérience directe – celle d'un être tiède qu'on peut toucher, en théorie du moins. Elle est si parfaite que je recule. Je me sens oppressé et je dois me rappeler qu'il est essentiel de respirer. Cela semble une grotesque hyperbole, je sais, mais, en plus jeune et en blond, elle ressemble à Kate Bush.

« Tu supputes tes chances ? me demande-t-elle.

— Heu…, dis-je avec ma vivacité coutumière.

— Tu penses avoir le niveau voulu ? »

Vite, trouver une réponse spirituelle.

« Grrrr… », dis-je avec esprit. Elle me sourit avec bienveillance, comme une infirmière pleine de compassion souriant à Elephant Man.

« À demain, alors ? » me déclare-t-elle avant de se tirer. Elle est déguisée, mais très astucieusement, avec un bon goût combinant invention et culot. Elle a choisi d'incarner une tapineuse française – haut rayé noir et blanc, jupe crayon noire serrée à la taille par une ceinture élastique de la même couleur, collants résille, ou bas peut-être. Collants ou bas ? Bas ou collants ? cette question m'obsède.

Je la suis de loin, observant sa démarche chaloupée qui m'évoque Marilyn émergeant entre deux jets de vapeur sur un quai de gare dans *Certains l'aiment chaud* – collants ou bas, collants ou bas, bon sang –, et chaque fois qu'elle passe devant une porte du couloir, celle-ci s'ouvre et quelqu'un passe la tête pour dire « Hello, comment vas-tu ? Tu es splendide » ; mais elle n'est là que depuis huit heures, une journée tout au plus, comment peut-elle alors connaître tous ces gens ?

Elle entre dans la salle des fêtes en fendant une foule de clergymen qui la regardent, bouche bée, pour rejoindre un petit groupe de quatre filles plantées près de la piste, du genre belles nanas dures et branchées qui se flairent l'une l'autre avec méfiance mais restent en troupeau. Le DJ passe « Tainted Love », de Soft Cell [1] et l'atmosphère de la pièce devient plus lourde, sexuelle et décadente, berlinoise – pas vraiment style République de Weimar, mais plutôt représentation de *Cabaret* par les élèves de sixième d'une école de province. Debout dans l'ombre, j'observe. Il va me falloir être en possession de tous mes moyens pour arriver à mes fins, et il va me falloir aussi une autre bière. C'est la sixième ou la septième ? Je ne sais plus. Aucune importance.

Je reviens du buffet en hâte, de peur qu'elle ne parte, mais elle est toujours là avec sa petite bande,

1. « Amour corrompu ». Tiré de l'album *Non-Stop Erotic Cabaret*.

riant et plaisantant comme si elle connaissait ces filles depuis toujours. Je me compose un visage, arborant un air d'ennui amusé, et je tente deux reconnaissances qui me font passer devant elle avec une feinte nonchalance dans l'espoir qu'elle m'attrapera par le bras et me dira en plongeant son regard dans le mien : « Tu es fascinant. On te l'a déjà dit, non ? Je veux tout savoir sur toi. » Au lieu de quoi, rien. Je repasse donc une troisième fois. À la quatorzième ou quinzième, elle ne m'a toujours pas remarqué. Je tente alors une approche plus directe consistant à venir me planter derrière elle.

J'y reste toute la durée de la version longue de « Blue Monday » (sept minutes et demie !) par le groupe pop New Order. Une de ses copines, une blonde peroxydée aux cheveux quasi tondus, au visage triangulaire, aux lèvres minces et aux yeux de chat, finit par rencontrer mon regard. Instinctivement elle serre son sac contre elle comme si j'allais le lui piquer. Je la rassure d'un sourire. Elle roule des yeux fous, émettant probablement à l'intention de son petit groupe un signal secret liminal, puisque toutes se retournent et finissent par me regarder. Soudain, la blonde Kate Bush est là, son ravissant visage à quelques centimètres du mien. Je me débrouille pour être spirituel et lui largue un « Hello » caustique.

Elle est moins intriguée que je ne le supposais puisqu'elle se contente d'un « Salut ! » bref avant de me tourner le dos.

« Nous venons de nous rencontrer dans le couloir », dis-je en bafouillant.

Son visage reste inexpressif. Malgré le volume de liquide que j'ai absorbé, j'ai la voix pâteuse, les mots me collent au palais comme de la farine de maïs. Je m'humecte les lèvres : « Tu m'as demandé si j'allais tenter ma chance à l'*University Challenge*, tu te souviens ?

— Ah oui. »

Elle se détourne à nouveau mais ses copines se sont dispersées, comme si elles avaient senti de l'électricité dans l'air. Nous sommes enfin seuls, comme en a décidé le sort.

« L'ironie, c'est que je suis pasteur, lui dis-je.

— Pardon ? » Elle se penche vers moi et je saisis l'occasion pour mettre ma main en cornet sur sa ravissante oreille.

« Je suis pasteur, dis-je.

— Tu es *quoi* ? Vraiment pasteur ?

— Mais non, pas du tout.

— Pourquoi le dire alors ?

— Heu… je l'ai dit, oui… je veux dire, non, je ne le suis pas. C'était une blague.

— Ah, pardon, je n'avais pas compris…

— Au fait, je m'appelle Brian. » *Pas de panique*, me dis-je.

« Hello, Brian. » Elle cherche ses copines des yeux. *Continue, mec, continue*. Je panique.

« Pourquoi, tu trouves que je ressemble à un ministre du culte ? rebondis-je.

— Je ne sais pas. Un peu.

— Grand merci ! Ça, c'est un compliment ! » Je m'essaie maintenant à la fausse indignation, bras croisés sur la poitrine… pour la faire rire, pour entretenir un badinage facile et amusant. « Eh bien, si moi j'ai l'air d'un curé, toi, tu as l'air d'une… d'une… vraie pute.

— Pardon ? »

Elle ne m'a sans doute pas entendu puisqu'elle ne rit pas. J'élève la voix.

« Une PUTE. Une tapineuse. Mais une pute de luxe, je dois dire… »

Elle me fait un mince sourire d'une subtilité quasi méprisante et me dit : « Si tu veux bien m'excuser, Gary, j'ai une envie terrible d'aller aux toilettes.

— Bon. À plus tard. »

Elle me quitte en me laissant la vague impression que les choses auraient pu mieux se passer. Elle s'est peut-être vexée, prenant au sérieux mon ton enjoué. Oui, mais comme elle ne me connaît pas, comment aurait-elle pu deviner que je plaisantais ? Elle ne s'imagine peut-être pas que je suis pince-sans-rire. Et qui est ce Gary, d'ailleurs ? Je la regarde se diriger vers les W-C, où, en fin de compte, elle n'entre pas. Elle s'arrête près de l'estrade et chuchote quelque chose à l'oreille d'une autre fille : toutes deux rient. Son besoin pressant, c'était une ruse.

Elle se met à danser. On passe « Love Cats », des Cure. Son interprétation des paroles du morceau est incroyablement drôle et vive : elle bouge un peu comme un chat, souple, dédaigneux, distant, un bras parfois levé derrière la tête pour figurer la queue de l'animal. C'est une danseuse hors pair. Elle met ses mains sous le menton comme deux petites pattes. Elle est l'un des « chats d'amour » du titre, elle est si merveilleusement, si divinement, si incroyablement jolie que soudain une idée me vient et je me demande, stupéfait, pourquoi je ne l'ai pas eue avant.

La danse. Voilà qui me permettra de la séduire.

Le morceau change. C'est maintenant « Sex Machine », par James Brown. Ça me va de grimper sur la piste car, maintenant qu'on en parle, je me sens justement une Sex Machine intégrale. Je pose par terre ma canette de Red Stripe à un endroit où on ne la renversera pas. On la renverse. Je commence par quelques échauffements en marge, un peu gauches au début, mais je me félicite de porter mes richelieus plutôt que mes tennis Green Flash, car les semelles de cuir, qui glissent bien sur le parquet, me procurent une grisante impression d'aisance. Ensuite, aussi méfiant que le débutant sur une patinoire, je progresse en me tenant au mur jusqu'à la piste proprement dite, sur laquelle je m'élance résolument vers elle.

Elle évolue dans son petit groupe de cinq serré comme un poing, l'une de ces formations défensives imprenables que l'armée romaine utilisait contre les Barbares. La fille aux yeux de chat me voit la première et émet son signal d'alerte subliminal ; la blonde Kate Bush brise le cercle en se retournant. Elle me regarde droit dans les yeux et je joue mon va-tout en me mettant à danser comme je ne l'ai jamais fait jusqu'alors.

Je danse comme si ma vie en dépendait, en me mordant la lèvre inférieure pour avoir l'air sexy, mais surtout en signe de concentration, en la regardant à mon tour droit dans les yeux, la mettant au défi, oui, au défi de détourner le regard. Ce qu'elle fait néanmoins. Je contourne alors son groupe pour me retrouver dans la ligne de feu de ses yeux et je m'éclate, je danse comme si je portais les Chaussons Rouges (de fait, je porte le slip rouge cadeau de maman, ça doit être ça). Quoi qu'il en soit, je danse comme James Brown, je suis à la fois la soul et le funk séminal de *Brand New Bag* [1], je suis devenu l'homme le plus sollicité du show-biz, une machine faite exclusivement pour le sexe qui effectue des rotations glissées à 360, 720 degrés, et même une fois à 810 degrés, ce qui me

1. *Papa's Got a Brand New Bag*, album de 1965. James Brown danse sur ce morceau de façon assez acrobatique.

laisse tourné du mauvais côté, momentanément désorienté, mais aucune importance car James Brown est en train de dire « *Take **it** to the Bridge* », je ne sais pas ce qu'est ce « ***ça*** », mais tant pis, je « ***l'***apporte sur le pont », comme on me le demande ; en chemin, je lève la main vers mon cou et, dans un geste vertueux de mépris vis-à-vis de toutes les religions instituées, j'arrache le carton blanc qui me sert de faux col ecclésiastique pour le jeter à terre au milieu du groupe qui s'est formé autour de moi en riant et frappant dans ses mains, éperdu d'admiration devant mes athlétiques « pass-pass » et les tournoiements qui font flotter mon cardigan. Mes lunettes étant légèrement embuées, je ne peux voir Kate Bush dans l'assistance, mais je distingue Rebecca, cette juive caustique qui va se foutre de moi, mais tant pis, c'est trop tard, d'autant que James Brown me presse d'« agiter mon gagne-pain » *(« Shake your Money Maker »)* et il me faut un certain temps pour comprendre ce qu'il faut agiter. La tête ? Mais non, le fondement. J'agite donc, oignant de ma sueur, tel le chien mouillé qui s'ébroue, le public massé autour de moi quand soudain un staccato de trompettes annonce la fin du morceau. Et la mienne.

Je.

Suis.

Mort.

Je la cherche dans la foule qui m'acclame, mais elle est partie. Pas grave. L'important, c'est de lui avoir produit une impression. Nos chemins se croiseront de nouveau, au plus tard demain à 13 heures – à la sélection pour le *Challenge*.

C'est l'heure des slows. Le DJ, qui ne manque pas d'humour après ma performance, commence par

« Careless Whisper – Never Gonna dance Again[1] », de George Michael. Mais tout le monde est trop saoul ou trop cool pour danser là-dessus, et je décide qu'il est temps d'aller au lit. Je m'arrête tout d'abord aux toilettes et essuie d'un coin de mon cardigan la sueur grasse qui embue mes verres de lunettes, puis je me regarde à la glace fixée au-dessus des urinoirs. Ma chemise trempée me colle à la peau et le sang qui m'est monté à la tête met en valeur mon acné. Mais à part ça, je ne me trouve pas mal. La pièce se met à tourner, et je suis obligé d'appuyer la tête contre la glace pour pisser ; de l'une des cabines, me parviennent des gloussements et une odeur de marijuana. Puis on tire la chasse et un couple en sort, déguisé en Putes – une fille au visage trempé qui rajuste sa jupe de hockey, et un garçon, au gabarit de joueur de rugby. Leurs visages à tous deux sont barbouillés de rouge à lèvres. Ils me jettent un regard dur, me mettant au défi de leur faire la morale, mais je me sens si plein d'allégresse, de passion, d'amour – oui, d'amour – pour l'insouciance de leur jeunesse que je leur adresse un sourire béat de parfait abruti.

« L'ironie, c'est que je suis vraiment pasteur, dis-je.

— Oh, va vraiment te faire foutre », aboie le rugbyman.

1. Je ne danserai jamais plus.

6

QUESTION : Le livre IX du *Prélude* de Wordsworth (Éloge de la Révolution française), comporte une exhortation qui commence ainsi : « Le bonheur, c'était d'être vivant à l'aube... » Et la suite ?

RÉPONSE : « ... mais le paradis, c'était d'être jeune. »

EN FAIT D'AUBE NOUVELLE, celle-ci ressemble fâcheusement aux précédentes, à ceci près qu'il est déjà 10 h 26.

Je pensais que mon premier jour ici me verrait un homme neuf plein de santé, de sagesse et de vigueur intellectuelle, alors que j'éprouve les symptômes habituels de la honte : envie de vomir, dégoût de moi-même, etc., ainsi que la vague impression qu'on ne devrait pas se réveiller dans cet état.

Je suis de surcroît assez indigné car quelqu'un est entré dans ma chambre pendant mon sommeil, m'a tapissé la bouche de feutre et m'a piétiné la tête. Comme j'ai du mal à bouger, je reste étendu un moment en me demandant combien de fois dans ma vie je me suis couché ivre ; j'en compte approximativement cent trois. Il y en aurait eu davantage, si une angine ne les avait limitées. Je me dis que je suis peut-être un alcoolique. Cela me prend par phases, ce besoin de me cataloguer. À diverses périodes de ma vie je me suis demandé si je n'étais pas un gothique, un homosexuel, un juif, un catholique, un maniaco-dépressif ; ou encore un enfant adoptif, un cardiaque congénital, un être doté du pouvoir paranormal de soulever les objets par la force de sa pensée, et, à mon grand regret, je suis toujours arrivé à la conclusion que je n'étais rien de tout cela. En vérité, je ne suis *rien*. Pas même orphelin au sens strict, encore qu'alcoolique semble plus plausible, à moins qu'il n'y ait un autre mot pour définir le fait de se coucher saoul. Mais même si je l'étais, ce ne serait pas si grave : tous les gens dont j'ai mis la photo au-dessus de mon lit le sont. Le truc, c'est sans doute d'être alcoolique sans que cela ait de répercussions graves sur l'humeur ou le travail.

Peut-être ai-je tout simplement lu trop de romans. Dans les romans, les ivrognes sont toujours séduisants, drôles, charmants et compliqués, comme Sebastian Flyte dans *Retour à Brideshead*, ou Abe North dans *Tendre est la nuit*. Ils boivent pour essayer d'étancher une terrible soif de l'âme, ou pour oublier l'héritage terrifiant de la Première Guerre mondiale. Moi, je bois tout simplement pour faire comme tout le monde, parce que j'aime la bière et que je suis trop idiot pour savoir m'arrêter à temps. Je ne peux même pas mettre cette addiction au compte de la guerre des Malouines.

En tout cas, je pue comme un ivrogne. Moins de vingt-quatre heures après mon arrivée, la chambre commence à sentir. C'est cette odeur de garçon décrite par maman – chaude et salée, un peu comme le cuir d'un bracelet-montre. D'où vient-elle ? Est-ce qu'elle me suivra partout ? Je m'assieds sur mon matelas et vois par terre ma chemise de la veille, encore mouillée de sueur. Même mon cardigan est humide. Un éclair de mémoire refoulée me revient à l'esprit… quelque chose à voir avec la danse. Je me recouche en tirant le duvet sur ma tête.

En fin de compte, c'est le futon qui m'oblige à me lever. Durant la nuit il semble être passé au compacteur, et je sens le sol dur et froid contre mon dos. J'ai l'impression d'être étendu sur une grande serviette moite comme celles qu'on a laissé macérer une semaine dans un sac plastique. Je m'assieds au bord du matelas, les genoux sous le menton, et cherche mon portefeuille dans ma poche. Il est toujours là, mais, hélas, il ne contient plus qu'un billet de 5 livres et 18 pence de monnaie. Il faut que cette somme me dure jusqu'au lundi suivant, c'est-à-dire trois jours. Combien de bières ingurgitées hier soir ? Et, oh, mon Dieu, encore ce souvenir importun qui éclate à la surface comme un pet dans un bain : la danse. J'ai dansé au centre d'un groupe. Regrettable, c'est sûr, car d'habitude en situation, je bouge comme quelqu'un atteint de la danse de Saint-Guy. Les gens autour de moi rigolaient et claquaient des mains en sifflant.

Avec une clarté terrible, j'ai la soudaine révélation que *leurs encouragements étaient moqueurs*.

Le bâtiment qui abrite le foyer universitaire est d'une laideur ostentatoire – un mastodonte de béton sillonné de coulées de pluie coincé comme une dent gâtée entre de coquettes maisons mitoyennes du style géorgien. Ce matin, les jeunes entrent et sortent en nombre par la porte battante, seuls ou par petits groupes constitués de leurs nouveaux copains, car c'est le dernier jour de la semaine d'accueil et il n'y a pas cours jusqu'à lundi. C'est le moment adéquat pour joindre les diverses associations existantes. Je m'inscris à l'Assoc de français, à celle de cinéma, de poésie, de journalisme (comme rédacteur) dans les trois revues estudiantines existantes : la littéraire *Scribbler* (Gribouilleur), la salace *Tattle* (Commérages) et la très sérieuse et très politique revue de gauche *By Lines* (Signatures). Je m'inscris à l'Assoc Chambre noire (slogan : « On verra bien ce qui se développera ») bien que n'ayant pas d'appareil photo, et songe à m'inscrire à l'Assoc féministe, mais, en faisant la queue devant la table à tréteaux, je note le regard nullement bienveillant d'un sosie de Gertrude Stein et me dis que j'en fais peut-être un peu trop. J'ai déjà commis la même erreur lors d'un déplacement scolaire au Victoria and Albert Museum en suivant la pancarte « Women », pensant qu'il s'agissait d'une exposition sur l'évolution du rôle de la femme dans la société, pour me retrouver dans les toilettes pour dames. En fin de compte, je décide de ne pas m'inscrire à cette Assoc-ci car, bien que soutenant le Women Lib, je ne suis pas entièrement sûr que mes intentions soient pures (et si j'étais là pour la drague ?).

Je passe en catimini devant les sweaters couleur pastel de l'Assoc de badminton de peur que quelqu'un ne me prenne au mot, puis salue de la main Josh et ses copains dans la queue de l'Assoc des Dandies Musclés, ou autre oxymores – genre amateurs de ski et de picole qui pratiquent le harcèlement sexuel et cultivent des idées politiques d'extrême droite.

Je décide également de ne pas joindre l'Assoc de théâtre. C'est pourtant un bon filon pour rencontrer des filles, mais on finit toujours par se faire avoir. Ce trimestre-ci, on montera *La Tante de Charley*, une farce fin XIXe de Brandon Thomas, l'*Antigone* de Sophocle et *Equus*, de Peter Shaffer, et je sais que si je m'inscrivais, je jouerais un membre du chœur grec (ils crient tous ensemble derrière des masques en papier mâché, vêtus de draps en loques), ou l'une de ces pauvres andouilles d'*Equus* qui passent toute la soirée en collant de danse avec une tête de cheval fabriquée avec des cintres en fer. L'Assoc théâtre, non merci ! Je ne sais pas si vous êtes au courant, mais au lycée, j'ai joué Jésus dans *Godspell*. Quand on a été fouetté et crucifié devant des classes entières, que vous reste-t-il en termes de performance ? Tone et Spencer ont rigolé pendant toute la pièce en hurlant « Encore, encore », lors des quarante coups de fouet, mais les autres ont trouvé mon interprétation très touchante.

Quand j'estime avoir mon compte d'associations, j'erre dans la salle à la recherche de la mystérieuse blonde de la veille, tout en me demandant comment diable je réagirais si je tombais sur elle. Pas en dansant, c'est sûr. Je fais deux fois le tour de la salle omnisports sans trouver trace d'elle. Pour ne pas prendre le risque de m'égarer et d'arriver en retard, je monte à l'étage et retrouve la pièce qui abritera les épreuves de sélection du *Challenge*. L'affiche est toujours sur la porte : *Votre question initiale à dix points : épreuves réservées aux esprits les plus brillants.* « Tu supputes tes chances », avait-elle dit, et : « Peut-être à demain, alors. » Parlait-elle sérieusement ? Et si oui, où est-elle ? Comme j'ai une heure d'avance, je décide de retourner au gymnase pour y jeter de nouveau un œil.

En descendant, je croise la brune de la veille au soir – Jessica, non ? ou autre prénom shakespearien. Elle est plantée dans la cage d'escalier avec une équipe de types pâles et maigres en blousons Harrington et jeans noirs cigarette qui distribuent des tracts pour le Socialist Worker Party. Des Jeunes Gens furax autrement désignés par le sobriquet « j'ailesglandescontrelaputaind'exploitationduprolétariat ». Animé par un esprit de solidarité, je m'approche et leur lance un : « Salut, camarades !

— Tiens, Gene Kelly », lance la brune avec son accent écossais traînant, en regardant sans sourire mon poing levé. Elle a raison, ce n'est pas drôle. Elle continue à distribuer ses tracts. « Je crois que l'Assoc de danse est par là, ajoute-t-elle.

— Bon sang, j'étais nul à ce point ?

— Disons que j'avais envie de te glisser un crayon entre les lèvres avant que tu te mordes la langue. »

Je ris – un autodénigrement élégant, me dis-je. Puis je secoue la tête avec incrédulité, tel le type qui s'avoue dépassé par sa propre folie. Elle ne sourit pas. Je poursuis donc : « Tu sais, la vie m'a appris deux choses : 1 : ne jamais danser quand on est saoul. » Silence. Je fais l'impasse sur le numéro 2. « En fait, je me demandais si je pourrais avoir un tract. »

Elle me scrute, intriguée par mes profondeurs cachées.

« Tu es sûr que ce ne sera pas gâcher du papier ?

— Absolument pas.

— Tu es déjà membre d'un parti quelconque ?

— Oh, la CDN (Campagne pour le désarmement nucléaire), entre autres.

— La CDN n'est pas un parti politique.

— Tu n'estimes pas que la politique de défense est un problème politique ? (Je suis content de moi, là.)

— La politique, c'est purement et simplement de l'économie tu vois ? Les organisations à but unique, les groupes de pression comme la CDN et Greenpeace ont un rôle important à jouer, mais affirmer que les baleines sont des mammifères sympas et qu'un holocauste nucléaire est une perspective déplaisante ne sont pas des prises de position politiques : ce sont des truismes, point. De surcroît, dans un authentique État socialiste, l'armée serait privée du droit de vote.

— Comme en Russie ? » dis-je.

Bien envoyé !

« La Russie n'est pas vraiment socialiste. »

Ah bon ?

« Ou Cuba ? » dis-je.

Touché !

« Oui, si tu veux, comme à Cuba. »

Hum…

« Sauf que Cuba n'a pas d'armée. » (Pure supposition de ma part.)

Je m'en suis bien sorti.

« Pas vraiment. Rien qui pèse en termes de produit national brut. Cuba en consacre six pour cent à sa défense, quand les USA y engouffrent quarante pour cent du leur. » Non ! Elle doit inventer ! Même Castro ne doit pas savoir ce qu'il dépense. Elle ajoute : « Si ce pays ne subissait pas une menace d'agression constante de la part de l'Amérique, il n'aurait même pas besoin d'investir six pour cent de son budget. Ferais-tu partie de ces gens qui ne ferment pas l'œil de la nuit de peur d'être envahis par les Cubains ? »

Contester ses chiffres ou son insinuation ferait trop cour de récréation. « Alors, je peux avoir un tract, oui ou non ? » J'insiste, et elle m'en tend un à contrecœur.

« Si nos vues sont trop tranchées pour toi, le Labour, c'est par là. (Geste vague.) Maintenant, si tu veux aller jusqu'au bout, rejoins les tories. »

Elle m'envoie ces mots comme une gifle, et il me faut un moment pour récupérer. Je réfléchis à ce que je vais répondre quand elle me tourne le dos. Plus exactement elle se détourne de moi et continue sa distribution de tracts. J'ai envie de lui poser la main sur l'épaule, la faire pivoter et lui lancer : « Ne me tourne pas le dos, petite conne bégueule, sectaire, faussement vertueuse, parce que mon père a été quasiment tué par son boulot, alors ne me fais pas la morale à propos de Cuba, parce que j'ai plus de sens des putains d'injustices sociales dans mon petit doigt que toi et ta bande de bourgeois bohèmes dans toutes vos suffisantes personnes. » Au lieu de quoi je lui dis : « Tu t'es sans doute rendu compte que si vous raccourcissiez le nom de votre parti, vous pourriez le baptiser "Assocsoc", Association socialiste ! »

Elle se tourne lentement vers moi, les yeux rétrécis.

« Écoute, me dit-elle, si tu veux t'engager, t'opposer avec sincérité à ce que Thatcher est en train de faire à ce pays, alors rejoins-nous. Mais, si tout ce qui t'intéresse c'est de faire des plaisanteries de potache, alors non, merci. On peut se passer de toi. »

Elle a encore raison, bien sûr. Pourquoi est-ce que je deviens toujours facétieux et fumiste quand je parle politique ? Au fond de moi, je ne m'en moque pourtant pas. Je songe à le lui expliquer ; il suffit que j'aie avec elle une conversation adulte. Mais un incident vient d'éclater entre l'un des types maigres en jeans noirs et quelqu'un de Class War, la fédération anarchiste. Je me ravise donc et continue mon chemin.

7

QUESTION : Inventée par le psychologue allemand William Stern, quelle mesure controversée était à l'origine destinée à mesurer le rapport entre l'âge mental de quelqu'un et son âge physique, multiplié par cent ?
RÉPONSE : le QI.

JE MONTE À LA SALLE DE RÉUNION Nº 6, où un grand type est en train de disposer en position d'examen, avec un zèle tout bureaucratique, une trentaine de tables et des chaises. Manifestement plus âgé que moi – vingt et un ou vingt-deux ans –, il est vêtu du sweat-shirt lie-de-vin de l'université et pète de santé ; il est bronzé et beau mec dans le genre fade, avec des cheveux blond-roux coupés très court, une coupe qui évoque le plastique moulé. Je le regarde un instant évoluer par la porte vitrée. Un astronaute, à supposer que les Anglais aient cet article en rayon, ou une figurine articulée et pacifique Action Man. Ce qui me trouble, c'est que j'ai l'impression de l'avoir déjà vu quelque part.

Il m'aperçoit. Je passe donc poliment la tête dans l'entrebâillement de la porte. « Excuse-moi, dis-je.

C'est bien ici qu'a lieu la sélection pour l'*University Chall*...

— Doigt sur le bouton : ta première question à dix points : tu sais lire ?

— Ben... oui.

— Que dit l'affiche ?

— Salle de réunion n° 6, 13 heures.

— Quelle heure est-il maintenant ?

— 12 h 45.

— Je suppose que cela répond à ta question.

— Je le suppose aussi. »

Je m'assieds sur un banc dans le couloir et me repasse mentalement des listes : les souverains britanniques, le tableau périodique des éléments, les présidents américains, les principes de la thermodynamique, les planètes du système solaire – juste au cas où. Technique de base pour tout examen. Je vérifie que j'ai bien un crayon et un stylo, un mouchoir, une boîte de Tic-Tac et attends les autres concurrents. Dix minutes plus tard, je suis toujours le seul. Je regarde par la vitre le type, assis à son bureau de prof, en train de trier et d'agrafer les fiches de questions. Je suppose qu'il est haut placé dans le comité de sélection de l'*University Challenge*, et que cet honneur doit lui monter à la tête, mais j'ai intérêt à me le concilier. J'attends donc 12 h 58 très précisément pour entrer.

« Ça va maintenant ? dis-je.

— Parfait. Asseyez-vous. Vous êtes combien, s'enquiert-il sans lever la tête.

— Euh... je suis seul.

— Vraiment ? » Il vérifie, ne me faisant visiblement pas confiance. « Oh, merde, j'ai déjà vécu ça. » Il claque la langue de contrariété et soupire, puis, se levant, il vient s'asseoir sur le bord du bureau d'où il m'examine de pied en cap. Il ne s'attarde pas sur mon acné, préférant fixer un point à trente centimètres de mon visage. Il pousse un nouveau soupir mélancolique. « Bon. Je suis Patrick. Comment t'appelles-tu ?

— Brian Jackson.

— Tu es en quelle année ?

— Première année. Je suis arrivé hier. »

Re-claquement de langue et re-soupir.

« Ton sujet d'excellence ?

— Tu veux dire la matière que j'étudie ?

— Si tu veux.

— Littérature anglaise.

— Bon sang, un de plus ! Bon, au moins, en terme de gaspillage, ça ne fait que trois ans. Mais qu'est-il arrivé aux mathématiciens ? C'est ça que je veux savoir. Aux biochimistes ? Aux étudiants en ingénierie mécanique ? Pas étonnant que l'économie parte en couilles ; tout le monde sait ce qu'est une métaphore mais personne ne sait plus construire une centrale électrique. »

Je ris, mais il ne plaisante pas.

« J'ai un bac science, dis-je, sur la défensive.

— Quelles matières ?

— Physique-chimie.

— Ah, enfin, un homme de la Renaissance ! Quelle est la troisième loi de Newton ? »

Oh, mon ami, il faudra te donner un peu plus de mal !

« La réaction est égale et opposée à l'action », dis-je.

La réaction de Patrick, elle aussi, est égale et opposée. Un bref haussement de sourcils plein de mauvaise grâce, puis le regard de nouveau baissé sur ses fiches.

« École ?

— Pardon ?

— J'ai dit : "école" ; tu sais, ce grand bâtiment de briques avec des profs dedans.

— J'ai compris la question. Simplement, je me demande pourquoi tu veux le savoir.

— Parfait, Trotski. Bien envoyé. Tu as un stylo ? Bien. Voici ton sujet d'examen. Je reviens dans une minute. » Je vais m'asseoir au fond de la salle et deux personnes entrent dans mon dos.

« Ah, voici la cavalerie ! » dit Patrick.

La première coéquipière potentielle, une Chinoise, provoque quelques remous car elle semble porter un panda sur l'épaule. À y regarder de près, ce n'est pas un panda vivant mais un sac à dos astucieusement conçu. Elle doit avoir un sens de l'humour particulier, mais ce genre d'excentricité augure mal de ses chances dans un quiz de culture générale de haut niveau. D'après sa conversation avec Patrick, j'apprends qu'elle s'appelle Lucy Chang, qu'elle est en deuxième année de médecine ; elle aura donc un avantage sur moi s'agissant des questions scientifiques. Elle semble parler anglais couramment, quoique très lentement, et avec un léger accent américain. Quelles sont les règles s'agissant des résidents étrangers ?

L'autre concurrent, un baraqué que son accent désigne comme natif du Yorkshire, est une grande gueule affublée d'une combinaison militaire vert olive, de lourdes bottes et d'une musette en bandoulière affichant, ce qui me semble paradoxal, le sigle CDN tracé au feutre magique. Patrick l'interroge avec la politesse forcée du sergent en face du caporal, et il apparaît que le type s'appelle Colin Pagett, qu'il est né à Rochdale, un patelin près de Manchester, et qu'il est en troisième année de sciences politiques. Il balaie la salle du regard, nous salue d'un signe de tête. Nous attendons en silence, jouant avec nos stylos, assis aussi loin les uns des autres que le permet la configuration des lieux. Le temps passe : dix minutes, un quart d'heure. Il est évident que personne d'autre ne se présentera. Où est-elle ? Elle avait dit qu'elle viendrait. Lui serait-il arrivé quelque chose ?

Patrick, l'astronaute, pousse un dernier soupir, retourne derrière son bureau et, debout, nous dit : « Bon. Nous allons commencer. Je m'appelle Patrick Watts, je suis né à Ashton-under-Lyme, dans le Grand Manchester, j'étudie l'économie, et je suis le capitaine de l'équipe de l'*University Challenge* de cette année… ah, j'entends une objection dans la salle… oui, les spectateurs habituels du jeu télévisé ont dû me reconnaître : je l'étais également l'an dernier. »

Et voilà. C'est là que je l'ai vu. Je me souviens d'avoir regardé l'émission avec beaucoup d'attention parce que j'avais rempli ma demande d'admission à l'université et je voulais connaître son niveau. Il m'avait semblé qu'ils formaient une piteuse équipe, et ce Patrick gardait probablement les stigmates de la honte subie car il fixait obstinément le sol en ajoutant : « De toute évidence, nous n'avons pas été brillants. (Ils avaient été éliminés à la dernière manche par des adversaires qui n'étaient pas non plus des flèches.) Je crois que cette année nous avons toutes nos chances, surtout avec une… matière première si prometteuse. »

Nous regardons la pièce aux bureaux vides. La matière première, c'est nous trois.

« Bon, on y va. Vous allez tenter de faire cet essai. Il s'agit de répondre par écrit à quarante questions qui couvrent un choix varié de sujets, comme le jour du concours. L'année dernière, nous avons été particulièrement faibles en sciences (il me regarde), et cette fois, je veux être sûr que nous ne sommes pas trop orientés vers les lettres…

— C'est une équipe de quatre, n'est-ce pas ? l'interrompt le type de Manchester.

— Exact.

— Dans ce cas, l'équipe… c'est nous.

— Euh, oui, mais nous devons nous assurer que nous avons le niveau requis. »

Colin ne lâche pas le morceau.

« Pourquoi ?

— Parce que, autrement, nous allons encore perdre.

— Et alors ?

— Alors, si nous perdons encore… » Patrick se débrouille pour remuer les lèvres sans émettre un son, tel un maquereau hors de l'eau. Exactement la tête qu'il avait à la télé l'année dernière quand il n'a pas été capable de répondre à une question simple sur les lacs d'Afrique de l'Est. Il avait le même regard traqué, alors que tout le monde dans le public connaissait la réponse et brûlait de la lui souffler : Tanganyika, le lac Tanganyika, pauvre con.

Il est alors distrait par un bruit à la porte – un bouquet de jeunes filles en fleurs, leurs visages souriants pressés contre la vitre, des rires étouffés, une bousculade, et des mains invisibles qui la propulsent dans la salle. Elle reste plantée là, gloussante, en nous dévisageant tous quatre pour essayer de retrouver son sang-froid.

C'est tout juste si on ne se lève pas, je vous jure.

« Oups ! Je suis désolée. »

Ellc a la voix un peu pâteuse et semble avoir du mal à se tenir droite sans tituber. Elle ne songe pas à passer un examen beurrée, tout de même ?

« Je vous prie de m'excuser. J'arrive trop tard ? »

Patrick passe la main dans sa chevelure d'astronaute, s'humecte les lèvres et lui dit : « Pas du tout. Bienvenue à bord, euh…

— Alice. Alice Harbinson. »

C'est une Alice, bien sûr. Quoi d'autre ?

« Très bien, Alice. Assieds-toi, je te prie. »

Elle regarde autour d'elle, me sourit, et vient s'asseoir juste derrière moi.

Les premières questions sont assez faciles : de la géométrie de base et quelques vieilles ficelles sur les Plantagenêt, juste pour nous faire baisser la garde, mais j'ai du mal à me concentrer car Alice fait de drôles de bruits dans mon dos. Je me tourne pour lui jeter un coup d'œil : penchée sur sa feuille, elle est écarlate et tremble d'un fou rire réprimé. Je reviens à mon test.

Question 4. Quel était le nom d'origine d'Istanbul *avant* qu'on l'appelle Constantinople ?

Facile. Byzance.

Question 5. L'hélium, le néon, l'argon et le xénon font tous quatre partie de ce qu'on appelle les gaz nobles. Quels sont les deux autres ?

Aucune idée. Le krypton et l'hydrogène, peut-être. Va pour le krypton et l'hydrogène.

Question 6. Quelle est l'exacte composition de l'arôme émanant d'Alice Harbinson, et pourquoi est-il aussi ensorcelant ?

Quelque chose de cher, fleuri mais abstrait. Du *N° 5* de Chanel ? mélangé au savon Pears, à la cigarette Silk Cut et à la bière…

Ça suffit. Concentre-toi.

Question 6. Où Margaret Thatcher était-elle assise au Parlement ?

Facile, celle-là. Mais j'entends encore ce curieux bruit de gorge derrière moi. Je me retourne de nouveau et cette fois, j'arrive à capter son regard. Elle grimace, je lis le mot « pardon » sur ses lèvres et elle me fait le signe « bouche cousue ». Je lui adresse un sourire en coin, laconique mais pas trop, pour qu'elle saisisse mon état d'esprit insolent. « Pfft… moi non plus je ne prends pas cette épreuve au sérieux. » Je lui envoie ce signal d'indifférence tout en m'y replongeant avec feu. Il faut que je me concentre. Je me fourre un Tic-Tac dans la bouche et me soutiens gracieusement le front de l'index. Concentre-toi. Concentre-toi.

Question 7. Comment pourrait-on définir la couleur des lèvres d'Alice Harbinson ?

Pas sûr : je ne la vois pas. Mais un adjectif emprunté à un Sonnet de Shakespeare. Rose de Damas, corail, autre ? Il faudrait que je me retourne pour vérifier. Non. Pas question. Concentre-toi. Travaille.

Les 8, 9 et 10, ça va, mais ensuite il y a une traversée du désert avec des questions de maths et de physique ridiculement difficiles. Je commence à patauger, en saute deux ou trois dont je ne comprends même pas l'énoncé, puis tente le coup sur les mitochondries.

« Pssst… »

Question 15. L'énergie libérée par l'oxydation des produits du métabolisme cytoplasmique est convertie en adénosine triphosphate…

« Psssst… »

Penchée en avant sur son bureau, elle tente de me faire passer ce qu'elle tient dans son poing fermé. Vérifiant que Patrick ne regarde pas, je tends le bras derrière moi et elle me passe un morceau de papier plié. Patrick lève les yeux et je me hâte de transformer le mouvement en un étirement las, bras au-dessus de la tête. Quand tout danger est écarté, je déplie le papier. Il dit : *Ta beauté étrange, surnaturelle m'intrigue. Quand, oh, quand sentirai-je tes lèvres sur les miennes... ?*

Ou plutôt : *Hé, bûcheur, aide-moi ! Je suis très COOONNE et complètement bourrée. Sauve-moi d'une humiliation totale. Quelles sont les réponses aux questions 6, 11, 18 et 22 ? Et la 4, Byzance, c'est bon ? Merci d'avance, vieux. La mongolienne derrière toi. P-S : si tu cafardes, je te tue.*

Elle me demande de partager ma culture générale avec elle ; si ce n'est pas de la drague, je ne sais pas ce que c'est. Bien sûr, tricher à un examen, c'est très moche, et si ce n'était pas pour elle, je ne m'y prêterais jamais. Mais les circonstances sont exceptionnelles. Je réponds aux questions pour lui refiler le papier : *La 6, c'est Finchley ; la 11, c'est Ruskin,* Les Pierres de Venise *(du moins je crois) ; la 18, c'est peut-être le paradoxe du chat de Schrödinger ; la 22, je ne suis pas sûr : Diaghilev ? Et, oui, la 4, c'est Byzance.*

Je me relis plusieurs fois : en fait de lettre d'amour, c'est un peu sec. J'ai envie de trouver quelque chose de plus excitant, de plus provocateur que le tout bête : « Tu es adorable » ; je réfléchis un instant, inspire un bon coup et écris : *Au fait, tu es ma débitrice. Un café après ? Signé : Le Bûcheur.* Avant de me raviser, je pivote et place le papier sur son bureau.

Question 23. Les cétacés du sous-ordre des mysticètes utilisent, pour filtrer l'eau et se nourrir, des structures épidermiques nommées des... ?

Fanons.

Question 24. Comment s'appelle le vers français de douze syllabes employé par Corneille et Racine ?

L'alexandrin.

Question 25. L'accélération du rythme cardiaque, les sueurs froides et un sentiment d'allégresse sont les symptômes de quel état émotionnel ?

Ah non ! Concentre-toi. Bûche !

Question 25. Combien de sommets a un dodécaèdre ?

Bon : « dodéca », c'est 12 en grec. Il y a donc 12 faces planes, ce qui signifie 12 fois 4 si on les démantèle, ce qui fait 48, mais il faut déduire le nombre d'arêtes communes : je dirais donc 24. Pourquoi 24 ? parce que chaque sommet est la jonction de trois faces planes ? Quarante-huit divisé par 3 égale 16. Seize sommets ? N'y aurait-il pas une formule pour cela [1] ? Et si je le dessinais ?

J'essaie de dessiner un dodécaèdre déconstruit douteux quand une boulette de papier tombe sur mon bureau. Je l'attrape avant qu'elle ne roule au sol. *D'accord. Mais tu dois me promettre de ne pas danser.*

Je me souris à moi-même et me la joue suffisamment cool pour ne pas me retourner. Après tout, c'est ce que je suis : un type cool. Impassible, je poursuis ma mise à plat de ce volume compliqué.

1. Formule d'Euler : $n = m - f + 2$ (nombre de sommets = nombre d'arêtes – nombre de faces + 2). Les maths ne sont pas le point fort de Brian.

8

QUESTION : Si l'incandescence est la lumière émise par un corps chauffé, comment appelle-t-on la lumière dite « froide » ?

RÉPONSE : Luminescence.

« JE PARIERAIS QUE TU NE M'AS PAS RECONNU sans mon faux col.

— Quoi ? Non. Du moins pas sur-le-champ.

— Alors… Alice, c'est ça ?

— C'est ça.

— Comme celle du pays des merveilles ?

— J'en ai peur. »

L'air traqué, elle a l'œil fixé sur la sortie.

Nous sommes assis à un guéridon de marbre du Paris Match, un café qui essaie désespérément d'avoir l'air français. Chaises bistro « authentiques », cendriers Ricard, affiches de Toulouse-Lautrec aux murs et menus proposant non pas des toasts jambon-fromage mais des « croque-monsieur ». L'endroit est bourré d'étudiants en cols roulés noirs et jeans 501. Penchés en avant sur leurs pommes-frites, ils discutent avec passion en agitant leurs clopes, se persuadant qu'ils fument des Gitanes au lieu de Silk Cut. Je ne suis jamais allé en France. C'est vraiment comme ça ?

« Et on t'a donné ce prénom à cause de Lewis Carroll ?

— J'en ai peur. (Un silence.) Et toi, pourquoi t'a-t-on appelé Gary ? »

Je réfléchis un instant, en quête d'une anecdote amusante sur l'origine de mon prénom, puis décide qu'il vaut mieux rétablir la vérité.

« En fait, je m'appelle Brian.

— Bien sûr ! Excuse-moi. Je voulais dire Brian.

— Je ne suis pas certain qu'il existe des Brian en littérature. Ou des Gary, d'ailleurs. Sauf que – n'y a-t-il pas un Gary parmi les frères Karamazov : Gary, Keith et…

— … et Brian ! Brian Karamazov. » Elle rit. Nous rions tous les deux.

Aujourd'hui, c'est un grand jour pour moi. Non seulement je suis assis en face d'Alice Harbinson en train de me moquer de mon propre prénom, mais je bois mon premier cappuccino. C'est ça que boivent les Français ? Pas mauvais d'ailleurs. Ça m'évoque un peu les cafés au lait qu'on vend 35 pence au stand de la promenade de Southend-on-Sea, sauf qu'au lieu de granulés de Nescafé non dissous flottant à la surface, ce sont ici des résidus brunâtres de cannelle. Au temps pour moi. Je croyais que c'était du cacao. Mais ce truc-ci sent un peu le dessous-de-bras chaud et laiteux. Sans doute les cappuccinos, comme le sexe, sont-ils meilleurs la deuxième fois. Sauf qu'à 83 pence la dose, je ne suis pas sûr qu'il y ait une prochaine fois. Une deuxième analogie avec le sexe.

On y est, comme d'habitude : le sexe et l'argent. Il faut que tu cesses d'y penser. Surtout à l'argent. C'est affreux ; tu es là avec une fille magnifique, et tout ce que tu as en tête, c'est le prix d'un café. Et le sexe.

« Je meurs de faim, me dit-elle. On mange quelque chose, des frites ou autre ?

— Oui », dis-je en regardant le menu. £ 1,25 pour une mesquine portion de frites ! « Enfin toi, parce que moi, je n'ai pas faim. »

Elle fait signe au serveur, un étudiant efflanqué, du style lévrier, affublé d'un épi à la Morrissey. « Salut », lui dit-il. Ils entament une conversation au-dessus de ma tête.

« Ça va ? lui demande-t-elle.

— Très bien, mais je préférerais être ailleurs : je me farcis seize heures de service dans la foulée, aujourd'hui.

— Oh mon pauvre… (Elle lui frictionne le bras avec sympathie.)

— Et toi, ça va ?

— Très bien, merci.

— Tu es splendide, si je peux me permettre. »

Feignant d'être timide et rougissante elle se cache le visage dans ses mains. *Zut alors*, me dis-je. Le type du restau finit par se souvenir pourquoi il est là : « Tu veux manger quelque chose ?

— Juste une portion de frites, c'est possible ?

— Absolument. » Il se rue à la cuisine pour lui chercher sa légumineuse à prix d'or.

« D'où le connais-tu ?

— Qui ? Le garçon ? Je ne le connais pas.

— Oh… »

Silence. Je bois lentement mon café en essuyant du dos de la main la poussière de cannelle qui m'obstrue les trous de nez.

« Je n'étais pas sûr que tu me reconnaîtrais sans mon faux col, dis-je.

— Tu te répètes.

— Ah bon… parfois, tu vois, je m'embrouille entre ce que j'ai exprimé ou non, ou je me retrouve en train de dire ce que je comptais garder pour moi. Tu vois mon problème ?

— Exactement ! (Elle m'attrape le bras.) Je me fais sans arrêt des nœuds, je lâche des trucs insensés (aimable de sa part de me mettre à l'aise, mais je ne la crois pas). Je te jure, la moitié du temps je ne sais même pas ce que je suis en train de faire.

— Comme moi hier soir quand j'ai dansé.

— Ah oui, hier soir… (Elle fait la moue.)

— Excuse-moi, veux-tu ? À vrai dire, j'étais bourré.

— Oh, ça allait… Tu es un bon danseur.

— Un exécrable danseur ! Je suis d'ailleurs surpris que personne ne soit venu me mettre un crayon entre les dents. »

Elle me regarde d'un air perplexe :

« Pourquoi un crayon ?

— Pour m'empêcher de me mordre la langue. (Elle ne comprend toujours pas.) Tu vois, ce qu'on fait avec les épileptiques. »

Elle ne me répond pas. Mon Dieu, j'ai dû l'offenser. Elle connaît peut-être un épileptique, ou il y en a peut-être un dans sa famille. Et si elle-même l'était ?

« Tu n'as pas chaud dans cette grosse veste d'ouvrier ? » me demande-t-elle.

Le serveur revient avec les précieuses frites, au nombre de six, artistiquement disposées dans un récipient de la taille d'un grand coquetier, puis il s'attarde à notre table, tout sourire et prêt à jacter de nouveau. Je le devance.

« Tu sais, Alice, dis-je, la vie m'a appris deux choses. La première : ne jamais danser quand on est saoul.

— Et la seconde ?

— Ne jamais verser du lait dans un siphon d'eau de Seltz. »

Elle rit. Reconnaissant sa défaite, le serveur s'éloigne. *Bravo, Brian. Continue.*

« … Je ne sais pas ce que j'attendais : peut-être une merveilleuse boisson au lait fermenté, mais la chose a déjà un nom : yaourt. »

Par moments, vraiment, je me sens tellement nul que j'ai envie de gerber.

Nous parlons encore un peu tandis qu'elle mange ses frites en les trempant dans le ketchup d'une coupe en Pyrex de la taille d'une lentille de contact. On se croirait, en plus coûteux, dans T.S. Eliot – *La Chanson d'amour de J. Alfred Prufrock* : « Oserai-je manger une pêche ? » Pas à ce prix, non. J'en apprends un peu plus sur elle. Elle est enfant unique, comme moi – quelque chose à voir avec les trompes de sa mère, croit-elle, sans en être sûre. Cela ne l'a pas vraiment gênée, et comme elle était plutôt studieuse, on l'a mise en pension, ce qui, politiquement, n'est pas très vertueux, mais elle avait adoré cette expérience, et en terminale elle était responsable de classe. Elle est très proche de son père, qui réalise des documentaires sur l'art pour la BBC et lui laisse effectuer des stages à LWT pendant les vacances. Elle a rencontré plusieurs fois le producteur de ladite London Week-End Television, Melvin Bragg, qu'elle trouve très drôle et très sexy. Elle aime sa mère, bien sûr, mais elles se disputent souvent, sans doute parce qu'elles se ressemblent trop. Sa mère travaille pour Sur l'arbre perché, une organisation charitable qui construit des cabanes pour les enfants défavorisés.

« Il ne vaudrait pas mieux les laisser avec leurs parents ? dis-je.

— Comment ça ?

— Eh bien, tu vois, des gosses vivant seuls dans les arbres, ça peut être dangereux, non ?

— Mais ils n'y *vivent* pas. C'est juste pour les vacances d'été.

— Ah bon.

— La plupart des enfants appartenant à des familles nécessiteuses n'ont qu'un seul parent, ils n'ont jamais eu de vacances de leur vie. (Bon sang, c'est de moi qu'elle parle !) C'est vraiment fantastique. Si tu ne fais rien l'été prochain, tu devrais nous rejoindre. » Je hoche la tête avec enthousiasme, sans comprendre si elle me demande de venir les aider ou si elle m'offre un bol d'air.

Elle me raconte ses vacances de l'été dernier, passées pour une part dans les arbres avec des petits déshérités probablement terrifiés, puis entre ses maisons familiales de Londres, du Suffolk et de Dordogne, avant de jouer au festival d'Édimbourg avec le groupe théâtral de son pensionnat.

« Quelle pièce ?

— *La Bonne Âme du Se-Tchouan*, de Brecht. »

Vous voyez ce qu'elle fait, là ? Elle me donne la chance de placer « éponyme ».

« Et qui jouait le personnage éponyme ?

— Euh… moi. (Elle, bien sûr : qui d'autre ?)

— Et tu l'étais ?

— Quoi ?

— Bonne.

— Non, pas très, bien que *The Scottsman* ait semblé le croire. Tu connais la pièce ?

— À fond, mens-je. Nous avons monté *Le Cercle de craie caucasien*, l'an dernier au lycée. » Je marque une pause, bois une gorgée et ajoute : « Je jouais la craie. »

Bon sang ! Je vais gerber !

Mais elle rit, puis entreprend de m'exposer les exigences de son rôle dans la pièce de Brecht. J'en profite pour la regarder, sans alcool dans le sang et sans buée sur les lunettes. Alice est la plus splendide de toutes les femmes que j'aie jamais vues ailleurs que dans les livres d'art sur la Renaissance ou à la télé. Au lycée, on disait que Liza Chambers était « belle » alors qu'elle débordait tout simplement de sexualité. Alice, elle, est authentiquement belle : une peau crémeuse, apparemment dépourvue de pores, qui semble éclairée de l'intérieur par quelque luminescence (phosphorescence ? fluorescence ? je chercherai plus tard) organique et sous-cutanée. Elle n'est pas maquillée ou, plutôt, son maquillage est si subtil qu'il semble inexistant, sauf les cils – impossible d'avoir naturellement des cils pareils. Quant à ses yeux, dire qu'ils sont bruns ne serait pas leur rendre justice. Rien de monochrome ni de terne en eux : immenses, avec une sclérotique très blanche et un iris clair constellé de paillettes vertes. Sa bouche charnue est de la couleur des fraises que croquait à belles dents Tess Durbeyfield, toutefois moins heureuse et moins équilibrée qu'Alice avant de découvrir qu'après tout, elle était une d'Urberville. Une petite cicatrice pâle affleure sur sa lèvre inférieure, indiquant, détail délicieux, un accident qu'elle a dû avoir, enfant, en voulant cueillir des mûres hors de portée. Ses cheveux ondulés couleur de miel dégagent son front comme dans les portraits préraphaélites (peut-on parler d'une « coiffure » préraphaélite ?). Elle est terriblement *Quattrocento*, comme dirait T.S. Eliot, ou Yeats (lequel des deux ? il faut que je vérifie, ainsi que l'époque : XIVe ou XVe ?).

Elle reparle de la soirée d'hier, qu'elle a trouvée horrible, avec toutes ces brutes sans cou du genre racaille de stade. Ses longues jambes entortillées autour des pieds de sa chaise, penchée vers moi, elle souligne tel ou tel point en me touchant l'avant-bras, son regard plongé dans le mien comme si nous avions fait un pari (le premier qui détourne les yeux, etc.), utilisant ce coup classique consistant à tirer sur son minuscule anneau d'oreille, geste inconscient pour signifier que je lui plais – à moins qu'elle ne souffre d'une légère infection, résultat d'un piercing récent. Pour ma part, j'essaie de nouvelles mimiques et postures, dont l'une consiste à me pencher en avant, le menton dans la main, doigts occultant ma bouche, et à me caresser par moments ledit menton d'un geste sagace. Cette attitude m'est utile à plusieurs égards : 1) elle est seyante (l'air pensif) ; 2) elle est sensuelle (les doigts sur la bouche ont une connotation sexuelle indiscutable) ; 3) elle cache mes pires boutons (ceux massés aux commissures, genre dégoulinade de soupe à la tomate).

Elle commande un autre cappuccino. Il faudra le payer aussi ? Tant pis. La cassette Stéphane Grappelli/Django Reinhardt passe en boucle, un fond sonore qui évoque le bourdonnement d'une mouche à viande contre une vitre. Je suis heureux de rester assis là, à écouter Alice. En admettant qu'elle ait un défaut – oh, minime –, ce serait de n'être pas curieuse des autres, de moi tout au moins. Elle ne sait pas d'où je viens, ne m'a rien demandé sur mes parents, ne sait pas mon nom de famille ; même ce prénom de Gary qu'elle m'attribue, je ne suis pas sûr qu'elle l'ait inventé pour rire. En fait, depuis que nous sommes ici, elle ne m'a posé que deux questions : « Tu n'as pas trop chaud dans cette grosse veste ? » et : « C'est de la cannelle, tu sais ce que c'est ? »

Soudain, comme si elle lisait dans mes pensées, elle me dit : « Excuse-moi de tenir le crachoir. Tu ne m'en veux pas, j'espère.

— Pas du tout. »

C'est vrai. J'aime tout simplement être ici, avec elle, être *vu* avec elle. Elle me parle de cette incroyable troupe de cirque bulgare qu'elle a admirée au festival d'Édimbourg – une bonne occasion pour moi de décrocher pour étudier l'addition. Trois cappuccinos à 85 pence, soit 2,25 livres, plus les chips – pardon, les pommes de terre frites – à 1,25 livre (soit dit en passant, 18 pence la frite), ce qui nous fait 3,80 livres, plus le pourboire à ce serveur hilarant – 30, non, disons 40 pence ; on arrive au total de 4,20 livres. Or j'avais en tout 5,18 livres dans la poche, si bien que je n'ai plus que 98 pence pour vivre jusqu'à lundi, jour où je touche le chèque de ma bourse. Mais elle est tellement belle... Si elle me propose de partager l'addition, dois-je accepter ? Je veux qu'elle sache que j'exige une égalité scrupuleuse entre les sexes, tout en ne souhaitant pas lui avouer que je suis pauvre, ou, pire, qu'elle me croie radin. De toute façon, même si nous partagions, j'en serais tout de même de 3 livres de ma poche, ce qui m'obligera dans tous les cas à demander à Josh de me rendre provisoirement les 10 livres de maman, ce qui lui donnera le droit de me taper des clopes jusqu'aux vacances de Noël, passer au blanc ses jambières de cricket, et lui toaster ses scones à vie. Hou, là, attention, elle me pose une question.

« Tu veux un autre cappuccino ? »

NON !

« Ce n'est pas une bonne idée, dis-je. Nous ferions mieux de rentrer voir les résultats. Je vais payer… » Je cherche le serveur des yeux.

« Attends, laisse-moi participer. (Elle fait semblant de chercher son porte-monnaie.)

— Non, je t'invite.

— Tu es sûr ?

— Certain. »

Je compte les 4,20 livres et les pose sur la table de marbre, grisé par ma prodigalité.

Une fois dehors, je me rends compte que le jour décline. Nous avons parlé des heures sans que je m'en rende compte. Pour une fois, j'avais même oublié le *Challenge*. Mais maintenant, je m'en souviens et m'efforce de ne pas me mettre à courir. Alice marchant d'un pas lent, c'est en flânant dans la lumière d'automne que nous retournons à la corpo.

« Qui t'a branché là-dessus ? me demande-t-elle.

— Sur quoi ? Le *Challenge* ?

— Tu appelles ça comme ça ?

— Tout le monde, non ? Oh, pour rire, dis-je avec une négligence feinte. Et aussi, comme chez moi, en fait de famille, il n'y a que maman et moi, on n'était pas assez nombreux pour l'autre quiz, *Ask The Family*… Demander, d'accord, mais à qui ? »

Je pensais qu'elle relèverait ce commentaire, mais non.

« Moi, ce sont mes voisines de chambre qui m'ont mise au défi d'y aller, dit-elle. Après deux pintes de bière au déjeuner, ça m'a soudain semblé une bonne idée. Et comme je veux être actrice ou présentatrice télé, j'ai pensé que ce serait toujours une expérience face à la caméra. Maintenant, je n'en suis plus si sûre. L'*University Challenge* ne me semble pas le marchepied idéal pour le firmament hollywoodien. À vrai dire, j'espère être recalée pour pouvoir oublier cette histoire idiote. (Vas-y doucement, Alice Harbinson : ce sont mes rêves que tu piétines.) Tu as déjà pensé à faire une carrière d'acteur ?

— Qui, moi ? Ma foi, Ciel, non. Je suis nul... » À titre d'expérience, j'ajoute : « Et en plus, je ne crois pas être assez beau gosse pour ça.

— Oh, aucune importance. Plein d'acteurs ne sont pas des adonis. »

Et vlan ! Ça m'apprendra...

En route pour la salle 6, sur la porte de laquelle doivent être affichés les résultats de l'épreuve, j'ai l'impression de revivre le suspense du bac. Arborer cet air de confiance très légèrement teinté d'anxiété, contrôler l'expressivité de mon visage, ne pas avoir l'air trop content de moi, trop impudent. Un sourire, un hochement de tête sagace, puis m'éloigner.

Devant l'écriteau, je vois le panda de Lucy Chang lire les résultats au-dessus de l'épaule de sa maîtresse ; quelque chose dans la façon dont Lucy incline la tête me laisse présager que les nouvelles ne sont pas bonnes pour elle. Elle se détourne et s'éloigne avec un doux sourire déçu. Elle ne sera donc pas parmi nous dans les studios de Granada TV. Dommage, elle avait l'air sympa. Je lui rends son sourire avec commisération, avant de m'approcher de l'affiche.

Je lis. Je cligne des yeux et je relis.

RÉSULTATS DE L'ESSAI POUR

L'UNIVERSITY CHALLENGE

Sélection de l'année 1985-1986

Lucy Chang :	89 %
Colin Pagett :	72 %
Alice Harbinson :	53 %
Brian Jackson :	51 % *

Notre équipe sera donc constituée cette année de Patrick Watts, Lucy, Alice et Colin. Notre première répétition aura lieu mardi prochain. Félicitations à tous ceux qui ont participé à l'épreuve de présélection.

PATRICK WATTS

* En cas d'urgence absolue ou de maladie létale d'un des participants notre remplaçant sera Brian Jackson.

« Oh, mon Dieu, je fais partie de l'équipe ! » crie Alice en m'attrapant le bras. Elle fait des bonds sur place.

« Bien joué ! » J'accroche sur mon visage un sourire trouvé dans quelque réserve que j'ignorais posséder.

« Hé, si tu ne m'avais pas soufflé les réponses, tu serais à ma place », crie-t-elle de nouveau.

Eh oui, Alice, j'en suis conscient.

« Qu'est-ce qu'on fait ? On retourne au bar pour se pinter ? » demande-t-elle.

Non, Alice, je n'ai plus d'argent. Soudain, je suis triste.

Je ne fais pas partie de l'équipe, il me reste 98 pence en poche et je suis éperdument amoureux sans espoir aucun.

DEUXIÈME MANCHE

« “Il appelle les valets des ‘Jeannot [1]’, ce garçon”, dit Estella avec dédain avant que nous eussions terminé notre première partie. »
Charles DICKENS, *Les Grandes Espérances*.

1. Entre le XVIIe siècle et 1864, « Jack » faisait partie du vocabulaire des tavernes où l'on jouait au All-Fours. Le mot était considéré comme vulgaire. On lui préférait « Knave » pour désigner le valet. Traduction Charles Bernard-Derosne, 1861.

9

QUESTION : George, Anne, Julian, Timmy et Dick sont plus connus sous le nom de...
RÉPONSE : Club des Cinq.

À L'UNIVERSITÉ, JE M'ATTENDAIS À VIVRE TROIS ÉVÉNEMENTS. Un, perdre ma virginité ; deux, être recruté comme espion ; trois, disputer l'*University Challenge*. Ma virginité, je l'ai jetée par-dessus les moulins à Southend deux semaines avant de partir, grâce à Karen Armstrong, lors d'une étreinte maladroite et alcoolisée contre une poubelle à roulettes, derrière le grand magasin Littlewoods. Il n'y a pas grand-chose à dire de cette expérience. La terre n'a pas bougé, mais la poubelle, si. Après coup, si j'ose dire, il y a eu quelques débats pour savoir si nous « l'avions fait comme il fallait », ce qui vous donne un aperçu de mon talent insigne et de ma dextérité. Rentrant à la maison par cette mémorable nuit d'été en nous partageant les délices postcoïtales d'un fond de cidre tiède Merrydown (éteignoir) le bien-nommé –, Karen n'arrêtait pas de répéter : « Surtout n'en parle pas, n'en parle pas, n'en parle pas », comme si nous venions de faire quelque chose d'épouvantable. En un sens, elle avait raison.

Quant à être un espion au service de Sa Majesté, même en laissant de côté la question idéologique, je suppose qu'il faut parler des langues, alors que je n'ai qu'un français niveau bac. J'avais eu une bonne note, mais, vu ce mince bagage, je ne pourrais infiltrer qu'une école primaire française, ou, à la rigueur, une boulangerie. *Cobra Rouge*, ici *Hirondelle Noire* ; *j'ai toutes les informations sur le nombre de fournées.*

Restait le Challenge. Mais ça aussi, je l'ai foiré. Ce soir, c'est la première rencontre, et il m'a fallu tout mon pouvoir de persuasion pour y être simplement invité. Patrick éludait, et quand j'ai réussi à le coincer, il m'a dit que le remplaçant n'était pas nécessairement présent, les chances qu'un des membres de l'équipe se fasse écraser dans la rue étant quasi nulles. Mais j'ai insisté jusqu'à ce qu'il cède. Autrement, comment voir Alice ? En traînant dans les couloirs de la cité universitaire ?

Non que je n'y aie pas pensé. Depuis notre rencontre il y a six jours, je ne l'ai plus vue. Ce n'est pas faute de la chercher partout : à la bibliothèque, où je fais le tour de chaque table. Aux répétitions, où je rôde devant le théâtre. Au bar, avec Marcus et Josh, quand on me présente à mon corps défendant à de sempiternels James, Hugo et Jeremy, je garde les yeux fixés sur la porte, au cas où elle entrerait. Entre les cours, je la guette sans jamais la voir, ce qui suggère que son expérience universitaire est aux antipodes de la mienne. Ou qu'elle sort avec quelqu'un. Elle est peut-être déjà tombée amoureuse d'un salaud à la belle gueule (et aux pommettes hautes), un poète nicaraguayen en exil ou un sculpteur et a passé cette semaine au lit à boire des vins fins et à lire de la poésie à haute voix.

N'y pense pas. Sonne de nouveau.

Je commence à me demander si Patrick ne m'a pas donné exprès une fausse adresse. Je suis près de m'en aller quand je l'entends dévaler l'escalier.

« Salut, lui dis-je avec un sourire radieux quand il m'ouvre enfin la porte.

— Salut, Brian », grogne-t-il en s'adressant à ce point au-dessus de ma tête qui semble avoir ses faveurs. Je le suis dans l'escalier jusqu'à son appartement privé.

« Tout le monde vient, ce soir ? dis-je, mine de rien.

— Je crois.

— Tu leur as parlé personnellement ?

— Oui.

— Alors, tu as parlé à Alice ? »

Il s'arrête et me regarde.

« Pourquoi ?

— Simple curiosité.

— T'inquiète. Elle vient. » Il porte de nouveau son sweat-shirt officiel, ce qui me déroute. Pourquoi ? Si c'était celui de Yale ou Harvard, je comprendrais : snobisme oblige. Mais pourquoi afficher le nom d'une université qu'on fréquente tous ici et maintenant ? Craint-il que les gens le prennent pour un imposteur ?

On entre dans l'appartement, petit et moche, qui évoque un logement type du bloc de l'Est. Une odeur de viande hachée tiède et d'oignon flotte dans l'air.

« J'ai apporté du vin, dis-je.

— Je ne bois pas.

— Ah, c'est vrai.

— Mais il te faut un tire-bouchon, je suppose. J'en ai un quelque part. Tu veux du thé, ou tu comptes démarrer directement à l'alcool ?

— Je préfère du vin.

— Bon. Si tu veux entrer là, je reviens tout de suite. Tu ne fumes pas, n'est-ce pas ?

— Non.
— Ici, c'est strictement interdit.
— Je t'ai dit que je ne fumais pas…
— Installe-toi et ne touche à rien ! » Parce qu'il est en troisième année et a manifestement des parents fortunés, Patrick s'est organisé une existence rangée et semi-adulte. De vrais meubles, *à lui* sans doute ; un poste de télévision, une vidéo, un vrai salon non colonisé par un lit, un réchaud et une douche. On ne se croirait pas chez un étudiant : une place pour chaque chose et chaque chose à sa place, comme dans une cellule de moine ou la piaule d'un tueur en série particulièrement méticuleux. En son absence, j'examine la pièce. Le seul ornement, sur le mur de son bureau, est une affiche représentant une plage, avec des traces de pas disparaissant dans le soleil couchant et un poème édifiant destiné à vous persuader que Jésus veille en permanence à vos côtés. L'honnêteté me pousse à souligner que si Jésus avait été avec lui l'an dernier au studio de télé, Patrick aurait fait mieux que ses soixante-cinq points minables.

On sonne. Je l'entends dévaler gauchement l'escalier. J'en profite pour inspecter les étagères ; pour l'essentiel des ouvrages d'économie soigneusement classés par ordre alphabétique, une bible américaine Good News, « traduite » en anglais de Grande-Bretagne. Sur l'autre étagère, des vidéos *Monty Python : sacré Graal !* et les *Blues Brothers*, de John Landis révèlent le côté plus léger de Patrick Watts.

Ces films voisinent avec vingt cassettes VHS identiques – des vidéos artisanales aux titres soigneusement écrits sur le carton blanc placé au dos. Je m'approche pour les lire et reste bouche bée :

3/3/1984 : Newcastle contre Sussex
10/3/1984 : Durham contre Leicester
17/3/1984 : King's Cambridge, contre Dundee
23/3/1984 : Sydney Sussex [1] contre Exeter
30/3/1984 : Umist [2] contre Liverpool
6/4/1984 : Birmingham contre UCL [3]

Et ça continue : Keele contre Sussex, Manchester/Sheffield, Open University contre Édimbourg. Au sommet des cassettes, une photo encadrée posée côté pile. Je me sens un peu comme Marion Crane/Janet Leigh dans le motel de *Psychose*, mais ne peux résister à la tentation : je regarde. C'est Patrick en train de serrer la main à Bamber Gascoigne, et je comprends avec horreur que j'ai violé le sanctuaire de Patrick, et que ledit Patrick est un *fou furieux*.

« Tu fouines, Brian ? »

Je sursaute et tâte ma poche, à la recherche d'une arme. Patrick est sur le seuil, Lucy Chang, derrière lui, regarde par-dessus son épaule, son panda faisant de même par-dessus sa propre épaule.

« J'admire ta photo, dis-je.

— Parfait. Peux-tu la remettre exactement comme tu l'as trouvée ?

— Oui, oui, bien sûr...

— Du thé, Lucy ?

— Oui. Volontiers. »

Il me jette un regard signifiant « bas les pattes » avant de retourner à la cuisine. Lucy s'assied sur la chaise de bureau de Patrick, mais tout au bord, comme pour ne pas écraser son animal. On se sourit

1. Cambridge.
2. University of Manchester Institute of Science and Technology.
3. University College London.

en silence quand, sans raison apparente, elle laisse échapper un petit rire nerveux et cristallin. Elle est minuscule, très soignée, vêtue d'un chemisier blanc impeccable, repassé et boutonné jusqu'au cou. C'est peut-être sans importance, mais elle est séduisante aussi, malgré l'implantation particulière de ses cheveux, qui semblent rejoindre insidieusement la ligne de ses sourcils, comme une perruque qui aurait glissé en avant.

Je cherche quelque chose à lui dire – que, selon le *Livre Guinness des records*, Chang est le nom le plus répandu au monde ? Elle doit le savoir. Je préfère donc la féliciter :

« Quel score brillant : quatre-vingt-neuf points !

— Oh merci. Et bravo à toi, bravo d'…

— … d'avoir perdu ?

— Heu… oui ! »

Elle rit de nouveau, de ce petit rire pur et haut perché. Par politesse, je ris aussi.

« Pas grave. Échouer encore, c'est échouer mieux.

— Samuel Beckett, non ?

— Oui. (Je la regarde, bluffé.) Tu étudies quoi, déjà ?

— La médecine. Deuxième année. »

Je me dis : Mon Dieu, c'est une surdouée. Je la regarde avec un respect mêlé de crainte alors qu'elle se débat pour ôter son sac à dos fantaisie.

« J'aime ce panda, dis-je.

— Merci.

— C'est un drôle de pékin qui regarde par-dessus ton épaule – ou devrais-je dire un drôle de *beijing* ? »

Elle me regarde sans sembler comprendre. Je me crois obligé d'ajouter : « Je suppose qu'il vient de chez toi. »

Elle semble perplexe. « Tu veux dire de ma chambre ?

— Non, de… de ton pays d'origine. (Je patauge.)

— Oh, tu veux dire la Chine, parce que c'est un panda, c'est ça ? Non. En fait, je suis originaire de Minneapolis.

— Mais tes parents, ils sont d'où ?

— De Minneapolis.

— Et les parents de tes parents ?

— De Minneapolis. »

Elle me sourit avec une gentillesse sincère, bien que je sois à l'évidence un ignorant, doublé d'une ordure raciste.

« Minneapolis : c'est là d'où vient Prince, dis-je.

— Exactement. Sauf que je ne l'ai jamais rencontré. »

J'essaie encore : « Tu as vu le film sur lui, *Purple Rain* ?

— Non, et toi ?

— Deux fois.

— Ça t'a plu, alors.

— Pas particulièrement. »

Elle hausse les sourcils.

« Dingue, hein ? dis-je, ajoutant avec humour et un bon accent américain : Va savoir pourquoi… »

La porte s'ouvre enfin sur le gros Colin Pagett muni de quatre bouteilles d'ale et d'un seau en carton plein de Kentucky Fried Chicken. Patrick le fait entrer dans le living comme un valet de chambre introduit un ramoneur ; lors du silence embarrassant qui suit, j'ai le loisir de ruminer l'art difficile de la conversation. Dans l'idéal, au réveil, on me tendrait un script de tout ce que j'aurais à dire dans la journée. Je pourrais ainsi pondre et corriger mes dialogues en coupant les lourdeurs et les blagues idiotes.

Malheureusement, c'est impossible. Se taire constamment l'est aussi.

On pourrait comparer la conversation au fait de traverser une rue ; avant d'ouvrir la bouche, je devrais prendre un moment pour regarder des deux côtés, réfléchir soigneusement à ce qui va en sortir. Si cela rend ma parole un peu lente et guindée, comme un échange téléphonique transatlantique, si cela suppose, métaphoriquement, de rester un peu plus longtemps au bord du trottoir à regarder à gauche et à droite, eh bien soit, car il est clair que je ne peux pas continuer à trébucher ainsi, à me lancer à l'aveuglette dans la circulation des idées. Il faut que j'arrête de me faire écraser par tout le monde.

Dieu merci, pour le moment, nous n'avons pas besoin de parler car, tandis que nous attendons Alice, Patrick nous passe une de ses précieuses cassettes vidéo – la grande finale de l'an dernier : nous voyons une seconde fois l'équipe de Dundee gagner, tandis que Patrick marmonne les réponses et que Colin engloutit son baril de poulet frit. Pendant un quart d'heure, ce sont les seuls bruits qu'on entende : Colin rongeant une cuisse et Patrick marmottant comme un malade mental, perché sur le bras du canapé.

« ... Kafka... nitrogène... dix-neuf cent cinquante-six... le duodénum... question piège : aucun... CPE... Bach... »

Parfois, je réponds, ou parfois Colin, la bouche pleine d'une viande sombre – Ravel, *L'Enfer* de Dante, Rosa Luxemburg, *Veni vidi vici* –, mais Patrick tient à marquer son territoire, montrer qu'il est le chef : il élève la voix :

« ... LES MOODY BLUES... GOYA... TYPHOÏDE... TOUS SONT DES NOMBRES PREMIERS... »

J'aime ce jeu télévisé autant que lui mais je commence à trouver qu'il va un peu loin.

« ... LE RHIN... LE RHÔNE... LE DANUBE... MITOCHONDRIE... LE PENDULE DE FOUCAULT... »

Il a tout appris par cœur ? Tente-t-il de nous faire croire qu'il n'a jamais visionné cette cassette auparavant ? Ou qu'il sait tout cela depuis toujours ? Qu'est-ce que Lucy Chang peut bien en penser ? Je la regarde : elle fixe le sol, les paupières baissées, et je me dis qu'elle est gênée, ce qui se comprend, puis je vois ses épaules secouées par... mais oui, par un fou rire réprimé.

« ... KEATS : *ODE À UNE URNE GRECQUE*... LE BO DIDLEY BEAT... LE MASSACRE DE LA SAINT-BARTHÉLEMY... 1948, GUERRE FROIDE : LE PONT AÉRIEN AU-DESSUS DE BERLIN... »

Juste au moment où Lucy va pouffer, on sonne. Patrick désamorce la bombe en descendant ouvrir, nous laissant tous les trois les yeux rivés à l'écran. En fin de compte, c'est Colin qui parle, d'une voix de basse lente de conspirateur :

« C'est moi qui déconne, ou ce type est complètement allumé ? »

L'entrée d'Alice allège l'atmosphère. Elle est hors d'haleine, emmitouflée dans un manteau et une écharpe, et elle porte des mitaines en daim. Souriante, elle nous salue tour à tour. « Hello, Bri », me dit-elle avec chaleur en me faisant un petit clin d'œil provocateur. Patrick, ce sagouin, s'agite autour d'elle, lissant de la main sa chevelure de plastique beige, lui offrant son propre siège, lui proposant, comme si c'était le sien, un verre du cabernet-sauvignon bulgare qui a déséquilibré mon budget. « Ça ne te dérange pas si je fume ? » demande-t-elle. « Pas du tout », répond-il avec allégresse, comme si c'était une idée géniale qu'il aurait dû avoir lui-même avant de chercher d'un regard circulaire ce qui pourrait servir de cendrier ; il prend sur son bureau une coupelle à trombones qu'il déverse avec une négligence de souillon sur le bois de la table.

Alice s'assied à côté de moi sur le canapé, sa hanche étroitement pressée contre la mienne. Patrick se racle la gorge pour s'adresser à l'équipe :

« Alors, nous y voilà. Le Club des Quatre. Et je crois vraiment que cette année, ce sera un bon cru… »

Attends un peu : le Club des « Quatre » ? Il aurait pu dire des Cinq, ça ne l'aurait pas tué.

« … Pour vous expliquer le fonctionnement, le premier stade consiste à se qualifier pour le concours télévisé. Ce sera dans quinze jours. Sans cérémonie, mais difficile. Je propose donc que d'ici là, nous nous retrouvions tous les quatre deux fois, même jour, même heure, pour répondre aux questions que je vais préparer. On pourrait aussi visionner une cassette ou deux pour arriver à l'épreuve détendus. »

Minute : tous les quatre ? Et pourquoi pas moi ? Si je ne viens pas, je ne verrai plus Alice. Je lève le doigt pour poser une question, mais Patrick, occupé à insérer une cassette dans le lecteur, ne le remarque pas. Je me racle la gorge : « Euh, Patrick…

— Brian ?

— Et moi, je ne viens pas ?

— Je n'en vois pas la nécessité.

— Tu ne crois pas que ce serait pourtant une bonne idée de…

— On n'aura besoin de toi qu'en cas d'urgence. Je crois qu'il vaut mieux que tous les quatre, nous nous habituions à être entre nous, pour sentir que nous formons une équipe. Car tu le sais, *l'équipe c'est nous*.

— Vous n'avez même pas besoin de moi comme observateur ?

— Non, Brian, même pas. » Il presse le bouton Play de la vidéo. « Bon, c'est Leeds contre Birbeck, les quarts de finale d'il y a deux ans. Un excellent concours… » Il se rassied sur le canapé, Alice entre nous deux, tandis que je concocte un plan pour l'assassiner.

10

QUESTION : Que signifie la devise latine qui entoure le lion rugissant au début des films de la Metro Goldwyn Mayer ?

RÉPONSE : *Ars Gràtia Artis*, « L'art pour l'art ».

« PERSONNELLEMENT, JE DOIS DIRE QUE JE LE DÉTESTE. L'idée que son poème est un chant d'amour est bidon. C'est juste celui d'un pauvre type excité, frustré, qui ne pense qu'à glisser la main dans la culotte de sa maîtresse en nous rebattant les oreilles avec son "chariot ailé du temps", incapable de prendre "non" pour une réponse. Il n'y a certainement rien de lyrique, de romantique, ni d'érotique dans ces vers – du moins, pas pour une femme, dit d'une voix traînante l'amie d'Alice, Erin, la fausse blonde aux yeux de chat. En fait, si un mec m'envoie ce poème ou me le lit, j'appelle la police. Pas étonnant que sa maîtresse soit prude. Ce poète est un misogyne absolu.

— Vous trouvez Andrew Marvell misogyne ? demande le professeur Morrison en se renfonçant dans le fauteuil où il est à moitié affalé.

— Au fond, oui. Dans ce poème en tout cas.

— Alors, la voix du poète et la voix dans le poème sont une seule et même chose ?

— Pourquoi pas ? Il n'utilise ici aucun procédé suggérant qu'il se distancie de son personnage.

— Et vous, Brian, qu'en pensez-vous ? »

Pour être honnête, je pense à Alice. Je gagne donc du temps en me frottant les oreilles, comme si j'avais besoin d'échauffer des facultés critiques tombées dans les lobes. C'est mon troisième tutorat, et au précédent je me suis fait prendre en flagrant délit de mensonge : je prétendais avoir lu *Mansfield Park*, de Jane Austen, alors que j'en avais seulement vu la moitié d'un épisode à la télé. J'ai donc intérêt à me rattraper. Je dégaine ma formule-choc : « contexte historique ».

« Je pense que c'est plus compliqué que ça, surtout si on place le poème dans son contexte historique… » Erin se pourlèche en soupirant, comme elle tend à le faire chaque fois que j'ouvre la bouche en cours. Elle me déteste, c'est clair, et je me demande pourquoi, car je lui souris tout le temps. À moins que ce ne soit justement pour ça. *Attention. Concentre-toi.* « Pour commencer, il y a ici une nette dimension d'humour. L'emphase est voulue, en un sens un peu comme dans le Sonnet 130 de Shakespeare : "Les yeux de ma maîtresse ne ressemblent en rien au soleil"… *(je tiens le bon bout !)*… sauf qu'ici, la rhétorique rend le personnage ridicule – le désespoir, les extrémités auxquelles il arrive pour persuader sa bien-aimée de céder font de lui une figure essentiellement comique. C'est la *comédie* de la frustration sexuelle et de l'humiliation romantique qu'il nous joue. En fait, la "prude maîtresse" éponyme, objet de sa passion malheureuse, a tout le pouvoir…

— Quel ramassis de conneries réactionnaires et phallocrates ! s'écrie Erin, indignée, qui s'agitait depuis un moment sur son siège en faisant grincer le vinyle. La "prude maîtresse" n'a aucun pouvoir, aucune personnalité non plus. C'est une moins-que-rien, un personnage insignifiant défini par sa seule beauté et son peu d'empressement à se faire sauter. Quant au ton, il n'est ni comique ni lyrique mais condescendant, manipulateur et dictatorial. »

Chriss, le hippy à la main sale, intervient, et je lui laisse la parole, pas mécontentant qu'Erin se fasse les griffes sur lui. Le professeur Morrison m'adresse un petit sourire paternel me donnant à penser qu'il est d'accord avec moi. J'aime bien le professeur Morrison. Je le crains aussi un peu, ce qui semble la bonne combinaison de sentiments à l'égard d'un universitaire. Il ressemble vaguement au naturaliste David Attenborough – un autre point positif –, en maigre, avec une petite bedaine évoquant un coussin glissé sous sa chemise pas très nette. Il est vêtu de velours fatigué et porte des cravates tricotées. Il écoute ce qu'on lui dit avec une attention extrême, la tête légèrement penchée, les doigts joints en triangle devant sa bouche, exactement comme les intellectuels à la télé.

Pendant que Chris se fait écorcher vif par Erin sous les yeux de notre prof, mon attention faiblit un peu. Je regarde le jardin par la fenêtre en recommençant à penser à Alice.

En rentrant chez moi après la séance de travaux dirigés, je rencontre en ville Rebecca Je-ne-sais-quoi. En compagnie de deux Jeunes Hommes en colère (« lesréacsmefoutentvraimentlesboules »), elle fourre des tracts dans la main de passants indifférents. Je songe tout d'abord à traverser, car, franchement, elle me fatigue un peu, surtout depuis notre dernière conversation, puis je me ravise, m'étant promis de me faire autant d'amis que possible à la fac, même s'ils semblent ne pas m'aimer beaucoup.

« Salut.

— Tiens, Fred Astaire. Ça va ? (Elle me tend un tract m'incitant à boycotter la Barclays.)

— En fait, l'argent de ma bourse vient d'une autre organisation bancaire charitable, humanitaire et multinationale », dis-je avec une lueur espiègle dans le regard – du gaspillage car elle ne me prête plus attention. Elle est trop occupée à crier : « Luttez contre l'apartheid ! Soutenez le boycott. N'achetez plus de produits sud-africains ! Dites non à l'apartheid ! » Commençant à me sentir moi-même un peu boycotté, je vais m'éloigner quand elle me demande d'un ton légèrement radouci : « Alors, comment se passe ton insertion ? Tu t'adaptes ?

— Oui, à peu près. Je partage une maison avec deux *Rupert*. À part ça, ça va. » Je lui ai glissé une allusion codée à la lutte des classes pour lui faire plaisir, mais elle ne semble pas comprendre. Elle me regarde, perplexe.

« Ils s'appellent tous les deux Rupert ?

— Non. Respectivement Marcus et Josh.

— Qui sont les Rupert, alors ?

— Oh, c'est un terme militaire. Les officiers versus les hommes de troupe. Les fils à papa de droite, quoi. »

La plaisanterie a perdu de son mordant. Je me demande si je dois lui proposer de l'aider à distribuer ses tracts. Après tout, c'est une cause qui me tient à cœur ; ma règle de ne pas manger de fruits d'Afrique du Sud est presque aussi stricte que celle de ne pas manger de fruits en général. Mais maintenant, Rebecca tend le reste de sa liasse à ses camarades.

« Bon, ça suffit pour aujourd'hui. À une autre fois, Toby ; à bientôt, Rupert... »

Je me retrouve soudain en train de descendre la rue avec elle, sans vraiment savoir qui a pris l'initiative.

« On va où maintenant ? me demande-t-elle, les mains enfoncées dans les poches de son imper de vinyle noir.

— En fait, j'allais au musée.

— Au musée municipal ?

— Oui. J'avais envie de mater leurs collections. »

Elle fronce le nez. « D'accord. Allons "mater" ! »

Elle prend la tête. Je marche dans sa foulée.

Ah, la vieille, l'inusable ruse de l'art. J'attendais depuis longtemps de l'utiliser, vu qu'à Southend ce n'était pas gagné. Mais ici, c'est impeccable. Ambiance feutrée de bibliothèque, bancs de marbre, gardiens assoupis sur leurs chaises dures. Dans l'idéal, mon plan c'était d'y emmener Alice pour un rendez-vous amoureux, mais répéter avec une autre fille me permet de travailler ma spontanéité.

J'avoue sans honte qu'il m'arrive de réagir aux arts visuels de façon assez superficielle ; par exemple, je suis capable de dire qu'un personnage de tableau ressemble à telle ou telle vedette de la télé. Il y a aussi une étiquette muséale que j'ignore – combien de temps rester devant chaque tableau, quels commentaires faire, ce genre de choses. Pourtant, avec Rebecca, nous avons le même rythme, ce qui est confortable, car trop lent, nous nous ennuierions à mort, et trop rapide, nous passerions pour des ignares.

Nous sommes dans la galerie des peintures du XVIIIe, plantés devant une toile à la manière de Gainsborough qui n'a rien d'extraordinaire, de la main de quelqu'un que j'ignore, représentant une lady et un lord plantés sous un arbre.

« La perspective est fantastique », dis-je. Mais attirer son attention sur des objets qui rapetissent avec l'éloignement me semble un peu succinct. Je choisis donc un angle d'attaque marxiste – sociopolitique à tout le moins.

« Regarde-moi leur tronche ! Ils pètent d'auto-satisfaction.

— Si tu le dis…, me répond-elle platement.

— Les arts te laissent froide ?

— Pas du tout. Je trouve seulement qu'on n'a pas besoin de rester pendant des heures à se caresser le menton devant des croûtes encadrées de bois doré. Regarde-moi ça… » Les mains toujours enfoncées dans ses poches, elle désigne l'ensemble de la galerie d'un air dédaigneux en soulevant les pans de son manteau comme des ailes de chauve-souris. « Ces portraits de riches oisifs inspectant leurs biens mal acquis, ces scènes de dur labeur rural qui ressemblent à des illustrations pour boîtes de chocolats, ces fermes avec des cochons tout propres… Je veux dire, regarde cette monstruosité – elle désigne un nu grassouillet d'un rose crémeux, étendu sur une méridienne –, du porno soft pour marchands d'esclaves. Et où sont ses poils pubiens, bon sang ? Tu as déjà vu une femme nue qui ressemble à ça ? » J'envisage de lui dire que je n'ai jamais vu de femme nue, mais je me tais pour ne pas compromettre ma crédibilité artistique. « Elle est destinée à qui, cette peinture ? poursuit Rebecca.

— Tu ne crois pas à la valeur intrinsèque de l'art ?

— Non, je ne crois pas à la valeur intrinsèque de l'art quand quelqu'un, quelque part, décide que c'est de "l'art". Ces tableaux, c'est le genre de merde qu'on voit sur les murs des clubs conservateurs de province.

— S'il y avait la révolution, vous brûleriez tout ça je suppose.

— Bon sang ! tu ne pourrais pas te débarrasser de ta touchante habitude de réduire les gens à des stéréotypes ? »

Je la suis dans une salle où sont exposées des natures mortes et décide de détourner la conversation du politique en lui demandant comment on écrit « nature morte » au pluriel. Je trouve que c'est une tactique habile, le genre de question à dix balles très BBC Radio 4, mais elle ne mord pas à l'hameçon.

« Et toi, où est-ce que tu te situes politiquement ?

— Heu… je pense être un humaniste libéral de gauche.

— C'est-à-dire rien.

— Je ne dirais pas ç…

— Et tu étudies quoi, déjà ?

— Eng. Lit.

— *Inglit ?*

— Littérature anglaise.

— Jamais entendu cette abréviation chez nous. Et à part tirer au flanc, ça t'apporte quoi ? »

Je choisis d'ignorer ce commentaire pour pouvoir faire mon petit numéro.

« Tu vois, dis-je, je n'étais pas sûr de ce que je voulais faire. Mes notes, tout d'abord au brevet, puis au diplôme d'études secondaires m'ouvraient un assez large spectre de possibilités, et je pensais me lancer dans l'histoire, l'art, ou peut-être les sciences. Mais l'avantage de la littérature, c'est qu'elle englobe toutes les disciplines à la fois – l'histoire, la philosophie, la politique, le droit des femmes et des homos, la sociologie, la psychologie, la linguistique, la science. La littérature est la réponse structurelle du genre humain au monde qui l'entoure, c'est donc normal que cette réponse comporte toute une… (je calcule mon coup)... *panoplie* de concepts, d'idées, de problèmes. »

Et cætera. Pour être franc, ce n'est pas la première fois que je tiens ce petit discours. Je l'ai glissé dans tous mes entretiens de sélection et, sans atteindre à la rhétorique géniale de Churchill (« Nous nous battrons sur les plages... »), j'ai fait un malheur avec les profs, surtout quand je parle avec les mains et m'ébouriffe les cheveux. Là, je parachève :

« Alors, comme le dit à Polonius, à l'acte II, scène II, le Hamlet de la pièce éponyme, c'est en fin de compte de cela qu'il s'agit : "Des mots, des mots, des mots...", et ce que nous appelons *littérature* est en fait le vecteur de ce qu'on pourrait nommer en termes plus juste... l'étude de l'universel. »

Rebecca pèse ce que je viens de dire en me jetant un regard sagace.

« Ça fait longtemps que je ne m'étais pas farci un tombereau de conneries pareilles », me lance-t-elle en s'éloignant. Je lui trotte derrière.

« Tu trouves ? dis-je.

— Tu veux un conseil ? Pourquoi tu ne t'assieds pas en silence sur ton derrière pour lire pendant trois ans ? Au moins, ce serait honnête. La littérature n'apprend pas *tout*, et même si elle le faisait, ce serait de la façon la plus inutile, superficielle et la moins concrète qui soit. Vraiment, quelqu'un qui croirait découvrir des tuyaux pratiques sur la politique ou la psychologie en feuilletant *Au bois lacté* de Dylan Thomas déconnerait à pleins tubes. Tu t'imagines quelqu'un qui te dirait : "Bonjour, monsieur Untel, je vais vous ôter la rate et, d'accord, je n'ai pas fait médecine mais ne vous inquiétez pas, j'ai beaucoup aimé *Les Aventures de Pickwick.*"

— La médecine est un cas à part.

— Mais pas la politique, l'histoire, le droit ? Pourquoi ? Parce qu'ils sont *plus faciles* ? Parce qu'ils n'exigent pas la même rigueur analytique ?

— Tu ne crois donc pas que les romans, la poésie et le théâtre contribuent à la qualité et à la richesse de la vie ?

— Je n'ai pas dit ça, que je sache. Ils y contribuent au même titre qu'un morceau de musique pop de trois minutes et que personne n'éprouve le besoin d'étudier pendant trois ans. »

Je suis sûr qu'Alexander Pope a écrit là-dessus quelque chose de pertinent qui me sauverait la mise si je m'en souvenais. Une critique de l'utilitarisme, un mot que j'ai envie d'employer, mais je ne sais pas trop comment. Je décide d'esquiver la référence savante.

« Ce n'est pas parce qu'une chose n'a pas d'application concrète qu'elle n'est pas utile. »

Rebecca fronce le nez et je comprends que je m'engage sur un terrain sémantique glissant. Mieux vaut changer de tactique et prendre l'offensive.

« Et toi, qu'étudies-tu de si *utile* ? demandé-je.

— Le droit. Deuxième année.

— Je vois. Enfin une discipline utile.

— Espérons-le. »

Oui, c'est sûr. Une discipline de bon sens. Je ne voudrais pas me trouver en face de Rebecca Epstein dans un prétoire. Elle doit, avec son accent de Glasgow, vous aboyer des trucs du genre : « *Och !* Définissez vos termes » et : « *Och !* Votre argument est spécieux. » En fait, maintenant, je ne veux même plus discuter avec elle. Je me tais, et nous traversons en silence les salles d'archéologie, avec leurs vitrines emplies de fossiles, de pièces romaines et d'antiques instruments aratoires. Je suppose que c'est là un avant-goût de ces joutes verbales qui caractérisent la vie intellectuelle universitaire. Il y a bien les discussions en tutorat avec Erin, mais elles sont comme les « brûlures indiennes » qu'on se faisait sur les bras quand on était gosses : il s'agit simplement de savoir combien de temps on tiendra. Avec Rebecca, j'ai l'impression de recevoir un coup de poignard dans l'œil. Mais je ne suis ici que depuis trois semaines ; je suis sûr que je vais progresser ; au fin fond, je me sens capable de repartie, même si je mets trois jours à en trouver une. Dans l'intervalle, je décide de changer de sujet et lui demande :

« Qu'est-ce que tu as envie de faire ?

— Je ne sais pas. Aller boire un verre, si ça te dit.

— Non, quand tu auras ton diplôme.

— Sais pas encore. Quelque chose qui aura une incidence sur la vie des gens. M'orienter vers le barreau ne me tente pas tellement, mais les lois sur l'immigration m'intéressent. Le Centre d'information sur les droits du citoyen fait du bon boulot. La politique ou le journalisme sont aussi des options à retenir, pour aider à chasser ces brutes de tories. Et toi ?

— L'enseignement ou la recherche. Écrire, d'une façon ou d'une autre.

— Qu'est-ce que tu écris ?

— Oh, rien pour le moment. (Je jette un caillou dans l'eau.) Un peu de poésie.

— Allons bon, tu es un poète et je ne m'en étais pas aperçue ! (Elle regarde sa montre.) Je ferais mieux de rentrer.

— Où loges-tu ?

— À Kenwood Manor, la cité U où il y avait cette soirée calamiteuse.

— Là où habite mon amie Alice ?

— La blonde, la belle Alice ?

— Elle est belle ? Je n'avais pas remarqué. (Là, j'ai lancé un ballon d'essai d'humour postféministe auquel Rebecca ne semble pas sensible car elle lève les yeux au ciel.)

— Comment la connais-tu ? demande-t-elle.

— Nous sommes dans la même équipe de l'*University Challenge* », dis-je en haussant les épaules avec désinvolture.

Le gloussement de Rebecca ébranle les murs du musée.

« Tu plaisantes !

— Qu'y a-t-il de si drôle ?

— Rien, rien du tout. Je ne me doutais pas que je parlais à une future vedette du petit écran, c'est tout. Qu'essaies-tu de prouver ?

— Que veux-tu dire ?

— Quand on fait un truc pareil, on a quelque chose à prouver.

— Je n'ai rien à prouver. Juste envie de m'amuser un peu. Et d'ailleurs, nous ne sommes pas encore qualifiés pour le tournoi télévisé. Les éliminatoires ont lieu la semaine prochaine.

— "Tournoi", ça fait macho moyenâgeux. Du genre armure, lances et cliquetis. Sport, au mieux. Tu joues en quelle position : avant-centre ? arrière ?

— En fait, je suis premier remplaçant.

— Techniquement, tu n'es pas dans l'équipe alors.

— Euh… non.

— Fais appel à moi s'il faut aller casser les doigts des concurrents pour qu'ils ne puissent plus appuyer sur le bouton. »

Nous sommes dehors, en haut de l'escalier, et la nuit tombe : du musée, on voyait déjà les fenêtres s'obscurcir.

« Contente de ce moment passé ensemble, dit-elle. Comment t'appelles-tu déjà ?

— Brian. Brian Jackson. Je te raccompagne jusque chez toi ?

— Je connais le chemin : j'y vis, tu te souviens ? À un de ces jours, Jackson. »

Elle commence à descendre puis s'arrête et se tourne vers moi : « Au fait, Jackson, libre à toi d'étudier ce qui te chante, bien sûr. L'analyse critique, la compréhension des textes, ou toute autre activité littéraire sont fondamentales dans une société qui se respecte. Pourquoi crois-tu que ce sont les livres que les fascistes brûlent en premier ? Tu devrais apprendre à défendre tes idées avec plus de pugnacité. »

Elle se détourne, dévale les marches et disparaît dans la nuit.

11

QUESTION : Quel mot allemand, passé dans d'autres langues, décrit-il le plaisir obtenu aux dépens de l'infortune d'autrui ?
RÉPONSE : *Schadenfreude.*

FINALEMENT, JE L'AI EUE, MA CHANCE. Le gros Colin Pagett a contracté une hépatite.

Je l'ai su au milieu d'un cours sur les *Ballades lyriques* de Coleridge et Wordsworth. Le professeur Oliver parle depuis un certain temps maintenant, et j'essaie de me concentrer – je le dois –, mais j'ai du mal à m'ôter de la tête qu'une ballade lyrique n'est pas la chanson de Kate Bush, « The Man With the Child in His Eyes ». C'est ça mon problème, avec les romantiques : ils ne le sont pas assez. On s'imagine des poèmes d'amour qu'on pourra pomper pour les cartes de Saint-Valentin, mais, en général, ils ne parlent que de lacs, d'urnes et de ramasseurs de sangsues.

D'après ce que j'ai compris du cours d'Oliver, les préoccupations des romantiques sont : 1) la nature ; 2) les relations de l'homme avec la nature ; 3) la vérité ; 4) la beauté. Moi, en revanche, je tends à réagir plus vivement à l'exploration des thèmes suivants : *a*) comme tu es belle ; *b*) je suis fou de toi : s'il te plaît, sors avec moi ; *c*) sortir avec toi est vraiment génial ; *d*) pourquoi tu ne veux plus me voir ? C'est le traitement à la fois sensible et profond de ces sujets qui fait des poèmes de Shakespeare et de Donne ce que le canon littéraire anglais a de plus émouvant et de plus lyrique. Je me vois déjà intituler ma prochaine et éclairante dissertation « Vers une redéfinition de la ballade sentimentale – une étude comparative du lyrisme chez Coleridge et Donne », ou quelque chose dans ce goût-là, quand Alice Harbinson passe son ravissant visage dans l'entrebâillement de la porte.

Tout le monde lève la tête, ce qui est normal, mais elle semble pointer le doigt dans ma direction tout en articulant silencieusement quelques mots. Je pose mon index contre ma poitrine. Moi ? Elle hoche vigoureusement la tête, se baisse et écrit quelque chose sur une feuille A4 qu'elle presse contre le verre.

Brian, j'ai besoin de toi. C'est urgent, lis-je.

Pour quoi faire ? L'amour ? Peu probable, mais de toute façon, je n'ai d'autre choix que d'y aller ; aussi discrètement que possible, je rassemble mes affaires et, courbé en deux, file vers la porte. M. Oliver me regarde, mais pas seulement lui, tout l'amphi. « Désolé : un rendez-vous chez le médecin », dis-je à mon prof, la main crispée sur la poitrine comme si j'allais mourir. Il s'en fiche, à l'évidence, car il continue son cours comme si de rien n'était. Je rejoins dans le couloir une Alice rouge, suante, essoufflée et suave.

« Pardon de te déranger… pardon… pardon, halète-t-elle.

— Ça ne fait rien. Que se passe-t-il ?

— On a besoin de toi. Pour les éliminatoires de cet après-midi.

— Mais Patrick m'a dit de ne pas venir…

— Colin est malade. Il a une hépatite.

— Non ! Tu plaisantes ! » Tout juste si je ne boxe pas l'air d'allégresse. Pourtant j'aime bien Colin et je suis sincèrement inquiet pour lui. Je prends l'air attristé.

« C'est grave ?

— Pas trop. C'est la A, la moins sérieuse. Il est jaune citron paraît-il, mais il s'en remettra. Tu fais donc partie de l'équipe. Hourrah ! » Bras levés, nous nous livrons à une petite danse de Sioux victorieuse mais discrète – rien d'indécent – avant de partir en courant pour la corpo.

Il y a des moments où l'œuvre de l'homme semble atteindre à un sublime qui repousse les limites de ce qu'il peut accomplir – les sculptures du Bernin et de Michel-Ange par exemple, les tragédies de Shakespeare ou les quatuors à cordes de Beethoven. Cet après-midi, dans la cafétéria déserte, pour quelque raison qui défie la raison – le destin, la chance, la main invisible de Dieu ou un état de grâce –, j'ai l'impression de tout savoir.

« Si l'adénine s'apparie avec la thymine, la cytosine s'apparie alors avec… »

Je le sais : « La guanine. »

« Quel est le nom complet de l'organisation qui attribue les oscars ? »

Je le sais : « AMPAS : Academy of Motion Picture Arts and Sciences (Académie des arts et sciences du cinéma).

— Exact. La rousserolle des roseaux, le bec-fin, le bruant des marais, le pouillot siffleur appartiennent à la famille des sylviidés, plus connue sous le nom de… »

Je le sais : « Fauvettes.

— Exact. De quelle chanteuse canadienne Roberta Joan Anderson est-il le vrai nom ? »

Je le sais : « Joni Mitchell.

— Exact. »

L'*University Challenge* nous a envoyé l'un de ses chercheurs prénommé Julian : environ vingt-cinq ans, sympathique, voix douce, pull en V et cravate ; la doublure de Bamber Gascoigne, en fait. Il nous soumet à un quiz format classique – quarante questions en quinze minutes, pas de question initiale à dix points, concertation permise – pour voir si nous sommes dignes de participer au jeu-concours télévisé. Et nous le sommes. Oh oui, à l'évidence. Je dirais même que nous mettons le feu à la baraque.

« Quel personnage du XIIe siècle, épouse d'un roi de France, puis d'Angleterre, fut l'inspiratrice de nombre de poèmes du troubadour Bernard de Ventadour ?

— Aliénor d'Aquitaine, dis-je tout bas.

— Attends ! Minute ! s'écrie Patrick, c'est au capitaine de répondre, tu permets. Brian, comment sais-tu ça ? »

Je le sais pour avoir vu, un dimanche à la télé, un navet historique où Katharine Hepburn jouait l'Aliénor en question, mais cela ne regarde pas Patrick. Les yeux écarquillés d'innocence, je lui dis calmement : « Je le sais... c'est tout », comme si l'étendue surnaturelle, terrifiante de ma culture était une énigme même pour moi. Patrick, sceptique, cherche une confirmation auprès de Lucy Chang, qui hausse les épaules – elle ne sait pas. « Aliénor d'Aquitaine ? répond, ou plutôt demande Patrick.

— Exact », dit Julian.

Une pression sur mon bras. Je tourne la tête vers Alice, tout sourire, les yeux arrondis d'admiration. C'est ma neuvième réponse juste d'affilée. Je me sens comme Jesse Owens aux jeux Olympiques de Berlin en 1936. Les autres sont largués, même Lucy Chang. Il semble soudain que l'hépatite de Colin Pagett soit la meilleure chose qui pouvait arriver pour tout le monde, sauf pour Colin Pagett, puisque je sais tout sur tout.

« Quel parallèle de latitude fut choisi en 1945, à la conférence de Potsdam comme ligne de démarcation virtuelle entre la Corée du Nord et la Corée du Sud ? »

Je sèche. Pas grave : nous avons Lucy.

« Le 38e parallèle ?

— Exact. »

Ainsi de suite. Andalousie : exact ; 1245 : exact ; carbonate de calcium : exact ; Ford Madox Ford : exact. Si cette prouesse était télévisée à l'heure du repas, tout le pays, cloué d'admiration, en oublierait d'enfourner sa bouchée de pâté. Elle ne l'est pas, malheureusement. Nous sommes dans une cafétéria étudiante vide qui pue la clope et la bière, à 3 heures de l'après-midi par un triste et humide mardi de novembre, et personne ne nous regarde, pas même les agents d'entretien dont l'un entreprend de passer l'aspirateur dans un bruit d'enfer.

« Hum… si nous pouvions… », murmure Julian.

Patrick bondit sur ses pieds et glapit, indigné : « S'il vous plaît ! ON PRÉPARE UN JEU TÉLÉVISÉ, LÀ, ET IL SE JOUE CONTRE LA MONTRE !

— Il faudra bien le faire à un moment ou un autre, dit l'agent de maintenance en continuant à aspirer.

— *CET HOMME…* »

Patrick, tel un prophète de l'Ancien Testament, pointe son doigt en direction de Julian… « *NOUS A ÉTÉ DÉPÊCHÉ PAR LES BUREAUX DE MANCHESTER DE L'*UNIVERSITY CHALLENGE. » Mystérieusement, cet argument semble frappant car l'agent éteint l'appareil et retourne à sa tâche précédente consistant à vider les cendriers.

On reprend le quiz. Je me dis que le charme est peut-être rompu et que nous avons perdu notre forme olympique, mais mon inquiétude est sans objet car la question porte sur le nom du lieu dans le Suffolk où, en 1939, a été excavée une tombe navire dont la découverte a fourni des informations inestimables sur les coutumes funéraires des anciens Anglo-Saxons.

Je le sais : « Sutton Hoo, dis-je.

— Exact.

— Le Rorschach, dis-je.

— Exact.

— L'épithélium, dit Lucy.

— Exact.

— L'Ouganda ? nous demande Patrick.

— Non, dis-je. Je pense que c'est le Zaïre. »

Patrick me jette un regard noir pour avoir osé défier son autorité. Il se tourne vers Julian et répond d'une voix ferme : « L'Ouganda.

— Faux. C'est le Zaïre », dit Julian en m'offrant un petit sourire consolateur. Je vois le coin de la paupière de Patrick tressaillir, mais j'ai bien trop de maturité pour me réjouir de sa défaite : il ne s'agit pas ici de vulgaires performances individuelles mais d'un travail d'équipe, *mongolien* !

« Le moineau domestique, dis-je.

— Exact.

— A est congru à *b* modulo *m*, dit Lucy.

— Exact.

— Buster Keaton ? nous propose Alice.

— Non, je pense que c'est Harold Lloyd, lui dis-je, gentil mais ferme.

— Harold Lloyd, répond Alice.

— Exact. Quel ingénieur aéronautique mourut en 1937, plusieurs années avant que son modèle le plus fameux ait acquis la maîtrise du ciel durant la bataille d'…

— R.J. Mitchell, dis-je à mon équipe.

— *QUI ?* dit Patrick.

— Le concepteur du Spitfire. » Je me rappelle le baratin sur le carton du modèle réduit échelle 1/12e manufacturé par Airfix avec lequel je jouais étant gosse. Je suis sûr de mon coup, mais Patrick me regarde, les sourcils froncés, comme s'il souhaitait que je me plante. Je répète alors : « C'est R.J. Mitchell, crois-moi.

— R.J. Mitchell ? hasarde Patrick, réticent.

— Exact », dit Julian avec un sourire radieux.

Patrick me regarde, les yeux étrécis de colère, mais Lucy passe le bras derrière son dos et me félicite en levant le pouce. Quant à Alice, elle me glisse la main en bas du dos, là où ma chemise de grand-père est sortie de la ceinture du jean.

« Bon, dit Julian. La question finale : isolé et nommé en 1735 par le chimiste suédois Georg Brandt, quel métal ferromagnétique du groupe VIII de la classification périodique des éléments est utilisé dans la fabrication d'alliages thermorésistants et magnétiques ? »

À dire vrai, je suis un peu rouillé question métaux et classification périodique de Mendeleïev. Aucune idée. Pas grave, car Lucy sait.

« Le cobalt, dit-elle.

— Exact. » C'est fini. Nous nous écroulons sur la table en nous tapotant mutuellement le dos. Alice me serre dans ses bras et je me rends compte que ma chemise est trempée. Je sue comme un cheval de course.

Julian s'éclaircit la voix et nous annonce que notre score est de 39 sur 40. Un résultat superbe. « Je suis heureux de vous annoncer que vous êtes sélectionnés pour notre *University Challenge* de cette année. »

Et la foule de s'exclamer en trépignant de joie. Oui, mais quelle foule ?

À l'extérieur du bâtiment de la corpo, nous serrons la main du sympathique Julian, lui souhaitons un bon retour à Manchester, lui disons : « Au 15 février prochain. Transmettez nos meilleurs sentiments à Bamber (ha, ha, ridicule cette familiarité vis-à-vis de notre dieu à tous...). » Debout, en rond dans la lumière déclinante, nous ne savons soudain plus que faire de nous-mêmes.

« Pourquoi ne pas aller fêter notre succès devant une bière ? dis-je.

— Quoi ? À 4 heures de l'après-midi ? s'écrie Patrick, indigné, comme si j'avais invité tout le monde chez moi pour un shoot d'héroïne suivi d'une orgie.

— Je ne peux pas : j'ai un contrôle demain, dit Lucy.

— Mieux vaut pas », dit Alice. On se demande tous pendant trente secondes si elle va fournir une excuse.

Elle ne s'en donne même pas la peine. Je m'empresse de lui dire : « Bon, puisque je vais dans la même direction que toi, je t'accompagne. » On se met en route et je cherche désespérément une excuse pour lui expliquer pourquoi je marche dans la direction opposée à celle de mes propres quartiers. Nous traversons le parc.

« Bravo, Brian. Tu as été fantastique.

— Merci. Toi aussi.

— Quelle blague ! Je suis un poids mort pour cette équipe. Je n'en fais partie que parce que tu m'as soufflé les réponses.

— Mais non… (Elle a raison !)

— Dis-moi, comment sais-tu tout cela ?

— J'ai gaspillé ma jeunesse ! » Une plaisanterie « gaspillée », elle aussi, car Alice ne la relève pas. « Je dois avoir la mémoire du savoir inutile, c'est tout.

— Tu penses vraiment qu'il y a un savoir inutile ?

— Ben, parfois je me dis que je n'aurais pas dû apprendre le crochet », dis-je. Alice rit. Elle croit que je plaisante, et sans doute cela vaut-il mieux. « Et les paroles des chansons pop, il m'arrive de penser que je n'ai pas besoin de les connaître par cœur.

— *Give me spots on my apples but give me the birds and the bees* [1]… »

Je le sais : « "Big Yellow Taxi", Joni Mitchell.

— *"From Ibiza to the Norfolk Broads"*… »

Je le sais : « "Life on Mars", David Bowie.

— Parfait : essayons quelque chose d'un peu plus actuel : "*She's got cheekbones like geometry and eyes like sin / and she is sexually enlightened by* Cosmopolitan [2]…" »

Je le sais, bien sûr, mais je fais semblant de sécher. « "Perfect Skin", Lloyd Cole and the Commotions ? finis-je par lâcher.

— Bon sang, tu es for-mi-dable. » Bizarrement, elle s'empare de mon bras et nous marchons ainsi dans le couchant, sous les arbres.

« Bon, à toi de jouer, dis-je. Fais de ton pire. »

1. « Je mangerai mes pommes tavelées, mais laissez-moi les oiseaux et les abeilles. »

2. « Ses pommettes sont pure géométrie, et ses yeux, un péché / Elle a fait son apprentissage sexuel dans *Cosmopolitan*. »

Je réfléchis un moment, respire un bon coup et dis : « *"I saw two shooting stars last night/I wished on them but they were only satellites/It's wrong to wish on space hardware ?/ I wish, I wish, I wish you'd care*[1]*."* »

Mon souhait ne semble pas exorbitant puisqu'elle ne me crache pas dessus. Je devrais pourtant avoir honte de mes manipulations. J'ai honte, d'ailleurs. Mais elle n'y voit rien de pervers. Elle réfléchit un moment avant de répondre : « Billy Bragg : *"A New England."*

— Dans le mille !

— C'est beau, hein ?

— Oui. »

Nous marchons sur l'avenue bordée d'arbres et les lampes au sodium de l'éclairage urbain clignotent sur notre passage comme la piste de danse dans le clip *Billy Jean* de Michael Jackson. J'ai l'impression en ce moment même que nous pourrions figurer sur la photo en noir et blanc qui illustre la couverture années 1970 des *Plus belles chansons d'amour jamais écrites*, l'album-culte édité par Ronco Compilation. L'herbe est jonchée de feuilles mortes rousses, ocre et or récemment tombées. J'entraîne Alice sur ce tapis en lui suggérant de shooter dedans.

« Vaut mieux pas. Il y a probablement des crottes de chien là-dessous. »

Je suis obligé d'avouer qu'elle a probablement raison.

1. « L'autre nuit j'ai vu deux étoiles filantes / J'ai fait un vœu ; ce n'étaient que deux satellites / C'est mal de supplier les engins spatiaux ? Je voudrais tellement compter pour toi… »

Elle a tenu mon bras tout du long, jusqu'à Kenwood Manor. J'en déduis que c'est un signe positif et m'enhardis suffisamment pour demander : « Hé, qu'est-ce que tu fais mardi prochain ? »

Seul un œil aussi expérimenté que le mien peut discerner le moment de panique, fugace mais immanquable, qui trouble les traits d'Alice. Elle finit par se taper le menton d'un index moqueur : « Mardi prochain… voyons… » *Vite, Alice, mon chou, trouve une excuse, n'importe laquelle.*

« Parce que c'est mon dix-neuvième anniversaire, tu vois, dis-je. Le terrible 1-9… » Je me tais juste assez longtemps pour qu'elle tombe dans mon piège.

« Et tu fais une fête ? Oh, j'aimerais tellement venir…

— Une fête, certainement pas. Je ne connais pas encore assez de gens. Mais je pensais que peut-être nous pourrions sortir dîner, ou quelque chose.

— Juste toi et moi ? (Elle émet un petit rire – caustique, sardonique ? C'est pareil ?)

— Oui, juste moi et toi, dis-je.

— Pourquoi pas ? Génial. On va s'a-mu-ser. »

Oui : ce sera génial. Génial et amusant. Je ferai tout pour.

12

QUESTION : Lanugo, vellus et terminal sont des termes utilisés pour décrire les divers stades de croissance de quelle partie du corps humain ?
RÉPONSE : Les cheveux.

AUJOURD'HUI N'EST PAS UN JOUR COMME LES AUTRES car il ne me reste que cette dix-neuvième année avant d'entrer dans l'âge adulte. « Brian Jackson » ne sera plus jamais un teen-ager : il va dîner avec Alice Harbinson, et, à cette occasion, va totalement changer d'image – un cadeau qu'il se fait à lui même, mais aussi à Alice et au reste du monde.

À vrai dire, j'aurais dû le faire depuis longtemps. Nombre d'artistes comme David Bowie et Kate Bush sont novateurs car ils changent constamment d'attitude et d'apparence, alors que moi, je m'encroûte. Je ne compte pas recourir à des extrêmes, me mettre à porter des collants résille, me piquer à l'héroïne, devenir bisexuel ou je ne sais quoi, mais je vais me faire couper les cheveux. Non, pas seulement les couper : styliser ma coupe.

Les cheveux ont toujours été une pomme de discorde à l'école polyvalente de Langley Street ; comme porter du gel coiffant, des mocassins souples, ou se laver la figure : autant de comportements jugés efféminés. Autrement dit, jusqu'à aujourd'hui, j'ai eu cet aspect mal dégrossi du type dont les cheveux rebiquent sur son col de chemise, lui dégringolent sur le front et semblent lui sortir par les oreilles. Ma coiffure, selon Tone, tenait de la tête de loup.

Mais cela va changer. J'ai repéré le coiffeur où j'irai. Il me plaît : Cutz, un salon unisexe, pas un barbier. Les lieux sont modernes sans être avant-gardistes, masculins, propres, avec des revues de bonne tenue telles que *The Face* et *ID* plutôt que les piles d'exemplaires cornés de porno soft du genre *Razzle* et *Mayfair*. J'ai parlé hier à un charmant jeune homme aux manières amicales prénommé Sean, qui arborait une coupe en brosse et une boucle d'oreille. Il m'a dit qu'il pouvait me prendre le lendemain à 10 heures.

Nous sommes le lendemain. Ça va me coûter bonbon, mais j'ai le billet de 5 livres que maman m'a envoyé ce matin (fourré dans une carte pliée représentant des footballeurs : *Ne le dépense pas tout d'un coup !*) et le billet de 5 livres envoyé par Nana Jackson qui paiera le dîner pour deux ce soir ; je me sens donc sophistiqué et fastueux en entrant nonchalamment chez Cutz. Je suis le premier client de la journée. Je m'approche des employés groupés autour du bureau de la réception en train de boire un café et de fumer des Silk Cut.

« J'ai rendez-vous à 10 heures avec Sean. Mon nom est Jackson. »

Ils m'inspectent de pied en cap – vêtements, cheveux – puis détournent les yeux comme s'ils ne voulaient pas se mouiller. Seule la réceptionniste s'occupe de moi, vérifiant que j'ai bien rendez-vous. Je ne vois pas Sean. Où est mon nouvel ami Sean ?

« Il ne travaille pas aujourd'hui, me dit-elle.

— Ah bon…

— Mais Nicky peut s'occuper de vous. Il est apprenti. Ça vous va ? »

Je suis son regard vers un coin où un garçon efflanqué balaie sans enthousiasme les chutes de poils de la veille. C'est lui, Nicky ? Il a l'air d'avoir six ans tout au plus.

« Un apprenti ? dis-je.

— C'est pareil que Sean : juste un peu meilleur marché », m'explique gaiement la réceptionniste, bien consciente qu'elle me pose un problème moral.

Vous savez, dans les westerns, quand les brutes vont au bordel et que le cow-boy en chef doit choisir la fille qui lui plaît – il y en a toujours une sexy, avec un grain de beauté, alors que les autres sont souvent grosses, ou maigres, ou affligées d'une excroissance de chair sur la lèvre, ou d'un œil de verre, ou d'une jambe de bois ; bien entendu, le cow-boy en chef choisit la sexy. Eh bien moi, je ne peux m'empêcher de me soucier des sentiments des autres, les moches. Je sais que se prostituer, c'est mal, mais le haussement d'épaules déçu des laissées-pour-compte quand elles regagnent leur méridienne ou autres sofas prouve que, même si elles préféreraient ne pas avoir de rapports tarifés avec le premier cow-boy venu, elles *auraient apprécié d'être choisies*. Nicky l'apprenti me regarde avec ces yeux-là. Je ne me sens pas de rejeter Nicky : je vais donc avoir des rapports tarifés avec un cul-de-jatte.

« Je suis sûr que Nicky est fantastique », dis-je avec entrain. Nicky hausse les épaules, pose son balai, récupère ses ciseaux et s'apprête à s'occuper de moi.

Ils m'apportent un vrai café dans un mug où est plongée une résistance, et Nicky et moi avons ce que nous appellerons une consultation. Pas commode pour moi, car je manque de vocabulaire dans le domaine pileux. J'avais songé à apporter une photo, mais me pointer avec une aide visuelle représentant Bowie, ou Sting, ou Harrison Ford était le plus sûr moyen de me faire rire au nez.

« Vous voulez quoi, au juste ? La coupe habituelle ?

— C'est quoi, la coupe habituelle ?

— Dégagé derrière et au-dessus des oreilles. »

Non, ça ne peut pas être bien, ça. Démodé.

« En fait, je pensais plutôt garder de la longueur au sommet de la tête, avec un semblant de raie à gauche, les cheveux coiffés en arrière et courts sur les côtés et derrière.

— Rasés sur la nuque ?

— Un peu.

— Comme dans *Retour à Brideshead ?*

— Non ! dis-je en signifiant oui. (Je ris.)

— Comme quoi alors ? »

Sois cool. Je me racle la gorge.

« Parce que ce que vous venez de décrire, c'est une coupe dégagée derrière et au-dessus des oreilles.

— Ah bon… Alors on fait ça.

— Je les lave avant ? » Il soulève une mèche entre deux doigts avec l'air écœuré de quelqu'un qui ramasse un Kleenex usagé.

Ça va être plus cher… « Non, non, non. Inutile, dis-je.

— Vous êtes étudiant ?

— Oui.

— Je m'en doutais. »

Il s'y met. Le jeune Nick joue plutôt adroitement des ciseaux, compte tenu du fait qu'il manie pour la première fois un outil qui n'est pas celui en plastique, avec bouts arrondis du jardin d'enfants. Il taille dans la masse avec un semblant d'enthousiasme, tandis que je fais semblant de lire *The Face* en comprenant ce que je lis sans m'inquiéter pour mes cheveux. Oh non, je ne m'inquiète pas le moins du monde, même si Nick est apprenti. Apprenti quoi, d'ailleurs : Plombier ? Électricien ? Tourneur sur métaux ? Je fixe un article sur le skateboard sans comprendre le texte ; je choisis alors de regarder les images de la mode homme. Les mannequins tous minces, androgynes et topless affichent une langueur postcoïtale et me regardent tous d'un air sarcastique, comme s'ils se réjouissaient de ce que Nick est en train de faire à ma tête – hou là, attention, il a sorti le rasoir et me tond la nuque. Apprenti berger ? Je lève les yeux de *The Face* et jette un coup d'œil dans la glace. Bizarrement, ça va. J'ai l'air frais et propre. C'est probablement la coupe de cheveux de ma vie, celle dont j'ai toujours rêvé. Pardon, pauvre Nicky, d'avoir douté de toi...

Sauf qu'il continue à tondre. Ça m'évoque le lycée, quand le prof de dessin vous dit : « Stop. Si vous continuez, vous allez tout gâcher. » C'est exactement ce que fait Nicky : il gâche. Il m'ôte de grandes bandes au-dessus des oreilles, il remonte si haut que ce qu'il me reste en haut du crâne ressemble à une houppe postiche. Apprenti tondeur de gazon ? Apprenti boucher ? J'ai envie de me baisser pour débrancher la prise mais comment faire ? Je continue à regarder fixement, stupidement *The Face* – quelque chose à propos de smurf dans les centres commerciaux de Basingstoke – en attendant que le bourdonnement de la tondeuse s'arrête.

Il s'arrête.

« Gel ou cire ? » demande-t-il.

Bon sang, je n'en sais rien. Un mélange des deux, on ne peut pas ? Comme je n'ai jamais utilisé de cire, c'est ce que je choisis. Il ouvre une petite boîte du genre cirage, frotte une noisette de gras sur sa paume et passe ses doigts dans ce qui me reste de cheveux.

Il est clair que nous sommes loin, très loin de *Brideshead* là. Je ressemble à un photomontage de Winston Smith, plus précisément la Joconde à la crête de coq. Je me fais l'effet d'un lapin rasé. J'ai l'air squelettique, hagard, poitrinaire et un peu dérangé. Nicky prend un miroir et me montre ma nuque où le rasoir électrique a mis au jour un paysage lunaire de cratères et de bosses dont j'ignorais l'existence. L'un des reliefs, une pustule, saigne un peu.

« Alors ? me demande Nick.

— C'est parfait. »

Maintenant que j'ai massacré mes cheveux, il est temps de trouver un endroit pour notre dîner romantique de ce soir. Personne ne vous apprend jamais à choisir ce genre de lieu, et je n'ai jamais dîné à deux dans un vrai restaurant. Seulement chez des chinois ou des indiens avec Spencer et Tone, où le repas ne se concluait pas sur un cognac et un cigare mais sur un sonore rot de satisfaction de Tone. Je vais donc devoir fonctionner à l'instinct, et non à l'expérience, en respectant toutefois quelques règles générales utiles.

Tout d'abord, pas de restaurant indien, au cas où la situation deviendrait franchement amoureuse : impossible dans cette situation de mettre une main devant la bouche en s'écriant : « Vingt dieux, ce curry Vindaloo me colle le feu aux tripes ! » Ensuite, pas de self-service de galerie marchande ou de grande surface. J'avais une fois invité Janet Parker à déjeuner dans ce genre d'endroit, la cafétéria feutrée du British Home Store de Basildon, et je trouve que ce n'est pas terrible, comme situation. Rapporter son propre repas sur un plateau est périlleux : les serveuses ne sont pas un luxe mais une nécessité. Enfin, éviter le tape-à-l'œil. Impulsivement, j'avais dit à Alice que je l'emmènerais chez Bradley, un bistro plutôt chic, mais je suis allé voir le menu et me suis rendu compte que ce n'était pas dans mes prix ; nous allons donc être obligés de combiner gastronomie et économies. Même en comptant les cinq sacs de Nana Jackson, je n'ai en tout et pour tout que 12 livres pour un dîner pour deux avec vin, entrée, plat principal et un seul dessert avec deux cuillères.

En sillonnant la ville, je me heurte chaque fois à mon image dans les vitrines : ma nouvelle coupe de cheveux me donne un air égaré, transi. La cire coiffante est elle aussi une arnaque. Son usage donne à croire que vous contrôlez votre crinière alors que votre frange vous tombe mollement sur le front comme une mouette mazoutée. Peut-être qu'aux chandelles, ce serait mieux… si le produit n'est pas inflammable.

J'inspecte tous les restaurants un peu pittoresques de la vieille ville et finis par prendre une décision. Ce sera la pizzeria Luigi, qui sert aussi des hamburgers, des travers de porc et de la friture. Il y a des nappes à carreaux sur les tables et des bougies plantées dans des bouteilles à vin, figées dans de grandes giclées de cire solidifiée. Luigi offre les gressins, et chaque table est pourvue d'un énorme moulin à poivre. Je réserve une table pour deux, 20 h 30, au nom de Jackson, auprès d'un type rougeaud aux ongles sales qui pourrait être ou ne pas être le Luigi éponyme avant de regagner mes pénates.

13

QUESTION : Une serge bleue dont le nom vient de « serge de Nîmes » ; la sève sécrétée par l'hévéa du Brésil ; et les filaments du cocon du bombyx. Nommer les trois matières.

RÉPONSE : Denim, caoutchouc et soie.

JE SUIS CENSÉ ÉCRIRE UNE DISSERTATION sur l'image de la nature dans les *Sonnets sacrés* de John Donne. J'ai beau chercher, je n'en trouve aucune. Mes notes au crayon en marge ne m'aident pas : « l'Annonciation ! », « ironie ? », « *cf.* Freud » et, je ne sais plus pourquoi : « Ici, il renverse les rôles. » Je prends donc *De la grammatologie* de Derrida. Il m'apparaît qu'il y a six phases dans la pratique de la lecture. La première est le livre d'images ; la deuxième, le livre avec plus d'illustrations que de texte ; la troisième, celui avec plus de texte que d'illustrations ; la quatrième, celui sans illustrations du tout, sauf un plan ou un arbre généalogique, par exemple, mais de nombreux dialogues ; la cinquième, celui avec de longs paragraphes et pratiquement pas de dialogues ; la sixième, celui sans dialogues et sans narration, avec de longs paragraphes, des notes de bas de page, une bibliographie, un appendice et un texte en très petits caractères.

De la grammatologie de Derrida fait partie de cette sixième tranche et, intellectuellement parlant, j'en suis encore à quatre ou cinq ans d'âge mental. Je lis la première phrase, feuillette en vain l'ouvrage pour trouver une illustration ou une photo et m'endors.

Je me réveille à 16 h 30 en me disant qu'il ne me reste plus que trois heures pour me préparer pour ce dîner. Je fonce à la salle de bains, mais Josh a utilisé la baignoire pour faire tremper dans du détergent un jean sale que je suis obligé de transférer dans le lavabo, tout dégoulinant d'un jus bleu. Je me plonge enfin dans le bain en m'apercevant que j'ai oublié de rincer la lessive qu'on utilise en général avec de l'eau à 70°. Mon bain n'est donc pas cette expérience relaxante que j'espérais, surtout que je me douche ensuite à l'eau froide pour éviter les brûlures chimiques du produit. En me regardant dans la glace, je constate que ma peau est légèrement bleutée.

Je remets le denim dans la baignoire et, dans un esprit de vengeance, me glisse dans la chambre de Josh (après m'être assuré qu'il n'est pas là) pour lui piquer son scrub facial au noyau d'abricot. Je me passe sur le visage ce produit qui mousse beaucoup, mais quand je le rince, le résultat n'est pas satisfaisant : ma peau est à vif, comme si j'étais passé à travers une vitrine de magasin, ou, précisément, comme si quelqu'un s'était acharné sur moi avec... un noyau d'abricot. Il y a une leçon à retenir, là : l'acné ne s'efface pas.

La peau me tire à mort et j'ai peur de ne pas pouvoir sourire sans saigner. Je retourne dans ma chambre, où j'ai placé mon futon contre le mur pour le faire sécher, je ramasse mes vêtements sales que je fourre dans l'armoire et me demande quel livre laisser traîner si Alice venait *« boire un café »*, ou, plus probablement, boire un café. J'hésite entre le *Manifeste du parti communiste*, *Tendre est la nuit*, les *Ballades lyriques* de Wordsworth et Coleridge, *La Femme eunuque*, quelques vers de e.e. cummings et les *Chansons, sonnets et hymnes* de John Donne, juste au cas où les choses deviendraient torrides et où la poésie s'avérerait un remède urgent. J'ai quelques doutes à propos du livre de Germaine Greer, malgré mon envie de prouver à Alice que je suis un féministe progressiste – radical, même –, à cause de la couverture, qui représente un torse de femme nu et désincarné, que je planquais pourtant sous mon lit, le trouvant trop sexy pour les yeux de ma mère.

J'enfile un slip noir qui sort de la boîte, mon meilleur pantalon de la même couleur, une veste de smoking toute neuve achetée chez Jadis, une boutique de troc, ma plus belle chemise blanche, un nœud pap et des bretelles que je viens d'acquérir. J'arrange la mouette morte sur mon front et tapote sur mon visage l'*Old Spice* de papa, encore dans sa bouteille de porcelaine blanche d'époque, qui sent, c'est curieux, les épices rancies et pique affreusement. Puis je vérifie que le préservatif que je trimballe partout avec moi en cas de miracle est toujours dans mon portefeuille. Il s'agit là du deuxième d'une trilogie préméditée, dont le premier connut une fin cruelle dans la poubelle à roulettes derrière Littlewoods. Celui-ci, je l'ai depuis si longtemps qu'il colle à l'emballage et que son papier d'alu commence à ternir grotesquement autour de la partie renflée, comme si on l'avait passé au Miror formule cuivre. J'y suis pourtant attaché, de la même façon que les gens sont attachés à la médaille de saint Christophe qui ne les quitte pas, en dépit du fait que j'ai autant de chances de l'utiliser ce soir que de faire traverser un fleuve à Jésus.

En route pour Kenwood Manor, je dois m'arrêter tous les dix mètres car le clip en métal de mes bretelles, qui refuse de rester fixé à la taille de mon pantalon, me claque sur la poitrine en me titillant les mamelons.

Je les raccroche pour la centième fois quand une voix derrière moi m'interpelle : « On t'a volé ton ours en peluche, Sebastian Flyte [1] ?

— Oh, salut, Rebecca. Tu vas bien ?

— Moi, oui. Mais toi, en revanche…

— Que veux-tu dire ?

— Qu'est-ce que tu as fait à tes cheveux ?

— Tu n'aimes pas ?

— Tu ressembles à Himmler. Et pourquoi ce déguisement ?

— Tu connais le proverbe : l'habit fait le moine.

— Sur toi, on dirait un cilice.

— Si tu veux tout savoir, j'invite quelqu'un à dîner.

— Waouh !

— C'est purement platonique.

— Et qui est l'heureuse élue ? Pas la foutue Alice Harbinson, j'espère. (Je lève innocemment les yeux au ciel.) Non, c'est pas possible. Vous, les garçons, êtes si prévisibles ! Honnêtement, si tu veux jouer à la poupée, pourquoi tu ne vas pas t'en acheter une ?

— Qu'est-ce que tu veux dire par là ?

— Rien. Mais tu as intérêt à te magner, Jackson, autrement tu vas louper le coche.

— Explique-toi.

— Je veux tout simplement dire que c'est une fille très populaire. Nos chambres sont au même étage et chaque soir des rugbymen bavant de convoitise font

1. Personnage de *Retour à Brideshead*, d'Evelyn Waugh.

la queue devant sa porte, une bouteille de lambrusco tiède à la main. Et cette file serpente jusqu'au coin du couloir.

— Sans blague…

— Ben oui. Et elle a pris l'habitude d'aller à la salle de bains commune en soutien-gorge et petite culotte noirs. Cette exhibition au profit de qui, je ne saurais trop dire. »

Je tente de chasser cette image de ma tête. « On dirait que tu ne l'aimes pas beaucoup, dis-je.

— Och, je la connais à peine. Je ne suis pas assez branchée pour cette bande. En plus, je ne crois pas que ce soit une fille à filles, si tu vois ce que je veux dire. Et, non, je ne parle pas de lesbiennes, là. Personnellement, je ne vois pas comment je pourrais être attirée par une nana qui dessine un *smiley* dans ses "o", mais des goûts et des couleurs, hein… Alors, tu l'emmènes où, la belle Alice ?

— Oh, juste un endroit au centre-ville, chez Luigi.

— Pourquoi ? il n'y avait plus de place au Kentucky Fried Chicken ?

— Tu penses que le Luigi n'est pas une bonne idée ?

— Nullement. Tu es un homme de goût et de sophistication. Il paraît que le hamburger quart de livre avec fromage, chili et rondelles d'oignon est à se damner ! Peut-être m'y emmèneras-tu un jour, Jackson ? »

Elle passe son chemin, me laissant me creuser la tête pour trouver une réponse intelligente. « Rebecca ! (Elle se retourne en souriant.) Pourquoi est-ce que tu m'appelles toujours Jackson ?

— Ça te gêne ?

— Pas vraiment. Mais ça fait un peu série télévisée genre *Grange Hill* –, lycée de banlieue défavorisée, tu vois.

— Och, excuse-moi. C'était affectueux, pourtant. Tu préfères que je t'appelle Brian, ou "Bri", à moins que tu ne préfères "Herr Himmler"…

— Brian fera l'affaire.

— Bon, Brian alors. Passe une bonne soirée, Brian, mais garde la tête froide, Brian. Joue-la décontracté, Brian. Salut, Brian… »

Elle disparaît au bout du couloir.

Je fonce sur la chambre d'Alice, m'attendant à trouver une foule devant la porte. Dieu merci, il n'y a personne, mais j'entends parler à l'intérieur. Je ne colle pas l'oreille contre le panneau, car ce serait mal, mais je m'approche pour mieux entendre. Ce sont des voix féminines. Ouf !

« Il t'emmène dîner où ? demande une fille.

— Au Bradley, je crois, dit Alice.

— Mais c'est un endroit très chic.

— Il est riche, alors ? demande une autre voix.

— Aucune idée. Je ne crois pas », dit Alice.

Je frappe, peu désireux d'en entendre plus. On chuchote, on glousse et on m'ouvre.

Elle porte une robe de soirée gris anthracite à jupe boule et des talons qui, avec le chignon haut qu'elle s'est fait, ajoutent soixante bons centimètres à sa taille habituelle. Elle est aussi plus maquillée que d'habitude et, pour la première fois depuis que je la connais, porte du rouge à lèvres, mais la petite cicatrice est toujours visible. Dans sa tenue, l'élément le plus remarquable est le décolleté. Elle doit porter un soutien-gorge sans bretelles car ses épaules sont nues, et il doit y avoir dans les bonnets un système spécial qui pousse doucement la partie supérieure de son corps hors de la robe, produisant deux demi-globes de chair nue – d'Alice nue – qui, si j'ose dire, regorgent de son bustier de satin. Dans un roman XIXe, on dirait qu'elle a « une poitrine superbe ». De fait, on peut encore le dire aujourd'hui. Alice a une poitrine superbe. *Arrête, Brian ! Tu mates.*

« Salut, Alice.

— Salut, Brian. »

Derrière elle, Erin la chatte et une autre fille de sa bande me font un petit sourire narquois. *Ferme-la, Brian.*

« Tu es beau comme un dieu, Brian, raille Erin.

— Merci. On y va, Alice ?

— Allons-y. »

Elle me prend le bras et nous sortons.

14

QUESTION : Constitué d'une chaîne hydrocarbonée plus ou moins longue, avec un groupe carboxylique à l'une de ses extrémités, l'acide oléique qu'on trouve le plus couramment dans la grande distribution fait partie de quel groupe lipidique ?

RÉPONSE : Les acides gras insaturés.

POLITIQUEMENT PARLANT, BIEN SÛR, je n'adhère pas au concept de beauté physique. L'idée qu'on manifeste à quelqu'un, homme ou femme, plus d'attention, plus d'affection, plus de respect qu'aux autres, qu'il inspire la popularité ou l'adulation simplement parce qu'un caprice de la génétique et une notion mâle chauvine ont défini arbitrairement la notion de « beauté » me semble mauvaise en soi – inacceptable.

Cela dit, Alice est incontestablement… belle. À la lumière des bougies, elle ressemble à un Georges de La Tour, ou à un Vermeer, à moins que ce ne soit un Watteau. Elle ouvre le menu en se sachant regardée, et pas simplement vue. Quel effet cela fait-il d'être admirée ? Le plaisir qu'on en éprouve doit être complètement passif. Pour moi qui la regarde, c'est davantage une souffrance qu'un plaisir, puisque j'éprouve dans le bas-ventre cet élancement douloureux, sourd, violent qu'on voudrait mais qu'on ne peut contrôler. La tentation est trop forte de rester assis là devant elle juste pour le plaisir de souffrir.

Depuis que je la connais, j'ai vu les gens la dévorer des yeux, comme moi. J'ai observé Patrick le faire en se passant la main dans sa chevelure de celluloïd, sa langue charnue d'astronaute pendue entre les dents. Je vois Luigi le faire tandis qu'il ôte le châle bordeaux des épaules de mon amie et nous montre notre table avant de passer la tête par les portes battantes de la cuisine pour appeler, sous je ne sais quel prétexte, le cuistot et le marmiton. Quel effet cela fait-il d'être elle ? D'être admirée avant même d'avoir ouvert la bouche, d'être désirée deux ou trois cents fois par jour par des gens qui ne savent même pas quel genre de personne vous êtes ?

Quand maman regarde la télé, elle évalue le physique des femmes, actrices ou autres, en disant : « Elle est belle… », ajoutant sur son ton le plus sévèrement moralisateur : « … et elle le sait. » Moi, je ne sais pas si avoir conscience d'être belle est mieux ou pire qu'avoir conscience d'être laide. Je suppose que si être d'une grande beauté physique est un fardeau, ce ne doit pas être le plus lourd à porter.

Au-dessus du menu, dans le rectangle de lumière créé par les bougies, j'entrevois les seins d'Alice – un bombé rose pêche que j'essaie de ne pas regarder pour qu'elle ne se sente pas chosifiée.

« Agréable, n'est-ce pas ? » dit-elle.

Je suppose qu'elle parle du restaurant. « Ça te plaît ? J'espère que ce sera bon. »

Je chuchote, car nous sommes les seuls clients et je ne veux pas offenser Luigi, occupé, au bar couvert de faux lierre en plastiquc, à lorgner ma compagne tout en maculant de ses mains graisseuses les verres à vin qu'il va nous apporter. Réserver une table ne semblait pas aussi essentiel que je le croyais.

Je mens : « J'ai essayé le Bradley mais c'était complet.

— Ne t'inquiète pas. Ici, c'est parfait.

— Il y a des pizzas, des pâtes et, sur la page d'après, des hamburgers.

— Oui, je vois, dit-elle en décollant une des feuilles de plastique au format A4 qui constituent le menu.

— Ou des travers de porc, des *spare ribs* si tu préfères. Et il faut que tu prennes aussi une entrée, et tout le tremblement. C'est moi qui invite.

— Ça, on verra plus tard. »

On se concentre sur le menu.

Mon Dieu.

Silence.

Il faut que je dise quelque chose.

Je sors un gressin de son papier et le tartine sur toute sa longueur avec l'un des deux carrés de beurre fournis. « Tu sais, je me suis toujours interrogé sur l'origine de ce mot, "*spare ribs*". La côte surnuméraire. Qui a décidé de ce "*spare*" ? certainement pas le porc. Ce n'est pas lui qui décide s'il a un rab de ce côté-là. Tu le vois dire : "Bon, vous ne pouvez *pas* prendre ces côtes-ci parce que j'en ai besoin. Mais prenez les autres, parce que je n'en ai pas l'usage. Prenez et mangez, car ceci sont mes côtes en plus." » Elle me sourit comme si j'étais l'un de ces enfants nécessiteux perchés dans l'arbre, regarde ma main, et je me rends compte que je gesticule depuis un moment avec mon couteau.

Calme-toi.

Arrête de jacter.

Pose ton couteau.

La vérité, c'est que je ne crois plus aux vertus romantiques de cet endroit maintenant que j'ai le loisir de l'examiner. Le plancher est recouvert d'un lino assez sale et recroquevillé sur les bords, quant aux nappes à carreaux elles sont en plastique, qui a le mérite d'être essuyé d'un coup d'éponge. De surcroît, même si Luigi nous a placés au fond, dans un coin romantique, nous sommes assez près des toilettes, ce qui est pratique en un sens, mais baigne l'idylle d'une âpre odeur de Harpic citron. J'ai peur qu'Alice ne commence à se sentir hors de son élément ici – elle donne d'ailleurs des signes d'inconfort, sa jupe bouffante ballonne autour d'elle comme une corolle prête à l'avaler.

« On commande ?

— J'hésite, répond-elle. Tout a l'air délicieux. »

J'en suis moins sûr. On se concentre de nouveau sur le menu collant, mal tapé et orthographié phonétiquement – *chily concarno*, ça me semble bizarre –, aux intitulés salaces : « Prélimina*tion*s ! » pour les « entrées », *« Passons aux choses sérieux ! ! »* pour le plat principal, et *« Oh, continue !!!... »* pour le dessert. Cela dit, pour un type comme moi, tout semble bel et bien délicieux : frit, bien gras, avec des viandes calcinées et pratiquement pas de légumes. Ils balancent même le camembert dans la grande friture, et les portions doivent être généreuses puisqu'ils indiquent le poids, genre « une livre de chair ». Toutefois, je crains qu'Alice ne soit habituée à un régime plus léger – tofu, salades, aliments cuits à la vapeur – et à mon sens elle doit faire partie de cette élite qui préfère la qualité à la quantité. Je commence à transpirer. Ma peau me démange à cause du bain au détergent. Je baisse les yeux et remarque que mes poignets de chemise ont une ligne de crasse bleu denim.

En fond sonore passe en boucle le thème de la pub de Miko [1] Cornetto et, après délibération silencieuse, nous sommes prêts à commander. Je cherche Luigi des yeux, mais je l'entends s'approcher dans mon dos à cause du bruit de succion que font ses semelles sur le lino poisseux. Alice choisit les champignons farcis et une pizza Margarita accompagnée d'une salade verte, tandis que je choisis une petite friture et un demi-poulet grillé sauce barbecue avec chips et condiments offerts par la maison. « J'espère que ce n'est pas la moitié inférieure de la volaille », dis-je à Luigi pour faire le malin. Alice me fait un mince sourire et insiste pour que je choisisse le vin. On peut le commander en carafe mais même moi, je sais qu'à ce prix il doit être imbuvable. Mieux vaut une bouteille d'un vin légèrement mousseux. Le champagne étant trop cher, je choisis un lambrusco. Rebecca ne l'a-t-elle pas mentionné tout à l'heure ? Je m'y connais peu, mais je sais que le blanc va à la fois avec le poisson et la viande.

« Une bouteille de lambrusco bianco blanc », dis-je.

Une fois Luigi parti, je bafouille :

« Oh ! là ! là ! la gaffe !

— Pourquoi ? me demande Alice.

— Parce que "bianco" veut dire blanc. J'ai demandé du blanc blanc. La tautologie qui tue. » En fait d'anecdote amusante, celle-ci ne tiendrait pas la route dans le *Michael Parkinson Show* sur ITV, mais elle me permet de briser la glace. Alice sourit et nous commençons à parler. Ou plutôt, *elle* parle et je l'écoute en hochant la tête, puis en épluchant sur les bouteilles de chianti à office de chandeliers des

1. « Un' sol' cornetto », sur la musique de *O sole mio*.

morceaux de cire que je ramollis sur la flamme et replace sur les flacons en formant des angles bizarres. Mais surtout, je la regarde. Comme souvent, elle parle de Linden Lodge, cette école privée, de « gauche » mais ruineuse, située en pleine campagne, qui, je dois dire, me semble assez pénarde pour un internat, m'évoquant plutôt les soirées entre ados (« Tu restes coucher chez moi ? – Non toi, viens coucher chez moi. ») Telle qu'Alice la décrit voici une journée type à Linden Lodge :

8 h 30-9 h 30	Fumer un joint. Faire du pain.
9 h 30-10 h 30	Rapports sexuels avec le fils/la fille d'une personnalité.
10 h 30-11 h 30	Construction d'une grange.
11 h 30-12 h 30	Lecture à haute voix de T.S. Eliot. Écouter Crosby, Stills and Nash, jouer du violoncelle.
12 h 30-13 h 30	Expérimenter diverses drogues. Rapports sexuels.
13 h 30-15 h 30	Baignade à poil à deux. Nage avec les dauphins.
15 h 30-16 h 30	Construction d'un mur de pierres sèches. Sexe (facultatif).
16 h 30-17 h 30	Cours de guitare acoustique.
17 h 30-18 h 30	Rapports sexuels. Dessiner au fusain corps nu du/de la partenaire.
18 h 30-4 H	Bob Dylan obligatoire.
4 h du matin	Extinction des feux (facultative).

Il est sûr que sur le plan politique je ne peux approuver une telle école malgré son programme de rêve. Avec toute cette défonce, ce sexe et cette musique folk on se demande quand les élèves trouvent le temps de travailler. Ils doivent y arriver pourtant, car Alice est à l'université, même si elle n'étudie que le théâtre. Je ne lui ai pas encore demandé ses notes de fin de secondaire – pas lors du premier rendez-vous amoureux. Peut-être qu'en écoutant Radio 4 de manière subliminale on arrive à acquérir une éducation.

Ma friture arrive – une trentaine de petits poissons argentés échoués sur une feuille de laitue iceberg qui me disent : « Nous sommes morts pour toi, salaud. Fais au moins de nos cadavres quelque chose d'amusant. » J'en mets un dans ma bouche en laissant sortir la queue, comme si j'étais un chat. Elle n'apprécie que modérément la plaisanterie et retourne à ses champignons.

« Ils sont comment ? demandé-je.

— Bons, mais on n'a pas lésiné sur l'ail. Ce soir, j'embrasse pas. »

Me voilà prévenu. L'information, subtilement lâchée, m'a été comme qui dirait trompettée à l'oreille, des fois que je me serais fait des idées. Je n'en suis pas surpris, je m'y attendais. Je dois me contenter de la légère ambiguïté qu'elle implique : ce n'est pas toi la cause, Brian, ce sont les champignons. De là à inférer que si elle avait choisi le camembert frit nous serions déjà en train de faire l'amour...

« Tu as eu plein de petits amis là-bas, je suppose, dis-je, l'air de rien, en mordillant un poisson nain.

— Oh, seulement un ou deux. » Elle entreprend de m'en parler.

En matière de droit des femmes, je ne barguigne pas. Pas de double critère : leur liberté sexuelle doit être la même que celle des hommes. Il n'y a aucune raison pour qu'Alice Harbinson n'ait pas un passé sexuel et amoureux très actif, mais tout de même, ce

« un ou deux » est un peu trompeur. Quand le plat principal arrive, les noms ont déjà commencé à se brouiller dans mon esprit. Je me souviens pourtant d'un certain Rufus, dont le père était un réalisateur célèbre, qui a dû rentrer d'urgence à L.A. car leur amour l'un pour l'autre était trop intense et tragique – quelque sens qu'on puisse donner à ces deux adjectifs. Et d'Alexis, le pêcheur grec qu'elle a rencontré en vacances et qui a débarqué à Londres pour demander sa main ; il a fallu téléphoner à la police pour que les autorités le déportent. Et Joseph, un beau musicien de jazz avec qui elle a dû rompre car il voulait qu'elle se pique à l'héro avec lui. Et Tony, l'ami potier de son père, qui fabriquait des céramiques étonnantes dans sa belle ferme des Highlands ; pour un homme de soixante-deux ans, il assumait au lit, « mais il a commencé à me téléphoner au milieu de la nuit et tenté de se suicider en se jetant dans son propre four. Maintenant il va bien, Dieu merci ».

Et Saul, un mannequin américain splendide et pourri de fric avec... (chuchotement) « un énorme pénis », mais on ne peut pas avoir une relation basée seulement sur le sexe, n'est-ce pas ? Plus triste fut l'aventure avec M. Shillabeer, son prof d'anglais, qui avait branché Alice sur T.S. Eliot (apparemment, une fille avait eu un orgasme quand il leur avait lu les *Quatre quatuors*), avant de tomber amoureux d'Alice lorsqu'ils étaient passés aux *Sorcières de Salem* d'Arthur Miller, sauf qu'il était devenu un peu trop obsédé. « Il a fini par avoir une dépression nerveuse et a dû quitter son poste pour retourner vivre chez ses parents à Wolverhampton. Il y est toujours. C'est vraiment triste, car c'était un bon prof. »

Elle a fini, et moi, pendant ce temps, j'ai dévoré un demi-poulet sauce barbecue jusqu'à la carcasse, qui gît dans mon assiette comme… euh, comme l'un des amants dévastés d'Alice. Presque toutes ses aventures ont mal tourné : folie, obsession, vies foutues… Soudain, l'épisode de la poubelle à roulettes derrière Littlewoods avec Karen Armstrong perd à mes yeux un peu de sa grandeur tragique.

« C'est quand même bizarre que tant de ces aventures aient si mal fini, dis-je.

— Oui. Très bizarre. Tony, l'ami céramiste de papa, le type au four, m'a dit une fois qu'en matière de relations amoureuses j'étais à moi seule *Les Quatre Cavaliers de l'Apocalypse.*

— Mais toi, tu n'as jamais souffert… par répercussion ?

— Bien sûr que si, Brian. C'est pourquoi je me suis promis de n'avoir aucune liaison à l'université. Ce sera travail, travail. » Elle ajoute, avec un accent américain qui m'évoque une réplique de film : « Je vais me faire nonne. »

Encore l'avertisseur ! Sur sa pizza Margarita, elle continue à séparer le fromage fondu de la croûte, se contentant d'enrouler le premier autour de son index. « Bon, j'ai encore trop parlé de moi. À toi. Que font tes parents, déjà ? J'ai oublié, dit-elle en se léchant le doigt.

— Ma mère travaille chez Woolworths et mon père est mort. »

Elle s'essuie la bouche avec sa serviette, et déglutit.

« Mais… tu ne me l'as jamais dit.

— Ah non ?

— Non, je suis sûre que non. (Elle tend le bras et pose sa main sur la mienne.) Brian, je suis désolée.

— Oh, ça va. Ça fait déjà six, non, sept ans. J'avais douze ans quand c'est arrivé.

— Il est mort de quoi ?

— Crise cardiaque.

— Mon Dieu. À quel âge ?

— Quarante et un ans.

— C'est horrible.

— Oh, tu sais… »

Elle se penche en avant, les yeux écarquillés, ma main toujours dans la sienne ; de l'autre main, elle prend la bouteille recouverte de cire et l'écarte, pour mieux me voir.

« Tu veux bien m'en parler ? demande-t-elle.

— Oui. »

Je lui en parle.

15

QUESTION : Dans quelle pièce d'Arthur Miller (1949), Lee J. Cobb, Fredric March et Dustin Hoffman ont-ils successivement joué l'infortuné Willy Loman ?

RÉPONSE : *Mort d'un commis voyageur.*

« PAPA ÉTAIT VOYAGEUR DE COMMERCE : il vendait des doubles vitrages ; un drôle de boulot dont les gens tendent à se moquer, comme celui d'agent de la circulation, inspecteur des impôts, ou égoutier. Je crois qu'à la fin de la journée, ceux qui le font doivent en arriver à se détester ; alors, imagine ce que ce doit être après dix ans : mon père en était là. Avant, quand il a rencontré maman et qu'ils m'ont eu, il était dans l'armée. Il faisait partie de la dernière vague du service civil resté dans le corps de réserve, ne sachant que faire d'autre. Je me rappelle m'être inquiété, quand il y avait des tensions avec la Russie ou un embrasement en Irlande du Nord, ou d'autres problèmes politiques. J'avais peur qu'on ne le rappelle, qu'on ne lui donne un uniforme et un fusil. Mais à mon avis, il n'était pas ce type de militaire ; plutôt un bureaucrate, je dirais. D'ailleurs, quand ils m'ont eu, ma mère l'a mis en demeure de quitter l'armée car elle en avait assez de déménager tout le temps et qu'elle détestait l'Allemagne de l'Ouest, où je suis né. Nous sommes donc revenus à Southend-on-Sea, où il a trouvé ce boulot de représentant en doubles vitrages.

— Et au tout début, il aimait son métier ?

— Peut-être au début, mais il en est vite arrivé à le détester. Il avait des horaires spéciaux, tu vois, car il faut coincer les gens quand ils sont chez eux : tôt le matin, et même très tard le soir. Il rentrait à la maison à la nuit tombée, été comme hiver. Il devait même faire un peu de porte-à-porte je crois. "Excusez-moi, madame, mais savez-vous que le double vitrage pourrait alléger votre facture de chauffage ?" Des trucs comme ça, tu vois. Et je sais qu'il était payé à la commission ; les soucis d'argent étaient donc constants. J'ignore ce que je ferai plus tard mais certainement pas un boulot payé à la commission – jamais. On dit que c'est une motivation : oui, une motivation à foutre votre vie en l'air, à travailler avec un revolver sur la tempe. C'est une horreur. Bon, excuse-moi si je me répète.

» Il ne m'a jamais dit qu'il détestait son boulot car ce n'est pas le genre de choses qu'on dit à un gosse. Mais je le sentais parce qu'il était en colère quand il rentrait à la maison. Il ne criait pas, il ne cognait pas, ni rien, mais il serrait les poings et son visage devenait cramoisi de rage à la moindre contrariété, devant mes jouets qui traînaient ou quand je ne finissais pas mon assiette. On voudrait garder de ses parents le souvenir de pique-niques, de courses juché sur les épaules de papa, de concours de ricochets dans la mer, mais rien n'est parfait et, malheureusement, je me souviens des discussions dans la cuisine avec maman, à propos de fric, de boulot, ou je ne sais quoi. Il était fou de colère.

— C'est terrible !

— J'exagère peut-être, alors. Je me souviens surtout que nous regardions la télévision ensemble quand on me permettait de veiller jusqu'à ce qu'il rentre. Après, je m'asseyais par terre entre ses jambes pour regarder les jeux-concours. Il adorait ça, tout comme les documentaires naturalistes de David Attenborough, les trucs instructifs, quoi... Pour lui, l'éducation était la clé de la vie, le moyen de ne pas faire un de ces boulots ingrats qui peuvent pousser quelqu'un à se mépriser.

— Comment... est-il mort ?

— Je ne sais pas exactement. Je ne veux pas demander à maman, pour ne pas la bouleverser, mais apparemment, il était chez des gens qu'il essayait de convaincre des bénéfices de l'isolation quand il est tombé dans leur salon. Je venais de rentrer de l'école et regardais la télé pendant que maman préparait notre thé [1]. On a frappé à la porte, j'ai entendu des voix résonner dans le hall. J'ai déboulé et vu deux policiers, et maman recroquevillée par terre sur le tapis. Au début, je me suis dit que papa avait été arrêté, ou je ne sais quoi, mais la femme flic a dit qu'il allait mal et elle a embarqué maman à l'hôpital en me laissant aux voisins. Il est mort peu après la visite de ma mère... Oh, mince, on a fini le vin. On commande une autre bouteille ?... J'ai passé la nuit chez eux – les voisins... Une autre bouteille de lambrusco, s'il vous plaît. Non, nous n'avons pas encore choisi les desserts. Laissez-nous quelques minutes.

» Rétrospectivement, quand j'y réfléchis, je ne suis pas surpris, même en considérant son âge – quarante

1. Le *tea*, vers 18 heures, est encore synonyme de « dîner » pour nombre d'Anglais.

et un ans, c'est jeune. Il était "noué", il l'a toujours été. Et il buvait. Pub au déjeuner et après le boulot : il sentait la bière. Et il fumait trois paquets de cigarettes par jour. Bon sang, je lui en offrais en cadeau de Noël ! Je ne crois pas avoir un seul souvenir de lui ne tirant pas sur sa clope. Même à l'hôpital, avec un cendrier et une canette de bière posés sur mon berceau – bon, il paraît. Quel con !

— Comment as-tu réagi ?

— À sa mort ? Je ne suis pas sûr. Bizarrement, je pense. J'ai pleuré et tout, mais ils voulaient me faire manquer l'école, ce qui m'embêtait car j'aurais séché des cours – voilà qui te donne une idée du petit saligaud bûcheur et froid que j'étais. Pour être honnête, j'étais surtout triste pour maman parce qu'elle adorait mon père et qu'elle avait à peine trente-trois ans à l'époque ; il était le seul homme avec qui elle ait couché, avant ou après – du moins, que je sache –, et l'épreuve a été très dure pour elle. Ça allait à peu près tant qu'il y avait des gens autour ; pendant les quinze premiers jours la maison était bondée – ministres du culte divers, copains de papa, voisins, ma grand-mère, oncles et tantes – et maman n'avait pas le temps de ruminer, trop occupée à faire des sandwichs et du thé, à dresser des lits de camp pour ces étranges cousins irlandais qu'on n'avait jamais vus avant et qu'on n'a plus revus depuis. Mais au bout de deux semaines, ces gens se sont évanouis dans la nature et maman et moi sommes restés tous les deux. Ç'a été le pire moment, quand ça s'est calmé et qu'on s'est retrouvés seuls. C'est une drôle de combinaison, un adolescent et sa mère. Je veux dire, tu te rends compte que quelque chose manque.

» Après coup, je me dis que j'aurais dû être plus gentil avec maman, rester davantage avec elle et tout.

Mais je détestais ces soirées au salon quand elle regardait à la télé *Dallas*, ou autre feuilleton, et fondait soudain en larmes. Pour un garçon de mon âge, le chagrin, tous ces trucs, c'était… gênant. Qu'est-ce que j'étais censé faire avec ça ? Passer mon bras autour de ses épaules ? Dire quelque chose ? Mais que peut dire un garçon de douze ans ? Alors, c'est bizarre et terrible à avouer, mais je me suis mis à lui en vouloir. À l'éviter. J'allais de l'école à la bibliothèque publique, et de la bibliothèque à ma chambre pour faire mes devoirs, dont je n'avais jamais assez pour mon goût. Bon sang, quel petit salaud j'étais…

— En classe, comment se comportaient tes copains avec toi ?

— Correctement. La compassion, ce n'est pas le truc des gosses de douze ans – ça ne l'était pas dans mon école, en tout cas –, et d'ailleurs, je ne suis pas sûr que ce soit nécessaire. Certains ont essayé, mais on voyait bien qu'ils se forçaient. En plus, et c'est là que j'ai réellement honte, il ne s'agissait pas … tu vois… du *mort*, ni même de ma mère, sa veuve, non, il s'agissait de *moi*. En d'autres termes, qu'allait-il m'arriver ? Comment tu appelles ça ? Solipsisme ? Solécisme ? Les deux, surtout le second.

» Parce que ça m'a servi à me faire remarquer : les lauriers pour le pauvre orphelin – plein de filles qui ne t'avaient jamais parlé avant commencent à t'offrir une barre de leur Kit Kat et à te frotter le dos. Bien entendu, je me suis aussi fait brimer : "Oliver Twist" et tout le bazar, même pas drôle puisque j'avais encore ma mère. Mon copain Spencer a décidé de veiller sur moi et, bizarrement, ça a marché. Spencer faisait peur, à juste titre, car il peut être très teigneux.

— Tu as une photo de lui ?

— De Spencer ? Oh, tu veux dire de mon père ? Non pas sur moi. Tu crois que je devrais ?

— Pas forcément.

— Mais j'en ai une dans ma chambre. Tu la verras si tu viens. Pas nécessairement ce soir, mais quand tu voudras…

— Tu penses souvent à lui ?

— Sans arrêt. Mais on n'a pas eu tellement le temps de se connaître, tous les deux. Pas en tant qu'adultes, en tout cas.

— Je suis sûre qu'il t'aurait adoré.

— Tu crois ?

— Oui. Pas toi ?

— Je ne sais pas. J'ai l'impression qu'il m'aurait trouvé un peu bizarre.

— Il aurait été fier de toi.

— Pourquoi ?

— Pour plein de raisons. L'université. Ton brio au sein de l'équipe de quiz, tout, quoi…

— Peut-être. Mais il y a une chose que je sais – ce n'est pas rationnel et ce n'est peut-être même pas la faute de ces gens –, je voudrais rencontrer ses employeurs, ces gens qui se sont fait tout ce fric en le faisant bosser comme un bourricot. Je voudrais les rencontrer pour leur dire qu'ils sont des cons. Excuse ma grossièreté. Je ne sais même pas leur nom, ni ce qu'ils sont devenus – ils sont probablement à la retraite dans une somptueuse villa de l'Algarve, ou ailleurs au soleil, et je ne saurais même pas quoi leur dire si je les rencontrais parce que, au sens strict, ils n'ont rien fait de *mal* ; ils géraient une affaire en cherchant à faire du profit, et mon père aurait pu partir s'il l'avait vraiment voulu ; il aurait pris sa moto et serait allé se chercher un autre boulot. Il l'aurait d'ailleurs peut-être fait même s'il avait été fleuriste, ou professeur d'école primaire ou je ne sais quoi, mais il l'aurait fait *plus jeune*. De surcroît, ce n'est pas une négligence criminelle qui l'a tué, ni un coup de grisou, ni un accident de pêche. Il était simplement représentant de commerce, mais ce n'est pas normal de haïr son travail à ce point, et c'est pour ça que moi, je hais ces … prédateurs qui lui ont fait faire ça, jour après jour, sans se soucier de… Bon, tu m'excuses une minute ? Il faut que j'aille aux toilettes. »

16

QUESTION : La glande et le canal du même nom sécrètent un liquide qu'on appelle ?

RÉPONSE : Les larmes.

EN FIN DE COMPTE, c'est une chance d'être assis près des toilettes.

J'y suis depuis quelque temps maintenant. Trop longtemps. Je ne voudrais pas qu'elle pense que j'ai la chiasse ou quoi, mais je ne veux pas non plus qu'elle me voie pleurer. En tant que moyen de séduction, les larmes sont très surfaites. Maintenant, elle sait que je suis un de ces garçons pleurnichards. Sans doute secoue-t-elle la tête de consternation et paye-t-elle l'addition avant de regagner ses pénates et de tout raconter à sa copine Erin : « Tu ne peux pas savoir la soirée que j'ai passée avec ce fils à maman… »

On frappe à la porte et je pense que c'est Luigi qui se demande si je n'ai pas pris la poudre d'escampette par l'escalier d'incendie pour éviter de payer l'addition. Mais une voix familière me demande :

« Brian, ça va ?

— Oh, c'est toi, Alice ?

— Comment te sens-tu, là-dedans ?

— Très bien. Parfaitement bien.

— Ouvre-moi, mon chou, tu veux ? »

Non, je rêve ! Elle compte entrer dans les toilettes avec moi !

« Ouvre-moi la porte, mon chou.

— Ça va, Alice. Je te rejoins tout de suite. Attends-moi, veux-tu ?

— Bon. Dépêche-toi.

— Deux minutes. (Je l'entends sortir des toilettes.) Commande un dessert, si tu en as envie. »

J'attends une minute, puis je sors et me regarde dans la glace. Ça va. J'ai les yeux rouges mais mon nez ne coule plus. J'ajuste mon nœud de cravate, remodèle l'oiseau mort qui me tient lieu de frange, rattache mes bretelles et entre dans la salle de restaurant, la tête légèrement baissée pour ne pas rencontrer le regard de Luigi. Quand j'arrive à la table, Alice se lève et, à ma stupéfaction, elle me prend dans ses bras et se presse étroitement contre moi, sa joue contre la mienne. Ne sachant trop que faire, je l'enlace aussi et me penche en avant tout en laissant un espace pour contenir le volume de sa jupe ballon, une main sur le satin gris, l'autre sur la peau nue de son joli dos, juste au-dessus du bustier. Elle me chuchote : « Tu es un homme si charmant », une remarque qui va de nouveau me faire chialer, non parce que je suis un « homme charmant », mais un pauvre con, un putain de débile, et je suis obligé de fermer très fort les yeux pour éviter un nouvel accès lacrymal, et nous restons ainsi un petit moment. Quand je les rouvre, je vois Luigi en train de nous regarder ; il me fait un clin d'œil complice, pouces levés en guise de félicitations. Ne sachant une fois de plus comment réagir, je lui rends son geste et me sens immédiatement méprisable, surtout parce que je ne sais pas de quoi je dois me féliciter.

En fin de compte, les clips de mes bretelles cèdent une fois de plus avec un *clac* et Alice s'écarte de moi en me faisant ce sourire contrit, commissures des lèvres tombantes, que les mères adressent à leur gosse en pleurs dans les pubs télévisées. Je commence à me sentir très penaud. « Excuse-moi, Alice. D'habitude, je ne commence à pleurer que beaucoup plus tard dans la soirée.

— On y va ?

— Déjà ? Tu ne veux pas un dessert ? un café, ou autre chose ? Ils ont des profiteroles – tu sais, ce truc mortel au chocolat…

— Non. Mon estomac crie grâce. »

Des plis de sa jupe, elle tire une minuscule pochette de soirée qu'elle s'apprête à ouvrir.

« Ah non ! C'est moi qui t'invite. »

Je règle donc l'addition, qui est très raisonnable puisque, en lieu et place de dessert, je me suis offert une mini-dépression nerveuse. Nous sortons.

Je la raccompagne vers ses quartiers, et en chemin nous parlons d'autre chose – de livres, d'accord tous les deux pour détester D.H. Lawrence et aduler Thomas Hardy, dont nous nous demandons quel est notre roman préféré. Moi, c'est *Jude l'Obscur*, elle, *Loin de la foule déchaînée*. Il fait doux pour une soirée de fin novembre et, bien qu'il n'ait pas plu, l'air est humide. Elle suggère que nous rentrions par la route panoramique. Nous soufflons un peu parce que ça grimpe, et que nous parlons en marchant. Les rumeurs de la ville montent vers nous, très amorties ; nous entendons surtout le froissement des feuilles et le froufrou de sa jupe de satin. Quand nous sommes à mi-chemin de la pente, elle passe son bras sous le mien, qu'elle serre gentiment avant de poser sa tête sur mon épaule. La dernière personne qui m'avait pris le bras comme ça, c'était maman, quand nous sommes rentrés à la maison après ma prestation dans *Godspell* (j'étais Jésus, au cas où vous l'auriez oublié). Elle venait, bien sûr, d'assister à ma crucifixion, ce qui ne doit pas être sans effet émotionnel sur une mère, mais là-bas et jadis, sa réaction m'avait fait tout drôle : je me sentais à la fois fier et honteux, comme si j'étais son bon petit soldat, ou ce genre de truc. L'étreinte d'Alice me rappelle cette situation, comme une scène empruntée à un drame télévisé en costumes, mais comment dire ? c'est tout de même agréable ; je me sens réconforté, grandi de cinq bons centimètres.

Au sommet de la colline, on s'assied sur un banc, nichés comme deux tourtereaux à une extrémité, sa hanche contre la mienne. Je sens l'humidité du bois à travers mon pantalon, je sais que la mousse y laissera des traces, mais ça m'est égal. En fait, je resterais volontiers ici pour la vie à regarder la ville en contrebas et les lumières de l'autoroute disparaître dans la campagne.

« Au fait, je ne t'ai pas encore souhaité un bon anniversaire, me dit Alice.

— Ça ne fait rien…

— Bon anniversaire, Brian.

— Bon anniversaire à toi aussi.

— Mais ce n'est pas le mien !

— C'est vrai.

— Et je n'ai pas non plus de cadeau pour toi.

— Aucune importance. Le cadeau, c'est cette soirée. »

Il y a un silence. J'envisage de lui désigner les constellations, comme dans les films, car je les ai apprises par cœur en vue d'une occasion semblable, mais le ciel est trop nuageux. Je me demande alors s'il fait assez noir ou si elle est assez pétée pour que je l'embrasse.

« Brian, qu'est-ce que tu fais pour Noël ?

— Heu… pas encore de projets.

— Tu ne veux pas venir chez moi ?

— Où ça ? À Londres ?

— Non. Dans le Suffolk, où nous avons une chaumière. Tu pourrais ainsi rencontrer Rose et Michael.

— Qui sont Rose et Michael ?

— Mes parents.

— Ah, bon. J'adorerais, mais, tu vois, je ne veux pas laisser ma mère seule.

— Bien sûr que non. Mais tu pourrais venir entre Noël et le jour de l'an. Mes parents me fichent une paix royale, et nous serions seuls la plupart du temps ; nous pourrions lire, nous promener, bavarder, et tout.

— D'accord, dis-je.

— Formidable. Affaire conclue. J'ai froid maintenant. Rentrons. »

Il est plus de minuit quand nous arrivons à la résidence universitaire, mais il y a encore quelques étudiants déambulant à pas feutrés dans les couloirs parquetés – les bûcheurs, les insomniaques et les fumeurs de joints hallucinés. Ils lui disent tous : « Salut, Alice » en me jetant des coups d'œil surpris, mais ça m'est égal. Je suis trop absorbé par la façon dont je vais la quitter – par la logistique des adieux, en somme. Devant sa porte, elle me dit : « Il faut que je dorme. J'ai un cours demain matin à 9 h 15.

— Sur quoi ?

— "Stanislavski et Brecht – une séparation radicale ?"

— Ce point d'interrogation s'impose, dis-je, parce que sur bien des plans, ils ne sont pas tellement différents, bien que les gens tendent à penser que leurs philosophies s'excluent mutu…

— Écoute, Brian, il faut que je dorme.

— Bon. Merci de t'être laissé convaincre de passer cette soirée avec moi.

— Brian, je ne me suis pas laissé convaincre : j'étais consentante dès le début. » Elle se penche et, en un éclair, m'embrasse près de l'oreille. Le geste a été aussi rapide qu'une morsure de cobra, et mes réflexes ne sont pas à la hauteur. J'ai tout juste le temps de claquer une bise trop sonore dans sa propre oreille avant qu'elle s'écarte en me fermant la porte au nez.

Une fois encore je grimpe l'allée de gravier en direction de mon logis. En fin de compte, tout s'est bien passé, à mon sens tout au moins. Elle m'a invité dans sa chaumière, une preuve que, maintenant, elle me trouve « intéressant », ce qui n'était pas mon idée de départ (« sexy » aurait mieux répondu à mes attentes). Ce changement d'éclairage s'agissant de ma petite personne me met un peu mal à l'aise, mais tout de même…

« Hé, Jackson ! »

Je regarde autour de moi.

« Pardon, je veux dire *Brian*. Lève les yeux. » C'est Rebecca, penchée à la fenêtre du premier étage, prête à se coucher, dans un long tee-shirt noir.

« Alors, comment ça s'est passé, don Juan ?

— Oh… tu vois… pas si mal.

— Il y a de l'amour dans l'air, alors ?

— Pas de l'amour. De l'amitié.

— De l'amitié dans l'air alors. Ouiii… je le sentais. (Elle hume l'air.) Ça sent l'amitié. Bien joué, Brian. Restes-en là, mec. »

En rentrant, je m'arrête à la station-service ouverte la nuit et m'offre une barre chocolatée Cadbury et une canette de soda Lilt avec l'argent économisé grâce à ma crise de larmes. Quand j'arrive chez moi à Richmond, il est presque 2 heures du matin. Il y a trois mots punaisés sur ma porte…

19:30 : Brian, ta mère a appelé.

23:45 : Spencer a appelé. Il s'emmerde à mort dans son garage. Rappelle-le.

Brian, pourrais-tu, s'il te plaît, *ne pas utiliser mon gommage à l'abricot sans me le demander ?*

17

QUESTION : Que doit faire Dorothy Gale [1] pour se retrouver par magie dans le Kansas ?

RÉPONSE : Claquer trois fois des talons en se disant : « Rien ne vaut la douceur du foyer. »

QUAND J'ARRIVE, MAMAN N'EST PAS RENTRÉE de chez Woolworths. Je me fais une tasse de thé, me laisse tomber sur le canapé, prends un crayon et coche sur le supplément du *Times* les programmes de télévision que j'ai envie de regarder durant cette semaine de fêtes. Je suis claqué, ce que malheureusement je dois davantage à l'abus de la bière maison de Josh et Marcus qu'au surmenage intellectuel. Les dernières semaines « festives » du trimestre, baignées dans un brouillard sinistre, ont eu pour cadre la cuisine de parfaits étrangers ou la nôtre, avec mes deux colocataires et leurs amis : des sportifs archibaraqués et des filles éternellement bronzées membres de l'équipe de crosse, toutes vêtues de chemisiers à col relevé, toutes étudiantes en français, toutes natives du très chic

1. Personnage du *Magicien d'Oz* (1900), de l'écrivain américain L. Frank Baum, adapté pour le cinéma en 1939 par Victor Fleming.

Surrey, toutes blondes, avec le même geste brusque pour repousser leurs cheveux en arrière, et pleines de confiance en soi. J'avais trouvé un nom pour les qualifier : les Surrey certaines, mais personne avec qui le partager.

Je ne sais pas ce qu'on leur avait enseigné dans leurs écoles privées rupines, mais, bon sang, elles tenaient l'alcool. Moi, vautré sur le canapé de maman, je me sens intoxiqué, mal nourri, grisâtre, heureux de me retrouver chez moi et de pouvoir m'avachir devant la télé. Il n'y a rien à voir cet après-midi, sauf un western ; je laisse donc mon regard errer sur la photo de moi placée sur le récepteur, prise par papa tout juste avant sa mort. Existe-t-il quelque chose de plus atroce, de plus sinistre qu'une vieille photo d'école ? On dit que l'objectif vous ajoute trois kilos ; moi, c'est exclusivement mon acné qu'on a ciblée (« visée » à proprement parler) en la multipliant par trois. J'offre un tableau carrément médiéval – la victime type de la peste, ravagée de bubons. Je me demande ce que cette horreur – son fils grimaçant au-dessus du poste – peut apporter à maman quand elle regarde d'un œil un feuilleton.

Je suis tellement déprimé par cette image que j'éteins le poste et vais à la cuisine brancher la bouilloire pour me refaire du thé. Pendant que l'eau bout, je regarde la cour de derrière, une parcelle de terrain éternellement à l'ombre, 2,40 mètres carrés à tout casser, que maman a fait paver après la mort de papa pour se simplifier la vie. Je monte la chope et mon sac dans ma chambre. Maman a éteint le radiateur, par économie, et il fait un froid de loup. Je me glisse sous les couvertures tout habillé et regarde le plafond. Mon lit, curieusement, me semble plus petit, comme un lit d'enfant ; de fait la pièce entière semble avoir rapetissé, Dieu sait pourquoi, car je n'ai ni grandi ni grossi, ce qui rend encore plus bizarre cette impression que ce lieu ne m'appartient plus après seulement trois mois d'absence. Tout ce qui reste ici de moi, ce sont les objets de mon enfance : les bandes dessinées, les fossiles sur l'appui de la fenêtre, les manuels censés vous faire réussir les épreuves d'anglais, les modèles réduits d'avions accrochés au plafond, les vieilles chemises d'uniforme pendues dans l'armoire. Déprimé, je pense un moment à Alice puis m'endors.

Cela fait une éternité que je ne lui ai pas vraiment parlé. Depuis quinze jours, date de la fin de nos réunions préparatoires au *Challenge*, elle semble avoir été avalée par sa petite clique, une bande très fermée de garçons et de filles beaux et tapageurs que je voyais à la cafétéria ou en train de sillonner la ville, entassés à sept ou huit dans la 2 CV d'Alice, un engin jaune canari puant la clope, une cassette de Jimi Hendrix à fond, se passant une bouteille de vin rouge avant d'aller dans l'appartement suprêmement géorgien de l'un d'eux pour consommer des drogues intéressantes et baiser. De fait, la seule fois où j'ai vu Alice d'un peu près, c'était avant-hier soir, au bar des étudiants, où elle était avec sa bande. Je me suis approché et leur ai dit « salut ». Ils m'ont tous répondu « salut » avec des sourires aimables, mais malheureusement il n'y avait pas assez de chaises pour que je m'asseye avec eux. En plus, Alice devait se dévisser le cou pour me parler, un exercice qui a ses limites ; quant à moi, je ne pouvais pas rester planté ainsi très longtemps à la limite d'un groupe sans donner l'impression d'être le serveur chargé de débarrasser leur table. Bien entendu, je n'ai que mépris pour ce genre de privilégiés à l'aise et contents d'eux, pas assez cependant pour ne pas souhaiter avec passion être admis dans leur groupe.

Alice a tout juste eu le temps de me confirmer son invitation à la campagne. Je n'ai besoin de rien apporter à part des livres et un pull. En fait, elle a ri quand je lui ai demandé si je devais prendre une serviette de toilette. « Nous en avons plein », m'a-t-elle assuré, ce qui ne m'étonnait pas. « J'attends ce moment avec impatience, m'a-t-elle dit. — Moi aussi », ai-je répondu – mais moi, j'étais sincère. Je sais qu'à la fac, je n'ai aucune chance qu'elle m'accorde du temps ; il y a trop de distractions, trop de garçons dégingandés aux pommettes intéressantes, avec des apparts à eux et du fric plein les poches. Quand nous nous retrouverons entre nous, elle et moi, qui sait... ? J'aurai peut-être enfin l'occasion de lui prouver la fatalité absolue de notre relation.

Nous sommes le matin de Noël. La première chose que je fais en me levant c'est de manger un bol de Kellogg's et d'allumer la télé. Il est près de 10 heures et *Le Magicien d'Oz* vient de commencer. Je mets le film en fond sonore tandis que maman et moi ouvrons nos cadeaux. Papa est là aussi, d'une certaine façon, tel le fantôme de Jacob Marley dans la *Chanson de Noël* de Dickens, habillé comme sur l'une de ses vieilles photos Polaroid d'une robe de chambre bordeaux, ses cheveux bruns coiffés en arrière, portant des pantoufles neuves et fumant une cigarette d'un paquet que je viens de lui offrir dans un emballage festif.

Cette année, maman m'a offert des maillots de corps et les œuvres complètes de e.e. cummings que je lui avais demandées, et qu'elle a dû commander tout spécialement. En regardant le prix sur la page de garde, j'éprouve un certain remords tellement c'est cher – au moins une journée de salaire. Je l'embrasse sur la joue et lui tends mon cadeau : une petite corbeille d'essences parfumées de chez Body Shop et une édition Everyman d'occasion de *La Maison d'âpre-vent*.

« Qu'est-ce que c'est ? me demande ma mère.

— Le livre le plus merveilleux de Dickens. Je l'adore. *Bleak House* ; c'est juste comme ici : sinistre ! »

Ce commentaire donne le ton de la journée : pas gaie-gaie.

Oncle Des se joint à nous pour le déjeuner. Sa femme l'a quitté il y a deux ans pour l'un de ses collègues de bureau. Depuis, maman l'invite à Noël car il n'a pas vraiment de famille. Il n'est pas mon oncle, juste un type qui habite trois maisons plus bas et qui se permet de m'ébouriffer les cheveux et de me parler comme si j'avais douze ans.

« Alors, comment ça va, grosse tête ? me demande-t-il de sa voix d'animateur de goûters d'enfants.

— Très bien, merci, oncle Des.

— Putain, on t'apprend pas à te servir d'un peigne, à l'université ? me dit-il en m'ébouriffant trois ou quatre fois la tignasse. Regarde dans quel état tu es. » Il se permet d'ébouriffer encore. Je trouve cela un peu fort de la part d'un type de quarante-cinq ans qui se fait faire des permanentes peroxydées et s'offre une moustache aussi épaisse qu'un échantillon de moquette, mais je me tais car maman n'aime pas que je « réponde » à oncle Des. Je me tortille timidement en m'estimant déjà heureux de ne pas être victime cette année de son tour de magie favori : me tirer une pièce de 50 pence de derrière l'oreille.

Maman passe la tête par l'entrebâillement de la porte et nous dit : « Je viens de mettre les choux de Bruxelles. » Une odeur prégnante émane en effet de la cuisine. Des miettes de céréales encore coincées entre les dents, j'ai un peu mal au cœur. Elle retourne à ses préparatifs, et Des et moi nous asseyons pour regarder *Le Magicien d'Oz* sans monter le son.

« Ils nous resservent encore cette merde ! s'exclame oncle Des. Tous les Noëls, on a droit à ce putain de *Magicien d'Oz*.

— C'est vrai, ils pourraient tout de même trouver autre chose.

— Que fais-tu toute la journée à la fac ? »

C'est une bonne question, que je me suis déjà posée.

« Plein de choses : je vais aux cours, je lis, je ponds des dissertations, ce genre de trucs.

— C'est tout ? Putain, c'est un emploi du temps de fainéant… »

Mieux vaut changer de sujet. « Et toi, oncle Des, comment va le boulot ?

— C'est calme en ce moment, Bri, très calme. » Il travaille dans le bâtiment, spécialisé dans la construction de serres, de vérandas et de patios, ou du moins, c'est ce qu'il faisait avant son divorce et la récession. Maintenant, sa fourgonnette ne quitte plus le trottoir devant chez lui et il passe son temps à démonter le moteur et à le remonter, apparemment jamais satisfait. « Les gens ne souhaitent plus s'agrandir en temps de crise ; vraiment, les extensions vitrées sont devenues un luxe… » Il se lisse mélancoliquement la moustache en regardant ce film vaguement dérangeant plein de singes avec des ailes dans le dos, et je regrette de lui avoir posé la question sur son boulot, car je sais que ça ne va pas fort. Après avoir regardé d'un œil morne les primates volants, il se force à quitter l'écran des yeux, se carre dans le canapé et frappe dans ses mains. « Bon, que dirais-tu d'un verre ? Après tout, c'est Noël. Quel est ton poison favori, Brian ? » Il ajoute d'un ton de conspirateur : « À part les choux de Bruxelles… »

Je regarde la pendule au-dessus de la cheminée : il est 11 h 55. « Je prendrais une bière blonde, merci. » Il va la chercher au frigo, de l'air affairé du type qui habite là.

Durant le déjeuner, que nous prenons dans la cuisine avec Radio 2 allumée, je décide d'annoncer la grande nouvelle.

« À propos, j'ai quelque chose à vous annoncer. »

Maman cesse de mâcher.

« Quoi ?

— Quelque chose qui s'est passé à la fac ce premier trimestre.

— Oh, mon Dieu, Brian, dit maman, la main devant sa bouche.

— Rien de grave. Ne t'inquiète pas. »

Elle regarde oncle Des et me dit nerveusement :

« Vas-y.

— J'ai été sélectionné pour l'*University Challenge.*

— Quoi, ce truc à la télé ? demande Des.

— Ouais ! Je fais partie de l'équipe. »

Maman pouffe de rire. Elle regarde oncle Des, qui rit aussi. « Félicitations, Bri », dit-il. Il pose sa fourchette dans le but de récupérer la main qui ébouriffe ma tignasse. « C'est une nouvelle formidable, vraiment formidable, assure-t-il.

— Et quel soulagement », dit maman en avalant une grande gorgée de vin. Elle pose les mains sur sa poitrine comme pour calmer les battements de son cœur.

« Tu croyais que j'allais t'annoncer quoi ?

— Pour être honnête, chéri, je croyais que tu allais m'avouer que tu étais homosexuel. » Elle a de nouveau une crise de fou rire, partagée par l'oncle Des, qui manque de s'étouffer avec les choux de Bruxelles.

Après notre raid sur la dinde, Des se verse un grand whisky et allume un mince Panatella, tandis que maman fume une Rothmans. À travers le rideau de fumée parfumée au caramel, nous regardons *Top of the Pops* à la télé. Oncle Des pousse des grognements de cochon chaque fois que la caméra se fixe sur une choriste court vêtue, et maman rit avec indulgence en lui donnant une tape sur la main, tout en dévorant méthodiquement les traditionnels chocolats à la liqueur, brisant avec les dents le petit goulot des flacons pour laisser leur élixir couler dans sa bouche, telle une poivrote délicate. Le problème de maman avec l'alcool prend un curieux tour. Je ne sais trop qu'en penser, mais ne voulant pas être en reste, je décapsule l'une après l'autre les canettes de mon pack de quatre. Comme je suis incollable sur la musique pop, je les aide tous deux à identifier les visages les moins connus de la vidéo *Do They Know It's Christmas* [1], puis nous écoutons le discours de la reine, puis oncle Des va passer un moment avec sa vieille mère, un peu plus bas dans la rue, en promettant de revenir à 18 heures pour manger les restes et participer à nos rituelles et interminables parties de Monopoly, qu'il gagnera inévitablement, mais

1. Bob Geldof : un enregistrement pour aider l'Éthiopie, frappée de famine en 1985.

seulement en se nommant banquier et en détournant les fonds.

Avant que la nuit soit complètement tombée, maman et moi enfilons nos manteaux et sortons. Elle me prend le bras pour faire le kilomètre et demi qui nous sépare du cimetière. Elle veut déposer des fleurs sur la tombe de papa. L'air froid et humide la grise un peu plus et je dois me pencher vers elle pour entendre ce qu'elle me dit. Elle sent la sauge, l'oignon et la liqueur de café Tia Maria.

Comme d'habitude, je me tiens un instant à ses côtés en la rassurant sur l'état de la tombe – encore correct –, puis je m'écarte pour la laisser parler à son mari seule à seul. Je n'ai pas l'habitude de rester les bras ballants, sans lire ni rien. J'essaie donc d'identifier les oiseaux, mais ce ne sont que des freux et des pies *(corvidés)* ; des étourneaux *(Sturnus vulgaris)* et des moineaux *(Passer domesticus)*, et je me demande pourquoi les cimetières n'attirent que ces espèces-là, charognardes, morbides ou ternes. Au bout de dix minutes, quand maman a dit tout ce qu'elle avait à dire à papa, elle pose une main légère sur la pierre tombale et vient me rejoindre, tête baissée. Elle me prend le bras et se tait jusqu'à ce qu'elle parvienne à contrôler sa respiration et parler normalement. La nuit est tombée. Deux jeunes des grands ensembles voisins montent les vélos tout-terrain qu'ils ont reçus en cadeau, slalomant entre les tombes et effectuant de brusques freinages et des dérapages qui font voler le gravier. Maman, les yeux encore humides, un peu pompette à cause de la liqueur qu'elle a absorbée et choquée par ce comportement, leur crie d'arrêter, de montrer un peu de respect pour les morts. L'un des deux lui fait un bras d'honneur, la double en riant et lui crie à son tour : « Va te faire foutre, vieille conne.

Occupe-toi de tes oignons. » Je sens que maman va se remettre à pleurer, et soudain je ressens le désir furieux de courir après le mec, de l'attraper par le capuchon de sa parka, de le faire tomber de son vélo neuf, de lui enfoncer mon genou dans le dos et de frotter sa gueule stupide et méchante sur le gravier pour voir combien de temps il lui faudra pour cesser de ricaner. Puis, tout aussi soudainement, j'ai envie d'être loin, très loin d'ici, étendu dans un grand lit tiède avec quelqu'un, et de m'endormir.

18

QUESTION : Quel nom donne-t-on à un composé organique dont la formule générale est R-OH, dans lequel R constitue un groupe alkyle fait de carbone et d'hydrogène et OH, un ou plusieurs groupes hydroxyles ?
RÉPONSE : L'alcool.

LE BLACK PRINCE EST UN PUB RÉSERVÉ AUX MINEURS qui boivent. Au collège, on l'appelait « la Crèche », le propriétaire estimant raisonnablement que tout jeune capable de planquer sa cravate d'école dans sa poche était en âge de picoler. Le vendredi après-midi, l'endroit ressemblait au plateau envahi par une bande d'écoliers insupportables genre *Grange Hill* – bourré au point qu'on ne pouvait pas se baisser pour ramasser son cartable.

En dehors du trimestre scolaire, on ne peut rêver d'un endroit plus glauque pour prendre un verre entre amis : marronnasse, d'une laideur agressive, toujours froid et humide, on a l'impression d'être assis dans quelque rognon géant. Mais depuis cinq ans, c'est devenu une tradition de se retrouver ici chaque soir du lendemain de Noël, et les traditions, c'est sacré. Nous voici donc tous les trois, Spencer, Tone et moi, assis dans une alcôve de la couleur d'un caillot de sang, réunis pour la première fois depuis septembre. J'étais un peu inquiet à l'idée de les revoir, mais Spencer semble vraiment heureux. Tone aussi, mais il a une façon bien à lui de me le montrer, en me labourant la tête avec les phalanges de son poing fermé.

« Qu'est-ce que tu as fabriqué avec tes cheveux ? » Il m'attrape la tête par les oreilles et la renifle comme un melon. « Tu as mis de la mousse coiffante ?

— Non. (En fait oui – un peu.)

— Comment ça s'appelle, ce genre de coupe ?

— Ça s'appelle une Brideshead, dit Spencer.

— Ça s'appelle une coupe courte derrière et dégagée sur les oreilles, dis-je. Et la tienne, Tone ?

— Elle n'a pas de nom. Elle *est*, c'est tout. Alors, tu bois quoi : porto et citron ? sherry ? vin blanc doux ? » Ça commence bien, alors que je n'ai même pas ôté ma veste d'ouvrier.

« Une pinte de blonde.

— Une Spéciale ?

— Va pour celle-là. »

C'est celle avec du gin dedans. Cela fait partie des attributions éducatives du patron du pub de laisser ses clients expérimenter et innover ; il sert sans battre un cil des mélanges répugnants. De plus, une blonde avec faux col de gin est un choix plutôt adulte. Tout ce qui n'a pas le goût de noix de coco, de menthe ou d'anis est considéré ici comme sophistiqué.

Depuis nos douze ans, je ne suis jamais resté aussi longtemps sans voir Spencer, et j'ai très peur des silences gênés qui pourraient advenir. En voici déjà un. Silence. Spencer tente de le remplir en jouant avec son dessous-de-verre comme avec une balle. J'attrape une boîte d'allumettes, au cas où il y aurait quelque chose à lire dessus.

« Alors ? Je croyais que tu devais revenir tous les week-ends, me dit-il.

— Je devais, mais j'ai été trop occupé.

— *Occupé*. Ah bon.

— Tu as passé un bon Noël ?

— Comme d'habitude. Pareil que l'année dernière et pareil que l'année prochaine. Et toi ?

— Moi aussi : comme d'habitude. » Tone revient avec nos trois « Spéciales ». « Alors, quoi de neuf, Spence, ça va ?

— De *neuf* ? répète Spencer.

— Au boulot, je veux dire.

— Quel boulot ? » Il me fait un clin d'œil. Pour autant que je sache, Spence est toujours inscrit au chômage, tout en faisant des heures au noir la nuit.

« À la station-service.

— Eh bien, nous avons en ce moment des offres promotionnelles très intéressantes : quatre verres à vin gratuits pour l'achat d'une bouteille. Ça met de l'animation. Et le prix de l'essence quatre étoiles a grimpé récemment, ce qui provoque chez les clients des sensations fortes. Tout ça pour dire que mon quotidien est plein d'imprévu. Ah, j'oubliais, la semaine dernière, des étudiants sont partis sans payer.

— J'espère que tu les as rattrapés, dit Tone.

— Non, Tony. Pour la bonne raison qu'ils étaient en voiture, et moi à pied. En plus, pour 1,80 livre de l'heure, pas question que je cavale.

— Comment sais-tu que c'étaient des étudiants ? dis-je, mordant à l'hameçon.

— Eh bien… tout d'abord, ils étaient très mal fringués : longues écharpes, petites lunettes rondes, coupes de cheveux immondes… (Il nous adresse un sourire de conspirateur à Tone, puis à moi.) À propos, comment va ta vue, Brian ? (C'est un gag récurrent entre Tony et lui, qui croient que j'ai menti à un ophtalmo à seule fin de porter des lunettes.)

— Ça va. Elle n'a pas baissé. » Je me lève pour aller chercher des chips.

En me dirigeant vers le bar, je songe un instant à prendre la porte et me tailler. J'aime Spencer et Tone – surtout Spencer –, et je pense que c'est réciproque, sauf que ce mot « aimer », nous ne l'utilisons jamais, du moins pas quand nous sommes sobres. Je ne peux pourtant m'empêcher de penser à mon dix-huitième anniversaire : mes copains m'avaient attaché, nu, à la jetée de Southend et m'avaient fait avaler de force des laxatifs ; j'en déduis que leur amour s'exprime sous une forme qui défie les conventions.

Quand je reviens, ils sont en train de parler de la vie sexuelle de Tone, ce qui me soulage car ils m'épargneront pendant une bonne heure. Barmaids, coiffeuses, profs, sœurs des camarades de classe, leurs mères même, personne ne semble à l'abri du charme nordique de Tony. La liste est sans fin, les détails, explicites, et au bout d'un moment, je me sens sali au point d'avoir besoin d'un bain, mais, incontestablement, Tone a quelque chose qui joue en sa faveur – un quelque chose qui n'a rien à voir avec la sensibilité, le respect et la tendresse. On tend à l'imaginer, après l'amour, en train de frotter de son poing fermé le crâne de sa partenaire. Je me demande, sans oser l'exprimer à haute voix, s'il a des rapports protégés, mais je le soupçonne de laisser la capote aux poules mouillées, tout comme la ceinture de sécurité et le casque de moto. Si on l'obligeait à sauter d'un avion, Tone trouverait que le parachute est un accessoire pour chochottes.

« Et toi, Brian ? Un peu d'action dans ta vie ?

— Pas vraiment. » Cette réponse me semblant un peu faible, j'ajoute avec nonchalance : « Il y a une fille, Alice, qui m'a invité demain dans sa ferme à la campagne, donc...

— Sa *ferme* ? demande Spencer. Elle fait quoi ? Elle trait les vaches ?

— Mais non. Dans son cottage, tu vois, chez ses parents.

— Tu la sautes alors ? demande Tone.

— C'est platonique.

— Qu'est-ce que ça veut dire, "platonique" ? demande Spence, qui le sait fort bien.

— Ça veut dire qu'elle ne se laisse pas sauter, résume Tone.

— Je ne la "saute" pas parce que je ne le souhaite pas. Pas encore en tout cas. Si je le voulais, je le ferais.

— Une de tes expériences récentes prouve que ta volonté n'y peut rien. »

Tone semble trouver ce commentaire à mourir de rire. Je bats une fois de plus en retraite et vais chercher une nouvelle tournée de gin-bière. Je titube en quittant le box, ce qui indique que l'alcool commence à faire son effet, conscient toutefois que mon argent de poche n'est pas extensible à l'infini. Mais le Black Prince casse les prix : un billet de 10 livres suffit pour rendre trois jeunes hommes incohérents, agressifs, sentimentaux et violents, et on leur rendra encore la monnaie.

Quand je me rassieds, Spencer me demande ce que je fais *réellement* de mes journées.

« Je bavarde. Je lis. Je vais aux cours. Je discute.

— C'est pas vraiment du travail, ça.

— Pas du travail, mais l'acquisition d'une expérience.

— Ouais, je vois, l'Université de la Vie, et toutes ces conneries, dit Tone.

— Moi aussi, j'ai présenté ma candidature à l'Université de la Vie, mais elle a été refusée, dit Spence.

— Ce n'est pas la première fois que tu dis ça, Spence.

— C'est vrai. Et la politique ? (Il prononce le mot du bout des lèvres, comme s'il était dégoûtant.)

— Quoi, la politique ?

— Tu es allé à de bonnes manifs, dernièrement ?

— Une ou deux.

— À propos de quoi ? » demande Tone.

Il aurait été plus sage de changer de sujet, mais je ne vois pas pourquoi je transigerais sur mes opinions dans le seul but d'être tranquille. Je lui réponds donc :

« L'apartheid...

— Pour ou contre ?

— La gratuité des soins, les droits des gays... »

Tone se ragaillardit à ces mots. « Dis-moi quel salopard a essayé de te dénier tes droits, que j'aille lui casser la gueule...

— Pas les miens. Les services sociaux de droite tentent d'empêcher les enseignants de montrer l'homosexualité sous un jour positif ; ils veulent légaliser l'homophobie.

— C'est ce qu'ils font alors ? demande Spencer.

— Qui ?

— Les profs. Parce que, moi, je n'ai pas le souvenir d'un seul prof enseignant l'homophobie dans notre école.

— Non, mais...

— Où est le problème alors ?

— C'est vrai ça, dit Tone. Imagine que *tu* deviennes gay sans l'avoir appris.

— T'as raison, dis-je.

— En plein dans le mille, Tone, approuve Spencer. Ce serait un scandale. (Indignation feinte.) L'homosexualité doit s'apprendre. Le mardi après-midi : deux heures de Gay Savoir.

— Désolé, mademoiselle, mais je suis pour la "pédé-gogie" passive.

— Ouais, il faut *homologuer* le bac-anal. »

Nous sommes à court de bons mots sur la question. Spencer, ironique, me dit alors : « Je te félicite de t'agiter pour des causes importantes, sincèrement. Celles qui nous affectent tous. Comme quand tu as joint la CND. Nous avons eu une catastrophe nucléaire majeure depuis ? Non. »

Tone saute sur ses pieds.

« La même chose ?

— Sans gin pour moi, Tone. » Je sais que ma supplique est vaine. Il y en aura.

Restés seuls, Spencer et moi plions et replions nos sachets de chips vides. Je sais que nous n'en avons pas encore terminé avec moi. Le gin me rend irritable, rancunier ; quel intérêt de sortir avec vos copains s'ils ne débitent que des conneries ? Je finis par dire : « Alors toi, Spencer, contre quoi protesterais-tu ?

— Sais pas. Ta coupe de cheveux ?

— Sérieusement…

— Crois-moi, c'est gravissime.

— Il y a quand même des causes qui te tiennent à cœur, non ?

— Sais pas. Plein. Pas forcément les droits des gays.

— Il n'y a pas que ça, il y a une quantité d'autres mesures qui te concernent, non ? Par exemple les coupes dans le budget de la Sécu et les allocations chômage ; les chiffres du chômage, justement.

— Merci de militer à ma place, vieux. J'attends avec impatience l'augmentation du salaire minimum. »

Que répondre à ça ? Je reste coi. Je tente une approche conciliatrice, du genre « Eh, mon pote, viens donc me voir à la fac le trimestre prochain ».

« La fameuse “Journée d'orientation professionnelle” organisée par l'université, avec son slogan : “Ton avenir nous intéresse” ?

— Non, juste pour rigoler. » Mais là, alors que je devrais parler de sexe, de cinéma, de séries télévisées ou de n'importe quoi, j'ajoute : « Pourquoi tu ne te représentes pas au bac ?

— Parce que je ne veux pas.

— Mais c'est un tel gâchis…

— *Un gâchis ?* Lire de la poésie et se masturber dans sa chaussette pendant trois ans, tu appelles ça comment ?

— Mais tu ne serais pas obligé d'étudier la littérature. Tu pourrais faire quelque chose de technique, qui te branche davantage.

— On ne pourrait pas changer de sujet, Brian ?

— D'accord.

— Parce que je suis déjà submergé de putains de conseils professionnels de la part des services sociaux, et m'en farcir *au pub* le putain lendemain de Noël, c'est trop.

— Très bien. Changeons de sujet. »

Pour faire la paix, je propose que nous allions mettre des pièces dans la machine à quiz que s'est payée le Black Prince. Investir dans un logiciel merdeux de jeu-concours, quelle déchéance.

« Très bien, allons-y », dit Spence.

Nous apportons nos bières, que nous posons sur l'appareil.

« Qui joue Cagney dans la série télévisée *Cagney et Lacey* ? »

Je pousse le bouton C : « Sharon Gless. »

Exact.

« Date de la bataille de Trafalgar ? »

Je pousse le bouton B : « 1805. »

Exact.

« Le surnom de l'équipe de foot de Norwich est ?... »

Tone pousse le bouton A : « Les Canaris. »

Exact.

Peut-être est-ce le bon moment pour mentionner l'*University Challenge* ?

« Qu'est-ce qu'a créé Davros [1] ? »

Je presse A. « Les Dalek. »

« Qui s'appelait en réalité Schicklgruber avant que son père change de nom ? »

Je presse B. « Hitler. »

Exact.

Je pourrais juste glisser dans la conversation : Au fait, les potes, je ne vous ai pas dit que je suis sélectionné pour l'*University Challenge* ?

« Quel Américain détient le record olympique absolu de natation ?... »

Tone presse D. « Mark Spitz. »

Exact.

Vous savez, l'*University Challenge*, le jeu-concours à la télé... (Ils ne me tomberont peut-être pas dessus si je le leur dis, ils vont penser que c'est sympa et me féliciteront.)

« Encore une question et on gagne 2 livres.

— Bon. Concentrons-nous. »

Je vais leur dire...

« *Star Wars* a été nommé pour combien d'oscars ?

— On presse B, dis-je : quatre oscars.

1. Personnages de *Docteur Who*. C'est lui qui a créé les « *Dalek* », ses ennemis mortels.

— Non, on presse D, dit Tone : aucun oscar.
— Je suis pratiquement sûr que c'est quatre, dis-je.
— Foutaise. C'est une question piège. Le film n'a pas eu d'oscar.
— Pas *obtenu*, mais il a été nommé.
— Pas nommé non plus, crois-moi, Spencer.
— Quatre ! Je te jure, Spencer. »

Tone et moi regardons Spencer d'un air suppliant. « Écoute-moi, dis-je, j'ai raison, je te jure. Il y a 2 livres en jeu » ; il m'écoute et presse le bouton B.

Faux. La bonne réponse était D : dix oscars.

« Tu vois, rugit Tone.
— Toi aussi tu t'es planté, dis-je.
— Pauvre con, dit Tone.
— C'est toi, le con.
— Vous êtes tous les deux des cons, dit Spencer.
— Le con, c'est toi, espèce de con, renchérit Tone.
— Non, mec, c'est toi », dit Spencer.

Je me dis qu'en fin de compte je ne leur parlerai pas de l'*University Challenge*.

La quatrième pinte de bière au gin nous rend sentimentaux. Nous évoquons avec nostalgie le passé : des événements survenus six mois plus tôt – même pas drôles – et des gens – même pas sympas. Nous supputons les préférences sexuelles de Mme Clarke, la prof d'éducation physique ; nous nous demandons combien au juste pesait le gros Barry Pringle, quand le patron du Black Prince annonce la dernière tournée.

Dehors, il commence à pleuvoir. Spencer suggère que nous allions au Manhattan, un night-club pourri, mais nous ne sommes pas assez saouls pour ça. Tone voudrait qu'on aille chez lui regarder pour la quatre-vingt-neuvième fois *Vendredi 13*, la vidéocassette du film d'horreur qu'il a tirée à son patron, mais je préfère rentrer car je suis trop schlass et trop déprimé. Je pars donc dans la direction opposée.

« Tu es par là pour le jour de l'an ? me demande Tone.

— Sans doute pas. Je crois que je vais aller chez Alice.

— Bon, à une autre fois alors. » Tone me donne une grande claque dans le dos et s'éloigne en titubant.

Spencer, en revanche, vient vers moi et me prend dans ses bras. Son haleine puant la bière au gin, il me murmure à l'oreille, comme un baiser mouillé : « Écoute, Brian, mon vieux, t'es vraiment mon pote, tu sais, mon meilleur pote, et c'est génial que tu sois là-bas, à rencontrer tous ces gens, à faire toutes ces expériences, à agiter toutes ces nouvelles idées, à te faire inviter dans des cottages et tout, mais promets-moi une chose, veux-tu ? (Il se rapproche encore.) Promets-moi que tu ne vas pas devenir un con total. »

19

QUESTION : Si une brûlure épidermique est dite du premier degré, comment appelle-t-on celle qui affecte le tissu sous-cutané ?
RÉPONSE : Une brûlure au troisième degré.

MÊME SI LE RESTE DE MA VIE EST PRÉVISIBLE, banal et morose, vous pouvez être sûr que ma peau présentera toujours des particularités intéressantes.

Quand on est gosse, la peau n'est qu'une enveloppe rose et lisse : sans poils, sans pores, sans odeur, sans histoire. Puis un jour, au collège, dans un manuel de biologie, on voit une coupe terrifiante examinée au microscope – les follicules, les glandes sébacées, la graisse sous-cutanée, et on comprend qu'il y a beaucoup de choses qui peuvent mal tourner. Ç'a été le cas pour moi. Depuis l'âge de treize ans, je ne connais que le savon médical ; je suis un opus vivant d'imperfections et de cicatrices, de poils poussant à l'intérieur, d'un relief toujours changeant, plus ou moins localisé, depuis les cratères discrets du genre bouchon de liège derrière les oreilles jusqu'au monstrueux furoncle enflammé au bout du nez, qui, comme chacun sait, est le centre géométrique du visage. À titre de représailles, j'ai essayé les techniques de camouflage, mais tous les tons censément naturels des crèmes que j'ai utilisées étaient d'un rose albinos qui tendait non à détourner, mais à attirer l'attention sur mes boutons aussi sûrement qu'un cercle dessiné au feutre magique.

À l'adolescence, l'état de ma peau me tracassait moins. Bon, elle me tracassait, mais je l'acceptais comme un phénomène lié à la croissance ; quelque chose de déplaisant mais d'inévitable. À dix-neuf ans, maintenant que je suis un adulte dans tous les sens du terme, je commence à éprouver un sentiment de persécution. Ce matin, en robe de chambre sous l'ampoule 100 watts de la salle de bains, le spectacle est particulièrement hideux. J'ai l'impression d'exsuder de la bière au gin et de l'huile d'arachide sur toute la « zone T » du visage et, nouveauté, je sens une excroissance sous-cutanée grosse comme une cacahuète rouler sous mes doigts. Je décide de sortir l'artillerie lourde. Les Astringents. Sur l'un d'entre eux figure l'avertissement suivant : « Attention – ce liquide peut décolorer le tissu. » Un peu inquiet – applique-t-on sur le visage un truc qui peut faire un trou dans un canapé ? – je l'emploie quand même. Pour faire bonne mesure et me porter chance, j'ajoute un rinçage final au Dettol. Quand j'ai fini, la salle de bains pue l'hôpital, mais du moins je sens ma peau tendue et récurée comme si quelqu'un m'avait ligoté sur le capot d'une voiture pour m'infliger un nettoyage au jet.

Maman frappe à la porte et entre sans attendre ma réponse. Elle m'apporte, lavée et repassée, ma meilleure chemise de grand-père en coton blanc et quelque chose emballé dans du papier d'aluminium.

« C'est du jambon fumé et de la dinde pour ton amie.

— Je crois que la nourriture est fournie, là-bas. De surcroît, ils sont tous végétariens.
— Je te signale que ce sont des *blancs* de dinde.
— Ce n'est pas une question de couleur.
— Mais qu'est-ce que tu vas manger alors ?
— Ce qu'ils mangent.
— Quoi, des *légumes* ?
— Eh oui !
— Tu n'as pas mangé un légume depuis quinze ans ! C'est un miracle que tu ne sois pas rachitique.
— Que je n'aie pas le scorbut, tu veux dire. Le rachitisme, c'est un manque de vitamine D2, maman ; le scorbut, de vitamine C. Le manque de fruits frais.
— Alors, emporte des fruits frais.
— Non, maman, rien. Ne t'inquiète pas.
— Emporte au moins le paquet pour le voyage en train. Si tu ne le prends pas, la viande va s'abîmer. »
Pour maman, le vrai sens de Noël, c'est la proviande, pardon, la provende de viande froide. Je cède donc et prends le paquet. Il est presque aussi lourd qu'une tête humaine. Elle me suit dans ma chambre pour vérifier que je le mets bien dans ma valise et j'ai l'impression de refaire mes bagages sous l'œil d'un douanier. Je m'estime heureux qu'elle ne m'ait pas obligé à emporter les choux de Bruxelles.

Elle s'assied ensuite sur mon lit pour plier avec soin ma chemise de grand-père.

« Je ne comprends pas pourquoi tu portes ces vieilleries…
— Parce que j'aime ça, peut-être ?
— L'agneau qui se déguise en mouton !
— Moi, je ne critique pas ta façon de t'habiller.
— Bon sang, des *boxer-shorts* ! C'est ça que tu portes, maintenant ?

— J'en porte depuis que je suis en âge d'acheter mes sous-vêtements moi-même.

— Le slip kangourou n'est plus à la mode ?

— Aucune idée, maman.

— Je croyais que tu aimais bien ces slips en coton que je t'ai choisis…

— Je panache. Ça dépend.

— Ça dépend de quoi ?

— Maman !

— Combien de temps restes-tu chez ta petite amie ?

— Sais pas. Trois jours. Peut-être quatre. Et elle n'est pas ma petite amie.

— Tu repasses par ici ?

— Pas le temps. Je retourne directement à la fac. (Je ne peux me résoudre à appeler « université » l'institution qui m'a accepté, le mot me semble snobinard.)

— Alors tu ne passes pas le jour de l'an avec moi ?

— Je ne crois pas.

— Tu seras avec elle ?

— Je crois. *(Je l'espère !)*

— Dommage. (Elle prend sa voix de martyr. Le truc, c'est de ne pas croiser son regard. Je me concentre sur ma valise.) Mais pourquoi tu ne reviens pas finir tes vacances ici, après ces trois ou quatre jours à la campagne ?

— Je préfère rentrer à la fac avant la fin des vacances. J'ai du travail.

— Mais tu peux le faire ici…

— Pas vraiment.

— Je ne te dérangerai pas.

— J'ai besoin de la bibliothèque, maman.

— Alors pas de doute, tu seras absent pour le jour de l'an, c'est ça ?

— Oui, maman. »

Derrière mon dos, j'entends un soupir qui évoque un dernier souffle. Si je me retourne, je la trouverai morte. Ça commence à m'agacer.

« De toute façon, tu vas sortir te bourrer la gueule avec l'oncle Des. Ce n'est pas comme si je te laissais seule…

— Je sais, mais pour la première fois, tu ne seras pas avec moi à cette date, c'est tout. Je n'aime pas les bruits de la maison quand je suis seule ici l'hiver.

— Ça devait arriver tôt ou tard. » Mais on pense tous deux la même chose : pas si tôt, pas comme ça. Silence. Puis je dis : « Je vais m'habiller. Maman, si tu voulais bien… ? »

Elle soupire et se lève du lit.

« Il n'y a rien à voir que je n'aie déjà vu », dit-elle.

C'est vrai. Cela remonte au jour de l'an de l'année dernière. Je suis rentré si saoul que j'ai vomi dans mon lit. J'ai le vague souvenir de ma mère m'aidant à m'asseoir dans la baignoire et rinçant avec la pomme de douche le pernod, la bière et le poulet frit-pommes chips à moitié digéré. Comme elle n'a jamais mentionné cet incident depuis et que, grâce à Dieu, j'en garde un souvenir très vague, j'essaie de me persuader que ce n'est pas arrivé. Malheureusement, c'est arrivé.

Parfois, je pense que les psychiatres devraient être plus nombreux : il nous en faudrait un par personne.

Quand je l'embrasse sur le seuil pour lui dire au revoir, maman est un peu ragaillardie. Ce qui ne l'empêche pas de tenter une nouvelle fois de me faire emporter des provisions. Je refuse un pain tranché Mighty White, un litre de cidre brut Blackthorn, un paquet de petits pâtés à la viande, un pot de crème fraîche UHT, un sac de patates de cinq livres, un paquet de Pim's, un litre de thé vert à la menthe et un magnum d'huile de tournesol. Chaque refus de ma part est pour elle un coup de couteau dans le dos. Le mal est fait. Je m'enfuis en tirant ma valise, sans me retourner pour ne pas la voir pleurer. Sur le chemin de la gare, je m'arrête devant un distributeur automatique et retire 5 livres, puis je m'arrête de nouveau chez le marchand de journaux qui fait débit de boissons et dépense sur-le-champ pour les Harbinson 3 livres pour un vin en carafe, plus chic à mes yeux qu'une bouteille.

20

QUESTION : Quel terme socio-économique employait-on dans les villes fortifiées françaises dès le XIe siècle pour désigner les artisans qui occupaient une position intermédiaire entre les paysans et les propriétaires terriens ?

RÉPONSE : Les bourgeois.

LE TRAIN QUITTE SOUTHEND. Je regarde les rues mouillées et vides où le peu de magasins restés ouverts affichent une réticence tacite signifiant « à prendre ou à laisser ». Les quatre jours qui suppurent entre le lendemain de Noël et le réveillon du jour de l'an sont à pleurer. Une sorte de dimanche bâtard sans fin. Pour être juste, il y a pire : les jours fériés de la fin août quand, à 14 h 30, on a envie de se suicider. D'ennui, s'entend.

Je change à Shenfield, où je déjeune d'une canette de Lucozade, d'un paquet de chips Hula Hoops et d'un Twix achetés à la Maison de la presse de la gare. Je n'ai que le temps de regarder comment mon acné évolue dans la glace des toilettes pour hommes avant de reprendre le train.

Après l'Essex, la pluie se transforme en neige, une condition météo rarement vue à Southend où la combinaison d'éclairage urbain, du ciel chargé de l'estuaire et de la pollution engendrée par le chauffage central change invariablement la neige en pluie ; les flocons n'y sont que des paillettes glacées et humides. Ici, dans le Suffolk, les champs éclairés par le soleil couchant sont recouverts d'un tapis immaculé qui semble incroyablement épais. Je lis cinq fois la première page des *Cantos* d'Ezra Pound sans en comprendre un mot puis abandonne pour regarder le paysage. Ce que je fais avec âme. Dix minutes avant ma gare de destination, je mets mon pardessus et mon écharpe et regarde mon reflet dans la vitre du train. Col remonté ou col baissé ? L'idée, c'est de ressembler à un personnage de Graham Greene dans *Le Troisième Homme*, sauf que je ressemble plus à Midge Ure, des Ultravox, dans le clip vidéo *Vienna.*

Cinq minutes avant, je répète ce que je vais dire à Alice. Je n'ai pas été aussi nerveux depuis que j'étais Jésus dans *Godspell*, quand il fallait que j'enlève le haut pour être crucifié. Je n'arrive même pas à arborer un sourire correct : bouche fermée, j'ai un coin de la bouche qui remonte, comme quelqu'un qui vient d'avoir une attaque. Bouche ouverte, j'exhibe une denture irrégulière noire et ivoire assez semblable à un assortiment de jetons de Scrabble. Une vie de fruits et légumes frais a assuré à Alice Harbinson des dents parfaites. J'imagine son dentiste éclatant en sanglots à la vue de ces splendeurs blanc nacré ; tant de beauté, c'est rare.

Le train entre en gare. Alice m'attend à l'extrémité du quai, emmitouflée dans un long manteau noir visiblement coûteux qui traîne presque jusqu'au sol, une écharpe de laine grise sur la tête, et je me demande où elle a laissé sa troïka. Elle ne court pas vers moi, mais du moins presse-t-elle le pas pour venir à ma rencontre. Elle sourit, puis rit franchement, sa peau est plus blanche, ses lèvres plus rouges, et il y a quelque chose en elle de chaud et doux qu'elle n'avait pas à la fac, maintenant qu'elle n'est plus en service commandé. Elle m'enlace, me dit que je lui ai *manqué*, qu'elle est folle de joie de me voir, qu'on va bien s'amuser. L'espace d'un instant, j'éprouve un bonheur parfait sur ce quai, avec Alice et la neige qui tombe. Jusqu'à ce que je voie, derrière elle, un beau ténébreux visiblement pas commode. Ce doit être son père. Un Heathcliff en Barbour.

J'aurais pu simplement faire à ce brun séduisant un geste d'allégeance, main portée au front, mais je choisis de la lui tendre. Récemment, je me suis exercé à serrer des mains, trouvant cette façon de se saluer éminemment adulte. Manque de pot, M. Harbinson me regarde comme si j'avais commis un impair grave, ou gravement XVIIIe siècle, du genre génuflexion, puis il finit par prendre ma paluche en la serrant avec assez de vigueur pour me signifier qu'il pourrait me fracasser le crâne si l'envie lui en prenait, avant de me tourner le dos et de s'éloigner.

Je traîne ma valise jusqu'à la Land Rover kaki garée au parking tandis qu'Alice marche devant, son bras passé autour du cou de son père, comme s'il était son petit ami ou quoi. Si moi je marchais dans la rue ainsi accroché au cou de maman, elle appellerait les services sociaux. M. Harbinson, lui, a l'air de trouver ça normal. Il passe son propre bras autour de la taille de sa fille pour la serrer contre lui. Je trottine à leurs côtés.

« Brian est notre arme secrète dans l'équipe. C'est le petit génie dont je t'ai parlé, dit Alice.

— Euh… je ne suis pas sûr que *génie* soit le mot juste, dis-je.

— Non, moi non plus », lance M. Harbinson.

Nous roulons sur des petites routes de campagne. Je suis assis derrière, avec les Wellington pleines de boue, les croquenots et les cartes d'état-major détrempées tandis qu'Alice monologue sur le déroulement de ses vacances – les fêtes auxquelles elle a été invitée, les vieux amis qu'elle a retrouvés. J'analyse chaque mot, craignant de découvrir dans le paysage l'un de ces intrus romantiques – un jeune acteur en vogue par exemple, ou tel ou tel sculpteur joliment musclé prénommé Jack, ou Max, ou Serge. Apparemment, il n'y a personne – pour le moment du moins. Peut-être Alice se censure-t-elle du fait de la présence de son père, mais j'en doute. Je crois qu'elle fait partie de cette incroyable minorité qui se conduit exactement de la même façon avec ses parents qu'avec ses amis.

M. Harbinson l'écoute et conduit en silence, mais j'entends le murmure subtil de son hostilité. Il est trapu, et je me demande comment un réalisateur de BBC2 peut avoir un physique de maçon. Poilu, en plus. Le genre d'homme qui doit avoir besoin de se raser deux fois par jour. Terriblement intelligent, c'est sûr. Un sauvage, un enfant loup qui aurait bénéficié d'une excellente éducation universitaire. En même temps, il a l'air trop jeune, trop beau, trop cool pour être un père, comme s'il avait fondé une famille entre deux concerts de Jimi Hendrix et deux trips au LSD.

Nous arrivons enfin à Blackbird Cottage. Sauf que « cottage » ou « chaumière » n'est pas le mot pour cet énorme et magnifique corps de ferme aux bâtiments éparpillés sur des hectares et transformés en unités d'habitation. Un village en soi – tout un hameau bousillé pour servir de résidence secondaire à la famille Harbinson, avec tous les avantages d'une demeure seigneuriale sans l'inconvénient, politiquement stigmatisant pour ses propriétaires, de la condition d'aristocrate. Sous la neige, on dirait une carte postale animée. Il y a même de la fumée qui sort de la cheminée. Un spectacle champêtre très XIXe siècle, à part la voiture de sport et la 2 CV d'Alice garées dans la cour, et une piscine recouverte d'une bâche en lieu et place de l'ancienne étable. En réalité, toute référence au dur labeur agricole a été balayée depuis longtemps, et même les chiens sont policés : deux labradors qui bondissent pour m'accueillir avec urbanité comme pour me dire : « Très heureux de faire votre connaissance... dites-nous *tout* de vous. » Je ne serais pas surpris d'apprendre qu'ils ont un bon niveau de piano.

« Je te présente Mingus et Coltrane, me dit Alice.

— Enchanté, Mingus et Coltrane », dis-je.

Comme nous traversons la cour, ils font une légère entorse à l'étiquette canine après avoir flairé la viande froide dans mon sac, que je leur ôte de la truffe en le serrant contre ma poitrine.

« Alors, ça te plaît ?

— C'est merveilleux. Plus grand que je ne l'imaginais.

— Papa et maman ont acheté ça pour une bouchée de pain dans les années 1960. Entre, je vais te présenter à Rose. »

Il me faut une seconde pour me rappeler que Rose est sa mère.

Il y a ce vieux cliché chauviniste sur les femmes qui, une fois mariées, se mettent à ressembler à leurs mères. Si c'était le cas, ça me serait égal ; non que je veuille épouser Alice et tout, mais Mme Harbinson est *très belle*. Quand nous entrons dans la cuisine, une grange voûtée toute de cuivre et de chêne, elle est devant l'évier en train d'écouter sur Radio 4 le feuilleton rural radiodiffusé *Les Archer*. L'espace d'un instant, j'ai l'impression de voir Julie Christie éplucher des carottes ; elle est menue, avec de douces rides autour de ses yeux bleus et de doux cheveux artistiquement ondulés. Traversant les dalles nues d'un pas militaire, je vais vers elle, le bras tendu comme un soldat de plomb, décidé à persévérer dans ma poignée de main intempestive.

« Alors, voici le Brian dont j'ai tant entendu parler », dit-elle en souriant. Elle prend le bout de mon doigt dans ses deux mains terreuses, se contentant de le remuer vaguement, tout sourire. Je remonte soudain le temps : j'ai neuf ans, et cette femme est la prof dont je suis amoureux fou.

« Très heureux de faire votre connaissance, Mme Harbinson, dis-je, du ton mécanique d'un gosse de neuf ans.

— Je vous en prie, ne m'appelez pas “madame”. Ça me fait me sentir vieille ! Appelez-moi Rose. »

Elle s'approche pour m'embrasser sur la joue. J'ai le réflexe désastreux de m'humidifier les lèvres ; du coup, mon baiser sur la sienne fait un horrible bruit de succion répercuté par le sol en pierre. Au-dessous de son œil, je vois une trace de ma bave luisante que, peu soucieuse de laisser s'évaporer, elle essuie furtivement du dos de la main en faisant semblant de relever ses cheveux sur son front. Puis M. Harbinson arrive, s'interpose entre nous deux et pose un baiser sec de propriétaire sur l'autre joue de sa femme.

« Et vous, monsieur Harbinson, comment dois-je vous appeler ? »

Je pose la question avec entrain.

« Monsieur Harbinson.

— Oh, Michael, dit sa femme. Cesse d'être désagréable.

— D'accord. Alors "sir" fera l'affaire, répond-il.

— Ne fais pas attention à lui, me dit Alice.

— J'ai une bouteille de vin pour vous », dis-je en extrayant la carafe de mon sac trop plein. M. Harbinson la regarde comme si je lui tendais une éprouvette de ma propre urine.

« Oh, merci, Brian, dit Mme Harbinson. Vous serez le bienvenu chez nous chaque fois que vous le souhaiterez ! »

M. Harbinson ne semble pas de cet avis.

« Viens, je vais te montrer ta chambre », me dit Alice en me prenant le bras. Je monte l'escalier derrière elle, laissant M. et Mme Harbinson chuchoter derrière moi.

Dans notre petite maison d'Archer Road, il y a un endroit, à peu près au milieu de l'escalier, d'où, en se tordant un peu le cou, on voit toutes les pièces de la maison.

Pas ici. Blackbird Cottage est trop gigantesque. Ma chambre – l'ancienne chambre d'Alice – est dans l'aile droite, si je ne me plante pas, au dernier étage de la maison, sous d'antiques poutres. L'un des murs est entièrement couvert d'agrandissements de photos d'elle enfant : en tablier à fleurs en train de confectionner des scones ; en salopette en train de ramasser des mûres ; en Olivia, dans une mise en scène par son collège de *La Nuit des rois* et, je le suppose, de *La Bonne Âme du Se-Tchouan*, avec une moustache dessinée au fusain ; sur une autre, elle est déguisée en rocker punk pour une fête – affublée d'un sac-poubelle noir peu convaincant elle fait un doigt d'honneur devant l'objectif. Il y a aussi un Polaroid de ses parents à vingt ans, fiers possesseurs du Sacco, produit culte du design italien ; ils semblent sortis tout droit de Fleetwood Mac, le groupe de rock des années 1970, avec leurs gilets brodés, fumant ce qui est, ou non, des cigarettes. Sur les étagères, des livres de jeunesse de grande qualité indiquent qu'Alice était très active dans son club de lecture : Tove Jansson, Astrid Lindgren, Erich Kästner, Hergé, Goscinny, Uderzo, Saint-Exupéry – toute la littérature pour bambins du monde – et, plus incongru, une édition de poche de *Nuits secrètes*, de Shirley Conran. Un montage, niveau bac, des madones du musée des Offices de Florence, et un bout de bande dessinée *Snoopy*. Des certificats encadrés proclament qu'Alice Harbinson nage le mille mètres, joue du hautbois et excellemment du piano, le tout simultanément, semble-t-il. Ma chambre est un musée dédié à Alice Harbinson. Espère-t-elle que j'arriverai à y dormir ?

« Tu seras bien ici ? me demande-t-elle.

— Oh, je crois que je survivrai », dis-je. Elle me regarde examiner les photos sans jouer l'embarras ou la fausse modestie : « Ma vie en quelques photos : pas mal, non ? » Entendez : « À quatre ans, j'étais déjà un rêve, et à quinze, je me débrouillais toujours pas mal, merci. »

« Pas la peine de chercher mon journal intime, je l'ai caché, me dit-elle. Et si tu as froid, ce qui se produira à coup sûr, tu trouveras une couverture supplémentaire dans l'armoire. Bon, laisse-moi t'aider à défaire ton sac. Qu'est-ce que tu veux faire ce soir ?

— Je ne sais pas. Traîner un peu. Regarder *Certains l'aiment chaud* à la télé.

— Pas de télé ici, désolée.

— Sans blague.

— Papa est contre.

— Mais il est producteur !

— Nous en avons une à Londres. À la campagne, en revanche, mon père juge qu'il ne faut pas. Pourquoi tu me regardes comme ça ?

— Oh, je me disais seulement : trois maisons et une seule télé. Pour la plupart des gens, c'est le contraire.

— Pas la peine de jouer le perroquet des trotskistes, Brian ; il n'y a personne pour t'écouter. Des boxer-shorts, hein ? » Elle sort mes sous-vêtements du sac. L'air entre nous frémit d'un érotisme contenu. Je bénis maman d'avoir repassé mes affaires. « Je te voyais davantage comme un homme à strings. » J'essaie de deviner si c'est bon ou mauvais signe quand Alice hurle : « Oh, mon Dieu, qu'est-ce que c'est que *ça* ? »

Elle palpe le paquet en alu. Je tente de le lui arracher. « C'est ma mère qui a tenu à ce que je le prenne.

— Voyons un peu…

— Ce n'est pas grand-chose, dis-je pour me défendre.

— Broutille : simple contrebande. » Elle ouvre le paquet. « Bidoche. Tu passes ta propre bidoche en fraude !

— Ma mère avait peur que je ne manque de protéines.

— Fais-moi goûter… »

J'en ai le souffle coupé. Elle se jette sur le lit, un morceau de bacon blême à la main.

« Hummm ! Un peu sec, tout de même.

— C'est la recette de ma mère : elle le fait cuire toute la nuit, le coupe en tranches qu'elle met à sécher sur le radiateur avant de les finir au séchoir électrique.

— En tout cas, fais en sorte que Rose ne te voie pas. Elle serait très mortifiée. Blackbird Cottage est strictement végétarien.

— Et Mingus et Coltrane, alors, qu'est-ce qu'ils mangent ?

— Comme nous : des légumes, du muesli, du riz, des pâtes... (Bon sang, ils ont rendu leurs chiens végétariens !) C'est quoi, ça ?

— Ton cadeau de Noël. » Je tiens hors de sa portée le paquet – un microsillon – à l'emballage festif. « C'est une raquette de tennis », dis-je.

Elle regarde la carte postale scotchée sur l'album : un Chagall d'un romantisme provocateur. J'ai transpiré pour pondre le texte, jetant plusieurs brouillons avant la version définitive, éloquente et passionnée : *Pour Alice, ma nouvelle, ma plus qu'amie, ma douce mie (orthog. ? j'ai des doutes !), toute la dévotion de son fidèle Brian.* Je suis fier de ma culture (classique) et de mon humour, qui n'enlèvent pourtant rien à la sincérité de mon émotion. Mais en fin de compte, elle ne lit même pas la carte et s'empresse de déchirer le papier d'emballage.

« Joni Mitchell ! *Blue !*

— Oh non, tu ne l'as pas, n'est-ce pas ?

— Seulement en six exemplaires. Pourtant tu as vu juste : j'adore Joni. J'ai perdu ma virginité en écoutant un de ses albums.

— Pas le *Big Yellow Taxi*, j'espère. (Je fais allusion aux vocalises quasi coïtales.)

— Non. *Court and Spark.* (J'aurais dû m'en douter.) Et toi ?

— Ma virginité ? Je ne me souviens plus. Ce devait être la *Marche funèbre* de Chopin, ou “Les thèmes musicaux des plus grands films de guerre” par Geoff Love et son orchestre – *Un pont trop loin*, je crois. »

Suit un silence sinistre.

Elle finit par rire et me tend le disque.

« Tu as gardé le ticket ?

— Je crois. Tu as un titre particulier en tête ?

— Je préfère que tu me fasses la surprise. Mais pas du Kate Bush.

— Je te laisse finir de t'installer.

— À quelle heure est le thé ?

— Le dîner, tu veux dire. Dans une demi-heure. » Elle m'étreint de nouveau. « Je suis si contente que tu sois là. On va bien s'amuser, je te le promets. »

Après son départ, j'accroche mes chemises de grand-père fraîchement repassées sur des cintres en bois en éprouvant un agréable sentiment de permanence – l'impression de faire partie de la maison. Si je joue bien mes cartes, je serai encore ici pour le jour de l'an, et même jusqu'au 3 janvier.

En ouvrant l'armoire, je m'attends presque à ce qu'elle soit magique, comme celle de Narnia [1].

En fin de compte, les protéines ne sont plus du tout mon souci. Nous avons pour dîner un rôti végétarien. J'en avais entendu parler en me disant que c'était une blague, mais le voici, et dans mon assiette en plus : une sorte de cake en vrac tiédasse et hérissé de noisettes concassées surmonté de fromage fondu également végétarien. Ma seule expérience des fruits secs, c'est en apéritif : salés, au bar. Cette substance s'étale devant moi comme une platée de vers. Je me demande ce qu'ils ont filé à manger aux chiens ce soir.

« Comment trouvez-vous votre rôti, Brian ?

— Délicieux, merci, Rose. » Je ne sais pas d'où je tiens cette idée qu'il faut prononcer sans arrêt le prénom de la personne à qui l'on s'adresse – « Oui, Rose, non, Rose, un régal, Rose » – mais je me fais l'impression de ressembler un peu, en matière

1. *Le Monde de Narnia. Le Lion, la Sorcière blanche et l'Armoire magique.*

d'obséquiosité, à l'horrible Uriah Heep de *David Copperfield*.

« Ferme ta sale gueule de petit con et ôte tes sales pattes plébéiennes du corps de ma merveilleuse fille, sale petit minable mielleux », dit M. Harbinson.

Bon, il ne le dit pas, mais je le lis sur son visage.

Rose se contente de sourire en tripotant ses boucles.

« Alors, ces courgettes, ça vous plaît ? me demande-t-elle.

— Beaucoup », dis-je.

Je n'ai jamais mangé une courgette de ma vie, mais, pour souligner mon enthousiasme, je me jette une pleine fourchette de rondelles aqueuses dans le gosier tout en souriant idiotement. Comme tous les légumes verts, ça a le goût de ce que c'est : de la cellulose bouillie. Je me retiens tout juste de me frotter le ventre en disant « miam-miam ». Je fais passer ce goût de potamot avec une gorgée de vin. Il n'y a pas trace de ma carafe, et je présume qu'on l'a apportée dans la cour pour la fusiller. Ou qu'on l'a jetée aux chiens, pour faire passer la *pasta*, accompagnée de quelques tranches de pain grillé frotté à l'ail. Le vin qu'ils m'offrent est tellement tiède et sirupeux qu'on a envie de le déguster à la cuillère, comme un dessert.

« C'est la première fois que vous venez dans le Suffolk, Brian ?

— J'y suis déjà venu une fois : pour faire de la montagne.

— De la *montagne* ? Mais c'est plat comme la main…

— J'ai été victime de désinformation. »

M. Harbinson exhale bruyamment par le nez.

« Je ne comprends pas. Qui vous a dit que…

— Maman, Brian plaisante, l'interrompt Alice.

— Ah, bien sûr. »

Je ne dois plus essayer d'être drôle, mais l'autre solution, je ne l'ai pas encore trouvée. Sentant que j'ai besoin d'aide, Alice se tourne vers moi et me pose la main sur le bras. « Si tu avais voulu voir quelque chose de vraiment drôle, Brian, tu aurais dû être ici hier.

— Pourquoi ? Que s'est-il passé hier ? »

Rose rougit. « Chérie, on ne pourrait pas garder cela pour nous, s'il te plaît ?

— Elle peut lui dire, grogne M. Harbinson.

— Mais c'est si embarrassant…

— Je voudrais savoir, dis-je, histoire de ne pas rester à l'écart.

— Je me sens tellement idiote…, renchérit Rose.

— Voilà, dit Alice. Nous avions des amis chez nous, comme toujours pour le Boxing Day, et nous jouions aux charades. J'essayais de mimer *L'Année dernière à Marienbad* pour maman, et elle s'est excitée au point que son diaphragme s'est contracté. Je te laisse deviner la suite. »

Tout le monde rit, y compris M. Harbinson. Encouragé par cette gaieté, je me sens libre de dire : « Et il est tombé sur le tapis ? mais alors, vous ne portiez pas de sous-vêtements… »

Grand silence.

« Pardon ? me demande Rose.

— Votre diaphragme, quand il a sauté… comment aurait-il pu tomber si vous aviez porté une… »

M. Harbinson pose son couteau et sa fourchette, avale sa bouchée, et me dit très lentement :

« De fait, Brian, Alice faisait référence à l'énorme crise de hoquet qui a secoué sa mère. »

Peu après, nous montons tous nous coucher.

Je suis dans la salle de bains, en train de me laver la figure, quand Alice frappe à la porte.

« Une seconde », dis-je, sans savoir pourquoi.

Je suis complètement habillé et à part m'enrouler une serviette autour du visage, en une seconde, je ne peux rien faire pour améliorer mon apparence.

J'ouvre. Alice entre, referme soigneusement la porte et me dit lentement, avec le plus grand sérieux : « Je peux te dire quelque chose, quelque chose de… personnel ?

— Bien sûr, vas-y. »

Je décide in petto qu'il y a une chance sur trois pour qu'elle me demande de faire l'amour avec elle cette nuit.

« Voilà : c'est une erreur de ta part de te frotter si violemment le visage avec ton gant de toilette. Tu ne réussiras qu'à te faire saigner, ce qui étendra l'infection.

— Ah bon…

— Et tu auras des cicatrices.

— D'accord.

— Et d'ailleurs, fais-tu bouillir ton gant après chaque lavage ?

— Heu… non.

— Parce que le gant est probablement en partie responsable du problème.

— Tu as raison. D'accord.

— Les gants de toilette sont des nids à microbes. Tu devrais plutôt utiliser tes mains et un savon naturel non parfumé. (Quand cessera cette conversation ?) Pas un savon spécial acné ; ils sont généralement beaucoup trop agressifs. (Ce n'est même pas une conversation d'ailleurs, c'est un monologue.) Et tu ne dois pas non plus utiliser des crèmes astringentes.

Elles sont efficaces à court terme, mais à long terme, elles activent les glandes sébacées. »

Je regarde la fenêtre de la salle de bains en me demandant si je ne vais pas me jeter en bas. Alice doit deviner mon intention car elle me demande :

« Excuse-moi de te dire ça. Je ne t'ai pas vexé, j'espère ?

— Pas du tout. Mais tu es drôlement ferrée sur le sujet. Si les soins de la peau font l'objet d'une question lors de l'*University Challenge*, tu y répondras les doigts dans le nez.

— Je t'ai vexé !

— Non. Sauf que je ne sais pas trop quoi faire pour remédier au problème. Ce doit être le début de la puberté ! Toutes ces hormones qui s'affolent... je risque à tout moment de me mettre à m'intéresser aux filles... »

Alice sourit avec indulgence. Elle scrute mon visage pour trouver une zone sans risque et me souhaite bonne nuit en me déposant sur la joue un baiser de sœur.

Un peu plus tard, grelottant dans mon lit, étendu sur le dos en attendant que mon visage sèche pour ne pas mettre du sang sur l'oreiller, j'évalue ma stratégie pour le lendemain et, après mainte réflexion, décide qu'elle consistera à cesser de faire le con. Ce sera difficile, mais il est absolument vital qu'Alice découvre mon « Vrai Moi ». Le problème, c'est que je commence à soupçonner que l'idée d'un Vrai Moi sagace, intelligent, drôle, gentil, courageux, en train de rôder quelque part dans la nature mais que je pourrais convoquer en claquant des doigts est une illusion. Un peu comme le yéti. Si personne ne le voit jamais distinctement, pourquoi devrait-on croire à son existence ?

21

QUESTION : L'institution qui garantit la liberté fondamentale de quelqu'un traduit devant une cour de justice s'appelle l'Habeas Corpus Act. Quelle est la traduction littérale de ces mots ?
RÉPONSE : « Que tu aies le corps. »

EN ME RÉVEILLANT LE LENDEMAIN, j'ai si froid que je me demande si M. Harbinson ne m'a pas transporté dehors pendant la nuit. Comment se fait-il que plus les gens sont chics, plus on se gèle chez eux ? Et ce n'est pas seulement le froid, c'est aussi la saleté – poils de chien, poussière sur les livres, bottes boueuses, frigidaires aux relents de lait suri et de fromage en putréfaction, légumes du jardin en train de moisir. Je jure que les clayettes du frigidaire des Harbinson sont recouvertes d'une couche arable. Ils doivent probablement être obligés de la faucher l'été. Mais peut-être est-ce cela, le privilège de la grande bourgeoisie, cette capacité de se geler et d'être sale en toute quiétude. Ça, et le petit lavabo dans chaque chambre. Je m'arrose le visage d'eau glacée, repose l'exemplaire de *Nuits secrètes* sur l'étagère et descends.

Radio 4 est à fond, le son diffusé par des haut-parleurs invisibles. Alice lit, allongée sur le canapé et emmitouflée dans une couverture décorée de chiens, un produit dérivé de l'émission enfantine *Blue Peter Show*.

« Bonjour, dis-je.

— Salut », marmotte-t-elle, absorbée par son livre.

Je m'assieds entre elle et une image de chien.

« Qu'est-ce que tu lis ? »

Elle me montre la couverture. *Cent ans de solitude*. On pourrait dire ça de ma vie sexuelle !

« Bien dormi ? me demande-t-elle en comprenant que je compte rester assis là.

— Incroyablement bien, merci.

— Pas eu froid ?

— Un peu.

— C'est parce que tu es habitué au chauffage central. Très mauvais, le chauffage central. Ça engourdit les sens. »

Comme pour lui donner raison, M. Harbinson traverse nonchalamment le living-room. Il est nu.

« Bonjour, dit-il, en toute nudité.

— Bonjour », lui réponds-je. Le regard fixé sur le haut de la cheminée, je ne peux cependant m'empêcher de noter du coin de l'œil qu'il est extrêmement poilu – à moins qu'il n'ait revêtu une combinaison-pantalon en mohair noir.

« Il y a encore du thé, Alice ? demande-t-il, strictement à poil.

— Sers-toi. »

Il se penche *à deux centimètres d'elle* pour se servir puis emporte sa tasse en montant les marches trois à trois. Quand je peux enfin regarder sans danger, je demande à Alice, en déglutissant après chaque mot : « Ce… C'est… C'est normal ?

— Quoi ?

— Que ton père se balade tout nu.
— Tout à fait normal.
— Oh.
— Tu n'es pas *choqué*, n'est-ce pas ? (Elle plisse les yeux.)
— Ben…
— Tu as déjà vu ton père nu, non ?
— Pas depuis sa mort, non.
— Désolée, j'avais encore oublié. Non, mais *avant* sa mort ?
— Peut-être, mais ce n'est pas sous cet angle que je veux me le rappeler.
— Et ta mère ?
— Bon sang, non ! Mais toi, tu te mets nue devant ton père ?
— Seulement quand nous avons des rapports sexuels. » Alice, exaspérée, claque la langue et lève les yeux au ciel. « Bien sûr qu'il me voit nue ; nous nous montrons nus en famille. Mais je vois que ça te fait flipper. Honnêtement, Brian, pour quelqu'un qui se veut idéologiquement correct, tu es drôlement ringard. » Un instant, je vois en elle la pimbêche chef de classe imbue de sa supériorité. Comment peut-elle me traiter de ringard ! « Ne t'en fais pas, Brian, quand nous avons des invités, je reste habillée, ajoute-t-elle.
— Je m'en voudrais de t'obliger à ce compromis… »

Elle sait que je tente ma chance et me le fait savoir par un sourire ironique.

« Je veux dire, poursuis-je, que je le supporterais.
— Hum… Pas si sûr », dit-elle. Elle se mouille le bout de l'index pour tourner la page de son livre.

Le petit déjeuner consiste en de simples toasts d'un pain maison qui a la couleur, le poids, la texture et le goût d'une terre lourdement enrichie de terreau.

Radio 4 gueule aussi dans la cuisine. En fait, pour autant que je sache, il y a un poste dans chaque pièce, impossible à éteindre, comme les écrans de télévision dans *1984*, d'Orwell. Nous mâchons en écoutant la radio, nous remâchons sans qu'Alice lève le nez de son livre. Je me sens déjà triste. Peut-être parce que personne ne m'a traité de ringard depuis 1971. Mais ce qui me déprime le plus, c'est qu'Alice ait encore fait mention de mon père. Comment peut-elle « oublier » sans cesse ? Et je me méprise de parler de lui à des étrangers. Je suis sûr qu'il serait tombé des nues en apprenant que le sort et un travail ingrat l'avaient condamné à mourir jeune ; que son fils l'utilise comme matériau de base pour faire quelques bons mots faciles, ou s'abîmer dans des monologues larmoyants et alcoolisés. La chasse au « Vrai Moi » s'annonce mal, et je ne me suis pas encore brossé les dents.

Nous partons ensuite faire une longue promenade dans la neige. On ne peut pas qualifier la campagne d'East Anglia de « spectaculaire ». Je dirais qu'elle est frappante, un peu à la manière d'un paysage après une catastrophe nucléaire. On a beau marcher vite, les paysages ont tendance à se ressembler, ce qui donne à l'ensemble une sorte de cohérence, même si ce n'est pas l'effet attendu. C'est aussi un soulagement de ne plus se trouver à portée d'oreille de Radio 4. Alice prend mon bras et j'en oublie presque que la neige est en train de bousiller mes souliers neufs en daim.

Depuis que je suis à la fac, j'ai remarqué que tout le monde aborde en permanence les cinq mêmes sujets brûlants : 1) *mes* notes au bac ; 2) *ma* dépression nerveuse, ou *mes* troubles du comportement alimentaire ; 3) *ma* bourse universitaire ; 4) *mon* soulagement de ne pas avoir été admis à Oxbridge ; 5) *mes* livres de prédilection.

C'est de cela que nous parlons, Alice et moi. De livres.

« Je mets avant tous les autres le *Journal* d'Anne Frank, dit-elle. Adolescente, j'aurais voulu être elle, mais pas finir comme elle, à l'évidence. J'aimais simplement l'idée de vivre frugalement dans un grenier, lire des livres, tenir un journal, tomber amoureuse du garçon juif sensible et malheureux vivant dans la soupente voisine. Ça te semble pervers ?

— Un peu.

— Pour moi, c'est juste une phase que nous vivons, nous, filles, du genre automutilation au rasoir et vomissements volontaires, sans compter le lesbianisme.

— Tu as essayé le lesbianisme ? demandé-je, l'air de rien mais d'une voix de fausset.

— En pension, c'est presque fatal. Matières obligatoires : saphisme, français et netball.

— Tu faisais quoi au juste ?

— Oh, mais ça l'intéresse ! (À l'évidence, puisque je pose la question.) Pas grand-chose en fait. J'ai juste mis l'orteil dans la chose…

— C'est peut-être justement pas ça qu'il fallait mettre. (Elle me fait un sourire las.) Excuse-moi, poursuis-je. Alors, c'était comment ?

— Pas mon truc. J'aime trop faire l'amour avec des hommes. L'absence de pénétration me manquait… (Nous reprenons notre promenade.) Et toi ?

— Oh, l'absence de pénétration me manque aussi.

— J'essaie de parler sérieusement, Brian, dit-elle en me donnant une tape sur le bras avec sa moufle. Tu as essayé ?

— Essayé la femme ?

— Non : l'homme.

— Non !

— Sans blague ?

— Jamais. Qu'est-ce qui te fait penser ça ?

— Je me disais que tu avais sans doute tenté l'expérience.

— Tu me trouves efféminé ? (De nouveau la voix de fausset.)

— Non, pas *efféminé*. Et d'ailleurs, être efféminé n'est pas forcément un signe d'homosexualité.

— Non ? Hum... non.

— Ça peut même être *positif*...

— Hum... oui. Sauf que, en me disant ça, tu me sembles aussi peu convaincante qu'un de mes copains de lycée. Tu es comme la reine de comédie dans *Hamlet* : tu protestes trop. »

Change de sujet. Je ramènerais bien la conversation sur le lesbianisme, quand je me souviens qu'elle a également parlé d'automutilation. C'est plutôt cela que je devrais relever.

« Tu t'es... Tu t'es fait du mal à toi-même ?

— Quel mal ?

— Tu dis que tu t'es tailladé la peau.

— Oh, ça ? Ponctuellement. Un appel à l'aide, comme on dit. Plus exactement, une façon d'attirer l'attention. J'étais un peu déprimée en pension. Je me sentais seule.

— J'ai du mal à te croire.

— Pourquoi ?

— Parce que tu as tout. Tu n'as pas la moindre raison d'être déprimée.

— Écoute, Brian, je ne suis pas née avec une cuillère en argent dans la bouche. Cesse de me croire parfaite. Ce n'est pas du tout le cas. »

Pourtant, cet après-midi-là, elle est presque parfaite. En rentrant, après notre balade, nous nous livrons, sur la pelouse d'un blanc immaculé devant la maison, à une bataille de boules de neige qui ne ressemble en rien à ce que j'ai déjà vécu – pas de merdes de chien ni de morceaux de verre cachés à l'intérieur. C'est d'ailleurs moins une bataille qu'une bousculade légèrement érotique comme on en voit dans les films en noir et blanc filmés avec une caméra seize millimètres où les personnages font les imbéciles en se regardant faire les imbéciles. On va ensuite s'asseoir sur le canapé devant la cheminée pour se sécher, et elle me fait écouter des passages de ses disques préférés : Rickie Lee Jones, Led Zeppelin, Donovan, et Bob Dylan. Je la regarde sauter autour de la pièce sur *Crosstown Traffic*, de Jimi Hendrix ; quand elle est hors d'haleine et fatiguée de changer tout le temps de disque, elle met sur la platine un vieux Ella Fitzgerald tout éraillé et nous nous asseyons chacun à un bout du canapé pour lire, en nous jetant parfois un regard furtif, comme Michael York et Liza Minnelli dans *Cabaret*, ne nous parlant que lorsque nous en avons envie. Miraculeusement, de tout l'après-midi, j'arrive à ne pas dire une seule chose niaise, prétentieuse, cuistre, pas drôle ou pleine d'apitoiement sur mon propre sort, je ne casse ni ne renverse rien, je ne débine personne, je ne geins pas, ne me passe pas sans arrêt la main dans les cheveux ni ne me tripote les boutons quand je parle. Je fais de mon mieux, à vrai dire, et si la personne que je suis en ce moment n'est pas de nature à inspirer de l'amour, elle peut inspirer au moins de la sympathie. Vers 16 heures, Alice roule sur elle-même et s'endort, la tête sur mon ventre. Pour le moment tout au moins, elle est parfaite, absolument parfaite. Joni Mitchell chante « Blue », face 2, morceau 5, *« The last time I saw Richard was Detroit in '68 / and he told me all romantics meet the same fate someday / cynical and drunk and boring someone in some dark cafe*[1]... » et quand le disque finit et que seuls les craquements du feu de bois troublent le silence de la pièce, je reste assis totalement immobile, à la regarder dormir. Ses lèvres sont entrouvertes et je sens son souffle chaud sur ma cuisse. Je fixe la petite cicatrice en relief sur sa lèvre du bas, blanc sur rouge, et j'éprouve le désir ardent de passer mon doigt dessus, mais je ne veux pas la réveiller, alors je regarde, regarde, regarde. À la fin, je dois la réveiller car j'ai peur que le poids et la chaleur de sa tête sur mon bas-ventre ne provoquent une stimulation excessive, si vous voyez ce que je veux dire. Ne nous cachons pas la vérité, personne n'aime se réveiller ainsi – pas avec *ça* dans l'oreille.

Ensuite, croyez-le ou non, c'est encore mieux. Nous restons seuls à la maison car ses parents sortent dîner chez des amis (encore des légumes à avaler, j'imagine), dans un ancien moulin transformé de Southwold. Tandis que nous avalons de grands gobelets de gin tonic debout dans la cuisine, j'ai honte d'avouer que j'entretiens l'illusion que nous vivons ensemble. Nous éteignons toutes les lumières et jouons au Scrabble à la bougie, en peinant pour distinguer les lettres, et je gagne, de très loin je dois dire, mais avec modestie et bonne grâce. « Perplexe » et « excitez », en triplant respectivement le *x* et le *z*.

Le dîner consiste en riz brun sauté qui a l'aspect et le goût de balayures frites, mais devient limite mangeable en forçant sur la sauce soja. De surcroît, en nous mettant à table, nous sommes fantastiquement saouls.

1. « La dernière fois que j'ai vu Richard, c'était à Detroit, en 68 / Il m'a dit que tous les romantiques finissent pareil / Ils deviennent des cyniques, des emmerdeurs alcooliques / Qui s'accrochent à vous dans quelque bar sombre. »

On se coupe la parole, on se lève pour danser sur de vieux airs de Nina Simone et effectuer des concours de glissade en chaussettes sur le parquet verni. On finit par terre, en un tas informe et gloussant. Alice me fait soudain un sourire malicieux et me demande :

« On monte ? »

Mon cœur me saute dans la gorge.

« Où ça ? dis-je, perplexe et excité.

— Suis-moi et tu verras. » Elle grimpe l'escalier à quatre pattes et me crie : « Dans ta chambre dans deux minutes. Apporte le vin ! »

Du calme. Concentre-toi.

Je vais à l'évier où je pousse le wok de cuisson du riz pour m'asperger le visage. J'ai besoin de me désenivrer, mais aussi de m'assurer que je ne rêve pas. Puis je monte en emportant la bouteille de vin et nos deux verres à moitié pleins que je tiens en équilibre précaire du bout des doigts.

Elle n'est pas encore dans ma chambre. Je vais donc au lavabo me brosser les dents en catimini, guettant le bruit de ses pas pour ne pas être surpris à jouer les séducteurs de bazar. Quand je l'entends, je crache vite, éteins la lumière au-dessus de la cuvette et me jette sur le lit en prenant une pose nonchalante pour l'accueillir.

« Ta, tatata ! » trompette-t-elle.

Alice est plantée sur le seuil, les bras levés comme si elle brandissait un oscar qu'elle venait de recevoir. Sauf que je ne sais pas ce que je dois regarder. Ses seins ? Espérant contre tout espoir, je suis en train de me demander si elle n'a pas enfilé des sous-vêtements sexy quand je vois le Riz-Lacroix dans une main, et un minuscule paquet sous cellophane dans l'autre.

« Qu'est-ce que c'est ? demandé-je.

— Une dope dynamite. On ne peut pas la fumer en bas car Michael a un flair de chien renifleur. La tolérance de mon bobo de père a ses limites. » Elle attrape sur une des étagères de la bibliothèque un livre de l'auteur de best-sellers pour enfants Richard Scarry *(It's a Busy, Busy World)* et entreprend de rouler le joint dessus.

« Et ta mère ?

— C'est elle qui me procure l'herbe. Elle l'achète à un taré, là-bas au village. Qu'est-ce que tu veux que je te dise ? La ménagère flippée doit remplir le vide de ses journées. "Ce truc est explosif. Sensssasss..." » Oh, non, pour se livrer à une petite parodie, elle prend un accent jamaïcain mâtiné de terroir anglais : « *Yeah, mon, you'll get high with one taff idi strong ganja* [1]. » Arrête ça, Alice ! Pour la première fois que je la connais, j'ai honte pour elle. Elle allume le joint et inhale à fond, retenant la fumée dans ses poumons en roulant des yeux, puis elle arrondit la bouche et souffle la fumée en direction de l'abat-jour en papier. Je me demande si la marijuana est un aphrodisiaque.

Elle me regarde d'un œil indolent (l'autre est fermé) et m'offre le joint comme si elle me mettait au défi. C'en est un.

« Ton tour, Bri.

— Je ne peux pas, Alice.

— Pourquoi ? Tu n'as pas envie de planer, Bri ? »

Cette idée la fait hurler de rire et elle se cogne le crâne contre la tête de lit.

« Je voudrais bien planer, mais je n'ai jamais fumé de ma vie, pas même du tabac. Je suis nul : je n'arriverai même pas à avaler la fumée sans cracher mes poumons. » En réalité, me mettre à fumer était ce que je projetais de faire une fois à la fac, comme lire *Don*

1. « Ouais, mec, tu vas planer dès la première bouif tellement cette dope est forte. »

Quichotte jusqu'au bout, me laisser pousser la barbe et apprendre à jouer du saxophone alto, mais je n'en ai jamais trouvé le temps.

« Tu es un drôle de mec, tu sais, Brian Jackson ? (Elle est soudain sérieuse.) Comment peut-on ne pas fumer ! Fumer, c'est ce que je sais le mieux faire, je dirais. Bon, après... tu vois ce que je veux dire. (Nouveau clin d'œil las. La marijuana est à coup sûr un aphrodisiaque.) Bon, dans ce cas, on va essayer quelque chose d'un peu plus provocant. Mais d'abord, musique. » Elle vacille jusqu'à sa vieille mini-cassette de gosse, où son prénom, « Alice », est marqué au Tipp-Ex, fouille dans un tiroir de son bureau, insère une cassette et appuie sur « Lecture ». C'est, je crois, Brian Cant qui chante *A Froggy Went A Courtin'* [1].

« Waouh ! j'ai un flash proustien, dit Alice. Cette chanson, c'est toute mon enfance. Putain, je l'aime, je l'adore. Pas toi ? Bon, passons aux choses sérieuses. Tiens-toi droit. » Elle me fait m'agenouiller sur le lit en face d'elle, son visage à la hauteur du mien, très, très proche.

« Bon, mets tes mains là (les prenant par les poignets, elle les place derrière son dos). Entrouvre ta bouche en arrondissant les lèvres... oui, comme ça. » Sa propre bouche est toute proche, je sens dans son souffle l'odeur sucrée du soja et du gingembre. Puis, du pouce et du majeur, elle me pince les joues, ce qui accentue grotesquement la moue qu'elle m'a imposée.

« *Froggy went a courtin', he did ride, uh-huh...* »

— Maintenant, ce que tu vas recevoir, Mister Brian Jackson, s'appelle un retour de souffle (rien à voir avec ce que tu crois, alors pas de pensées

1. *M. Grenouille fait sa cour.* Tout le monde a chanté cette chanson enfantine, même Bob Dylan.

polissonnes). Je vais expirer la fumée dans ta bouche, tu vas inhaler profondément et tu ne tousseras pas, d'accord ? Je te l'interdis. Tu vas au contraire retenir la bouffée aussi longtemps que tes poumons le pourront. Compris ?

— Parfaitement.

— Bon : on y va. »

Elle place le joint entre ses lèvres, l'allume, inhale à fond, puis elle sourit et hausse les sourcils comme pour me demander : « Prêt ? » J'acquiesce en silence. Elle approche ses lèvres des miennes, jusqu'à les toucher – ce n'est même plus une question de millimètres, je dirais –, et elle souffle, et je retiens ma respiration, ce qui n'est que trop naturel en la circonstance. Je voudrais que ce moment ne finisse jamais.

« Froggy went a courtin', he did ride
A sword and a pistol by his side
A Froggy went a courtin', he did ride, uh-huh... »

Mes poumons sont à deux doigts d'exploser. Je souffle la fumée. Alice s'affale sur le lit et me demande :

« Alors, tu ressens quelque chose ?

— Rien de significatif.

— On recommence ? »

Oh, oui, Alice. J'en ai envie à un point...

« D'accord, dis-je.

— Tu es sûr ? C'est costaud.

— Écoute, Alice, fais-moi confiance. Je maîtrise la situation. »

Quand je reprends conscience, elle est partie. Je suis couché sous les draps et M. Grenouille est toujours en train de faire sa cour, armé par prudence d'un sabre et d'un pistolet, car la cassette est sur Autoreverse. Je n'ai pas la moindre idée du temps qu'a duré

mon coma. J'arrête le bouton du magnéto et regarde l'heure sur mon réveil de voyage : 1 h 30 du matin. J'ai soudain terriblement soif mais, Dieu merci, il y a encore la bouteille de vin rouge frais par terre. Je m'assieds et la vide. Je me demande si Alice m'a ôté mon pantalon avant de me mettre au lit. Je constate que non, mais je suis trop défoncé pour savoir si je dois m'en réjouir ou le regretter.

Pas le temps de m'appesantir sur ce sujet car j'ai une faim de loup. Je dévorerais même des courgettes. Je me rappelle soudain que je suis l'heureux possesseur de ces restes nobles appelés « viande froide ». Bénie soit maman. J'extrais le paquet du fond de mon sac, arrache un ruban de gras au bacon bouilli et fourre le reste dans ma bouche. C'est bon, mais il manque quelque chose. Du pain. Besoin d'un sandwich. Du pain, vite.

Marcher est moins facile que dans mon souvenir, et la descente de l'escalier me semble a priori presque impossible. Je ne veux pas allumer, et l'obscurité est totale. J'enfile le couloir en danseuse, en m'agrippant aux deux murs, puis descends les marches du même pas gracieux avec la cuisine pour objectif. Le tout me semble prendre plusieurs jours, mais j'arrive enfin à la cuisine, où j'entreprends de me couper deux tranches de pain complet maison – tâche physiquement ardue en l'absence de burin. Le sandwich qui en résulte a la taille, le poids et la texture d'une brique, mais ça m'est égal car il est garni des précieux restes carnés. Je m'assieds à la table et me verse un verre de lait, pensant qu'il fera passer le pain, mais il a tourné. Je m'apprête à aller cracher la gorgée aigre dans l'évier quand la lumière du palier s'allume ; j'entends le parquet craquer en haut de l'escalier.

C'est sans doute Alice, me dis-je. On va pouvoir reprendre les choses où on les a laissées. Mais ce n'est

pas Alice. C'est Mme Harbinson. Rose. Une Rose nue comme un ver. J'avale ma gorgée surie.

Je devrais parler tout de suite, lancer un désinvolte « Salut, Rose », mais la dope et l'alcool m'ont ralenti et je me sens cotonneux ; de plus, je ne tiens pas à ce qu'une femme en tenue d'Ève se mette à hurler à 2 heures du matin en découvrant ma présence. Je reste donc assis là en silence, complètement immobile, en espérant qu'elle n'allumera pas. Elle ouvre le réfrigérateur et se penche, une position qui, avec la lumière blanche de l'appareil, donne tout leur sens aux mots « à poil » ; un examen plus attentif me révèle qu'elle porte d'épaisses chaussettes grises qui donnent à sa nudité quelque chose de sain, de rustique, dans le genre muesli, comme un dessin au trait en noir et blanc de Chris Foss, dans l'édition originale des *Joies du sexe*, d'Alex Comfort [1]. Dans mon cerveau embrumé par la drogue, je me demande s'il existe un mot tel que *« pubicité »*. Que cherche-t-elle, et pourquoi est-ce si long ? J'imagine, selon l'expression consacrée, qu'elle est « encore bien pour son âge », mais comme je n'ai jamais vu un nu intégral féminin, pas dans la vraie vie en tout cas – seulement des bouts par-ci, par-là, appartenant à des sujets âgés de dix-huit ans tout au plus –, je ne fais pas autorité sur le sujet. Je suppose toutefois que la situation n'est pas dépourvue d'un érotisme éculé, tempéré par le paquet de dinde à la température du corps posé dans mon giron. Craignant soudain qu'elle ne sente l'odeur de la viande, j'essaie de refermer silencieusement le papier d'alu ; le craquement, monstrueux, se répercute tel un orage.

« Oh, mon Dieu, Brian !

1. Première édition : 1972. Réédition Flammarion, 2003, traduction René Guyonnet.

— Hello, madame Harbinson, dis-je, avec une jovialité forcée. » Je m'attends à ce qu'elle couvre des deux bras sa nudité, mais elle ne semble pas tellement gênée. Elle se contente de nouer avec désinvolture autour de la taille un torchon sérigraphié de l'Institut de sauvegarde des monuments historiques. Le mot « Sissinghurst » court sur sa cuisse.

« J'espère que je ne vous ai pas choqué, me dit-elle.

— Euh... non, enfin pas vraiment...

— Je suis sûre que vous avez déjà vu des centaines de femmes nues.

— Leur nombre vous surprendrait madame Harbinson.

— Ne m'appelez pas madame. Ça me fait me sentir *vieille*. Appelez-moi Rose. »

Un silence. Je cherche une repartie qui nous sauverait la mise à tous deux. En un éclair, je la trouve : elle est *parfaite*.

« Essaieriez-vous de me séduire, madame Harbinson ? » dis-je en prenant l'accent américain.

Bon sang, je suis fou.

« Pardon ? »

Ne le répète pas, bon sang, me dis-je. Je répète :

« Essayeriez-vous de me séduire ? »

Vite, explique, explique, explique. J'explique :

« Vous savez... comme Mrs Robinson ?

— Qui est Mrs Robinson ?

— Je viens de vous citer une phrase du film *Le Lauréat*.

— Eh bien, Brian, je peux vous assurer que moi, Mme Harbinson, je n'ai nulle intention de vous séduire.

— Je sais, je sais. Et d'ailleurs, je n'ai nulle envie de succomber.

— Alors, ça tombe bien.

— Ce qui ne veut pas dire que je ne vous trouve pas séduisante…

— Pardon ?

— Putain, mais qu'est-ce qui se passe ici ? » demande une voix.

Une seconde silhouette descend l'escalier, d'abord des jambes musclées, puis un torse en barrique – le tout nu, naturellement. M. Harbinson tient entre ses jambes une chose qui ressemble à un parapluie roulé, mais qui, après un examen plus attentif, se révèle être un pénis. Maintenant, je ne sais vraiment plus où poser les yeux. Éviter de regarder les parties génitales de Rose me conduit directement à contempler celles de son mari ; il me devient soudain tout à fait impossible, dans cette cuisine, de trouver un endroit dénué d'attributs sexuels. Je finis par fixer le plafond, au-dessus de la cuisinière Aga, en me concentrant à mort.

« Il ne se passe rien, Michael, répond Rose. Je suis descendue boire quelque chose et Brian était là, sans plus. (Je trouve qu'elle la joue *coupable*. Essaie-t-elle de me faire tuer ?)

— Et de quoi parliez-vous ? »

Bon Dieu, il a tout entendu. Je suis mort.

« Rien de spécial. Brian m'a fait sursauter, c'est tout. »

M. Harbinson et son pénis ne semblent pas convaincus. Je m'aperçois qu'il ne couvre pas cet organe de la main mais qu'il le *tient* ; l'espace d'un instant, j'éprouve la peur irrationnelle qu'il me frappe avec.

« Bon, moins de raffut, voulez-vous ? D'ailleurs, Rose, viens te recoucher. » Il monte en tenant toujours son parapluie roulé. L'air manifestement gênée, Rose attrape un tablier à fleurs en vinyle accroché près de la cuisinière en fonte et le noue avec mauvaise humeur, tandis que je balaie de la main les preuves de mon en-cas iconoclaste dans le papier d'alu resté sur mes genoux. Je fourre ensuite le tout dans le tiroir à couverts.

Elle vient vers la table et me murmure d'un ton peu aimable : « Je crois que ce sera mieux pour tout le monde de ne plus jamais reparler de cela, compris, Brian ? (Elle me regarde plus attentivement.) Qu'y a-t-il, vous vous sentez mal ?

— Moi, non.

— Vous avez le teint cireux.

— C'est ma couleur normale, Rose.

— C'est vous qui aviez kidnappé le lait ? (Elle regarde mon verre.) C'est ça que je cherchais depuis le début.

— À votre place, je n'en boirais pas, Rose.

— Pourquoi ?

— Il est caillé. C'est dégoûtant… »

Elle prend le verre, le renifle, le goûte et me regarde avec le plus grand dédain. « C'est du lait de soja, Brian », dit-elle.

Quelque part dans Blackbird Cottage résonne alors un rire compulsif, le gloussement hideux et pathétique d'un enfant psychotique et pervers. Il me faut un moment pour me rendre compte que ce rire est le mien.

En me réveillant le lendemain, j'ai besoin des trois secondes habituelles pour concevoir que je dois avoir honte, et me souvenir pourquoi. Je grogne – un grognement de bête, comme si on venait de me sauter sur la poitrine. Je regarde le réveil : il est 11 h 30 et j'ai l'impression de sortir d'un coma.

Je reste allongé un moment en réfléchissant à la meilleure façon de me tirer de ce pétrin. La meilleure serait le suicide. L'alternative, plus médiocre, me fatigue déjà par le degré de servilité, d'explications et d'autodérision qu'elle va exiger de moi. Je m'habille pour en finir avec cette corvée quand on frappe à la porte.

C'est Alice, l'air sombre – normal, vu les circonstances. Sait-elle que sa mère à poil pense que j'ai tenté de la séduire ?

« Salut, Belle au bois dormant, me chuchote-t-elle.

— Alice, je suis tellement désolé pour la nuit dernière…

— Oh, ce n'est rien. Une broutille (Elle ne sait pas !) Écoute, Brian, quelque chose vient de se passer qui m'oblige à aller à Bournemouth. » Elle s'assied au bord du lit, près de pleurer.

« Pourquoi ? Que se passe-t-il ?

— C'est Granny Harbinson. Elle est tombée la nuit dernière. Elle est à l'hôpital avec une fracture de la hanche. Nous allons la voir.

— Oh, Alice, je suis triste pour toi.

— Mes parents sont déjà partis, et je vais les suivre. Donc, le nouvel an ici, c'est râpé.

— Ça ne fait rien. Je vais regarder les horaires des trains.

— C'est fait. Tu as un train pour Londres dans quarante-cinq minutes. Je te dépose à la gare. Ça te va ? »

Je fais mon sac en fourrant en vrac livres et vêtements comme s'il s'agissait d'une évacuation d'urgence. Dix minutes plus tard, on est dans la Land Rover, Alice au volant. Elle semble minuscule dans ce gros véhicule, comme une poupée Sindy dans une jeep Action Man. En une nuit, la neige s'est transformée en gadoue, et j'ai l'impression que nous roulons bien trop vite, ce qui renforce l'atmosphère d'anxiété et de tension.

« J'ai une migraine terrible, dis-je.

— Moi aussi. »

Deux cents mètres de campagne plus loin j'ajoute nonchalamment :

« Je suis tombé sur tes parents, dans la cuisine, la nuit dernière.

— Ah bon ? »

Deux cents autres mètres de campagne. J'insiste :

« Ils ne te l'ont pas dit ?

— Non. Pas vraiment. Pourquoi l'auraient-ils fait ?

— Pour rien. »

Décidément, je m'en tire bien. Me dire heureux que la grand-mère Harbinson soit tombée dans l'escalier serait exagéré, mais au moins, l'incident a fait diversion.

Nous arrivons à la gare avec un quart d'heure d'avance et elle m'aide à porter mon sac jusqu'au quai désert.

« Je suis navrée que tu ne puisses pas rester fêter le nouvel an.

— Pas grave. Transmets mes vœux de rétablissement à ta grand-mère. (Une phrase inepte vu que cette dame ne me connaît pas.) Et excuse-moi pour mon overdose d'hier soir.

— Ne t'en fais pas. Bon, si ça ne t'ennuie pas, je n'attends pas l'arrivée du train. Je suis pressée. »

On s'étreint sans s'embrasser.

Elle est partie.

J'arrive chez moi à l'heure du thé (le dîner selon Alice !) et j'ouvre avec ma clé. Maman est là, avachie sur le canapé, en survêtement, en train de regarder les jeux télévisés *Blockbusters*, le son à donf.

Elle a un cendrier posé sur l'estomac, une boîte de chocolats Quality Street et une bouteille de liqueur de café Tia Maria posées devant elle sur la table basse. Dès qu'elle me voit, elle fourre ladite bouteille sous les coussins. Mais que faire du verre ? Elle le tient au creux de ses mains, comme si c'était une petite tasse de cacao.

« Je croyais que tu ne devais pas revenir ?

— Oui, maman, je sais. »

« Je prends un P, Bob. »

« Que s'est-il passé ?

— La grand-mère d'Alice s'est fracturé la hanche.

— Comment c'est arrivé ?

— Je l'ai poussée dans l'escalier.

— Je parle sérieusement !

— Aucune idée, maman. »

« Quel P est le composant chimique principal dans la fabrication des allumettes ? »

« Pauvre femme ! Tu crois qu'elle s'en remettra ?

— Comment veux-tu que je sache ? Je ne suis pas médecin. Le phosphore. »

« Exact. »

« Quoi ? me demande maman.

— Je répondais à la question du jeu télévisé », dis-je, agacé.

« Je vais prendre un H, Bob. »

« Quelque chose te tracasse, Bri ? me demande maman.

— Rien du tout. »

« Quel H entre dans la composition… »

« Tu as rompu avec ta petite am… ?

— Elle n'est *PAS* ma petite amie.

— Pas besoin de crier.

— Un peu tôt pour l'apéro, n'est-ce pas, mère ? »

Je lui tourne le dos et monte l'escalier en courant. Je me sens minable, odieux. Je me demande où je suis allé pêcher ce déplaisant, ce froid vocable. Je ne l'appelle jamais mère d'habitude. Je claque la porte de ma chambre et m'étends sur mon lit avec mes écouteurs et ma cassette de *Lionheart*, de Kate Bush – son merveilleux deuxième album, *Symphony in Blue*, face A, morceau 1, quand je me rends compte instantanément qu'il me manque quelque chose.

La viande froide.

J'ai laissé le paquet dans le tiroir à couverts des Harbinson la nuit dernière. Comme je n'ai pas leur numéro de téléphone à Bournemouth je décide d'appeler le cottage et de laisser un message qu'Alice trouvera en revenant de sa visite à sa grand-mère. Au bout de quatre sonneries, le répondeur se déclenche. Je suis en train de réfléchir à ce que je vais dire quand quelqu'un décroche subitement.

« Allô ?

— C'est... euh... *Rose* ? C'est Brian, l'ami d'Alice.

— Bonjour, Brian. Un instant s'il vous plaît. »

Elle met sa main sur le récepteur car j'entends un froissement, puis des palabres à mi-voix avant qu'elle me passe enfin Alice.

« Salut, Brian.

— Comment ? Tu n'es pas partie ?

— Nous sommes tous là.

— Mais je vous croyais à Bournemouth.

— Nous avons appris en route qu'elle se sentait beaucoup mieux, alors nous sommes rentrés. Nous arrivons tout juste, d'ailleurs.

— Alors, elle va bien ?

— Parfaitement bien.

— Pas de fracture de la hanche, en fait ?

— Non, juste quelques contusions et un léger état de euh… choc.

— Content de l'apprendre. Pas le choc, bien sûr. D'apprendre que sa vie n'est pas en danger. »

Il y a un silence.

« Je voulais te dire que j'ai oublié le paquet de… de viande froide dans le tiroir de la table de la cuisine.

— Je vois… Bon, je vais le récupérer.

— Fais-le discrètement. Pas devant ta mère.

— Naturellement.

— Alors, à l'année prochaine à la fac !

— Bien dit : à l'année prochaine. »

Elle raccroche. Je reste planté dans le hall, le récepteur à la main, en fixant le vide.

J'entends la télé gueuler au salon.

« Un nom qui commence par K : de qui sont les trois lois qui décrivent les propriétés principales du mouvement des planètes autour du Soleil ? »

« Johannes Kepler », dis-je à personne en particulier.

« Exact. »

Je n'ai pas la moindre idée de ce que je vais faire de moi-même maintenant.

22

QUESTION : Quelle forme poétique japonaise, dont l'ancêtre est le tanka à trente et une syllabes, consiste en dix-sept syllabes organisées en lignes de 5, 7 et 5 ?
RÉPONSE : Le haïku.

REBECCA EPSTEIN SE TIENT LES CÔTES. Nous sommes à Richmond Hill. Étendue sur mon futon, elle rit avec un plaisir sadique en martelant le sol de ses Doc Martens.

« Ce n'est pas si drôle, Rebecca, dis-je.

— Och, si c'est *très* drôle, crois-moi. »

J'abandonne et me lève pour changer le disque.

« Excuse-moi, Jackson, mais l'idée de ces gens cachés dans l'abri de jardin en attendant ton départ… »

Le fou rire la reprend de plus belle. Je vais dans la chambre de Josh chercher un supplément de bière maison.

Revenons légèrement en arrière. Je ne reste que dix-huit heures avec maman avant de regagner la fac. Je lui répète que j'ai besoin d'emprunter des livres à la bibliothèque pour travailler. Elle hausse les épaules, ne me croyant qu'à moitié, et, à 10 heures du matin, je me retrouve de nouveau sur le pas de la porte en train de refuser les mêmes provisions que la fois d'avant.

Dans le train, je me dis pour me consoler que passer la nouvelle année seul dans notre piaule d'étudiants n'est pas un drame. Je pourrai travailler, lire, faire de grandes balades à pied, écouter ma musique à fond et j'échapperai demain soir à cette ridicule tradition qui vous dicte de sortir vous saouler pour « faire la fête ». Je resterai chez moi et je ne m'amuserai pas. Je me saoulerai, oui, mais en lisant un livre et tomberai endormi juste avant les douze coups de minuit. Ça leur apprendra, me dis-je sans trop savoir qui sont ces « eux ».

Sauf qu'à peine arrivé, je comprends que j'ai commis une terrible erreur. En ouvrant la porte, je me prends dans le nez une bouffée tiède et saturée de levure de la bière artisanale de Josh ; la maison tout entière me rote à la figure. Je trouve le tonneau de plastique bouillonnant et gargouillant dans la chambre de mon colocataire, près d'un radiateur brûlant. J'ouvre la fenêtre pour dissiper le plus gros de ces gaz intestinaux.

Personne n'est encore rentré, je m'y attendais, mais pas à trouver la maison si désolée. Je décide de ressortir pour aller à la supérette du coin. 17 h 45, c'est l'heure idéale pour acheter de la nourriture à prix cassé.

Ce genre d'achat n'est pas anodin : les boîtes cabossées sont en général assez sûres, mais les produits « frais », franchement, c'est un champ de mines. En règle générale, la réduction est proportionnelle au risque encouru ; le truc, c'est d'arriver à faire une affaire sans s'empoisonner ; un misérable rabais de 10 pence sur une livre de steak à braiser d'un gris bleuté ne vaut pas le coup, mais acquérir un poulet entier pour 25 pence, c'est chercher les ennuis. Pourtant, le bœuf et le poulet sont moins dangereux que le porc et le poisson. Du porc périmé, ce n'est pas la joie, tandis qu'avec le bœuf on peut entretenir l'illusion de manger une viande non pas pourrie, mais « faisandée » . Même chose pour les produits épicés ; s'ils sentent, on ne le sent pas. Le curry est pour cette raison un grand classique de la péremption.

Dans la supérette, la vieille dame dotée d'une moustache à la Zapata et moi nous observons avec méfiance au-dessus du bac à surgelés. Juste après Noël, les dindes létales abondent, de même que les gigots d'agneau qui menacent de zapper l'étape freezer pour rentrer seuls à la ferme. D'ailleurs, ces viandes-là sont de piètres affaires. Je me décide donc pour un curry de bœuf « maison » affichant un rabais de 75 pence, et je m'offre avec la différence un tube de Nesquik à la banane et une pinte de lait.

Mon allégresse est de courte durée. Une fois mon Nesquik bu, mon curry avalé – versé dans une casserole et dilué avec l'eau de la bouilloire, j'ai l'impression d'être Robinson Crusoé. La maison est vide, il pleut, Josh a enfermé à clé sa télé portative dans son placard, et il devient évident que les plus belles années de ma vie n'adviendront pas.

Bon : Action ! J'entre de nouveau dans la chambre de Josh pour lui piquer quelques pièces que j'empile sur le téléphone installé dans le hall.

Mais qui appeler ? Je songe à un certain Vince, rencontré à une fête, mais, outre que je n'ai aucune envie de me retrouver dans un pub avec un autre homme, je ne me souviens plus de son nom de famille, de son adresse – de rien, en fait. Lucy Chang est à Minneapolis et, de toute façon, elle doit me croire raciste. Je suis à deux doigts d'appeler Patrick, quand je me souviens que je n'ai aucune sympathie pour lui. Je décide en fin de compte d'appeler Rebecca Epstein, parce qu'elle est étudiante en droit, et comme le droit est une « vraie » matière, elle doit probablement bosser.

Elle vit à Kenwood Manor, la résidence universitaire, au même étage qu'Alice, et j'ai le numéro. Au bout d'une vingtaine de sonneries, une voix à l'accent de Glasgow me répond.

« Allô, c'est Rebecca ?

— Oui. (Voyelles traînantes et consonnes sifflantes : « yeeeess ».)

— Brian à l'appareil. »

Un silence.

« Brian Jackson.

— Je sais qui tu es. Déjà de retour ? Pourquoi ?

— Je m'ennuyais, c'est tout.

— Bon sang, moi aussi. (Un autre silence.) Alors… ?

— Alors, je me demandais ce que tu faisais ce soir.

— J'attendais ton coup de fil, à l'évidence. Tu me proposes un rendez-vous *amoureux* ? (Elle prononce le mot comme elle aurait dit *« merdeux »*.)

— Pas du tout. Je me demandais si tu n'aurais pas envie d'aller voir un film, ou quelque chose. On donne *L'Évangile selon saint Matthieu* de Pasolini au cinéma d'art et d'essai.

— Et pourquoi pas quelque chose d'amusant ?

— Le *Feu Saint-Elme* à l'ABC ?

— Encore un Pasolini ?

— *Retour vers le futur*, de Robert Zemeckis.

— Quel âge as-tu, exactement ?

— *Cocoon*, de Ron Howard, à l'ABC.

— Dieu garde !

— Tu as des opinions très arrêtées, n'est-ce pas ?

— Je sais. Ça fait peur, hein ? Tu es sûr que tu es taillé pour le boulot de me sortir, Brian ?

— Je crois, oui. Qu'est-ce que tu aimerais faire, alors ?

— Tu as de quoi boire ?

— Quarante-cinq litres de bière. Artisanale, j'en ai peur.

— Och, je ne suis pas difficile. Tu es à Richmond House ?

— Ouais.

— Très bien. Je suis chez toi dans une demi-heure. »

Elle raccroche et, soudain, j'ai la trouille.

Quarante minutes plus tard, elle est sur mon lit en train de boire notre bibine maison et de se moquer de moi. Elle porte son uniforme habituel – car c'en est un : Doc Martens noires, collants noirs épais sous une mini-jupe en toile de jean bleu marine, pull noir à encolure en V sous l'imper de vinyle noir ceinturé de style militaire que je ne l'ai jamais vue ôter. Ses cheveux courts brillants et enduits de gel lui font une sorte de banane sur le front. Le reste est caché par sa casquette noire à visière de prolo russe. En fait, tout ce qu'elle porte suggère une longue tradition de dur labeur manuel, ce qui m'épate quand je sais que sa mère est céramiste d'art et son père pédiatre. La seule concession de Rebecca à la féminité est un rouge à lèvres rubis et une épaisse couche de mascara qui la rendent tout à la fois intimidante et glamour dans le genre bande Baader-Meinhof revu par Hollywood. Elle fume même comme une vedette de cinéma – Bette Davis par exemple –, sauf qu'elle roule ses cigarettes. Ce soir, je la trouve plus jolie que d'habitude et je me demande avec inquiétude si elle n'a pas fait un effort.

Quand elle a fini de se moquer de moi, je lui dis : « Je suis content que tu trouves ma vie sexuelle hilarante, Rebecca.

— Sauf qu'une vie sexuelle, ça suppose du sexe, non ?

— Alice ne m'a peut-être pas menti sur toutes ses expériences précédentes.

— Elle ne t'a certainement pas menti. Je t'ai dit qu'elle était une sale conne, non ? Pas la peine de prendre un air pincé. Ce que tu m'as raconté est drôle, et tu le sais, car autrement tu ne me l'aurais pas répété. (Elle tire sur sa clope, secoue sa cendre par terre, à côté du futon.) De toute façon, tu l'as bien mérité.

— Quoi ?

— Tu sais bien : ce festival de branlette bourgeoise. Tu te dis de gauche mais tu te vautres là-dedans. Tu es comme tous les autres opportunistes qui se roulent au pied des classes soi-disant supérieures pour se faire gratter le ventre comme des truies.

— C'est faux !

— C'est vrai.

— Tory honteux !

— Stalinienne !

— Traître de classe !

— Snobinarde !

— Snob à rebours !

— Proto-yuppie. Ôte tes Doc Martens dégueulasses de mon lit.

— Tu as peur que j'abîme un tissu de si bon goût ? »

Elle obéit toutefois et vient s'asseoir près de moi, puis cogne son verre de bière tiède contre le mien en signe de réconciliation.

« Pourquoi planquer ton sommier derrière l'armoire ? me demande-t-elle.

— Je voulais, tu sais, dormir sur un futon.

— Un *futon*, pour faire zen, hein ? Eh bien, laisse-moi te dire qu'un grabat puant, ce n'est pas un futon, non.

— C'est presque un haïku.

— Combien de syllabes dans un haïku ?

— Dix-sept, organisées en 5-7-5. »

Elle réfléchit à la vitesse de la lumière et reprend en complétant :

« Un grabat puant
Ce n'est pas un futon, non,
C'est seulement con. »

Avant de boire une nouvelle gorgée de bière, elle ôte un filament de Golden Virginia de sa lèvre tartinée de rouge, un geste si extravagant de décontraction languide que je me mets à la regarder du coin de l'œil, des fois qu'elle le referait. Elle surprend mon regard et je bredouille : « Tu as passé un bon Noël ?

— Nous ne fêtons pas Noël, nous autres juifs. Nous avons tué le Christ, tu te souviens ?

— Mais vous fêtez Pâques ?

— Vers la Noël, notre fête est Hanoukka. Nous ne fêtons pas ça non plus. Pour un type qui représente notre glorieux établissement à l'*University Challenge*, Brian Jackson, tu es drôlement ignorant. Combien de fois dois-je te répéter que nous sommes des juifs de Glasgow, socialistes, non pratiquants et antisionistes ?

— Pas très excitant comme tableau.

— Exactement. À quoi d'autre attribues-tu ma présence chez toi ce soir ? »

Je crois que je vais risquer un peu d'humour juif. « Joyeux Shmuel !

— Quoi ?

— Rien. »

Elle me scrute et me dit avec un demi-sourire :

« Antisémite, va. »

Je lui souris en retour. Rebecca Epstein me plaît soudain énormément. Je veux tenter un geste préliminaire d'amitié. J'ai une idée.

« Pendant que j'y pense, j'ai quelque chose pour toi. Heureux Hanoukka. »

C'est l'album de Joni Mitchell refusé par Alice. J'ai perdu le ticket. Rebecca me regarde d'un air interrogateur.

« Pour moi ?

— Uh-huh.

— Tu es sûr ? (Elle est aussi méfiante qu'un douanier d'Europe de l'Est soupçonnant mon passeport d'être un faux.)

— Certain. »

Elle le prend entre le pouce et l'index et déchire un coin du papier d'emballage. « Joni Mitchell.

— Oui. Tu la connais ?

— Je connais son œuvre.

— Tu as ce disque, alors.

— Non. J'ai honte de l'avouer.

— Alors, laisse-moi te le faire écouter. »

Je le lui prends des mains et vais vers le tourne-disque, ôte le groupe Tears for Fear et mets *Blue*, face 2 morceau 4, « A Case of You », sûrement l'une des chansons d'amour les plus exquises jamais gravée sur le vinyle. Après avoir écouté la première strophe et le chœur en silence, je lui demande : « Qu'est-ce que tu en penses ?

— Je sens que ça fait venir mes règles.

— Tu n'aimes pas ?

— Pour être complètement honnête, Brian, ce n'est pas vraiment mon truc.

— Tu y viendras.

— Hum… j'en doute. Alors, tu es un fan de Joni, hein ?

— Plus ou moins. À vrai dire, mon idole, c'est Kate Bush.

— Ouais. Ça colle.

— Pourquoi ?

— Parce que tu es "The Man with the Child in his Eyes", dit-elle en ricanant dans son verre de bière.

— Toi, qu'est-ce que tu écoutes en ce moment par exemple ?

— C'est éclectique : le groupe post-punk de Manchester Durutti Column, Marvin Gaye, Cocteau Twins, de vieux blues, Muddy Waters, The Cramps, Bessie Smith, Joy Division (Manchester), les New York Dolls, Sly and the Family Stone, ce genre de groupes tu vois ? Je te ferai une compilation, des fois que je pourrais te décrocher de cette musique de nanas. Méfie-toi, Brian, de ces auteurs-compositeurs femmes. Elles sont d'une douceur plaisante, mais si tu les écoutes trop, des seins vont commencer à te pousser.

— Bon, si mon cadeau ne te plaît pas, dis-le… (Je me lève pour changer le disque.)

— Non, non, je le garde. Je suis sûre qu'il finira par me plaire. Merci infiniment, Brian. Très chrétien de ta part. »

Nous restons ensuite assis tous les deux en silence. Puis elle prend ma main et la serre en me disant : « Vraiment, merci beaucoup, Brian. »

Dix minutes plus tard, nous sommes étendus sur le lit et la même main semble avoir trouvé sa voie dans son soutien-gorge.

On dit que même l'intime est politique. C'est certainement vrai. En matière de baisers, Rebecca

Epstein est tout aussi radicale, directe et intransigeante. Je suis étendu sur le dos et elle m'enfonce la tête dans l'oreiller, ses dents de devant heurtant les miennes. Comme je suis disposé à ne rien lui céder, je cogne les miennes contre les siennes ; notre émail ne résistera pas longtemps. L'alcool, combiné aux émanations du chauffage à gaz, me fait tourner la tête ; je panique un peu, mais en même temps, c'est amusant, comme être taclé en cour de récréation. L'émulsion pâteuse de son rouge à lèvres crée un sas autour de nos deux bouches, de telle sorte que lorsqu'elle finit par détacher la sienne, je m'attends à entendre le même pop sonore qu'on entend dans les dessins animés, quand on ôte une ventouse du visage d'un des personnages.

« Ça va ? » me demande-t-elle. On dirait, de nouveau comme Tess D'Urberville, qu'elle a écrasé une poignée de fraises sur sa bouche tant celle-ci est barbouillée.

« Très bien », réponds-je. Du coup, elle repart à l'attaque. Elle sent la levure de bière, la Golden Virginia et les cosmétiques. Pour ma part, je ne peux m'empêcher de m'inquiéter à cause du curry que j'ai mangé. Dois-je prétendre devoir aller aux toilettes pour pouvoir me brosser les dents ? Mais elle saura que j'ai fait cela pour elle, et je ne veux pas lui sembler conventionnel. La mauvaise haleine est-elle en quelque sorte originale ? Probablement pas. Mais si je me brosse les dents, elle risque de croire qu'elle doit faire de même, ce que je ne souhaite pas du tout. J'aime bien le goût du tabac, cette impression de fumer par procuration. Mieux vaut continuer. Mais où cela va-t-il nous mener ? Comme un ventriloque, j'essaie de placer ma main en haut de son dos, mais elle porte toujours son imper ceinturé, et quand j'arrive à glisser la main à ce niveau, je découvre que son pull est rentré dans sa jupe. Je cherche donc une voie alternative par l'encolure du pull, ce qui m'oblige à tordre la main à angle droit, comme le plus maladroit des pickpockets, mais je finis par y arriver. Elle porte un balconnet noir en dentelle, légèrement rembourré, ce qui me surprend et m'oblige un moment à m'interroger sur ses opinions politiques en matière de soutiens-gorge. Ce rembourrage est tellement peu en phase avec le caractère de Rebecca... Pourquoi devrait-elle se conformer à des notions de féminité arbitrairement définies par les hommes ? Pourquoi se croirait-elle obligée de coller à cette image sexy qu'aucune femme dans la vraie vie n'est capable d'arborer, à part peut-être Alice Harbinson ?

Soudain elle arrête la séance de baisers et je m'attends à ce qu'elle me fasse des reproches ; au lieu de quoi, elle me dit d'une petite voix : « Brian...

— Quoi ?

— Il faut que je te dise quelque chose. Je ne plaisantais pas tout à l'heure quand je te disais que ça venait...

— Ça va. Pour moi aussi, ça vient. »

Elle me regarde d'un œil ironique.

« Ça m'étonnerait.

— Pourtant si. J'en ai pas l'air comme ça, mais je suis...

— Tu es en train de me dire que tu as tes règles ?

— Quoi ? Oh, je vois. Je croyais que tu voulais dire, tu vois...

— Quoi ?

— Que tu étais excitée. Comme moi. Pour les garçons "avoir la trique". » Ma main quitte sans retour son soutien-gorge. Assise au bord du lit, elle lisse ses collants et s'assure que je n'ai pas déchiré son pull. J'ai tout gâché.

« Finalement, ce n'est pas une bonne idée.

— Oh, honnêtement, ça ne me gêne pas.

— De quoi parles-tu ?

— De tes règles. Je suis parfaitement décontracté s'agissant de ce genre de choses.

— Tant mieux, Jackson, car il n'y a rien au monde que je puisse faire pour échapper à la malédiction, n'est-ce pas ?

— "Décontracté" était une façon de parler. Désolé si le mot t'a déplu.

— Je parie qu'Alice Harbinson n'a même pas ses menstrues.

— Pourquoi tu dis ça ?

— Parce qu'elle doit payer une autre fille pour les avoir à sa place.

— Une seconde : qu'est-ce que tout cela a à voir avec Alice Harbinson ?

— Rien. » Elle se tourne vers moi et semble à deux doigts de me rembarrer de nouveau, au lieu de quoi elle esquisse un sourire. « Ôte le rouge à lèvres que tu as sur la figure. Tu as l'air d'un clown. » Je m'essuie avec un coin du duvet et je l'entends murmurer : « Un putain de clown…

— Qu'est-ce que j'ai encore fait ?

— Tu le sais, non ?

— Mais c'est toi qui as commencé.

— Commencé quoi ?

— À parler d'Alice.

— Oh, arrête tes salades, Jackson.

— Mais c'est vrai ! c'est toi qui l'as mentionnée la première.

— Tu penses sans arrêt à elle, non ?

— Non, pas du tout. »

En fait, oui, tout le temps. Rebecca me fixe assez longtemps pour s'en assurer.

Puis elle appuie le dos de ses mains contre ses yeux.

« Je suis un peu bourrée. Il vaut mieux que je parte. » Je n'en étais pas sûr avant, mais maintenant je n'ai aucune envie de lui voir tourner les talons. Je me hisse donc avec effort de mon futon pour venir me planter devant elle. Elle détourne la tête.

« Pourquoi veux-tu partir ?

— Je ne sais pas. Ce qui vient de se passer, on ne pourrait pas… l'oublier ?

— Bon. Très bien. C'est entendu. Je préférerais que tu ne partes pas, mais si c'est ce que tu veux…

— Oui, je crois. »

Elle se lève, rajuste son manteau et se dirige vers la porte en me laissant me demander ce que j'ai encore fait de mal – en dehors de mon ineptie chronique et crasse. Je la suis jusqu'en bas, où elle doit enjamber le tas de bicyclettes qui encombrent le hall.

« Et merde, j'ai filé mes collants.

— Laisse-moi au moins te raccompagner chez toi.

— Non, merci.

— Ça ne me dérange pas…

— Inutile.

— Tu ne devrais pas rentrer seule.

— Ça va, je te dis.

— Vraiment, j'insiste… » Elle me regarde, pointe son index vers moi et me dit d'un ton brusque : « Et moi, j'insiste pour que tu ne me raccompagnes pas. Compris ? » Nous sommes tous deux désarçonnés par la violence de son ton. Nous nous regardons en nous demandant ce qui se passe, et elle finit par dire : « D'ailleurs, tu devrais aller te coucher. Tu as tes règles, tu te souviens ? (Elle ouvre la porte.) Nous ne parlerons plus jamais de cet incident, d'accord ? Et n'en parle à personne. Surtout pas à cette Alice Harbinson de merde. C'est promis ?

— Promis. Je ne vois pas pourquoi je lui en parlerais. »

Déjà dehors, elle file dans la nuit sans se retourner.

TROISIÈME MANCHE

« Je suis désolé, dit Sebastian au bout d'un moment ; j'ai bien peur de ne pas avoir été très gentil tantôt. Brideshead a souvent cet effet sur moi. »

Evelyn WAUGH, *Retour à Brideshead*.

23

QUESTION : Strié, cardiaque et lisse : ce sont des caractéristiques de quel tissu ?
RÉPONSE : Le tissu musculaire.

Résolutions pour la nouvelle année.

1. Passer plus de temps à travailler ma poésie. Si je pense sérieusement que la poésie est une forme littéraire qui ne vous oblige pas nécessairement à crever de faim, alors je dois y travailler, surtout pour trouver mon originalité, ma voix propre. Souviens-toi que T.S. Eliot était employé de banque quand il a écrit les *Quatre quatuors*. Le manque de temps n'est donc pas une excuse.

2. Arrêter de me tripoter les boutons, surtout quand je parle aux gens. Il est prouvé scientifiquement que ce type de pratique dissémine l'infection et laisse des cicatrices. Oublie ton acné et trouve quelque chose d'autre à faire de tes mains. (Apprends à fumer, ou je ne sais quoi.) Souviens-toi qu'aucune fille n'a envie d'embrasser un bifteck cru.

3. Me montrer plus réservé vis-à-vis d'Alice, la jouer cool : elle te respectera davantage.

4. Me muscler un peu.

J'ai pondu cela vers 22 h 45, la nuit du prétendu réveillon. Mon écriture est tremblée car j'étais assez imbibé. Vingt minutes plus tard, je dormais à poings fermés, démentant le cliché selon lequel il faut absolument faire la fête la dernière nuit de l'année. Mon originalité m'avait valu la soirée la plus incroyablement pourrie de mon existence.

Les « festivités » pour moi ont commencé à 20 h 35, quand, avec le tournevis trouvé dans le tiroir de la cuisine, j'ai démonté la porte de placard de Josh pour lui emprunter son poste de télé portatif. J'ai regardé un James Bond sur ITV, rejoignant ainsi le peloton serré des veuves vieillissantes et des malades mentaux se livrant à travers le pays à la même activité que moi. Plus je buvais de bière, plus je pensais à mon père et à Alice. Tous deux se mélangeaient bizarrement dans ma tête au point que lorsque l'agent 007 eut déjoué les plans de l'horrible Scaramanga pour dominer le monde, j'étais à bout de nerfs. Je dois être la seule personne qui ait pleuré devant *L'Homme au pistolet d'or* – Britt Ekland exceptée. Puis je me suis calmé et j'ai couché sur le papier les résolutions exposées plus haut.

Deux semaines plus tard, elles restent de circonstance. Je travaille peu ma poésie, c'est sûr, mais c'est par manque de temps. Je ne me tripote presque plus le visage. Je me suis montré très réservé vis-à-vis d'Alice, en grande partie parce que je ne l'ai pas vue, n'ai pas entendu parler d'elle et que j'ignore absolument où elle est. De fait, ma vie sociale est d'un calme plat depuis le début du trimestre. Dans *Retour à Brideshead*, le cousin de Charles l'avertit que le deuxième trimestre d'université sert en général à semer les indésirables collectionnés au cours du premier. Je commence à me demander si je n'en fais pas partie.

Mais revenons aux bonnes résolutions. La dernière nécessite quelques explications. J'ai décidé que cela ne me ferait pas de mal d'acquérir un muscle ou deux, non par suggestibilité, parce que l'univers machiste des médias définit ce que doivent être la virilité et la séduction ; pas non plus pour me défendre car, métaphoriquement, les gosses m'envoient du sable dans les yeux au bac du jardin public. Non, c'est seulement que j'ai poussé l'aspect tubard à sa quasi-conclusion. De plus, depuis le début de ma scolarité, je me suis persuadé qu'on était soit intelligent, soit en bonne santé, l'un excluant l'autre. Je suis revenu sur cette idée toute faite : Patrick Watts, par exemple, est intelligent et en super forme, même s'il présente des troubles de la personnalité. Dustin Hoffman, dans *Marathon Man*, est sans doute un meilleur exemple : intelligent et en forme, il a en outre de l'intégrité – le genre de type qui court huit kilomètres avec un paquet de livres coincé sous le bras. Ou, dans le monde réel, Alice Harbinson. Alice est incroyablement fraîche, saine *et* intelligente. Ou du moins l'était-elle la dernière fois que je l'ai vue. Cela remonte à deux semaines et trois jours. Une éternité.

Pas de panique : je vais sublimer toute ma belle énergie en un programme de fitness quotidien calqué sur celui de la Royal Air Force canadienne consistant à caler mes pieds sous l'armoire (après m'être assuré qu'elle ne me tombe pas dessus) et à faire huit abdos et quatre pompes. Curieusement, je n'ai pas l'impression de me fatiguer beaucoup ; il doit falloir en faire plus. Des haltères probablement. Je décide d'investir l'argent de mes étrennes dans cet équipement.

Je prends un petit déjeuner sain et nutritif, à savoir une barre de muesli chocolatée et un litre de jus d'ananas achetés chez le marchand de journaux, puis, sur un tempo scout (trente pas en marchant, trente pas en courant), je rejoins le centre-ville qui me semble au diable vauvert, surtout quand on court en jean et lourd caban de drap. Je m'accroche pourtant, en rotant par moments mon jus d'ananas, empruntant des rues de quartiers résidentiels jonchées de cadavres de sapins de Noël que les éboueurs refusent d'enlever. J'ai assez vite un point de côté, ce qui suggère que ma forme cardio-vasculaire n'est pas flambante et qu'il va falloir que je m'en occupe aussi. Mais pour le moment, ce qui m'importe c'est de gagner de la masse corporelle et de fuseler mes muscles. Je ne veux pas devenir trapu comme un boxeur ou un haltérophile, mon idéal étant la plastique du gymnaste – celle, par exemple, des gars qui excellent aux barres parallèles. Si je m'aperçois que je deviens un pot à tabac, j'arrête.

J'arrive en nage au magasin de sport peu après son ouverture. C'est la deuxième fois seulement que j'entre dans ce genre d'endroit ; d'habitude, c'est ma mère qui m'achète mes tenues et équipements. Je suis aussi nerveux que si j'entrais dans un sex-shop. L'intérieur, tant pour l'odeur que pour le décor, évoque un vestiaire pour hommes, une ambiance accentuée par l'allure peu avenante du responsable, un garçon de mon âge au physique de brute qui s'avance vers moi comme s'il avait l'intention de m'en faire baver.

« Je peux t'aider, mon pote ?

— Je regarde, merci », lui dis-je en prenant une voix un chouia plus grave. Je jette un coup d'œil circulaire et m'approche pour examiner en connaisseur les raquettes de badminton avant de me diriger nonchalamment vers le rayon des haltères. Voici ceux que je cherche : une paire en fonte solide, réglables, ce qui me permettra d'augmenter progressivement le poids de façon à devenir un adonis, *sans plus*. Il y a quelque chose qui se passe d'explications avec les haltères. Oui, ils sont en fer et non en polyester peint en gris ; oui, ils sont très lourds, et oui, je peux tout juste me les offrir, au prix de 12,99 livres. Je les tends au vendeur, puis je lui tends l'argent. C'est seulement en quittant le magasin avec mes achats, groupés dans un sac plastique renforcé, que je me rends compte de l'erreur fondamentale que j'ai commise : je n'arriverai jamais à les porter jusque chez moi.

Les vingt-cinq premiers mètres, je tente de me convaincre que j'y arriverai si je marche assez vite en changeant de main chaque fois que les poignées du sac m'entailleront la chair. Mais devant Woolworths, l'inévitable se produit : le fond du sac lâche et les poids heurtent le trottoir dans un fracas de ferraille évoquant le déplacement d'un char d'assaut. Les clients du magasin – surtout de jeunes mères avec des gosses dans des poussettes –, me regardent affolés, puis fixent les objets métalliques tombés à mes pieds. Je leur renvoie un regard censé signifier : Bon sang, qui est l'abruti qui a fourré ça dans mon sac ? Le trottoir ne semble pas blessé mais un des haltères se met à rouler lourdement en direction de Boots. Je lui cours après sous le regard maintenant goguenard des jeunes femmes (« Regarde cet avorton qui court après ses joujoux », disent-elles à leur lardon), je ramasse mes instruments de torture, un dans chaque main, et m'éloigne en vitesse.

Moins de vingt mètres plus loin, devant le magasin de fringues Dorothy Perkins, je dois m'arrêter pour reprendre mon souffle. Les adolescentes qui le fréquentent sourient d'amusement en me voyant appuyé, hors d'haleine, contre la vitrine. Je décide que la solution, c'est de prendre de la vitesse et ne jamais s'arrêter. Si je m'arrête, c'est râpé. Après tout, je n'ai plus que deux kilomètres à parcourir pour arriver chez moi.

Une fois passé le centre commercial et la rocade, les quartiers résidentiels, moins fréquentés, me permettent de faire des pauses régulières, en toute discrétion. J'attends que ma respiration se stabilise puis ramasse les poids, bras ballants comme un babouin, et, aussi longtemps que mon cœur tient, courbé en deux, j'avance par petits bonds saccadés, comme sous le feu de tirs de mitraillette. J'ai l'impression d'avoir échappé de justesse au peloton d'exécution. Mon visage est rouge et suant, mes épaules quasi déboîtées, mes bras ont dû s'allonger de cinquante bons centimètres comme ceux des personnages de bandes dessinées, et le motif en diamant gravé sur la barre des haltères s'est incrusté à jamais dans mes paumes dont la peau à vif évoque le serpent en train de muer. J'ai un tutorat particulier cet après-midi et suis encore très loin de chez moi. Je ramasse donc pour la énième fois mes poids et repars en courant, l'échine courbée.

Je finis par atteindre la face sud de Richmond Hill, que je vois s'élever à la verticale devant mes yeux, son sommet perdu dans un nuage bas. Je parviens encore à crapahuter sur une vingtaine de mètres avant de m'écrouler en tas au pied d'un mur. J'ai l'impression qu'on m'a piétiné les poumons, qu'on les a réduits en miettes comme deux paquets de chips écrasés. Je tousse sans pouvoir m'arrêter et mon souffle rauque dans ma gorge sèche me donne des haut-le-cœur. À part un reste de jus d'ananas qui a un goût de bile dans ma bouche, je n'ai rien à vomir. La transpiration qui baigne mon visage coule le long de mon nez pour venir goutter par terre. Je sens soudain une main se poser sur mon épaule. Une voix demande : « Ça ne va pas ? » Je lève les yeux. C'est Alice.

« Voulez-vous que j'appelle police secours, monsieur ? poursuit la voix. Mon Dieu, Brian…

— Alice ! (Je respire, je halète.) Ça alors… (Je me redresse, je respire, je halète.) Comment vas-tu ?

— Moi, ça va. C'est toi qui n'as pas l'air d'aller fort. J'ai cru que tu étais un vieux en train de faire une crise cardiaque ou je ne sais quoi.

— Non, non. C'est moi. Je vais bien, je t'assure. »

Elle voit les poids que j'ai calés sous mes pieds pour les empêcher de rouler dans la pente et tuer un enfant. « Qu'est-ce que c'est, ces trucs ? demande-t-elle.

— Des haltères.

— Je sais. Je veux dire : qu'est-ce que tu fais avec ?

— C'est une longue histoire.

— Tu veux un coup de main ?

— Si tu pouvais… »

Elle en ramasse un comme si c'était un chihuahua et attaque la montée à grands pas.

24

QUESTION : Qu'est-ce qui a été identifié par Hegel comme la tendance d'un concept à se transformer en sa propre négation – le résultat d'un conflit entre ses aspects contradictoires intrinsèques ?

RÉPONSE : La dialectique.

JE LAISSE ALICE ÉCOUTER DANS MA CHAMBRE les *Concertos brandebourgeois* et noter sur dix le contenu culturel de mes étagères pendant que je vais faire du café. Pour être honnête, le lieu n'est pas impeccable. J'ai fait en sorte de ne pas laisser traîner mon cahier de poésie ou mes slips, mais je n'aime pas la savoir seule là-dedans. La bouilloire mettant un temps fou à chauffer, je me précipite à la salle de bains pour me rafraîchir le visage et me brosser les dents pour chasser le goût de bile que j'ai dans la bouche. Quand je reviens à la cuisine, j'y trouve Josh en train d'utiliser l'eau enfin bouillante.

« Je ne t'apprends rien en te disant qu'il y a une superbe créature égarée dans ta chambre ? me dit-il.

— C'est mon amie, Alice.

— Mes compliments. Puis-je me joindre à vous ?

— Euh… En fait, on doit parler boulot…

— Message reçu cinq sur cinq, Bri. Mais envoie-la-moi avant son départ, d'accord ? De plus, tu pourrais peut-être t'essuyer les coins de la bouche (il désigne les traces de dentifrice mal rincé aux commissures). *Bonne chance mon ami* », conclut-il en français. Avant de sortir, il ajoute : « Oh, et un certain Spencer a téléphoné. Il te demande de le rappeler. » Je prépare le café dans les chopes, vole deux biscuits à Marcus et emporte le tout dans ma chambre.

Alice, étendue sur mon futon, feuillette négligemment le *Manifeste du parti communiste*. Je lui tends son café, débarrasse furtivement le verre d'eau trouble et les deux mugs sales posés par terre tout en photographiant mentalement sa tête posée sur mon oreiller.

« Pourquoi ton sommier est-il planqué derrière l'armoire, Brian ?

— J'avais envie d'essayer l'effet futon.

— L'effet futon. Bon. Très réussi. » Elle examine les cartes postales et les photos fixées au mur à la pâte adhésive. « C'est ton père ?

— Oui. »

Elle ôte la photo du mur pour mieux la regarder.

« Il est bel homme. »

J'enlève ma grosse veste et l'accroche dans le placard. « Oui. Il l'était. »

Elle me scrute en essayant de comprendre pourquoi cette qualité a sauté une génération, fronce les sourcils tout en s'efforçant de sourire et me dit : « Tu ne veux pas te changer ? »

Je regarde mon sweater, qui mérite tout à fait son nom, avec ses auréoles humides sous les bras et son odeur de chien mouillé. Par pudeur, je préfère y renoncer. « Non, ça va, dis-je.

— Écoute, change-toi. Je te promets de ne pas me caresser quand tu seras à poil. »

Dans l'atmosphère fantastiquement chargée d'érotisme que crée ce commentaire salace, je lui tourne le dos et enlève le haut.

« Alors, grosse brute, que comptes-tu faire avec ces haltères ?

— J'ai envie d'être en meilleure santé.

— Se muscler ne veut pas nécessairement dire se porter bien. Mon dernier petit ami avait un corps de rêve mais il pouvait difficilement faire deux cents mètres à pied.

— Lequel ? Celui avec la grosse bite ?

— Brian, qui t'a dit ça ?

— Toi, il me semble.

— Sans blague ? Eh bien oui, c'était lui. Pour en revenir à toi, ton corps est très bien.

— Tu trouves ? dis-je en tenant le pull contre moi comme une jeune mariée pudique.

— Dans le genre longiligne et anguleux des modèles d'Egon Schiele. »

J'enfile le pull de rechange en lui tournant de nouveau le dos et décide qu'il est temps de changer de sujet.

« Comment s'est passé le reste de tes vacances ?

— Oh, pas mal. Au fait, merci d'être venu.

— Merci à toi de m'avoir invité. Tu as réussi à te débarrasser de la viande froide ?

— Et comment ! Mingus et Coltrane te remercient.

— Et ta grand-mère est remise ?

— Ma grand-mère ? Ah, oui. »

Elle fixe la photo de mon père sur le mur et, en prenant soin de ne pas me regarder, me dit :

« C'était un peu… bizarre, non, ce qui s'est passé ?

— Si tu fais référence à la fumette, je te dirai que c'est moi qui étais bizarre : le fait de perdre ma virginité dans ce domaine, je suppose.

— Ce n'est pas seulement ça… Je t'ai trouvé bizarre au sens où j'ai eu l'impression que tu voulais me prouver quelque chose.

— Je me sentais un peu nerveux. Je n'ai pas l'habitude de fréquenter la haute.

— Oh, je t'en prie. (Ton brusque.) Ne commence pas avec ces conneries : la *haute*. Ce mot est laid, il n'a pas de sens, il n'existe que dans ta tête. Putain, je hais cette obsession de classe, en particulier dans cette fac où "plus prolo que moi, tu meurs" : les gens vous bassinent avec leurs pères ramoneurs borgnes et contrefaits, leurs chiottes sur le palier, les avions qu'ils n'ont jamais pris, etc. Ces discours glauques, tu vois – un pacson de mensonges pour l'essentiel. Et toi, pourquoi faut-il que tu me jettes ça à la figure ? Pour me culpabiliser ? Tu crois que c'est ma faute, ou quoi ? À moins que tu ne te vautres dans l'autosatisfaction d'avoir échappé à une condition sociale prédéterminée, ou autre foutaise ? Si tu veux mon avis, les gens sont les gens : ils s'élèvent dans l'échelle sociale ou dévissent en fonction de leurs propres talents et mérites, de leurs propres efforts, et le fait qu'ils appellent un canapé un "clic-clac" et le dîner "le thé" ne leur donne aucune supériorité morale sur les autres ; ils sont au contraire dans une autojustification larmoyante que je trouve minable… »

Le concerto de Bach atteint un crescendo derrière elle tandis qu'elle parle. J'en profite pour dire, sur un ton de commentateur politique : « Et voici que nous rejoint Mlle Harbinson, sortie vivante de l'attentat de Brighton contre le parti tory !

— Va te faire voir, Brian ! C'est injuste, terriblement injuste. Je ne juge pas les gens sur leurs origines et j'attends d'eux qu'ils me traitent avec la même courtoisie. » Elle s'est redressée sur mon futon et sabre l'air d'un index vengeur. « D'ailleurs, ce n'est pas mon argent, c'est celui de mes parents, et ils ne l'ont pas volé aux chômeurs, ni aux travailleurs exploités dans les ateliers clandestins de Johannesburg ou d'ailleurs ; ils ont bossé dur pour le gagner. Sacrément dur.

— Tu ne parles pas de *tout* leur fric, je suppose.

— Que veux-tu dire ?

— Je veux dire qu'il est en grande partie hérité de leurs propres parents.

— Et alors ?

— Alors, c'est un privilège, non ?

— Qu'est-ce que tu voudrais ? Qu'on enterre les gens avec leur argent quand ils meurent, comme dans l'ancienne Égypte ? Moi, j'aurais tendance à penser que transmettre ses biens, les utiliser pour aider sa famille, lui acheter la sécurité et la liberté est justement le meilleur usage que l'on peut en faire.

— Bien sûr. Je dis seulement que c'est un privilège.

— Évidemment que c'en est un : et ils le paient très cher en impôts – une putain de fortune – tout en essayant de produire quelque chose en échange de ce privilège. Si tu veux mon avis, il n'y a pire snob qu'un snob à rebours, et tant pis si cette opinion jure avec le prêt à penser des étudiants de gauche. J'en suis sincèrement convaincue, donc je le dis. J'en ai plus que marre des gens qui font passer leurs frustrations jalouses pour de la vertu. (Elle s'arrête et ramasse son mug de café d'une main quelque peu tremblante.) Naturellement, je ne parle pas pour toi, ajoute-t-elle.

— Naturellement, dis-je. » Je bois mon café, auquel je trouve un sale goût de dentifrice. On se tait un moment pour écouter Bach.

« Ce n'est pas le thème musical de l'émission *Antiques Roadshow*, l'évaluation en direct des antiquités apportées par le public ? me demande Alice.

— Si. Mais ce n'est pas précisé sur la couverture de l'album ! »

Elle sourit et remet sa tête sur mon oreiller. « Excuse-moi pour ce petit coup de sang, me dit-elle.

— Ce n'est rien. Je suis même d'accord avec toi... par moments. (Sauf que je ne peux m'ôter de la tête l'idée que Mingus et Coltrane bouffent végétarien.)

— Alors, on est toujours amis, n'est-ce pas, Brian ? Regarde-moi en face : oui ou non ?

— Oui, dis-je.

— Même si je suis à l'évidence la reine de Saba et toi un ramoneur avec la morve au nez ?

— Indéniablement.

— Alors on oublie tout et on repart de zéro ?

— On oublie quoi ?

— Le sujet qu'on vient juste d'... Oh, je vois. Tu me fais marcher !

— J'ai oublié.

— Bien. Parfait.

— Veux-tu qu'on aille au cinéma en fin d'après-midi ?

— Impossible. J'ai une audition.

— Pour quelle pièce ?

— *Hedda Gabler*, d'Ibsen.

— Quel rôle ?

— Le rôle-titre.

— Tu ferais une fabuleuse Hedda.

— Merci. J'espère. Mais je doute de l'obtenir. Les filles de licence ont monté leur coup. Ce serait déjà beau si j'obtenais celui de… (Elle prend l'accent cockney.) … *"Berthe, la maudite servante…"*

— Mais tu viens à notre répétition pour le jeu télévisé, après ?

— C'est ce soir ?

— Première séance du nouveau trimestre.

— Oh, mon Dieu. Je suis absolument obligée ?

— Patrick est très strict. Il m'a personnellement chargé de te le rappeler, ou il te vire de l'équipe. (Il n'avait jamais dit ça, naturellement, encore que…)

— Bon. Je te retrouve là-bas, alors. On ira boire un verre après. » Elle traverse la pièce et m'enlace. Je sens son parfum dans son cou. « Amis alors, n'est-ce pas ?

— Amis », dis-je.

Mais je rumine encore la conversation avec Alice quand le professeur Morrison me demande : « Dites-moi, Brian, pourquoi êtes-vous ici au juste ? »

La question me prend par surprise. Je cesse de regarder par la fenêtre et me tourne vers mon prof, confortablement enfoncé dans son fauteuil, les mains croisées sur son petit bedon.

« Euh… tutorat particulier. C'était bien à 14 heures ?

— Non, je veux dire ici, à l'université, dans la section de littérature anglaise ?

— Pour… apprendre.

— Pourquoi ?

— Parce que j'attache de la valeur à l'éducation.

— Quel type de valeur ? Marchande ?

— Non : personnelle. Elle vous rend meilleur.

— Elle élève l'esprit ?

— Oui. Et plus que cela. J'aime bien apprendre, me cultiver.

— Vous aimez "bien" ?

— J'adore le savoir, disons. J'adore les livres.

— Leur contenu, ou leur accumulation sur une étagère ?

— Leur contenu, à l'évidence.

— Vous prenez donc vos études au sérieux ?

— Il me semble. » Il ne me répond pas, se contentant de se renfoncer dans son fauteuil. Il croise les bras derrière la tête et bâille. « Vous ne me croyez pas ?

— Je n'en suis pas sûr, Bri. J'espère que c'est vrai. Si je vous pose toutes ces questions c'est que votre dernière dissertation, "Orgueil et préjugés dans *Othello*" est tout simplement nullissime. Abominable. De bout en bout, depuis le titre jusqu'à la dernière ligne. C'est… atroce, vraiment atroce.

— Je l'ai écrite un peu vite, c'est vrai.

— Oh, ça, je m'en suis rendu compte. Mais le problème n'est pas là. C'est tellement vide, plat, niais, que je me suis demandé si vous n'aviez pas copié ce magma quelque part.

— Qu'est-ce qui vous a tellement déplu ? »

Il soupire, se penche en avant et se passe la main dans les cheveux, comme s'il allait m'annoncer son intention de divorcer.

« Pour commencer, vous parlez d'Othello comme s'il s'agissait d'un de vos vieux copains en train de mal tourner.

— Mais c'est bien ça, non ? Traiter le personnage comme un être réel, n'est-ce pas là un tribut payé à la vive imagination de Shakespeare ?

— C'est plutôt un tribut payé à votre manque de perspicacité, Brian. Othello est un personnage de fiction, une création. Une création particulièrement riche et complexe qui s'inscrit dans une œuvre d'art aboutie. Et tout ce que vous trouvez à dire, c'est qu'il est dommage que la peau noire d'Othello lui pose autant de problèmes. En somme, vous affirmez que le sectarisme, c'est mal. Génial. Pensez-vous une seconde que je tienne, moi, le sectarisme pour une vertu ? Quel sera le titre de votre prochaine dissertation, Brian : "Hamlet – pourquoi tire-t-il la gueule ?" Ou : "Les Capulet et les Montaigu – réconciliation possible ?"

— Non. Le racisme est pour moi un sentiment épouvantable auquel je m'oppose avec passion.

— Je veux bien vous croire, mais *moi*, qu'y puis-je ? Téléphoner à la mère de Iago pour lui demander de persuader son fils d'arrêter ses machinations ? En fait, ironiquement, en tant que discours sur la race, qu'il véhicule, votre portrait d'Othello en Bon Sauvage irréprochable, et influençable peut être tenu pour raciste en soi.

— Vous trouvez mon devoir *raciste* ?

— Non. Seulement d'une ignorance crasse ; or les deux sont liés. »

Je m'apprête à rétorquer mais, ne sachant que dire au juste, je me tais. Figé sur ma chaise, je me sens rouge d'humiliation, comme un gosse de six ans qui aurait mouillé sa culotte. Désireux d'en finir au plus vite, je me lève à moitié de ma chaise pour prendre les feuilles posées sur la table. « Très bien, je vais retravailler le sujet », dis-je. Mais le prof n'en a pas fini avec moi. Il les tire à lui.

« À mon sens, ce n'est pas le travail de quelqu'un qui "adore le savoir" ; c'est celui de quelqu'un qui fait semblant. Il n'y a pas une once d'intuition, d'originalité et d'effort intellectuel là-dedans. C'est creux, cagot, plein d'inexactitudes, intellectuellement immature, bourré d'idées reçues, de clichés, de ragots. (Il se penche et attrape mes feuilles du bout des doigts, comme s'il ramassait une charogne.) Et, pis que tout, c'est décevant. Je suis déçu que ce soit vous qui ayez écrit ça, et encore plus déçu que vous ayez jugé utile de me faire perdre mon temps et mon énergie à le lire. »

Il se tait, et je ne trouve rien à répondre. Je regarde donc par la fenêtre en attendant la fin de cette épreuve. Mais le silence est presque aussi inconfortable que les reproches ; je tourne la tête vers lui et il me dévisage d'un air que je pourrais qualifier de « paternel ».

« Brian, ce matin je donnais un tutorat particulier sur W.B. Yeats à une étudiante – une fille plutôt bien, éduquée dans une école de filles prestigieuse. Eh bien, à un certain moment, j'ai dû me lever pour aller chercher une carte dans ma voiture pour lui montrer où était l'Irlande du Nord. » Je vais parler, mais il lève la main pour m'en empêcher. « Brian, quand je vous ai fait passer un entretien dans ce même bureau l'année dernière, j'ai trouvé que vous étiez différent des autres. J'avais en face de moi un jeune homme passionné et enthousiaste. Un peu chien fou, si vous me permettez – comment dire… un peu *gauche*… c'est le mot juste, à votre avis ? Mais au moins, vous ne preniez pas votre éducation comme un dû. Nombre d'étudiants, surtout dans une université comme celle-ci, tendent à considérer leur formation universitaire comme trois ans de fête ininterrompue aux frais de l'État, avec vin et fromage à volonté, un appartement, une auto et un bon petit job à la sortie. Vous, je ne vous voyais pas comme ça.

— Je ne le suis pas.

— Alors, où est le problème ? Quelque chose vous tracasse ? Vous êtes déprimé, malheureux ? »

Bon sang, je n'en sais rien. Et si je l'étais ? Quand on l'est, on se sent peut-être comme je me sens en ce moment. Je devrais sans doute lui parler d'Alice. Être simplement amoureux, est-ce une excuse suffisante pour se conduire de façon irrationnelle ? Pour Othello, c'est sûr. Mais pour moi ?

« Alors, Brian, y a-t-il quelque chose dont vous souhaiteriez me parler ? »

Je suis fou d'amour pour une fille magnifique, plus accroché que je ne l'aurais jamais cru possible, jusqu'à l'obsession, mais elle est sexuellement inaccessible : au mieux, elle me trouve amusant, au pire, repoussant ; alors je suis peut-être en train de perdre la boule.

« Non, monsieur. Je ne vois pas.

— Bon, alors je ne sais pas d'où vient le problème car en regardant votre pourcentage de notes de cette année il semble que vous deveniez de *moins en moins intelligent*, ce qui, curieusement, n'est pas le but d'une éducation. »

25

QUESTION : Où sont situés la protubérance annulaire, le faisceau arqué, l'aire de Wernicke et le sillon de Rolando ?
RÉPONSE : Dans le cerveau.

C'EST VRAI : JE M'ABÊTIS. PIRE, JE ME CRÉTINISE.

Et pas seulement dans l'équipe du *Challenge*, aux cours aussi. J'entre dans la salle et m'assieds, l'œil vif et alerte, et même quand le sujet m'intéresse vraiment – la poésie métaphysique, la théorie et les avatars du sonnet, ou l'émergence des classes moyennes dans le roman anglais –, je me retrouve en dix minutes si largué, si paumé que je pourrais aussi bien écouter un match de foot à la radio. Quand je me rends dans une bibliothèque universitaire qu'on entend quasiment gémir sous le fardeau sans limite du savoir humain, voici les deux choses qui m'arrivent régulièrement, dans cet ordre : *a*) Je commence à penser au sexe ; *b*) j'ai besoin d'aller aux toilettes.

En cours, soit je m'endors, soit je n'ai pas lu le livre parce que je me suis endormi dessus, soit encore, je ne le comprends pas d'emblée, ou je ne saisis pas les références, ou je lorgne les filles assises autour de moi, et même quand je comprends le cours, je n'ai rien à en dire, je ne sais même pas si je suis d'accord ou pas avec ce que disent les autres. L'occasion m'est offerte, aux frais de l'État, d'étudier les chefs-d'œuvre intemporels de la littérature et ma réflexion ne va jamais plus loin que : « Ouais » ou « Bof ». Et pendant ce temps, au premier rang, des petites merveilles surdouées aux cheveux aussi brillants que leur cerveau lèvent le doigt pour demander : « Vous ne trouvez pas que, au plan formel, la langue d'Ezra Pound est trop hermétique pour être analysée en termes structuraux ? » Je comprends individuellement chaque mot de cette phrase (« formel », « structuraux » et même « hermétique »), mais je n'ai aucune idée de leur sens quand ils sont agencés ainsi.

Même chose quand j'essaie de lire un de ces foutus trucs. Il se transforme en bouillie dans ma tête, au point que le poème de Shelley intitulé « Mont Blanc » devient : « L'univers éternel des choses / Déferle à l'esprit, roulant son rapide… bla-bla / Maintenant sombre… maintenant bla-bla… Maintenant bla-bla-bla… » jusqu'à ce que l'ensemble s'écroule et se désintègre. Bien sûr, si Shelley avait enregistré « Mont Blanc » sur un microsillon 78-tours 18 centimètres, je pourrais le réciter au mot près et savoir s'il figure au *Top Ten*, mais parce qu'il s'agit ici de *littérature*, un domaine intellectuellement exigeant, je me sens complètement largué. La triste vérité, c'est que j'adore Dickens et Donne et Keats et Eliot et Forster et Conrad et Fitzgerald et Kafka et Wilde et Orwell et Waugh et Marvell et Greene et Sterne et Shakespeare et Webster et Swift et Yeats et Joyce et Hardy, je les aime sincèrement. Mais eux ne me le rendent pas.

Quand cet abêtissement a-t-il commencé à se manifester ? Pourquoi rien ne marche-t-il comme il le faudrait ? Après tout, le cerveau est un muscle, et je croyais qu'en lui imposant un peu d'exercice, en le mettant sur la voie, il deviendrait une petite boule de protéine, blanche, maigre, vibrante, électriquement chargée, compacte comme un poing. Au lieu de quoi ma tête est emplie d'une substance tiède et humide, grise, graisseuse, inutile, le genre de cochonnerie qu'on trouve enveloppée dans un morceau de plastique à l'intérieur d'un poulet de supermarché. De fait, maintenant que j'y pense, je ne suis même pas sûr que, techniquement, le cerveau soit un muscle. Est-ce un organe ? Un tissu ? Une glande ? Oui, mon cerveau, à l'évidence, est une glande – un gland ?

C'est en tant que tel qu'il se manifeste le soir même, chez Patrick, lors de notre première séance d'entraînement de la rentrée pour le *Challenge*. Il ne nous reste plus qu'un mois avant l'épreuve télévisée. Patrick est donc particulièrement nerveux, surtout parce qu'il va introduire dans la réunion un nouvel élément tout à fait palpitant. Il a passé ses vacances de Noël à fabriquer des buzzers – quatre bidules branchés sur des batteries bidouillés avec des ampoules d'arbre de Noël et des sonneries de porte d'entrée vissées sur des carrés de contreplaqué de la taille d'un 33 tours qu'il a passés à la peinture émaillée rouge. Il est manifestement très fier de son invention car je n'ai même pas le temps de dire bonjour et bonne année à Lucy Chang ou de demander à Alice comment s'est passée l'audition qu'il nous assoit déjà sur le canapé, sonnerie sur les genoux, avant de s'installer dans son fauteuil pivotant, une grosse liasse de fiches seize sur douze à la main et d'ajuster la lampe de bureau flexible au-dessus de son épaule. Il commence.

« Première question ; on démarre à dix points : quel Premier ministre britannique du XVIIIe siècle était surnommé le Noble Roturier ? »

J'appuie sur le buzzer :

« Gladstone ?

— Faux.

— Pitt l'Aîné ? dit Alice.

— Exact. Cinq points en moins, Brian. J'ai pourtant précisé *XVIII*e, non ?

— Oui.

— Et Gladstone, c'est le dix-neuv…

— Je sais.

— Bon. Lequel des pays suivants n'a pas de littoral : le Niger, le Mali, le Tchad, le Soudan ? »

Je crois savoir. J'appuie sur le buzzer :

« Le Soudan, dis-je.

— Faux.

— Aucun d'entre eux n'a de littoral, *sauf* le Soudan, dit Lucy Chang.

— Exact. Dix points en moins, Brian. Bon : le nerf vestibulaire, le muscle tenseur du tympan, l'ampoule, l'utricule, le saccule font partie de quel organe ? »

Je n'en ai pas la moindre idée mais j'appuie sur le buzzer.

« Brian ?

— Aïe ! j'ai sonné sans faire exprès.

— *Quinze* points en moins.

— Je sais. C'est une erreur. Mon doigt a glissé.

— Lucy ?

— L'oreille.

— Exact. Qu'étudies-tu déjà, Lucy ?

— La médecine.

— Et toi, Brian ?

— La littérature angl…

— Exactement : la littérature anglaise. Alors tu ne crois pas que Lucy était plus qualifiée pour répondre ?

— J'en suis sûr, mais, comme je te l'ai dit, mon doigt a glissé. Ces gadgets sont extrêmement sensibles.

— C'est la faute de mon buzzer, alors ?

— Heu…

— Et les vrais, de buzzers, ceux du jour J, tu ne crois pas qu'ils seront sensibles ?

— Probablement, oui.

— Parce que moi, je les connais, les copains, et je vous assure qu'il faut être archisûr de son coup avant d'appuyer.

— Écoutez, on ne pourrait pas avancer ? demande Alice d'un ton irrité. J'ai un rendez-vous à 21 h 30.

— Où ? » Soudain, je suis inquiet.

« Ça te regarde ? »

Lucy et Patrick échangent un regard.

« Non, évidemment. Mais je croyais qu'on allait boire un verre ensemble après ?

— Je ne peux plus. Je suis retenue pour passer une seconde audition d'*Hedda Gabler*, si tu veux tout savoir. »

Nerveux, je bouge et presse accidentellement le bouton.

« Pardon.

— En fait, dit Lucy Chang, je crois que le mien ne fonctionne pas. »

Patrick le lui arrache comme si c'était la faute de la pauvre fille et poignarde l'objet avec l'énorme couteau suisse attaché à son trousseau de clés. Alice et moi nous regardons en chiens de faïence : nous sommes tout sauf une équipe gagnante.

Après, je ne me soucie même plus de répondre aux questions, même quand je sais. Ce sont Lucy (le plus souvent) et Alice (parfois) qui prennent la main. Dès que Patrick nous a fait son rapport sur la séance – allez-y mollo sur la sonnerie, effacez-vous devant la personne qui a le plus d'expérience dans tel ou tel domaine, écoutez mieux les questions, méfiez-vous des interruptions –, Alice enfile son manteau et se dirige vers la porte. Avant de sortir, sans doute dans un esprit de conciliation, elle nous lance : « Au fait, des amis à moi organisent une soirée, demain : 12 Dorchester Street, 20 heures. Vous êtes tous invités. » Elle me fait un petit sourire – d'excuse, me semble-t-il –, et s'en va.

Lucy et moi rentrons ensemble. Elle habite un peu plus loin sur la même colline que moi et elle est incroyablement sympathique. Sauf au restaurant asiatique, je n'ai jamais discuté avec une Chinoise, ce que je me garde bien de lui dire. Elle me parle de ses études d'une voix si timide que je suis obligé de me pencher pour entendre, ce qui me donne de faux airs de prince Philip.

« Qu'est-ce qui t'a poussée à faire médecine ?

— Mes parents. C'était leur ambition suprême pour moi. Tu vois, améliorer la qualité de vie des autres…

— Et ça te plaît ?

— Énormément. J'adore ? Et toi, la littérature ?

— Oh, ça va. Sauf que moi, je suis pas sûr d'améliorer la qualité de vie de quiconque.

— Tu écris ?

— Pas vraiment. Juste un peu de poésie ces derniers temps. » Je me force encore à l'avouer tout haut, mais Lucy ne ricane pas, du moins pas explicitement. « Ça te semble prétentieux, non ?

— Pas du tout. Pourquoi ?

— Je ne sais pas. Ce que disait Orwell, peut-être : "L'Anglais réagit à la poésie par un extrême embarras."

— Je ne vois pas pourquoi. On pourrait objecter que la poésie est la forme d'expression la plus pure.

— On voit bien que tu n'as pas lu mes poèmes. »

Elle rit doucement et me dit : « Je les lirais volontiers. Je suis sûre qu'ils sont très bons.

— Et moi, je te laisserais volontiers opérer sur mon corps. » Nous nous taisons tous les deux, le temps de nous demander pourquoi cette phrase est inconvenante.

« Espérons que nous n'en arriverons pas là ! » me dit-elle. Nous continuons à marcher, l'écho de mon malheureux commentaire flottant dans l'air comme une odeur de pet dans une galerie de tableaux.

« Qu'est-ce que tu potasses en ce moment ? finis-je par demander.

— Le système cardiovasculaire.

— Et tu aimes ça ? demande le prince Philip.

— Oui.

— Dans quel domaine comptes-tu te spécialiser plus tard ?

— La chirurgie, mais je ne sais pas encore dans quel champ. J'hésite entre le cœur et le cerveau.

— N'est-ce pas notre cas à tous ? » Là, je suis content de moi. Mais comme je l'ai sortie sans réfléchir à son sens, cette phrase aussi reste en suspension dans l'air. Soudain, Lucy me dit, totalement hors de propos : « Alice est chouette, n'est-ce pas ?

— Oui, oui. Elle peut l'être.

— Très belle aussi.

— Hum.

— Vous semblez proches, elle et toi.

— Oui. Ça nous arrive. » Encouragé et surpris par cette familiarité soudaine entre nous, je dis : « Patrick est bizarre, non ? Je me demande s'il n'est pas… » Lucy me prend l'avant-bras et le secoue doucement.

« Brian, je peux te dire quelque chose ? Quelque chose de personnel ?

— Bien sûr. » Je l'affirme avant de deviner ce que je vais entendre.

« C'est un peu embarrassant pour moi… » Elle fronce les sourcils.

Ça y est, elle va m'avouer qu'elle a envie de sortir avec moi. Vas-y, dis-le…

« Voilà… » Elle respire un bon coup.

Qu'est-ce que je vais répondre ? Je vais me défiler, bien sûr, mais comment le faire sans la froisser ?

« Brian, je voudrais savoir pourquoi tu me parles en articulant chaque mot, comme si j'étais sourde ou quoi.

— Je fais ça, moi ?

— Oui. Tu te penches en me faisant des signes de tête approbateurs, puis tu utilises un langage très simple, comme si mon vocabulaire était restreint. Je ne sais pas si c'est parce que je suis "d'origine chinoise", mais je n'ai jamais mis les pieds en Chine, je ne parle pas chinois, je n'aime même pas spécialement la cuisine asiatique. Et donc, si tu me parlais dans un anglais courant et fortement idiomatique, je comprendrais.

— Excuse-moi. Je ne me rendais pas compte que je faisais ça.

— Tu n'es pas le seul. J'y ai droit tout le temps, de la part de presque tout le monde.

— J'ai honte, Lucy.

— Pas grave. Je te trouve juste un peu condescendant.

— Un peu quoi ? Tu ne pourrais pas employer un mot plus simple ?

— Tu n'es pas drôle, Brian.

— C'est vrai. » Nous sommes arrivés à Richmond House. « On se voit à la fête, demain soir ?

— Les fêtes, ce n'est pas trop mon truc.

— Mais peut-être ? Qui sait ?

— Peut-être. » Elle s'apprête à poursuivre son chemin quand je l'arrête. Elle semble un peu nerveuse. « Au fait, dis-je, le cerveau, c'est quoi, anatomiquement parlant : un muscle ou une glande ?

— C'est un concentré de plusieurs choses : des nerfs, des tissus, tous interconnectés dans le même but. De ce fait, on peut dire que c'est un organe. Pourquoi ?

— Pour rien. À demain.

— Bye. » Je vois son panda disparaître sur l'autre versant de la colline.

Je me tourne pour grimper les marches quand je distingue, avachie, tête baissée contre la porte, une forme qui me barre le chemin. Je me fige et regarde l'homme qui frotte des deux mains un crâne quasiment rasé. Je me résigne à l'idée d'être agressé mais il lève les yeux vers moi, saute sur ses pieds et me dit : « Alors, Bri, qui est cette petite Asiatique ? »

L'homme sort de l'ombre, et je reconnais le regard pénétrant, malin de Spencer Lewis.

26

QUESTION : Fréquemment utilisée en sculpture et parfois désignée sous le nom de « marbre florentin », comment s'appelle cette variété de gypse, hydraté, translucide, à grain fin, formée par les roches sédimentaires, qu'on trouve sous forme de concrétions ?

RÉPONSE : L'albâtre.

« SPENCER ? QU'EST-CE QUE TU FOUS ICI ?

— Je suis juste venu te faire une petite visite. »

Je me rue sur lui pour le serrer dans mes bras. Il me donne des tapes dans le dos et nous esquissons cette drôle de petite danse que font les mecs très proches qui se retrouvent. « Tu m'as invité, tu te souviens ? ajoute-t-il.

— Oui, je sais, mais... Qu'est-il arrivé à tes cheveux ? »

Il se frotte de nouveau le crâne. « C'est le look prisonnier évadé. Ça te plaît ? » Sa voix pâteuse me donne à croire qu'il a picolé durant le voyage en train.

« C'est... comment dire, hardi. Qui t'a fait ça ?

— Moi-même.

— Tu as perdu un pari ou quoi ?

— Va te faire foutre, Brideshead. Alors, tu me laisses entrer ou non ?

— Bien sûr. » J'allume la lumière du hall et nous nous glissons entre les vélos. Il semble changé aussi à d'autres égards : il a les paupières tombantes et les yeux fatigués, creusés de cernes mauves semblables à des contusions. En dépit du froid glacial, il porte seulement le vieux blouson Harrington froissé qu'il avait déjà au lycée. Pour tout bagage, il a un sac plastique qui semble ne contenir que deux canettes de bière.

« J'ai téléphoné ce matin et je suis tombé sur un mec à l'accent snobinard, me dit-il dans l'escalier.

— C'est mon colocataire. Josh. Il y a aussi Marcus.

— Ils sont comment ?

— Potables. Mais pas ton genre.

— Ton genre à toi ?

— Le genre de personne, à vrai dire. »

Nous arrivons devant ma porte. J'ouvre.

« Alors, voici le lieu de l'action, hein ? »

Je m'empresse de jeter ma grosse veste sur les haltères pour qu'il ne les voie pas.

« Fais comme chez toi. Tu veux une tasse de thé, de café ou quoi ?

— Tu n'as pas d'alcool ?

— Il doit rester de la bière maison.

— Maison ?

— Oui, brassée par Marcus et Josh.

— C'est buvable ?

— Oui, dans le genre pisse.

— Alcoolisé, au moins ?

— Ça oui.

— Alors d'accord. »

Je le laisse seul à contrecœur et me précipite à la cuisine chercher la bière. Moi aussi, j'ai besoin d'un verre. L'arrivée de Spencer m'a complètement désarçonné, en partie parce qu'il me semble décavé, minable, et en partie parce que je n'aurais jamais cru de ma vie éprouver de la contrariété à le voir. Je me demande, inquiet, si je n'ai pas laissé traîner sur mon bureau mon cahier de poésie ouvert à la page d'un essai de sonnet érotique sur lequel je travaille. La première ligne évoque des « seins d'albâtre ». Si jamais Spencer lit ça, je n'ai pas fini d'en entendre parler.

Éclate soudain le début des *Concertos brandebourgeois* mis à fond. J'attrape les chopes et me précipite dans ma chambre. Il est assis à mon bureau, une clope au bec, la couverture du Bach dans une main et le *Manifeste du parti communiste* dans l'autre.

« Tu es quoi au juste, en ce moment : communiste ou socialiste ?

— Plutôt socialiste, dis-je en baissant le son.

— Quelle différence ? » Je sais qu'il fait la différence et qu'il me taquine, mais je lui réponds tout de même.

« Un communiste est opposé à toute idée de propriété privée des moyens de production, alors que le socialisme…

— Que fait ton matelas par terre ?

— C'est un futon.

— Ah. C'est la mignonne petite poule chinetoque qui t'a appris comment faire ?

— "Petite poule chinetoque" : sexisme et racisme et dans la même phrase ! dis-je en glissant les "seins d'albâtre" dans le tiroir de mon bureau. En fait, Lucy est originaire de Minneapolis. Qu'elle soit d'*origine* chinoise n'implique nullement qu'elle soit *chinoise*.

— Bon Dieu, t'as raison. Cette bière est vraiment de la pisse. On ne peut pas aller au pub ?

— C'est un peu tard, non ?

— Il nous reste une demi-heure.

— Mais j'ai quelque chose à lire avant demain matin.

— Quoi ?

— Pope : "La Boucle dérobée."

— À la toison pubienne ? Ç'a l'air cochon. Lis-le plutôt demain matin, d'accord ?

— Eh bien…

— Allez, juste un verre en vitesse. »

Je sais que je devrais refuser. Mais cette chambre me semble soudain trop petite, trop éclairée. Se saouler me semble maintenant une nécessité. J'accepte d'aller au pub.

The Flying Dutchman est encore animé quand nous arrivons. Je fais la queue au bar en regardant de loin Spencer, debout, en train d'examiner les clients d'un regard mauvais et tirant sur sa clope d'un air revêche, ses yeux rougis réduits à deux fentes. Je commande une pinte pour moi et une pinte plus une vodka pour lui.

« Alors comme ça, c'est un pub d'étudiants ? me demande-t-il.

— Je n'en sais rien. Sans doute. On essaie de trouver une table ? »

Chopes brandies au-dessus de nos têtes, nous fendons la foule et trouvons un guéridon vide au fond. Nous restons assis un moment en silence. Je finis par dire : « Alors, comment ça se passe là-bas, chez nous ?

— Impeccable. Vingt sur vingt.

— Qu'est-ce qui t'amène ici, alors ?

— Tu m'as invité : "Viens quand tu veux", tu te souviens ?

— Bien sûr. »

Il garde un moment le silence, hésite puis me lance avec un peu trop de désinvolture :

« Comme je te l'ai dit, je suis un prisonnier en cavale.

— Je ne comprends pas.

— Eh bien, j'ai quelques ennuis avec la justice. »

Je ris mais m'arrête aussitôt. « Pour quelle raison ? Encore une bagarre ?

— Non. Je me suis fait choper pour arnaque aux allocations chômage.

— Non ! Tu plaisantes…

— Pas du tout, Bri. (Ton las.)

— Comment c'est arrivé ?

— Aucune idée. Quelqu'un a dû me dénoncer. J'espère que ce n'est pas toi.

— Si, Spencer, c'était moi. Alors, que va-t-il se passer ?

— Comment savoir ? Ça dépend du juge, je dirais.

— Tu es convoqué au tribunal ?

— Et comment. Ils sont complets, ce mois-ci, car ils répriment à tout-va : je passerai le mois prochain. Bonne nouvelle, hein ?

— Qu'est-ce que tu vas leur dire ?

— Au tribunal ? Sais pas encore. Que ma conduite m'a été inspirée par Dieu.

— Tu travailles toujours dans ta station-service ?

— Eh bien non, pas exactement.

— Pourquoi ?

— Parce que je me suis également fait prendre.

— Prendre en train de faire quoi ? »

Il avale une grande goulée de vodka.

« Piquer dans la caisse.

— Tu plaisantes !

— Brian, arrête de me demander si je plaisante. Tu crois que je trouve ça drôle ?

— Non, je voulais seulement dire…

— Ils avaient installé une caméra au-dessus de la caisse enregistreuse. Je me servais à la fin de la nuit.

— Combien ?

— Je ne sais pas : 5, 10 livres par-ci, par-là. Et je n'enregistrais pas les chips, les barres chocolatées et autres produits.

— Alors, eux aussi vont te poursuivre ?

— Non. Ils ne peuvent pas car ils ne m'ont pas déclaré. Disons seulement que mon patron n'était pas ravi. Il a retenu une grosse partie de mon salaire et m'a dit que s'il me revoyait, il me cassait les deux jambes.

— L'un dans l'autre, il estime que tu as piqué combien ?

— Dans les 200 livres.

— Et tu as piqué combien, réellement ?

— Environ ça. Son estimation me semble juste.

— Bon sang, Spencer…

— Il me payait 1,8 livre l'heure, Brian. Avec une somme aussi dérisoire, à quoi s'attendait-il ?

— Je sais, je sais !

— De toute façon, tu es communiste, donc contre la propriété privée.

— Primo, c'est des moyens de production que parlait Marx, pas du contenu de la caisse dans une station- service. Secundo, je ne *désapprouve même pas* la propriété privée, et tertio, je suis socialiste. Je pense que tout cela est un énorme gâchis. Qu'en pensent tes parents ?

— Oh, ils sont très, très fiers de moi. (Il avale une demi-pinte en une seule gorgée.) Mais le pire, c'est que je suis foutu.

— Tu pourras trouver un autre travail, non ?

— Oh, facilement ! Un petit voleur non qualifié, au chômage, avec un casier judiciaire. En termes de marché du travail, avec la compétition sauvage qui y règne, je suis une denrée rare. On commande encore une pinte ?

— Une demie, peut-être.

— Tu vas être obligé de payer. En ce moment, je suis un peu gêné, question fric. »

Je retourne au bar, et rapporte les chopes, résigné à ne pas lire ce soir « La Boucle dérobée ».

Inutile de préciser que nous sommes les derniers à quitter le pub. Dès l'annonce de la fermeture prochaine, Spencer verse dans nos verres les restes de bière laissés par les autres clients, une chose que je n'ai plus faite depuis l'âge de seize ans. Nous sommes donc assez beurrés en rentrant à Richmond House. Nous finissons tout de même le brassage maison blanchâtre et ouvrons les deux canettes de Carlsberg Special Brew que Spencer avait pour tout bagage avec le *Daily Mirror* et un petit pâté à la viande à demi mangé. Je lui raconte mes vacances chez Alice et lui donne ma version de la rencontre dans la cuisine avec sa mère à poil. Spencer se détend un peu ; il rit pour la première fois, un vrai rire franc, et non plus un ricanement.

Je me lève alors pour changer le disque, choisissant *The Kick Inside*, l'album remarquable mais difficile des débuts de Kate Bush, et Spencer retrouve sa vraie nature : il ricane durant tout « The Man With the Child in His Eyes » et se fout ouvertement de ma collection de disques et de mon petit « accrochage » au mur. Pour le circonvenir, je lui passe la cassette qu'il a composée à mon intention (« Compilation pour Bri en fac ») et, tous deux vautrés sur le futon, nous écoutons Gil Scott-Heron chanter « The Bottle » en regardant le plafond se déformer, gondoler et tournoyer au-dessus de nos têtes.

« Tu sais que tu es dedans, n'est-ce pas ?

— Dans quoi ?

— Dans le morceau. Écoute… » Il rampe jusqu'à la stéréo, pousse Stop et Rembobiner. « Écoute très attentivement… » L'enregistrement recommence (un enregistrement « live »), tout d'abord seize mesures d'orgue électrique et de percussions, puis un solo de flûte jazz sur lequel Gil Scott-Heron dit quelque chose que je ne comprends pas.

« Tu as entendu ? me demande fiévreusement Spencer.

— Non.

— T'es sourd ou quoi ? Écoute encore. » Il rembobine, pousse le son, et cette fois-ci j'entends Gil Scott-Heron dire très clairement : « Brian Jackson à la flûte, pour vous », et la foule applaudir.

« Ça y est ?

— Oui.

— C'est toi !

— Ça alors ! »

Il me repasse le solo de flûte.

« C'est stupéfiant. Je ne l'avais jamais entendu.

— Parce que tu n'écoutes jamais les compilations que je fais pour toi, connard de philistin. » Il rampe de nouveau sur le futon, s'affale sur le dos, et nous écoutons la musique une minute ou deux. Je décide que, finalement, j'aime le jazz (la soul, le funk ? allez savoir) et que j'explorerai plus à fond la musique noire.

« Alors, c'est pour Alice que tu as le béguin ?

— Je n'ai pas le béguin, Spence, je l'aime.

— Tu l'aiiimes !

— Je l'aiiime. Absolument, complètement, totalement, de toute mon âme.

— Je croyais que tu aimais Janet Parks, crétin volage.

— Janet Parks est une vache, en comparaison d'Alice Harbinson. "Non pour Janet Parks mais pour Alice je succombe / Qui comparerait un corbeau à une colombe ?"

— Plaît-il ?

— Shakespeare. Enfin, un pastiche.

— Jackson, espèce de con. Alors, je vais la rencontrer cette Alice ?

— Peut-être. Il y a une fête demain soir, si tu es encore ici.

— Tu veux que je lui glisse un mot en ta faveur ?

— Pas la peine, vieux. De toute façon, c'est une déesse inaccessible. Et toi, tu es amoureux ?

— Pas moi, vieux. Tu me connais, je suis un robot.

— Tu dois pourtant bien aimer quelqu'un…

— Toi seul, vieux, toi seul.

— Moi aussi je t'aime, mais pas d'un amour romantique ni sexuel.

— Oh, mais pour moi c'est indéniablement sexuel. Pourquoi crois-tu que je suis venu d'aussi loin pour te voir ? Parce que je te *veux*. Embrassons-nous, grande brute. » Il saute sur moi et s'assied sur ma poitrine en faisant des bruits mouillés avec sa bouche. Je tente de le repousser, et la scène tourne au pugilat.

« Allons, Bri, tu sais que tu en as envie.

— Fous le camp.

— Embrasse-moi, mon amour.

— Spencer, tu me fais mal.

— Laisse-toi faire, chéri.

— Ôte-toi de là. Tu es assis sur mes clés, espèce de travelo. »

On frappe à la porte. C'est Marcus, en peignoir de bain rouge, ses petits yeux de taupe clignant derrière des lunettes d'aviateur cerclées posées de travers sur son nez.

« Brian, il est 2 heures du matin. Tu ne voudrais pas arrêter ce tapage ?

— Pardon, Marcus. (Je rampe jusqu'à la stéréo.)

— Salut, *Marcus*, lui dit Spencer.

— Salut, marmonne Marcus en ajustant ses lunettes sur son nez.

— Marcus, quel joli nom.

— Marcus, je te présente Spencer, mon meilleur ami, dis-je d'une voix pâteuse.

— Arrêtez ce tapage, d'accord ?

— D'accord, Marcus, ravi d'avoir fait ta connaissance, Marcus, au revoir, Marcus. » Une fois que celui-ci a fermé la porte, Spencer ajoute : « Enfoiré de Marcus.

— Chut, Spencer ! »

Sans la musique, notre bagarre ne nous semble plus drôle. Non sans mal, nous tirons le lourd sommier métallique de derrière l'armoire et l'installons à côté du matelas. Nous avons une brève discussion pour savoir qui aura le futon, mais c'est Spencer qui gagne car il est l'invité. Je m'étends tout habillé sur le treillis métallique et empile sur moi tout ce que je trouve pour me couvrir : manteau, veste et serviettes de bain. La tête posée sur un très mince oreiller en polyester, je sens le sol se soulever et valser sous moi en regrettant de m'être encore saoulé.

« Combien de temps comptes-tu rester, Spence ?

— Sais pas. Deux jours peut-être ? Le temps de mettre de l'ordre dans ma tête. Ça te va, vieux ?

— Parfaitement. Reste aussi longtemps que tu veux. Les amis, c'est fait pour ça, non ?

— Merci, vieux.

— Je t'en prie. »

Au bout d'un moment, j'ajoute : « Mais tu ne te sens pas déprimé, hein ?

— Sais pas, vieux. Sais pas. Et toi, comment tu te sens ?

— Ça va. »

Au bout d'un moment, il dit :

« Brian Jackson à la flûte !

— Brian Jackson à la flûte ! répété-je.

— Et le public d'applaudir à tout rompre ! »

Là-dessus, nous nous endormons.

27

QUESTION : Sous quel autre nom est connue la pipe de la paix, un objet essentiel de la culture des Amérindiens ?

RÉPONSE : Le calumet.

VERS 4 HEURES DU MATIN, JE SUIS PRIS DE NAUSÉES. Par chance, en titubant le long du couloir, j'ai le temps d'arriver à la salle de bains. Je vomis dans le lavabo puis je lève les yeux pour me regarder dans la glace ; je suis livide et tremblant, j'ai les lèvres humides, et je manque de vomir à nouveau en constatant que je me suis transformé au cours de la nuit en un monstre, un répugnant homme-lézard : tout un côté de mon visage est couvert d'écailles en losange. La main sur la bouche pour retenir un cri, je finis par comprendre que ce sont les fils métalliques du sommier qui se sont imprimés sur ma peau. Je retourne me coucher.

La sonnerie du réveil à 8 h 15 me fait l'effet d'un pic à glace qu'on m'enfoncerait dans l'oreille ; je reste étendu à écouter la pluie frapper les vitres. Dieu sait que j'ai déjà eu des gueules de bois, presque tous les jours en fait, mais celle-ci est d'un genre nouveau : étrange, presque hallucinatoire. On dirait qu'on a recalibré mon système nerveux de sorte que la sensation la plus ténue – la pluie dehors, la lumière de la lampe de bureau, l'odeur de la canette de bière vide qui a roulé sous le sommier – est grotesquement exagérée. Toutes mes terminaisons nerveuses me semblent plus que vivantes, à vif, même à l'intérieur de mon corps, au point que si je reste immobile et concentré, je sens bel et bien la forme et l'emplacement de mes organes ; les mugissements océaniques de mes poumons, la masse gris-jaune et suante de mon foie épuisé à deux doigts de me tomber sur le râble ; mes reins écarlates, gonflés et douloureux ; mon gros intestin chauffé à blanc et secoué de spasmes. J'essaie de bouger pour secouer physiquement cette dernière image hors de ma tête, mais le bruit massivement amplifié de mes cheveux glissant sur l'oreiller m'en dissuade. Je reste donc étendu sur le côté, parfaitement immobile, et regarde Spencer étendu quelques centimètres plus bas, la bouche entrouverte et les lèvres boudeuses, qui a taché mon oreiller de sa salive opaque. Je suis assez près de lui pour sentir son haleine fétide. Mon Dieu, j'avais oublié son crâne rasé à la skinhead. Il a l'air d'un fasciste. Un beau facho charismatique, mais ce sont les pires, l'Histoire nous l'a appris. S'il vient à la fête ce soir, les gens vont croire que je suis l'ami d'un faf. Peut-être ne viendra-t-il pas ; s'il part, ce serait mieux. Je fais un effort herculéen pour me redresser et m'asseoir au bord du sommier, et je sens, bruit à l'appui, le contenu de mon estomac bouger et se stabiliser, telle de la crème anglaise tiède et effervescente dont on aurait rempli un mince sac en plastique. L'idée de changer mes vêtements de la veille me semble carrément insoutenable, je les garde donc, pas même sûr de pouvoir lacer mes souliers. J'y parviens tant bien que mal puis enfile ma veste-couverture pour courir à mon cours d'anglais pendant que Spencer dort. Il bruine, et le vent souffle en rafales. J'ai l'idée géniale de croire que je pourrai lire en chemin « La Boucle dérobée », mais les pages sont vite trempées, et l'état de mon système nerveux, appareil locomoteur compris, me permet tout juste de marcher sans tomber.

À l'extérieur de l'amphi, je m'appuie au mur et me frotte le visage pour essayer de faire monter un peu de sang à mes joues grises quand je vois Rebecca Epstein franchir les grilles en sens inverse. Un instant, je me dis qu'elle m'a vu mais a préféré passer son chemin. Mais ce n'est pas son genre. M'agresser, d'accord, mais « m'ignorer », non. Je l'appelle : « Rebecca ! » Pas de réaction. Elle descend la rue, le col de son ciré noir relevé, la tête baissée contre la pluie. Je l'appelle de nouveau, tenant à deux mains le sac de crème anglaise ballottante tout en en essayant de courir sans bouger la tête : « Rebecca ! Rebecca, c'est Brian !

— Je vois. Salut, Jackson. (Elle a l'air absent.)

— Comment vas-tu ?

— Bien. »

Nous faisons quelques pas ensemble.

« Et ton cours, c'était bien ?

— Hmm.

— C'était sur quoi ?

— Tu veux vraiment le savoir ou tu fais juste la conversation ?

— Je fais la conversation. »

Je crois détecter l'ombre d'un sourire, mais je m'illusionne sans doute car elle me dit : « Et toi, tu ne devrais pas te dépêcher d'aller en cours ?

— J'y allais, mais je ne suis pas sûr d'être en état...

— Qu'est-ce que tu as ?

— Tu veux vraiment savoir ou tu fais juste la conversation ?

— Tu as une tête à faire peur.

— Merci pour le compliment. Ça fait toujours plaisir. »

Elle semble hostile. Elle l'est toujours, mais aujourd'hui plus que d'habitude. Nous faisons encore quelques pas, moi derrière, et je me demande comment quelqu'un qui a de si petites jambes peut marcher aussi vite.

« Becs, tu es fâchée contre moi ou quoi ?

— *Becs ?* Qui est cette putain de *Becs* ?

— *Rebecca*, je voulais dire. Alors, fâchée ?

— Pas fâchée. Déçue.

— Bon sang, toi aussi ? (Elle me regarde dans les yeux pour la première fois.) Je déçois tout le monde en ce moment. Je ne sais pas pourquoi. Je me donne pourtant un mal de chien. »

Elle s'arrête et nous restons plantés sous la pluie tandis qu'elle m'inspecte du regard.

« Tu sais que tu as le visage cireux, n'est-ce pas ?

— Je sais.

— Et une sorte d'écume blanche aux coins des lèvres ?

— Dentifrice, dis-je, peu convaincu, en m'essuyant avec ma manche. Tu as déjà pris ton petit déjeuner ?

— Et ton cours ? »

Je me souviens de la promesse que je me suis faite à moi-même de ne jamais manquer un cours. Mais Rebecca me semble plus importante que des promesses. « Je n'y vais pas », dis-je. Elle se donne un temps de réflexion. « D'accord. En route. »

Nous descendons la colline et entrons dans un café qui annonce une « Promo Breakfast ». Les vitres embuées par la vapeur et le graillon dégoulinent pour former des petites mares sur la table en formica du box dans lequel nous nous asseyons. Elle se contente d'une tasse de thé, je commande un café au lait, une canette de coca, un petit pain garni de bacon frit relevé de sauce HP, plus une barre Mars. Rebecca griffonne de l'index sur la vitre pendant que je lui parle : « … il s'est fait prendre pour fraude aux allocations chômage, ce que je trouve personnellement scandaleux. Quand on pense aux fortunes soustraites à l'État par les hommes d'affaires qui pratiquent l'évasion fiscale, et que personne ne lève le petit doigt pour les en empêcher…

— … hummmm…

— Je veux dire, ça représente quoi, ces 23 misérables livres par semaine ? Qui peut vivre avec ça ? Et qu'est-ce que les dirigeants attendent d'autre que la fraude aux allocations quand il n'y a pas de boulot ?

— … hummmm…

— Je voudrais bien voir un de ces salauds de tories tenter de survivre avec cette somme. Tout de même, j'ai peur que Spencer ne me demande de lui prêter de l'argent. Je ne peux pas, étant donné la modicité de ma bourse d'études. »

Et là, je m'arrête de parler en me rendant compte que Rebecca a écrit sur la vitre : « Au secours ! », à l'envers, pour qu'on lise l'appel de la rue.

« Je t'ennuie, je vois. Excuse-moi.

— Tu me connais, Jackson : d'habitude, rien ne m'intéresserait davantage que de discuter le matin tôt de la politique des conservateurs. Mais bon, il me semble que ce n'est pas si important dans l'affaire qui nous occupe, non ?

— Tu as raison : je tiens à m'excuser pour l'autre nuit.

— Et tu sais exactement de quoi tu tiens à t'excuser ?

— Eh bien, pas vraiment.

— Alors, ce ne sont pas de vraies excuses que tu me présentes.

— Non, tu as raison. »

En repensant à cette soirée, je me disais qu'elle m'évoquait une rixe à la sortie d'un pub, un vendredi soir ; sur le moment, dans l'action, tout semblait très clair, excitant et dangereux à la fois, mais à froid, on ne savait plus qui avait fait quoi ni même qui avait commencé. Je songe à faire profiter Rebecca de cette analogie, mais comme personne n'aime s'entendre dire que l'embrasser, c'est comme se faire tabasser à la sortie d'un pub, je me contente de lui dire : « Je me suis conduit, tu vois, comme d'habitude.

— C'est quoi, comme d'habitude ?

— Eh bien, comme l'imbécile que je suis.

— Och, tu n'es pas pire que moi.

— Je suis mille fois pire.

— Non.

— Si. Je suis infect.

— Écoute, Jackson, n'entamons pas un débat à ce sujet, tu veux bien ? » Elle boit une gorgée de thé, la retient dans sa bouche comme si elle la mâchait, puis ajoute : « J'étais un peu ivre et j'ai commis une erreur. Comme on dit, j'ai "mal interprété les signaux", et je ne suis pas particulièrement en colère contre toi. Seulement très gênée. C'est rare que je me montre si… (petit rire amer) … vulnérable. » Elle se lèche le bout du doigt et pique des miettes de bacon dans mon assiette. « Mais je suis sûre que je vais réapprendre à aimer. »

La conversation prend soudain un tour personnel qui m'intrigue énormément. Je me penche vers elle et appuie ma tête contre la vitre ruisselante, position étudiée pour exprimer mon intérêt et une sensibilité un peu nostalgique. C'est de ma voix la plus chaude que je lui demande : « Tu as vécu des expériences émotionnelles pénibles dans le passé ? »

Rebecca, qui allait boire une nouvelle gorgée de thé, suspend son geste puis se tourne pour regarder derrière son épaule – la droite, puis la gauche. « Pardon ? C'est à moi que tu parles ?

— Ma question est pertinente, non ?

— Elle est aussi putain qu'indiscrète. Que veux-tu que je te réponde : "Papa ne m'a jamais permis d'avoir un poney" ? En fait, c'est simple : j'avais trop bu, j'éprouvais le besoin de trouver un peu de chaleur, disons, humaine, j'ai fait des avances qui ont été repoussées. Pas de quoi en faire un drame. Ce n'est pas parce que tout le monde, dans ce putain d'endroit, souffre d'une putain d'incontinence affective que ce devrait être mon cas.

— Je trouve que tu emploies trop de gros mots.

— C'est vrai, bordel de merde.

— À force, tu vas les dévaluer.

— Non, mais tu te prends pour qui ? Pour cette putain de Mary putain de Poppins ? » Mince sourire, mais je ne suis pas en droit d'espérer plus. Elle boit son thé, regarde par la fenêtre et me dit d'un ton négligent : « De toute façon, si tu veux absolument savoir, ma dernière relation amoureuse s'est terminée dans une clinique d'avortement, alors… Euh… bon, je ne suis pas aussi à l'aise que d'autres pour parler de ces choses, c'est tout. »

Je ne sais pas comment réagir à cette confidence. Ou plutôt, je sais comment y réagir politiquement, mais pas humainement parlant. Je ne sais pas trop quelle expression arborer. Pas lugubre, je dirais, pour ne pas sembler accorder trop d'importance à la chose.

« Qui était-il ?

— Un garçon de chez moi, que j'ai eu la mauvaise idée de baiser. Inexistant, tu vois. (De l'ongle, elle fait des trous dans ma serviette en papier roulée en boule.)

— Et il t'a laissée tomber parce que tu étais… ?

— Non, bien sûr que non. En tout cas, pas tout de suite. Pas du tout. C'était compliqué…(Elle soupire, me regarde puis baisse de nouveau les yeux sur la serviette.) Un type qui s'appelait Gordon, avec qui j'étais en terminale. Premier amour, et toutes ces niaiseries. On est sortis six mois ensemble et on a acheté un passe Inter-rail pour voyager en Europe après le bac, quitte à rester un an à l'étranger si ça marchait entre nous. On est donc partis voir du pays et, au milieu de notre séjour en Espagne, je me suis aperçue que j'étais enceinte. On a discuté de la décision à prendre et on est rentrés aussi sec. Il m'a assurée que nous vivrions cette épreuve ensemble, qu'il ne me laisserait pas tomber. Il a tenu parole une dizaine de jours. Voilà. C'est la vie.

— Et tu… l'aimais ? » Elle fronce les sourcils sans répondre, regarde dehors, puis de nouveau joue avec la serviette roulée. Je ne sais que dire, mais je sens qu'il faut ajouter quelque chose. « Je suis sûr que tu as pris la bonne décision », dis-je.

Elle me jette un regard noir : « Bien entendu, Brian, je le sais. Je ne quêtais pas ton approbation.

— Non, à l'évidence.

— Et ce n'est pas la peine de prendre cette voix.

— Quelle voix ?

— Une voix d'outre-tombe. Ce sont des choses qui arrivent. Et bien plus souvent qu'on ne le croit.

— Je sais.

— … Et on ne s'écroule pas en tas dans un coin comme dans *La Cloche de détresse*, le roman que Sylvia Plath a écrit avant son suicide. La plupart des femmes arrivent à faire front.

— J'en suis sûr.

— Alors changeons de sujet, d'accord ?

— D'accord.

— C'est ta barre Mars ? » me demande-t-elle. J'ai un moment d'appréhension en me demandant si on n'est pas censé boycotter ce produit.

« Euh… oui.

— Donne. » Obéissant, je la lui tends. Elle mord dedans et mâche lentement. « Tout ce que tu manges est *marron*. Pourquoi ? Ça ne te ferait pas de mal d'essayer un peu de couleur – de la verdure, des fruits, que sais-je.

— C'est ce que ma mère me dit.

— Alors c'est une femme raisonnable. Tu devrais l'écouter. » Elle mord de nouveau dans la barre Mars et me demande, la bouche pleine : « Tu l'as revue ?

— Ma mère ?

— Non, la foutue Farrah Fawcett.

— Oh, seulement deux fois. »

Après une troisième bouchée, elle me rend la barre Mars en la faisant glisser de l'autre côté de la table, côté poisseux dessous. « Et tu l'… elle te plaît toujours ? »

Je comprends que je risque de me retrouver avec une cuillère à café plantée dans l'œil. C'est donc avec soin que je choisis mes mots : « Je crois, oui.

— Et elle, à ton avis, qu'est-ce qu'elle pense de toi ?

— Je dirais qu'elle me trouve… intéressant. »

Elle me fixe et s'apprête à rétorquer, au lieu de quoi elle sourit et regarde par la fenêtre, en recommençant à dessiner sur la buée de la vitre. « *Intéressant*, hein ? Très touchant de ta part de t'accrocher. L'obstination face à l'indifférence... Très courageux. (Moue méprisante.)

— Pour être honnête, je ne crois pas avoir tellement le choix dans cette situation.

— Détrompe-toi, Brian. On a toujours le choix, à moins d'être une nullité absolue. »

Quand j'arrive chez moi au milieu de la journée, Marcus s'apprête à sortir. Il est en train de fermer la porte. Je me colle contre un mur et songe à détaler mais je n'ai pas retrouvé le contrôle absolu de mes jambes. D'ailleurs il m'a vu. Planté en haut des marches, il se frappe la main avec un rouleau à pâtisserie invisible.

« Salut, Marcus.

— Salut, Brian. »

Il bruine toujours. J'essaie de le contourner pour rentrer me mettre à l'abri mais il ne bouge pas.

« Désolé pour la nuit dernière », dis-je. Sale avorton.

« Tu sais que le règlement universitaire nous interdit de faire dormir des amis ici ?

— Oui, je sais, dis-je en lui arrachant ses lunettes d'aviateur.

— Josh et moi aurions voulu le faire, mais nous respectons le règlement.

— Je sais, Marcus, dis-je en cassant les lunettes en deux au niveau de l'arcade.

— Combien de temps va-t-il rester ?

— Je ne sais pas. Encore deux nuits ? Juste le temps pour lui de retrouver ses marques, dis-je en jetant par terre les lunettes, que je piétine pour en pulvériser les verres.

— Je dirais qu'il lui faudra plus longtemps que ça pour les retrouver. »

Je lève la tête vers ma fenêtre en me demandant, inquiet, si Spencer est encore couché. J'écoute – pas un bruit – puis je dis à voix basse : « Demain ? Il sera parti demain. »

Marcus réfléchit à ma proposition, qu'il trouve acceptable. « D'accord, demain. Mais pas un jour de plus. » Comme il passe devant moi pour enfin se tirer je lui flanque en bas du dos un coup de pied qui l'envoie bouler en bas des marches. Il est mort.

« Bonne journée », lui dis-je.

Dans la lumière grise de cette fin de matinée, ma chambre est un fouillis de lits, de couvertures, de manteaux, de duvets et de serviettes humides. Il y règne une odeur aigre, quasi gazeuse, d'alcool mêlé d'ammoniaque, et j'ai l'impression que si j'allumais une cigarette, la pièce m'exploserait à la figure. J'ouvre en grand la fenêtre malgré la pluie et allume le plafonnier pour voir si Spencer est enfoui quelque part sous un duvet. Il ne l'est pas. Il m'a laissé un mot sur le bureau, gribouillé sur une feuille de papier réglé A4.

Vais au pub. À plus tard.

La pendulette de voyage sur la cheminée indique 11 h 55. À côté, il y a une pile de pièces que j'ai sorties de ma poche la nuit dernière. Il devrait y avoir 4 livres 70 pence. Je les recompte, au cas où ; 4 livres *50* pence.

Je ne sais pas ce qui m'attriste le plus : l'idée de Spencer traînant au pub le matin, ou le fait de le soupçonner de me voler.

28

QUESTION : Comment nomme-t-on les fêtes secrètes gréco-romaines, conçues à l'origine exclusivement pour les femmes puis ouvertes aux hommes, que le Sénat romain a interdites en l'an 186 avant J.-C. au motif qu'elles étaient orgiaques ?

RÉPONSE : Les Bacchanales.

EN RÈGLE GÉNÉRALE, ON SAIT QU'UNE FÊTE EST RATÉE quand on commence à passer de la musique de films.

Quand Spencer et moi arrivons devant le 12 Dorchester Street, nous entendons, du porche, « Gee, Officer Krupke », l'un des thèmes de *West Side Story*, beugler au salon, accompagné par un chœur de voix mâles à la diction ostensiblement parfaite. Comme tout le monde, j'aime bien les comédies musicales, mais c'est une question de moment et de lieu. Dans le cas précis, « tout le monde », c'est Spencer, qui, n'étant pas vraiment un fan du genre, me jette un regard inquiet. « On entre, tu es sûr ? me demande-t-il.

— S'ils passent *Starlight Express*, on s'en va, d'accord ? » dis-je.

Erin, la fille aux yeux de chat, nous ouvre la porte.

« Salut, Erin, ronronné-je.

— Bonsoir, *Brian.* » Mon nom a l'air de lui salir les lèvres ; elle soupire.

Personne ne bouge. Je vois le regard de la féline se poser furtivement sur le crâne rasé de Spencer.

« Voici mon ami Spencer.

— Ça va ? lui demande-t-il.

— Hum... » À l'évidence, elle ne sait pas, s'agissant de nous, si « Ça va ». Pour déminer le terrain, je lui tends une bouteille de vin et quatre canettes de bière. Elle finit par nous laisser entrer.

« La cuisine est là-bas », nous dit-elle avant de regagner l'enfer du West Side new-yorkais, où les Jets, des machos durs de durs, sont personnifiés par trois gringalets apprentis comédiens du département de théâtre, des prétentieux excités comme des puces.

Notons, et c'est à son crédit, qu'Erin, la femme-chat, ôte *West Side Story* de la stéréo pour la remplacer par Sly and the Family Stone, un groupe rescapé de Woodstock. « Oh, le deuxième morceau c'est "I Feel Pretty" », glapit l'un des faux Jets. Spencer, le Requin tueur, secoue la tête et frotte son crâne rasé. J'ai la nette impression d'avoir débarqué dans une fête avec un fusil chargé et, de surcroît, armé.

Mais revenons en arrière. Après mon petit déjeuner avec Rebecca, je décide donc d'aller voir où en est Spencer, je recompte mes sous puis veux prendre quelques notes dans mon cahier de poésie. Sur une page neuve, en face des « seins d'albâtre », j'écris :

Steam and grease condense
On a cafe's plate-glass
window. Breakfast specials...

Je ne vais pas plus loin. Le graillon et la vapeur sur la vitre d'un boui-boui à breakfast ne m'inspirent pas.

Pas l'énergie pour ça. Je me jette sur le futon et commence à lire la *Complainte du vieux marin*. Je ne dépasse pas les quatre premiers mots ; la chaleur et les émanations de gaz du chauffage me précipitent dans ce lourd sommeil justement qualifié de narcotique.

Je me réveille dans la tristesse de l'après-midi, tout habillé, transpirant, avec un goût de colle dans la bouche, pour trouver Spencer assis à mon bureau en train de lire mon Coleridge.

« Ça va, bel endormi ?

— Quelle heure est-il ?

— Environ 4 heures. » Je sens un pincement au cœur d'avoir une fois de plus gaspillé une journée qui aurait pu être parfaite. Des pans entiers de ma vie se sont effondrés ainsi, surtout aux grandes vacances. Tous ces longs et prétendus idylliques étés de mon innocente jeunesse évaporés dans la torpeur embrumée des gueules de bois et des errances stériles dans le périmètre du Woolworths, les siestes qui vous collent la migraine, les vidéos violentes ou pornographiques regardées pour la quinzième fois les rideaux tirés, les querelles d'ivrognes et l'échange d'insultes, les pizzas et autres hot dogs dévorés dans la rue suivis de nouveau du sommeil de plomb et de la gueule de bois, puis retour au Woolworths. Comment se fait-il que je n'aie jamais pris de bonnes résolutions à cet égard ? Je viens d'avoir *dix-neuf* ans et ne devrais plus me conduire ainsi. Je ne peux plus me permettre de laisser la vie me filer comme ça entre les doigts. Pourtant, je recommence. Décidant que c'est la faute de Spencer, je me redresse sur mon futon et lui demande d'un ton irrité : « Qui t'a fait entrer ?

— Un con aux cheveux longs en *gilet de velours* !

— Josh ?

— Oui, Josh. Pas très amical.

— Et toi, tu l'as été ?

— Probablement pas. Pourquoi, j'aurais dû ?

— Eh bien, puisque je dois vivre avec lui... » Spencer, sans répondre, jette le livre sur le bureau. Je hume une bouffée de bière, de cigarette et de sueur. « Où étais-tu ?

— Au pub. J'ai lu le journal, puis je me suis promené dans les rues commerçantes.

— Tu as acheté quelque chose ?

— Avec quel fric ? » *Le même que celui avec lequel tu t'es offert la bière, peut-être ?* Je le pense mais ne le dis pas.

« La ville est chouette, hein ?

— Ouais. Pas mal. (Il se frotte le visage.) Et maintenant, on fait quoi ?

— Ce soir on va à la fête, mais là, tout de suite, il faut que je travaille.

— Ah non !

— Spencer, il le faut.

— Bon, alors je vais rester ici à lire, ou je ne sais quoi. »

Ressentant le besoin irrépressible de sortir de cette chambre sans l'y laisser, je change d'avis et lui propose d'aller au cinéma.

Nous allons à la séance de 17 h 15, voir *Amadeus*, qui me semble une exploration subtile et profonde de la nature d'un génie. Spencer dort pendant tout le film.

Comme d'habitude, dès qu'on arrive au pub on est ragaillardis. On se dispute pour savoir quelle musique écouter dans le juke-box, on paume 50 pence dans la machine à sous, puis on s'assied dans un coin tranquille où on retrouve notre bonne humeur. Spencer me dit que Tone s'est engagé dans l'armée territoriale.

« Tu plaisantes !
— Non.
— Mais c'est un cinglé…
— Pas d'importance. Les cinglés, ils adorent.
— On va lui filer une arme ?
— En fin de compte, oui. »

« Putain, ça craint ! » crions-nous en chœur. Et je me rends compte que nous ne l'avons pas fait depuis des années. Puis Spencer dit : « Au début, bien sûr, ils ne l'entraînent qu'à s'asseoir sur la poitrine de l'ennemi et à lui péter à la figure.

— Ou à se glisser derrière lui, lui saisir le crâne et le lui frotter avec ses phalanges.

— Ou à faucher leurs chaînes stéréo.

— Putain, s'imaginer Tone en soldat !

— La dissuasion ultime !

— Dormez tranquilles, citoyens : l'armée veille ! » Spence finit sa bière et ajoute : « Je vais te dire ce qui est vraiment rigolo : il a essayé de me convaincre de m'engager, moi aussi. Il semblait penser que j'avais besoin d'ordre et de discipline.

— Tu as été tenté ?

— Et comment ! Des week-ends passés sous une tente à odeur de pet sur le terrain militaire de Salisbury Plain avec des tarés de tories fous de la gâchette. Tout à fait le traitement de choc dont j'ai besoin. »

Je saute sur l'occasion pour lui glisser, mine de rien, avec un sourire patelin, le projet qui me tient à cœur pour lui :

« Tu as songé à reprendre tes études ? »

Mais Spencer, rusé comme un renard, m'a vu venir : « Va te faire foutre, Bri. » Une vanne lancée sans trop d'agressivité, mais pas non plus d'affection. D'un air excédé plutôt. « De toute façon, l'université, c'est le service militaire des bourges, ajoute-t-il.

— Je ne suis pas un bourge.
— Si, tu l'es.
— Ma mère gagne moins que tes parents...
— Ce n'est pas d'argent qu'il s'agit, mais d'attitude.
— En réalité, techniquement, les bourgeois sont ceux qui détiennent les moyens de production.
— Conneries. Être bourgeois, c'est un état d'esprit. Ta mère t'aurait envoyé travailler dans une mine de charbon que tu serais encore un bourgeois. Ce sont les propos que tu tiens, les livres que tu lis, le film que tu m'as traîné voir, l'argent que tu claques dans les sorties scolaires, pas en clopes et en jeux vidéo mais en cartes postales et papeterie ; c'est ta façon de demander du poivre noir à la friterie.
— Je n'ai jamais fait ça.
— Tu l'as fait, Bri. J'étais avec toi. »

Je dois dire pour ma défense que j'ai de l'incident un souvenir différent : je n'ai pas *demandé* du poivre noir, je l'ai *choisi*, car il y en avait. Je juge pourtant inutile d'enfoncer le clou. « Donc, pour toi, si on aime lire, si on aime apprendre, si on préfère le poivre noir au ketchup et le vin à la bière ou je ne sais quoi, on est bourgeois ?
— Oui, plus ou moins.
— Ce sont des stéréotypes.
— Écoute, Bri, la vérité, c'est que tu te dis socialiste, mais si tu avais vécu sous la révolution russe et que Lénine t'avait demandé d'exécuter le tsar et sa famille, tu ne l'aurais pas fait. Et tu sais pourquoi ? Parce que tu aurais été trop occupé à baratiner la fille du tsar. »

Le reste de gueule de bois s'évanouit après la troisième pinte. Je suis toujours épaté par le pouvoir reconstituant et thérapeutique de la bière. À l'évidence, cette fête est une grande occasion pour moi d'avancer mes pions s'agissant d'Alice. J'ai bien réfléchi à la façon dont j'allais la jouer, décidant que le truc, c'était d'être ravageur *et* réservé. Ce sont les deux mots-clés. Ravageur. Réservé. Il est important que je ne sois pas trop ivre, nous dînons donc chacun de trois sacs de chips et de cacahuètes salées, pour les protéines, avant d'aller à la soirée.

Quand nous arrivons au 12 Dorchester Street, il est évident que ladite soirée en est au stade où nul ne sait ce qui va se passer. Un rapide coup d'œil à la cuisine suffit à me convaincre que la liste des invités montre un penchant marqué pour les étudiants en art dramatique. La plupart des membres de la troupe des *Bacchantes*, d'Euripide, sont là, parlant tous en même temps, et Neil Machin-chose, la star du très acclamé *Richard III*, pièce donnée le trimestre dernier en costumes modernes, appuyé contre le frigo, parle aimablement avec le duc de Buckingham, oubliant qu'il l'a fait décapiter tandis qu'Antigone en personne, l'une de nos hôtesses, verse des biscuits soufflés au fromage dans un grand saladier. Alice n'est pas arrivée, semble-t-il, et l'idée de les mettre en présence, elle et Spencer, me rend terriblement nerveux, car je n'arrive pas à décider ce qui m'importe le plus : ce qu'il va penser d'elle, ou ce qu'elle va penser de lui.

Tout à coup, elle est là, debout sur le seuil de la cuisine, en train de parler à Richard III. Elle ne m'a pas vu. Je m'appuie, Ravageur et Réservé, contre l'évier, et je l'observe. Elle s'est fait un chignon haut, artistiquement défait, comme le veut la mode, et porte une robe noire en lycra à manches longues, aussi moulante que les justaucorps de danseuse, au décolleté en V si vertigineux que ses seins blancs largement exposés évoquent de loin une sorte de bavoir ; ce qui me rappelle les premières tenues de scène de Kate Bush avant qu'elle ne décide de se concentrer exclusivement sur sa musique. En fait, Alice est son sosie – y compris les auréoles de transpiration qui commencent à se former aux aisselles.

« Voici Alice, dis-je à l'oreille de Spencer.

— Celle aux seins d'albâtre ? » Avant que j'aie pu répondre, Alice se précipite vers nous en criant : « Sel, sel, vite, du sel !

— Salut, Alice, dis-je, Ravageur et Réservé.

— Vous n'avez pas vu le sel ? Quelqu'un a renversé du vin rouge sur le tapis afghan de Cathy.

— Je te présente Spencer, mon meilleur ami. Il arrive de Southend.

— Ravie de faire ta connaissance, Spencer. Lavette. Il me faut la lavette. Brian, ôte-toi de là, bon sang. » Tandis qu'elle me repousse, je ne peux m'empêcher de remarquer la dentelle noire du soutien-gorge qui dépasse de son justaucorps.

« Le sel est ici ! » crie Antigone. Alice sort en courant avec la boîte et le chiffon mouillé.

« C'était Alice, dis-je.

— Torride, l'ambiance entre vous.

— Tu trouves ?

— Affirmatif. Tu as vu sur quel ton elle t'a traité de lavette ? »

Je l'envoie se faire foutre et nous quittons la cuisine.

Dans le hall, nous rencontrons Patrick et Lucy qui arrivent ensemble. Tous deux ont dans les bras des cartons de vrai jus d'orange pasteurisé, ce qui me semble bizarre mais doit être une coïncidence. Mon estomac se serre d'inquiétude car je n'ai pas parlé à Spencer du jeu télévisé, mais je tente de me rassurer en me disant qu'il y a peu de chances que le sujet soit abordé dans ce genre de circonstance.

« Comment vous et Brian vous connaissez-vous ? leur demande Spencer de son ton le plus mondain avant d'avaler une grande lampée de bière.

— Nous faisons partie de la même équipe.

— Quelle équipe ?

— Celle de l'*University Challenge*, dit Patrick, qui esquive de justesse un jet de Carlsberg Special Brew.

— Tu plaisantes, dit Spencer en s'essuyant la bouche du dos de la main.

— Non, interviens-je d'un ton las. L'équipe est constituée de nous trois, plus Alice.

— Tu ne me l'as jamais dit.

— Je n'en ai pas eu l'occasion. » Je fais un sourire d'excuse à Patrick et Lucy.

« Putain, Brian Jackson disputant l'*University Challenge* !

— Oui.

— Sauf que Brian n'était que remplaçant, ajoute Patrick. Si notre quatrième membre n'avait pas attrapé une hépatite...

— Brian passant à la télé, l'interrompt Spencer en rigolant. Quand ?

— Dans trois semaines.

— Avec Bamber Gascoigne ?

— Oui. Soi-même.

— Tu as l'air de trouver ça incongru..., dit Patrick à Spencer avec un sourire crispé.

— Non, non. Pas du tout. Je... Bon, je trouve simplement ça incroyable ! Bien joué, Brian, mon pote. Tu me connais, tu sais que je suis un fan de l'émission. » Il éclate de nouveau de rire.

Patrick prend son air le plus méprisant. « Je crois que je vais me servir à boire », dit-il. Son carton de jus d'orange sous le bras, il se dirige vers la cuisine. Lucy le suit en nous faisant un petit sourire embarrassé. Après leur départ, je dis à Spencer :

« Bravo, mec. Et merci.

— Qu'est-ce que j'ai encore fait ?

— Tu leur as ri au nez, c'est tout.

— Moi ? Pas du tout.

— Si.

— Bon, alors excuse-moi, Bri, mais je me suis toujours demandé quel genre de ringard tordu, frustré, refoulé à mort, pouvait rêver de faire partie de ce programme de télé, et je découvre que c'est toi, Brian. *Toi.* » Nouveau fou rire, partagé cette fois. Je lui dis d'aller se faire foutre, il me dit d'aller me faire foutre, et je commence à me demander si c'est normal pour deux amis de s'envoyer aussi souvent se faire foutre mutuellement. Nous décidons de monter à l'étage pour explorer et nous retrouvons devant une porte arborant un *Défense d'entrer* scotché dessus. Nous entrons. Six ou sept personnes assises en cercle se passent un joint en écoutant Chris, le hippy aux ongles noirs, continuer de raconter son équipée « au Pendjab sans papier hygiénique », sur un fond sonore d'un Van Morrison des débuts. Sa petite amie, accrochée à son bras, est son portrait en miniature : de grandes dents, des cheveux raides et ternes, elle a une tête à s'appeler Ruth. « Viens, on se tire », dis-je tout bas à Spencer, mais Chris, qui m'a entendu, se retourne. « Bienvenu, Bri, dit-il.

— Salut, Chris. Spence, je te présente Chris : nous sommes dans le même groupe de tutorat. Chris, je te présente Spencer, de Southend, mon meilleur ami.

— Salut, Spencer, dit Chris.

— Et voici Ruth, dis-je.

— En fait, je m'appelle Mary, dit Mary en se retournant pour serrer le bout des doigts de Spencer. Salut, Spencer. Sincèrement heureuse de faire ta connaissance. » Elle tapote le sol à côté d'elle pour nous permettre de nous joindre à eux – ou plutôt nous y obliger.

Chris passe le joint à une minuscule blonde au nez retroussé, aux cheveux retenus par un serre-tête. Elle est adossée à un lit, ses jambes sagement repliées sous elle. J'ignore son nom mais je la reconnais : c'est lady Ann, la première femme de Richard III, dont la rumeur dit qu'elle est également une « lady » dans la vie et qu'elle héritera un jour d'une bonne partie du Shropshire. Elle prend la cigarette, inhale à fond et nous la tend. « Les gars ?

— Merci, dit Spencer en en tirant une énorme bouffée, ce qui me surprend car il professe d'habitude un certain mépris pour les camés. De quoi parliez-vous ? demande-t-il à la ronde.

— De l'Inde, répondent-ils tous à l'unisson.

— Tu y es allé, Spencer ? demande Chris.

— Non, non. Peux pas dire que… »

Il avale une autre bouffée.

« Tu as tout de même pris une année sabbatique ? demande Ruth/Mary.

— Pas… en tant… que telle… (Il exhale entre les mots.)

— À quelle université es-tu ? demande Chris.

— Aucune.

— Pour le moment », je m'empresse jovialement d'ajouter. Spencer me fusille du regard tout en me faisant un sourire de crocodile. Il tire une dernière bouffée du joint avant de me le passer. Je le prends, le mets dans ma bouche, m'étouffe et le passe à mon voisin. Plus personne ne parle : on écoute la musique de Van Morrison et ma toux. Lady Ann se met soudain à genoux et nous dit d'une voix indistincte :

« J'ai une idée ! Si on jouait à : "Et si cette personne était..." ?

— C'est quoi, ce jeu ? demande Spencer.

— On choisit quelqu'un, puis on sort de la pièce et cette personne... non, je me trompe : c'est la personne désignée qui sort de la pièce, puis les gens *dans* la pièce désignent une deuxième personne, et la personne *dehors* revient *dedans*, et les deux désignés doivent faire le tour de nous tous arrangés en cercle et demander à chacun de nous : "Si cette personne devait être définie en termes météorologiques, elle serait quel type de temps ?" et cette personne doit répondre quelque chose comme : "Cette personne (celle qu'on a secrètement choisie) serait une belle journée ensoleillée." Ou : "Un orage terrible", ou je ne sais quoi. Il faut personnifier la personne en fonction de la façon dont on perçoit cette personne, puis la personne qui a été envoyée dehors demande à une autre personne : "Et si cette personne était un poisson, ou un sous-vêtement, quel poisson ou quel sous-vêtement elle serait ?", et cette personne... »

Elle continue à nous « expliquer » pendant deux ou trois jours son jeu gonflant, ce qui me laisse tout le temps du monde pour examiner Spencer. Assis, la mâchoire pendante, muet, complètement dans les vapes, il se sourit à lui-même. J'entends un craquement, baisse les yeux, et me rends compte que je suis en train d'écraser la canette de bière que j'ai en main. Il faut qu'on sorte de là.

« Viens, Spencer, allons nous chercher à boire. »

Je lui prends le bras pour l'aider à se relever.

« Ohhhh ! Vous ne voulez pas jouer ? s'exclame Ruth – ou plutôt Mary.

— Peut-être plus tard. Là, tout de suite, nous avons besoin d'un verre », dis-je en m'esbignant avec ma boîte de bière encore pleine. Je tire Spencer vers la porte que je referme derrière nous. Dieu merci, on s'en est sortis. Je fonce vers l'escalier.

« Mais je voulais jouer, moi », glousse Spencer. Au lieu de me suivre, il s'appuie au mur, titubant, un sourire idiot sur le visage. Prétextant une envie d'aller aux toilettes, je lui désigne la porte qui y mène et vais m'y réfugier.

Une fois dedans, je m'appuie contre le lavabo, regarde dans la glace le superbe, le stupide bifteck cru qui me tient lieu de visage en me demandant pourquoi il faut toujours que Spencer gâche tout. Je l'aime, mais je déteste qu'il soit dans cet état, ivre et méchant. Ivre et sentimental, ça va, mais ivre et méchant, ça me fait peur. Non qu'il devienne violent – d'habitude il ne l'est pas, sauf si on le provoque –, mais il faut que je l'empêche de boire davantage, et je ne vois pas comment je peux faire, à moins de lui ôter les canettes des mains. On pourrait partir, bien sûr, mais si je ne vois pas Alice ce soir, je ne la verrai plus jusqu'à la prochaine réunion de l'équipe du *Challenge*, et je ne me sens pas d'attendre si longtemps. Le fait est que je trouve très difficile d'être Ravageur et Réservé avec un Spencer dans les parages.

Pis encore, il faut que je trouve le moyen de lui dire qu'il doit partir demain. Tant que je serai enfermé là-dedans, je n'aurai aucune décision fâcheuse à prendre, mais quelqu'un donne des petits coups impatients sur la porte. Je tire donc la chasse et remarque que celui qui a utilisé le W-C avant moi a copieusement arrosé la cuvette de plastique noir. Je songe à l'essuyer, allant jusqu'à rouler en boule plusieurs feuilles de papier, puis je décide que nettoyer l'urine des autres est dégradant – le genre de servilité dont je me suis toujours gardé. Ce n'est pas à moi de le faire. Souviens-toi : Ravageur et Réservé. Je tire la chasse et sors.

Alice est la première dans la queue. Plantée sur le seuil, elle parle avec Spencer en riant très fort.

« Hello, Brian, me dit-elle gaiement.

— Ce n'est pas moi qui ai pissé sur le siège des toilettes, dis-je, Ravageur et Réservé.

— Bravo, Brian. C'est bon à savoir. »

Elle entre et ferme la porte.

29

QUESTION : Dans quelle pièce de 1594 les deux amis Proteus et Valentin se brouillent-ils car ils se disputent l'amour de la belle Silvia ?
RÉPONSE : *Les Deux Gentilshommes de Vérone.*

« JE VOIS QUE VOUS AVEZ PARLÉ, VOUS DEUX ! dis-je à Spencer.

— Ouais.

— Elle est chouette, hein ?

— Ouais. Pas mal. Très sexy. (Il regarde la porte des toilettes.)

— Mais intéressante, en plus.

— Écoute, Bri, on n'a parlé que cinq minutes, mais je ne me suis pas ennuyé. Impossible, avec des nibards pareils.

— De quoi avez-vous parlé ? Elle t'a posé des questions sur moi ?

— Du calme, vieux. Elle t'aime bien, c'est évident, alors n'en rajoute pas.

— Tu crois qu'elle m'aime bien ?

— J'en suis sûr.

— Bon. Je vais à la cuisine. Tu viens ?

— Non. J'attends. » Il me désigne de la tête la porte des toilettes. Je suis au milieu de l'escalier quand je me demande ce qu'il veut dire par « J'attends ». J'attends pour aller aux toilettes ou j'attends Alice ?

Une idée totalement inédite commence à prendre forme dans ma tête. Une minute plus tard, j'y crois dur comme fer : Spencer baratine Alice. Il est venu ici dans le seul but de la séduire. En m'entendant lui parler d'elle il s'est dit : *Tiens, ça a l'air pas mal ; je vais tenter ma chance.* Après tout, ce ne serait pas la première fois. On rejoue mon fiasco dans l'affaire Janet Parks. Toutes les filles qui me plaisent préfèrent Spencer Lewis, et le fait qu'il ait l'air de s'en fiche ajoute à son attraction. Pourquoi ça ? Qu'a-t-il que je n'aie pas ? Même un hétéro comme moi peut se rendre compte de sa séduction. Il est beau gosse, mystérieux aussi, irresponsable, assez crade – tout ce que les femmes aiment en prétendant ne pas aimer. D'accord, Spencer n'est pas chic, mais il est cool, et « cool » l'emporte sur « chic » aux yeux d'Alice Harbinson, j'en mettrais ma main au feu. Maintenant, je n'y vois que trop clair ; ce salaud me fait un enfant dans le dos : il m'endort pour mieux me trahir. Je parie qu'il est en train d'insinuer sa main dans le décolleté d'Alice et…

« D'où te vient ce sourire mauvais, Brian ? »

C'est Rebecca.

« Oh, salut, Rebecca. Qu'est-ce que tu fais ici ?

— Je ne suis pas un parasite, tu sais : j'ai été invitée.

— Par qui ?

— Par ta délicieuse Alice, figure-toi. » Elle sort sa flasque à whisky personnelle de la poche de son ciré noir.

« C'est *vrai* ?

— Oui. (Elle avale l'alcool d'un trait.) Entre nous, je crois qu'elle s'est toquée de moi.
— Mais je croyais que tu ne l'aimais pas ?
— Och, elle n'est pas si mal quand on la connaît. » Elle glousse et m'enfonce son flacon dans l'estomac. Je me rends compte qu'elle est ivre morte ; elle n'a pas l'alcool triste, non, mais folâtre, espiègle, ce qui est bon signe, quoiqu'un peu déstabilisant pour moi, comme si je voyais Staline sur un skateboard. « Pourquoi ? Tu me trouves hypocrite ? Tu veux que je m'en aille ? ajoute-t-elle.
— Mais non ! Je suis très content de te voir ; je croyais seulement que ce genre de soirée n'était pas ton truc.
— Pourtant, tu me connais : tu devrais savoir que je n'aime rien tant que deux cents étudiants en art dramatique éméchés en train de chanter en chœur. » Elle désigne du menton le salon où Richard III-Neil Machin-chose aux dons multiples, a produit une guitare acoustique et se met à jouer « The Boxer », de Simon et Garfunkel.

Les *na-na-na, na-na, na-na* retentissent encore trois quarts d'heure plus tard. Ce n'est plus un fond sonore, mais quelque chose d'autre, une sorte de mantra somnambulique, avec harmonies et tout, qui pourrait durer des jours. Cela ne nous gêne pas trop, Rebecca et moi, car, enfoncés dans le canapé à l'autre bout de la pièce, on se passe en gloussant la flasque à whisky.
« Och, c'est pas vrai ! Ce branleur de Neil MacIntyre a trouvé un tambourin !
— D'où il le sort ?
— De son trou du cul, je présume. (Elle reboit une grande goulée.) Tu crois que ça va finir un jour ?

— Pour le moment, ça va. Tant qu'ils n'attaquent pas “Hey Jude”.

— S'ils le font, je lui découpe sa guitare à la tenaille, je te jure. »

La fête bat son plein, au sens littéral du terme : la masse des invités menace de faire exploser les murs ; ici, dans le salon, les gens s'accrochent aux meubles comme dans *Le Radeau de la Méduse* de Géricault. Je devrais aller nous chercher à boire mais Rebecca et moi avons une place de choix sur ce canapé fait pour deux, coincés entre six autres personnes. D'ailleurs il n'y a sans doute plus rien car tout le monde trottine à la ronde en cherchant des bouteilles et en les tenant devant la lumière pour voir s'il reste un fond, inspectant même les canettes débordantes de mégots. De surcroît, je n'ai pas envie de bouger car Rebecca, très schlass, très drôle et un peu flirt, me souffle son haleine alcoolisée dans l'oreille, ce qui m'aide à chasser « The Boxer », Alice et Spencer de mon esprit. Ces deux-là sont certainement en train de baiser comme des bêtes sur une pile de manteaux.

« Tu sais, me dit Rebecca, si je dirigeais le monde, ce que j'entends bien faire un jour, ma première mesure serait d'interdire la guitare acoustique… bon, peut-être pas l'interdire, mais exiger qu'elle soit délivrée sous licence, comme les armes ou les chariots élévateurs à fourche. Et j'édicterais des règles draconiennes : ne pas jouer après la tombée du jour, ne pas jouer sur les plages ou autour des feux de camp, interdire “Scarborough Fair” et “American Pie” – “Mrs Robinson” de Simon et Garfunkel, les harmonies et les chœurs de plus de deux voix.

— Oui, mais légiférer risque d'entraîner une pratique clandestine de l'instrument.

— C'est exactement ce qu'il faut, mon ami... 'xactement. Que ce truc d'enfer reste underground. Et j'interdirais aussi la dope. J'veux dire... comme si les étudiants n'étaient pas assez stupides et nombrilistes comme ça... Ouais, j'interdirais la marijuana.

— Elle est déjà interdite.

— Excellent argument, mon ami. Objection retenue. » Elle écluse le reste du whisky. « Les seules drogues qui baillent... qui vaillent, c'est l'alcool et le tabac. Skya... qu'est-ce qu'il y a dans la canette à tes pieds ?

— Des mégots.

— Bon, suis pas preneuse alors. » Elle surprend mon sourire. « Qu'est-ce qui t'amuse ?

— Toi.

— On peut savoir quoi au juste, *mister* ?

— Tes opinions. Tu crois que tu vas mettre de l'eau dans ton vin – je veux dire avec l'âge ?

— N'y compte pas ! Je vais te dire quelque chose, Brian Jackson : tu sais, les conneries que les adultes te débitent : qu'on est de gauche jusqu'à trente ans, puis qu'on vire à droite après, en comprenant les erreurs qu'on a commises. » Elle brandit le médius en un geste obscène. « Voilà ce que j'en pense, de leur théorie. Si on est encore amis en 2000, c'est-à-dire dans quatorze ans – et j'espère qu'on le sera, Brian, mon vieux pote –, si j'ai *de quelque façon* transigé sur mes idées politiques, éthiques ou morales en matière d'impôts, d'immigration, d'apartheid ou de syndicalisme, si je les ai amendées ou si j'ai cessé de manifester, d'assister à des meetings, ou si je me suis droitisée, même de façon infime, je te donne la permission de me tirer une balle dans la tête. (Elle me montre son front.) Là, en plein milieu.

— Très bien. Je le ferai.

— J'y compte bien. » Elle cligne des yeux, se lèche les lèvres et tente de tirer une dernière gorgée du flacon vide. « Écoute, Brian, je m'excuse d'avoir été si lourde avec toi, ce matin.

— Comment ça, lourde ?

— Tu sais ce que je veux dire : d'avoir fait ma Sylvia Plath, quoi.

— Oh, ne te bile pas…

— Remarque, ça ne m'empêche pas de penser que tu es un vrai con et tout, mais je suis désolée de t'avoir cassé les pieds.

— En quoi suis-je un vrai con ?

— Tu le sais, non ?

— Non. Dis-moi. »

Elle sourit en me glissant en coulisse un regard sous ses cils noirs et fournis. « Pour ne pas m'avoir baisée quand tu en as eu l'occasion.

— Ah… Eh bien, tant pis. » Je songe un instant à l'embrasser mais trop de gens nous regardent, et il y a Alice en haut. « Une autre fois, peut-être, dis-je.

— Ah non ! Tu as tout gâché. C'était une offre unique, mon pote. (Elle tape sa tête contre mon épaule.) Une Offre Unique. » Nous restons un instant silencieux, sans nous regarder. Rebecca finit par demander : « Où est ton copain ?

— Spencer ? Aucune idée. Là-haut, sans doute.

— Je croyais qu'il était censé faire une sorte de dépression nerveuse ?

— Ouais. Alice s'occupe de lui.

— Tu me le présenteras ou quoi ? »

Rebecca et Spencer, ce n'est pas une combinaison que j'avais imaginée, et les conséquences pourraient être désastreuses, mais comme il faut que je sache où il est, ce qu'il fait, où en est sa main dans le décolleté d'Alice, je dis à Rebecca : « Si tu veux. » On s'extrait des profondeurs du canapé et on commence à les chercher.

Après avoir inspecté chaque pièce, on finit par les trouver dans une petite chambre bondée à l'arrière et tout en haut de la maison, debout dans un coin, à cinq centimètres l'un de l'autre. Tout autour d'eux, les gens dansent, ou non (il n'y a pas assez de place), en tout cas ils agitent la tête sur « Exodus », de Bob Marley, et Alice agite également ses épaules, légèrement à contretemps, en se mordant la lèvre. D'accord, Spencer et elle ne s'embrassent pas, mais ils sont si serrés que c'est tout comme. Spencer a ce sourire de travers exaspérant et ravageur de tombeur de filles (ma parole, il se prend pour Fonz le bellâtre de la sitcom *Happy Days*), et Alice, qui semble fascinée, roule des yeux blancs, les bras croisés sur la poitrine comme si elle jouait les filles de ferme, lui mettant son décolleté sous le nez des fois qu'il n'aurait rien remarqué.

« C'est lui, là-bas, dans le coin, dis-je à Rebecca.

— Le skinhead ?

— Ce n'est pas un faf. (Je ne sais pas pourquoi je le défends. Si ça se trouve, c'est un facho, ou tout comme.)

— Beau gosse, dit Rebecca.

— Ah bon, oui, peut-être, merci pour lui. (Je bredouille car je commence à m'embrouiller.)

— Oh, la ferme, idiot. Tu n'as rien à redouter sur ce plan-là. »

Elle se paie ma tête ou quoi ? De toute façon, je ne cherche pas à creuser, déconcentré que je suis par ce que je vois : *Alice est en train de passer sa main sur la tête de mon pote*, de ce geste pathétique de fille chatouillée, toute prête à la retirer, cette main (« Oh, c'est tout râpeux ! »), mais il se penche pour qu'elle la remette, en lui servant une louche de son stupide sourire asymétrique de tombeur et en l'encourageant de la voix (« Vas-y, essaye encore ! »). Après, il n'aura plus qu'à lui montrer ses cicatrices récoltées dans une bagarre au tesson de bouteille. Vraiment, quelle arnaque de se raser la tête pour faire croire aux gens que vous avez craqué quand votre seul but est de vous faire caresser le crâne par des belles nanas. Je me demande combien de temps il me faudrait pour descendre à la cuisine, remplir une bassine d'eau froide et remonter la leur lancer dessus. Sur ces entrefaites, Patrick Watts s'approche d'eux et le fait pour ainsi dire à ma place en *entamant une conversation*.

« Oï, tu m'écoutes ou non, espèce de givré ? me demande Rebecca.

— Euh... je t'écoute.

— Alors, tu me présentes à ton copain ou quoi ?

— Je te présente. Mais ne va pas te tirer avec lui.

— Och, qu'est-ce que tu en aurais à cirer ? »

On va vers eux.

« Et Patrick est le capitaine de notre équipe, annonce Alice avec fierté, comme on s'approche.

— Oui, je suis au courant, dit Spencer sans regarder Patrick dans les yeux.

— Oh, hello, Rebecca », dit Alice qui, bizarrement, l'enlace. Rebecca lui rend son étreinte tout en me faisant la grimace par-dessus son épaule.

« Spencer, je te présente mon excellente amie, Rebecca. »

Je suis obligé de crier pour me faire entendre. Ils se serrent la main.

« Le fameux Spencer. Heureuse de faire enfin votre connaissance. Brian m'a beaucoup parlé de vous.

— Il a bien fait ! » Nous restons tous un moment à incliner la tête quand, je ne sais pas pourquoi, je me mets à hurler :

« Spencer, tu devrais parler à Rebecca de tes ennuis avec la justice. »

J'ignore ce qui m'a pris, mais je l'ai dit. Sans doute pour lui rendre service, et aussi pour alimenter la conversation. Spencer, qui a gardé le sourire, me demande :

« Pourquoi ?

— Parce que Rebecca est juriste.

— J'*étudie* le droit, c'est tout, proteste-t-elle.

— Mais tout de même..., dis-je.

— C'est quoi, ton problème juridique ? demande Patrick, soudain intéressé.

— Spencer s'est fait choper pour fraude aux allocations chômage.

— C'est une blague ! s'exclame Alice, soudain vertueusement de gauche, en serrant le bras de Spencer. Les *salauds*, dit-elle. Mon pauvre...

— *Bien joué, Brian.* » Je devine les mots que Spencer m'adresse en les articulant sans les lâcher. Son sourire a tourné au rictus.

« Si tu n'as pas triché, tu ne risques rien, décrète Patrick avec hauteur.

— Mais il a triché, dis-je pour clarifier les choses.

— Ce qui veut dire que tu as un boulot ? demande Patrick.

— Au noir. Dans une station-service, marmonne Spencer.

— Sauf qu'il s'est fait prendre la main dans... » Spence me regarde d'un sale œil. Je m'arrête.

« Eh bien..., ricane Patrick en haussant les épaules, il ne me reste plus qu'à te souhaiter bonne chance, vieux. »

Spencer me fusille maintenant du regard : il me cloue sur place. Rebecca se retourne contre Patrick.

« Que veux-tu qu'il fasse, s'il n'y a pas de travail là-bas ?

— À l'évidence, il y en a.

— Ça m'étonnerait.

— À mon avis, tu découvriras qu'il y en a.

— Il y a quatre millions de chômeurs, affirme Rebecca, devenue mauvaise.

— Trois millions. Et il n'en fait pas partie. C'est toute la différence. S'il travaille au noir, il a manifestement un boulot, mais la paie est insuffisante pour son train de vie. Il a donc décidé de prendre le surplus que représente l'argent de l'État. (Je me demande si Patrick va continuer à appeler Spencer « lui » ?) On peut difficilement en vouloir au gouvernement de recouvrer ce qui lui a été volé. D'ailleurs, c'est aussi mon argent… »

Bob Marley chante maintenant « No Woman, No Cry » et je regarde Spencer descendre sa bière, ses yeux réduits à deux fentes fixés sur Patrick. Je croise son regard puis reporte le mien sur Rebecca, écarlate, qui enfonce un index belliqueux dans la poitrine de Patrick, prête à lui arracher le palpitant.

« Ce n'est pas *ton* argent car tu ne paies pas d'impôts, dit-elle.

— Non, pas encore, mais quand j'en paierai, j'en paierai beaucoup. Nous tous d'ailleurs. Je suis peut-être de la vieille école, mais il me semble avoir le droit de souhaiter que ce pactole n'aille pas à des faux "chômeurs".

— Même si leur boulot ne leur permet pas de vivre ?

— Pas mon problème ! Si l'employé veut un meilleur job, il a plein de solutions : faire une formation en profitant du YOP (Youth Opportunities Program), essayer de se qualifier, prendre son vélo et faire le tour des… AU SECOURS ! DÉTACHEZ CE TYPE DE MA PERSONNE ! »

Spencer avait fait un pas en avant, tendu son avant-bras sous le menton de Patrick qu'il avait soulevé de terre, le clouant contre le mur. J'ai déjà vu Spencer se battre – sept ou huit fois –, mais je suis toujours ahuri par la situation, comme si je découvrais soudain qu'il sait faire des claquettes. L'incident s'est produit si vite que personne, en dehors de notre groupe, n'a rien vu. Les gens continuent à agiter la tête sur « No Woman, No Cry ». Mais Patrick commence à donner des coups de pied qui arrachent le plâtre, et Spencer, pour l'empêcher de gigoter, le plaque contre le mur avec son corps en lui écrasant les joues de sa main libre, transformant sa bouche en un genre de cul de poule.

« Arrête ça, mon pote, dis-je.

— D'accord, siffle Spencer. Question n° 1 : Qui est-ce “il” ? (Son visage est très près de celui de Patrick.)

— Qu'est-ce que tu veux dire ? crachote l'autre, qui a du mal à parler avec la bouche ainsi déformée.

— Ce “il” dont tu parles, c'est qui ?

— Toi, bien sûr.

— Lâche-le, dis-je.

— Comment je m'appelle ?

— Arrête, Spencer. Ça suffit, dis-je.

— Mon nom. Comment je m'appelle, sale petit connard pompeux », poursuit Spencer, ses doigts toujours enfoncés dans les joues de Patrick dont il cogne la tête contre le mur.

Le disque s'arrête dans un grattement de vinyle et les gens commencent à se retourner pour nous regarder. Patrick, carrément apoplectique, cherche le sol des pieds et ses dents serrées laissent échapper un mélange de salive et de jus d'orange.

« Argh... Me souviens... plus... de ton nom.

— Laissez tomber ! » crie quelqu'un. Un rassemblement a commencé à se former à la porte. « On appelle la police ! » crie une autre voix. Mais Spencer s'en moque. Je l'entends dire, son front contre celui de Patrick : « La réponse est *Spencer*, Patrick, et si tu as d'autres leçons à me donner concernant mon plan de carrière, tu le feras directement, en t'adressant à moi, espèce de petit bêcheur immonde... »

Il y a soudain un nouveau débordement d'activité car Patrick arrive à dégager un bras : du plat de la main il applique une claque sur l'oreille de Spencer, plus bruyante qu'efficace, mais qui suffit à le libérer ; Patrick commence à envoyer des coups de poing tous azimuts, à cracher et hurler comme un enfant furieux. L'assistance se rue dehors à reculons en glapissant ; dans le chaos ambiant, je vois Alice, telle l'héroïne sur une affiche de cinéma, qui s'accroche au bras de Spencer pour tenter de l'entraîner, lui aussi, hors de la pièce, mais en se libérant, il l'envoie valdinguer contre l'appui de la fenêtre, sur lequel elle se cogne lourdement la tête. Je la vois grogner et se toucher le crâne, qu'elle croit en sang. Je voudrais m'approcher d'elle pour m'assurer qu'elle n'est pas blessée, mais Patrick fait toujours des moulinets avec ses bras, tentant en vain d'atteindre Spencer qui, accroupi au sol, esquive les coups en attendant son heure. Elle vient. Spencer se lève, pose une main à plat sur la poitrine de l'autre pour le maintenir hors de portée puis détend son bras gauche pour lui envoyer un formidable coup de poing sur le côté de la figure. On entend le même bruit mouillé qu'un morceau de bidoche jeté sur une planche à découper. Patrick tourne deux fois sur lui-même et s'affale, le visage contre terre.

Il y a un moment de silence puis tout le monde se rue sur lui. Il a roulé sur le dos et se touche prudemment le nez et la bouche, orifices qui saignent en abondance. « Oh, mon Dieu, marmonne-t-il. Oh, mon Dieu. » Je le sens à deux doigts de pleurer quand Lucy Chang se fraie un passage, s'accroupit et, les deux mains derrière sa tête, l'aide à se mettre en position assise. À part eux deux, je ne vois clairement que trois autres personnes.

Rebecca, plantée au milieu de la pièce, les mains sur la bouche, tente de réprimer un fou rire, ou des larmes.

Alice, sonnée, appuyée contre la fenêtre, regarde Spencer, bouche bée, en se frottant la tête.

Spencer, ignorant Patrick au tapis, lève la main pour examiner l'état de ses phalanges en respirant fort. Il me regarde et me lance entre ses dents serrées : « Tirons-nous d'ici, tu veux bien ? »

En bas, les choristes, avec une obstination – et une pertinence – qui les honore, reprennent la chanson des Beatles « With a Little Help From My Friends [1] ».

1. « Avec un peu d'aide de mes amis ».

30

QUESTION : La blépharite, l'ectropion, l'amblyopie et l'hétérophorie affectent l'acuité visuelle. En quels termes définiriez-vous leurs effets ?

RÉPONSE : On n'y voit rien.

NOUS DESCENDONS LA COLLINE EN SILENCE, Spencer quasiment sur mes talons. J'entends son pas cogner le trottoir mouillé mais je suis trop furieux, trop gêné, trop ivre et trop embrouillé pour lui parler. Je fonce tête baissée.

« Quelle fête super », me lance-t-il au bout d'un moment.

Je me tais.

« Alice m'a plu.

— Ouais, j'ai cru remarquer. »

Je ne me retourne pas.

Nous marchons de nouveau en silence.

« J'ai une idée, Bri : si on jouait à “Si cette personne était…” ? »

Je hâte le pas.

« Écoute, Brian, si tu as quelque chose à me dire, dis-le ; tout ça, c'est trop con.

— Si je me tais, tu vas m'exploser la gueule ?

— Je serai certainement tenté de le faire, marmotte-t-il. Bon, vieux, maintenant que tu m'as fait la leçon, tu vas m'écouter ? (Je continue à marcher.) S'il te plaît ! » Ces mots ne lui viennent pas facilement, comme à un enfant caractériel qu'on oblige à être poli. Je me retourne tout de même.

« Bon : Brian, excuse-moi d'avoir cogné le capitaine de ton équipe de l'*University Challenge*... »

Il ne peut pas s'empêcher de finir la phrase en gloussant. Je lui tourne de nouveau le dos.

Au bout d'un instant, je l'entends courir derrière moi. Je tressaille, mais il me fait face et, au lieu de me foncer dessus, recule à toute allure en m'apostrophant : « Qu'est-ce que tu voulais que je fasse, Bri ? Que je reste planté là à m'en prendre plein la gueule ? Il m'a traité comme de la merde.

— Et tu as décidé de le frapper ?

— Ouais.

— Parce que tu n'étais pas *d'accord* avec lui ?

— Non, pas seulement pour ça.

— Ça ne t'est pas venu à l'idée de discuter, de faire valoir ton point de vue de façon calme et rationnelle ?

— Mon point de vue n'a rien à voir là-dedans : il voulait me faire passer pour un salaud.

— Tu as donc recouru à la violence ?

— Je n'ai pas “recouru” à la violence. Je l'ai choisie d'emblée.

— Tu es un malin, hein ? Un dur aussi.

— On ne peut pas dire que tu m'aies beaucoup aidé. Tu avais peur qu'il te vire de l'équipe, ou quoi ?

— J'étais de ton côté.

— Faux. Tu brandissais simplement ta conscience sociale comme un étendard pour impressionner tes deux copines. Si tu n'avais pas abordé le sujet de mes ennuis…

— Qu'est-ce que tu voulais que je fasse : tenir les bras de Patrick liés derrière son dos pour que tu puisses lui casser la gueule ? Ce sont *mes* amis, Spencer.

— Ton ami, ce couillon ? C'est encore pire que ce que je croyais, Brian, car *toi aussi*, il te traite comme de la merde.

— Non.

— Si. Je l'ai vu faire. C'est un nullard. Il a mérité ce qui lui est arrivé.

— Mais lui, au moins, ne cherche pas à me tirer les filles qui me plaisent.

— Hé ! Attends un peu ! » Il me bloque en me mettant une main sur la poitrine, comme il l'a fait à Patrick avant de le frapper, et je me demande s'il peut entendre les battements affolés de mon cœur. « Tu crois que j'ai essayé de te piquer Alice ? Tu le crois vraiment ? me demande-t-il.

— Il m'a semblé en tout cas. Toutes ces caresses sur ton crâne rugueux… »

Je lui passe la main sur la tête mais il l'ôte violemment en me saisissant le poignet.

« Tu sais, Bri, pour quelqu'un censé être instruit, tu es parfois un mongolien.

— Cesse de me parler comme ça, dis-je en tentant de libérer mon poignet.

— Comme quoi ?

— Comme *ça* – tu m'injuries sans arrêt ! Qu'est-ce qui se passe, Spence … ton besoin de tout foutre en l'air… Je suis désolé que ça aille mal pour toi en ce moment, désolé que tu ne sois pas heureux, mais avec un peu d'esprit pratique, tu pourrais t'en sortir. Dommage que tu choisisses de ne pas le faire parce que c'est plus facile de brûler tes vaisseaux, de mépriser, railler ceux qui s'échinent à faire quelque chose de leur vie.

— Des gens comme *toi*, par exemple ? (Il ricane, bien sûr.)

— Tu sais quoi, Spencer ? Tu es jaloux, c'est tout. Tu as toujours été jaloux de moi parce que je travaille dur, parce que je suis intelligent, que j'ai des diplô…

— Minute ! *Intelligent ?* Tu te dis *intelligent*, espèce de crétin qui te la pètes ! Quand je t'ai rencontré, tu n'étais même pas capable de nouer tes putains de lacets. J'ai dû t'apprendre. Jusqu'à l'âge de quinze ans, tu avais "gauche" et "droite" écrit sur les semelles de tes chaussures de tennis. Tu ne pouvais même pas arriver à la fin d'un match de foot sans éclater en sanglots, pauvre petit con pathétique. Si tu es si malin, pourquoi tu ne sais pas ce que les gens disent de toi derrière ton dos ? Pourquoi ils se foutent de toi ? Je t'ai défendu pendant des années, après la mort de ton père…

— Qu'est-ce que mon père vient faire là-dedans ?

— À toi de me le dire, Brian. À toi de me le dire…

— Laisse mon père en dehors de ça, d'accord ? (Je crie.)

— Sinon quoi ? Tu vas pleurer ?

— Va te faire foutre, Spencer. Tu es une brute. »

Mes yeux me piquent et l'angoisse me noue l'estomac. Je comprends que je dois m'éloigner de lui. Je me détourne et remonte la colline.

« Où tu vas ? me crie-t-il.

— Sais pas.

— Tu me fuis, Brian ?

— On peut dire ça comme ça.

— Et moi, qu'est-ce que je deviens ?

— Sais pas, Spencer. C'est plus mon problème. »

Je l'entends alors dire tout bas, comme s'il se parlait à lui-même : « OK, va te faire foutre. » Je m'arrête et me retourne, m'attendant à le voir sourire, ou ricaner. Mais il est resté là où il était, sous un lampadaire, la tête renversée en arrière, les yeux fermés, le poing pressé sur son front.

Il a l'air d'avoir dix ans. Je sens que je devrais aller vers lui, ou tout au moins m'approcher, au lieu de quoi je lui crie depuis l'autre côté de la rue : « Il faut que tu t'en ailles, Spence. Demain matin. Tu ne peux pas rester plus longtemps. C'est contraire au règlement. »

Il ouvre des yeux rougis, fatigués, pleins de larmes et me regarde posément.

« C'est pour ça que tu veux que je parte, Brian ? Parce que ma présence est *contraire au règlement* ?

— Oui, en partie.

— Bon, très bien. Je m'en vais.

— OK.

— Et excuse-moi de t'avoir mis dans l'embarras devant tes amis.

— Tu ne m'as pas mis dans l'embarras. Je ne veux plus te voir ici, c'est tout. »

Je me détourne une fois de plus et m'éloigne sans regarder en arrière. Je devrais être satisfait puisque, pour la première fois, j'ai tenu tête à Spencer, mais je ne le suis pas. Je me sens vidé, perturbé, bête et triste. Je continue à marcher au hasard, perdant toute notion du temps.

Je me dis vaguement que Spencer n'a pas la clé de chez moi. La chose à faire serait de rentrer pour lui ouvrir. Mais libre à lui de réveiller Marcus ou Josh ; après tout, je ne suis pas le gardien de mon copain. Je vais juste lui donner assez de temps pour retrouver la maison et s'endormir ; quant à moi, j'ai besoin d'évacuer tout cet alcool et d'échapper à ce désordre, puis je me glisserai dans ma chambre, ni vu ni connu. Demain matin, il sera toujours temps de faire le point. Sauf qu'une heure plus tard, je traîne encore dehors. La bruine s'est transformée en pluie et, sans le vouloir, je me retrouve devant la cité U où logent Alice et Rebecca.

Il est 1 heure du matin et les hautes grilles sont fermées. Seuls entrent les possesseurs de clés. Je dois donc escalader. Je me débrouille pour le faire sans déclencher l'alarme ni m'empaler, mais une fois passé de l'autre côté, la semelle de mes souliers dérape sur le talus boueux jonché de branches mortes et, tel un enfant sur un toboggan, je le dévale jusqu'en bas pour me retrouver en vrac sous un massif de rhododendrons. Je m'essuie les mains sur le paillis mouillé et attends, tapi sous le buisson, que quelqu'un emprunte l'allée de gravier et ouvre la porte des dortoirs.

L'eau glacée qui s'écoule des feuilles me goutte dans le cou, et la boue a trempé mes richelieus en daim. J'ai l'impression d'avoir du carton froid et mouillé enroulé autour des pieds. Je suis sur le point de renoncer quand je vois quelqu'un emprunter l'allée. Je sors de mon abri pour le suivre. Il ouvre la porte et je lui crie : « Attendez ! » Il se retourne pour me regarder.

« Ne refermez pas ! » Le type, que je ne connais pas, me regarde avec suspicion. Il a déjà à moitié refermé la porte. « J'ai oublié mes clés… par une nuit pareille, vous vous rendez compte ! »

Il regarde mon pantalon et mes chaussures crottés de terreau. « Je suis tombé. Bon sang, je suis trempé ! »

Comme il ne bouge pas, je fouille dans mon portefeuille avec des doigts engourdis et gluants pour sortir ma carte d'étudiant – avec succès car il finit par me laisser entrer.

J'emprunte les couloirs obscurs d'un pas lourd et mouillé en laissant une traînée de compost sur le parquet ; je me retrouve enfin devant la porte d'Alice. Un rai de lumière orangée filtre sous la porte : elle ne dort pas. J'appuie mon oreille contre le battant et j'entends de la musique. C'est Joni, qui chante « Help Me », l'un des morceaux de l'album *Court and Spark* et j'ai désespérément envie d'être au chaud de l'autre côté, dans la clarté tamisée d'une lampe de chevet. Je frappe doucement – trop doucement, car elle n'entend pas. Je refrappe en chuchotant son nom.

« Qui est là ?

— C'est Brian.

— Brian ? (Elle ouvre.) Mon Dieu, dans quel état tu es ! » Me prenant par la main, elle me tire à l'intérieur.

Elle me conduit au centre de la pièce et prend aussitôt les opérations en main, telle une gouvernante édouardienne sévère et efficace : « Ne t'assieds pas et ne touche rien avant qu'on t'ait séché, jeune homme. » Elle ouvre ses tiroirs, d'où elle sort un grand pull vert tricoté à la main, un pantalon de jogging et une paire de chaussettes de laine. « Et tu vas aussi avoir besoin de ça. » Elle défait la ceinture de son peignoir de bain blanc, l'ôte et me le lance. Dessous, elle porte un vieux tee-shirt gris rétréci qui découvre son nombril, avec Snoopy dans sa niche, dont la sérigraphie est tellement fanée et craquelée qu'elle ressemble à une fresque médiévale, une grande culotte informe en coton gris cuirassé et une paire de grosses chaussettes noires roulées sur les chevilles. De ma vie, je n'ai vu spectacle plus érotique.

« Regarde-toi : tu as les mains qui tremblent, dit-elle.

— Ah bon ? » Quand j'ouvre ma bouche pour parler, je constate que je claque des dents.

« Allez, donne-moi tout ça ; tu vas attraper une pneumonie. »

Elle tend la main. Je suis un peu nerveux de devoir me déshabiller devant elle, d'une part parce que les haltères n'ont pas eu le temps de faire leur effet, d'autre part parce que je porte un maillot de corps datant de ma scolarité adolescente, qui a toutes les chances de me donner des airs d'orphelin. Je me souviens pourtant que mon boxer-short est dans un état correct, et j'ai très froid. J'obéis donc. Elle se tient debout près de moi tandis que je me déshabille. Elle remarque que mes mains tremblent trop pour défaire les boutons de ma chemise.

« Laisse-moi faire, dit-elle. Pourquoi tu n'es pas avec Spencer ?

— On s'est di… disputés.

— Où est-il ? (Pourquoi me parle-t-elle de Spencer ?)

— Aucune idée ; rentré chez moi, probablement. »

Les boutons défaits, elle recule pour que je puisse ôter ma chemise. « Je suis tellement désolé pour tout ça, dis-je.

— Tout ça quoi ?

— La ba… bag… bagarre. (Claquement de dents.) Spencer et tout.

— Ne t'inquiète pas. J'ai trouvé ça plutôt amusant. En général, je condamne la violence physique, mais dans le cas de Patrick, je suis prête à faire une exception. Ouf, on peut dire que ton ami est un cogneur. (Ses yeux brillent.) Je sais que je ne devrais pas le dire, mais il y a quelque chose d'excitant à voir deux hommes se battre ; la séduction qu'exerçait dans la Rome antique un combat de gladiateurs, tu vois. » Assis au bord de son bureau que j'essaie de ne pas salir, je défais mes lacets boueux. Elle poursuit : « Je suis sortie un temps avec un boxeur amateur, et j'adorais aller le regarder s'entraîner et combattre. Quand c'était fini, on faisait sauvagement l'amour, c'était fantastique ; tout ce sang, ces contusions et tout, il y avait quelque chose de vraiment sensuel là-dedans. Le sang sur l'oreiller après… » Ma chaussure crottée à la main, elle a un petit frisson érotique rétrospectif. J'entreprends avec précaution de baisser mon pantalon mouillé. « Bien sûr, à part la chambre et le ring, on n'avait pas grand-chose en commun, continue-t-elle. C'était voué à l'échec dès le début. Si on est seulement attirée par ces mecs à moitié nus qui cherchent à ratatiner la cervelle des autres, la relation repose sur de mauvaises bases. Tu as déjà frappé quelqu'un, Brian ? »

À me voir en caleçon et maillot de corps, elle devrait deviner la réponse.

« Non, Dieu merci.

— Et tu as reçu des coups ?

— Oh, une ou deux fois. En cour de récréation, tu vois, ou lors d'une échauffourée dans un pub. Par chance, j'ai toujours une ceinture noire cachée sur ma personne. » Elle sourit, prend mes affaires en détournant les yeux et les secoue avant de les replier soigneusement.

« Ça ne te fait pas mal alors ?

— Quoi ?

— Ta tête, quand Spencer t'a poussée contre la fenêtre.

— Oh, ce n'est rien. Juste une petite bosse. Je n'ai pas de contusion, n'est-ce pas ? »

Elle me tourne le dos et écarte ses cheveux à l'arrière du crâne. Tout près d'elle, une mèche à la main, je n'examine pas, je hume. Je la hume. Elle sent le vin rouge, le coton propre, la peau chaude, le shampoing, et je meurs d'envie d'embrasser le haut de sa tête, là où il y a une petite imperfection. Ça passerait comme une lettre à la poste : « Voilà, plus de bobo », ou quelque chose comme ça. Mais j'ai ma fierté. Je pose donc mes doigts sur le point douloureux.

« Tu sens quelque chose ? » me demande-t-elle.

Oh, Alice, tu n'as pas idée de ce que je ressens.

« Tu as un bleu minuscule, rien de grave.

— Parfait », dit-elle en disposant mes vêtements sur le radiateur. Je suis toujours en slip et marcel. Un coup d'œil sur le « bas » me persuade que mes parties intimes se font indiscrètes. Je m'empresse alors d'enfiler le pantalon de jogging et le vieux pull, tout odorants d'elle.

« J'ai un peu de whisky. Tu en veux ? me demande-t-elle.

— Oui, oui ! » Je m'assieds sur son lit et la regarde rincer deux tasses dans le lavabo. À la lumière de la lampe de bureau, je remarque que le haut de ses cuisses est très blanc et ondulé, comme de la pâte levée, et, comme elle est de profil par rapport à la lumière, je vois, ou crois voir, une traînée de poils châtain clair monter, du bord de sa culotte, à l'assaut de son ventre doucement bombé.

« Alors, qu'est-ce que tu vas faire ? me demande-t-elle.

— À quel sujet ?

— Au sujet de ton ami Spencer. » Ça y est, ça continue : Spencer, Spencer, toujours Spencer…

« Je ne sais pas : discuter avec lui demain matin, je suppose.

— Mais pourquoi avoir marché aussi longtemps sous la pluie ?

— Je voulais lui accorder deux heures pour qu'il trouve ma piaule et s'endorme. Je vais rentrer, moi aussi. » (Je fais semblant de frissonner.)

Elle me tend une tasse à thé avec un doigt de whisky.

« Pas cette nuit. Tu n'es pas en état. Il va falloir que tu dormes ici. »

Je n'attendais que cela pour débiter mon texte : « Oh, ça va, je t'assure. »

Je n'ai plus froid mais je m'oblige à claquer des dents, ce qui est beaucoup plus difficile que vous ne le pensez. Je me garde d'en rajouter et déclare : « Je vais boire ça et partir.

— Brian, tu ne peux pas. Regarde dans quel état sont tes chaussures. » Mes richelieus esquintés fument sur le radiateur comme des pains de viande chauds, et j'entends la pluie cogner contre la vitre. « Je refuse de te laisser partir. Tu vas devoir dormir avec moi. » Le lit pour une personne est étroit. Très étroit. De la taille d'une longue étagère, pratiquement.

« Bon, d'accord, dis-je. Puisque tu insistes… »

31

QUESTION : Découverte presque en même temps par deux chercheurs travaillant indépendamment – le physicien hollandais Petrus Van Musschenbroek en 1746, et l'inventeur poméranien Ewald Georg von Kleist en 1745, la bouteille de Leyde est un flacon de verre scellé utilisé pour stocker quoi ?

RÉPONSE : L'électricité statique.

IL Y A CERTAINES CHOSES QU'UN HOMME DE DIX-NEUF ans comme moi est censé avoir déjà faites. Prendre l'avion, par exemple, conduire une moto ou une auto, marquer un but, arriver à fumer une cigarette jusqu'au bout. À dix-neuf ans, Mozart avait composé des symphonies, des opéras et joué pour les têtes couronnées d'Europe. Keats avait écrit *Endymion*. Même Kate Bush avait enregistré deux albums, et moi, je n'ai encore jamais mangé de maïs en boîte.

Je dois dire pourtant que tout cela m'est égal car cette nuit, je vais décrocher la lune pour la première fois de ma vie, je vais passer la nuit au lit avec une femme.

Bon, il faut que je m'explique un peu. J'ai déjà partagé une tente pour une personne avec Spencer et

Tony, à Canvey Island, dans l'Essex, et nous étions vraiment les uns sur les autres. J'ai aussi dormi avec maman les deux nuits qui ont suivi la mort de mon père. Et la veille des funérailles, j'ai partagé mon lit avec ma cousine irlandaise, Tina, mais cela ne compte pas car, hormis les tristes circonstances et le tabou de l'inceste, Tina était – est toujours – une sorte de fauve. Il est clair que, depuis que je suis adulte, je n'ai jamais de ma vie passé une nuit entière avec une personne du sexe opposé dont je ne suis pas trop proche ou dont je n'ai pas peur. Jusqu'à aujourd'hui.

Nous restons une heure ou deux à boire du whisky côte à côte sur le lit, parlant et écoutant *Tapestry*, de Carole King, et le nouvel album de Tracey Thorn et Ben Watt, le duo EBTG. Sachant que le temps ne m'est pas compté, je me détends un peu et nous rions à l'évocation de la soirée – la bagarre, la tête de Patrick essayant de se rappeler le nom de Spencer. Alice est assise en position de lotus, et elle a descendu son tee-shirt sur son ventre par pudeur, mais quand elle ne regarde pas, je vois la blancheur marbrée de l'intérieur de ses cuisses et le début du creux ombreux des aines.

« Au fait, Brian, j'ai quelque chose à t'apprendre.

— Quoi ? *(Bon sang : je suis amoureuse de Spencer, voilà ce qu'elle va m'annoncer.)*

— J'ai reçu de bonnes nouvelles ce soir. (Elle me met à la torture.)

— Vas-y.

— Je suis Hedda Gabler.

— Fantastique ! Bravo. »

Pour être honnête, j'espérais en secret qu'elle n'aurait pas le rôle, en partie parce qu'elle passerait son temps à répéter, en partie parce que, comme tous les acteurs, elle peut être phénoménalement emmerdante quand elle aborde ce sujet. Mais n'allez pas croire que je manque, moi, de talent dans l'hypocrisie. « C'est génial ! Tu vas être une Hedda formidable ! Ça me fait tellement plaisir ! » Je la serre contre moi et l'embrasse sur la joue parce que après tout, autant que moi aussi j'y gagne quelque chose. « Hé, tu restes dans l'équipe du *Challenge*, n'est-ce pas ?

— Oui. J'ai vérifié. Les dates collent, même si on arrive jusqu'à la deuxième manche.

— On y arrivera.

— Bien entendu. »

Ensuite, on parle environ une heure des nombreux défis que représente la pièce, ce qui n'est pas facile pour moi car, pour être franc, je ne l'ai pas lue. Je pratique l'attention flottante tout en contemplant Alice. Une de ses phrases me fait cependant tendre l'oreille :

« ... ce qui est super, c'est que Neil MacIntyre joue Eilert Lovborg.

— Qui est ce Neil ?

— Tu sais bien : il a campé un fantastique Richard III le trimestre dernier.

— Oh, *lui* ! » dis-je, signifiant par là « le con au tambourin ». Neil MacIntyre, ce petit enfoiré qui s'est trimballé tout le trimestre précédent à la cafét' sur des béquilles pour « se mettre dans l'esprit du rôle » de Richard III. J'ai été souvent tenté de les envoyer valser d'un coup de pied, mais Alice, à l'évidence enthousiasmée par son partenaire et les expériences qui les attendent, gesticule, presse les mains sur son front, se mord fiévreusement la lèvre. En fait, elle me joue la pièce scène par scène, et je tente de rester éveillé en clignant sauvagement des yeux quand elle ne me regarde pas et en jetant des regards furtifs sur Snoopy qui monte et descend sur son tee-shirt, et sur la peau pâle de la face interne de ses cuisses. Ces petites photographies mentales m'aident à combattre le sommeil.

En fin de compte, quand Hedda a jeté le manuscrit de son bien-aimé Lovborg dans les flammes et s'est suicidée dans les coulisses, Alice dit : « Ma vessie va éclater si je ne vais pas pisser. » À pas de loup, elle va aux toilettes communes situées dans le couloir. Dès qu'elle est sortie, je bondis sur son déodorant Cool Blue dont je me roule une bille illicite sous les bras, puis je tourne le radio-réveil pour qu'elle ne voie pas qu'il est 3 heures du matin ; elle risque de déclarer qu'elle a sommeil. Pourtant, quand elle revient, elle bâille et me dit : « Au lit ! », puis elle va au lavabo se brosser les dents.

« Tu vas être obligé d'emprunter ma brosse, marmonne-t-elle la bouche pleine de mousse. J'espère que ça ne te gêne pas.

— Moi, non. J'espère que toi non plus. »

Je la rince un peu, la brosse, mais pas trop. Côte à côte devant le lavabo, j'opère, tandis qu'elle se démaquille avec un produit bleu. Il y a un petit épisode comique quand elle tend la main vers la tablette pour prendre du coton au moment où je crache. Nos yeux se croisent dans la glace, et elle éclate d'un rire joyeux avant d'essuyer sur son poignet la pâte mentholée. Ce moment que nous vivons a quelque chose de plaisamment conjugal, comme si on s'apprêtait à se coucher après avoir invité nos meilleurs amis à un dîner parfait, mais en fin de compte, je ne le dis pas car je ne suis pas un parfait crétin.

J'ôte le pantalon de jogging et le pull vert de manière à n'être pas sexuellement provocant, et je songe à garder les grosses chaussettes pour le confort, sauf que chaussettes et slip, ça ne va pas ensemble. Je les enlève donc et les pose près du lit, au cas où.

« Tu veux être près du mur ou… ?

— Ça m'est égal.

— C'est moi qui m'y mets alors.

— Très bien.

— Tu as pris un verre d'eau ?

— Oui. »

Elle se glisse sous l'édredon en patchwork artisanal, et je la suis.

Au début, nous ne nous touchons pas, pas volontairement du moins. Nous tournons comme des chats pour trouver notre place dans ce lit minuscule. Nous finissons par adopter la seule position possible : en parallèle, comme des points d'interrogation. Le problème, c'est que je n'ose pas la toucher : elle pourrait aussi bien être un rail conducteur. En un sens, elle l'est.

« Tu es bien ?

— Ouais.

— Bons cauchemars, alors.

— Quoi ?

— C'est l'expression que mon père employait au lieu de dire “doux rêves”.

— Bons cauchemars à toi, Alice.

— Éteins, s'il te plaît. »

J'éteins. Je me demande un instant si l'obscurité nous libérera de nos inhibitions et déchaînera nos désirs secrets, mais non. C'est pareil qu'avant, sauf qu'on est dans le noir. Nous restons dans la même position non imbriquée, et il devient vite évident que la tension musculaire exigée pour ne pas la toucher va être impossible à conserver, comme si je devais tenir une chaise à bout de bras toute la nuit. Je me détends donc un peu et ma cuisse touche la courbe chaude de sa fesse gauche. Comme elle ne bronche pas et ne m'enfonce pas son coude dans l'estomac, j'en déduis que tout va bien.

Mais maintenant, ce sont mes bras qui me posent un problème. Je ne sais plus qu'en faire. Le gauche commence à me picoter ; je le libère de dessous mon torse en donnant un grand coup dans les reins d'Alice.

« Aïe !

— Excuse-moi.

— Je t'en prie. »

Ils sont désormais ballants, devant moi, formant un angle bizarre. J'ai l'impression d'être une marionnette cassée. J'essaie de me rappeler ce que je fais d'habitude avec eux quand je ne suis pas au lit avec quelqu'un, c'est-à-dire ce que j'ai fait de mes bras pendant dix-neuf ans. J'essaie de croiser ces étranges membres surnuméraires sur la poitrine, ce qui n'arrange rien, quand Alice se renfonce contre le mur en emportant l'édredon. Mon dos nu, qui fait une bosse au bord du lit, est exposé au courant d'air et je sens le froid remonter dans mon boxer-short. J'ai deux solutions : récupérer ma part de duvet, ce qui est un peu brutal, ou prendre le risque de me rapprocher d'Alice, ce que je fais et qui est délicieux. La « position cuillères », je crois que c'est l'expression dans le *Kama-sutra*. Je sens, j'entends sa respiration, et j'essaie de caler la mienne dessus pour m'endormir, ce qui est impossible car mon cœur, comme celui du lévrier, bat bien trop vite.

Tout d'un coup, je me retrouve avec ses cheveux dans la bouche. Je tente de les recracher en contorsionnant divers muscles faciaux, mais ça ne semble pas marcher ; je rejette alors la tête en arrière, mais rien à faire : les cheveux me remontent maintenant dans les narines. J'ai toujours les bras croisés sur la poitrine, contre le dos d'Alice, et, pour en retrouver l'usage et ôter cette pilosité de mon nez, je dois en extraire un qui, maintenant qu'il n'est plus sous l'édredon, commence à s'engourdir de froid, tandis qu'une crampe se déclare dans l'autre – ou une crise cardiaque, allez savoir. L'odeur du déodorant est cruellement Fraîche et Bleue, mon boxer-short est de nouveau exposé à l'air, j'ai froid aux pieds et songe à remettre les chaussettes…

« Bon sang, qu'est-ce que tu es remuant ! me dit Alice.

— Je ne sais pas quoi faire de mes bras.

— Ça. »

Elle fait alors une chose stupéfiante : elle tend les siens dans son dos, prend les miens et les passe autour d'elle, *sous* son tee-shirt, ce qui fait que j'ai sous la main la chair chaude de son ventre, tandis que la courbe de son sein touche mon avant-bras.

« C'est mieux ?

— Incomparable.

— Tu as sommeil ? (Question absurde, considérant que son sein droit touche mon poignet.)

— Pas vraiment.

— Moi non plus. Parle-moi alors.

— De quoi ?

— N'importe quoi.

— D'accord. (Je décide de prendre le taureau par les cornes.) Que penses-tu de Spencer ?

— Il m'a plu.

— Tu trouves que c'est un type bien ?

— Ouais. Un peu, tu vois… macho (elle prend l'accent cockney)… plus viril, tu meurs – et frimeur –, mais je l'ai trouvé intéressant. Il t'adore, ça crève les yeux.

— Ça, j'en doute.

— Si. Tu aurais dû l'entendre chanter tes louanges.

— Je croyais qu'il te faisait du gringue.

— Oh, non. Plutôt le contraire. (C'est quoi, le "contraire" du gringue ?)

— Qu'est-ce que tu veux dire ? »

Elle hésite et tourne à demi la tête vers moi en disant :

« Eh bien, il semblait croire que tu étais… que tu avais le béguin pour moi.

— Spencer t'a dit ça ? À la soirée ?

— Oui. »

Et voilà. C'est déballé. Je ne sais que dire, ni où regarder. Je roule sur le dos en soupirant : « Merci, Spencer, merci beaucoup, vieux.

— Il ne croyait pas mal faire.

— Qu'est-ce qu'il t'a dit d'autre ?

— Eh bien, il était assez ivre, mais il m'a dit que tu étais un type super, un peu con parfois – ce sont ses propres termes – mais, globalement, loyal, correct, et qu'il n'en connaissait pas des masses comme toi. Il m'a conseillé de sortir avec toi si j'avais un peu de jugeote.

— Spencer t'a dit tout ça ?

— Oui. »

Je revois soudain mon copain sous la pluie, appuyé contre le lampadaire, les yeux fermés et le poing pressé sur le front. Je me vois aussi marcher non vers lui, mais dans l'autre sens.

« À quoi tu penses ? me demande Alice, la tête de nouveau tournée vers le mur.

— Je ne sais plus que penser.

— Je suppose que Spencer a raison. Je me l'étais déjà dit.

— Ça se voit tellement ?

— Eh bien, il y a certaines façons que tu as de me regarder. Et puis, il y a eu notre dîner, le soir de ton anniversaire.

— Oh, j'ai tellement honte de ce qui s'est passé…

— Tu ne devrais pas. C'était chouette. C'est juste que…

— Quoi ? »

Elle se tait un moment, puis pousse un gros soupir en me serrant la main, le genre de geste qu'on a pour un gosse dont le hamster est mort. Je rassemble mes forces pour la suite, le blabla « restons amis », mais elle se retourne pour me regarder, coince ses cheveux derrière ses oreilles ; je distingue à peine son visage dans la lueur orangée du radio-réveil.

« Je ne sais pas, Brian. Je suis une catastrophe pour les autres, tu sais.

— Non, c'est faux.

— Je suis dure. Toutes mes aventures ont mal fini pour les hommes concernés.

— Je m'en fiche.

— Tu ne devrais pas. Tu sais comment je suis…

— Je sais, tu m'as dit. Mais ça ne change rien pour moi. Je trouve qu'on devrait essayer, voir ce que ça donne. Cela dépendrait de toi, bien sûr, car je peux très bien ne pas te plaire sur le plan amoureux…

— J'y ai réfléchi. Mais ce n'est même pas en rapport avec toi en particulier. Je n'ai pas vraiment de temps à consacrer aux futilités qu'implique d'avoir un jules. Je vais jouer Hedda, il y a la troupe. Je tiens trop à mon indépendance.

— Moi aussi je tiens à la mienne. »

C'est un mensonge éhonté. Que suis-je censé faire de cette chose malvenue ? Vous savez ce que c'est que l'indépendance ? L'indépendance, c'est fixer le plafond au milieu de la nuit, les ongles enfoncés dans la paume de votre main. L'indépendance, c'est se rendre compte que la seule personne à qui on a parlé dans la journée est le débitant de boissons. L'indépendance, c'est un repas en promo un samedi soir au sous-sol du Burger King. Quand Alice parle d'indépendance, la chose a pour elle un sens totalement différent. L'indépendance, c'est le luxe de ces gens trop sûrs d'eux, trop occupés, trop populaires et trop séduisants pour être de simples solitaires.

Ne vous y trompez pas : « solitaire » est un gros mot. Dites aux gens que vous avez un problème d'alcool ou un dérèglement du comportement alimentaire, ou simplement que votre père est mort quand vous étiez gosse, et vous voyez une lueur d'intérêt s'allumer dans leurs yeux : ce pathos, telle une pièce de théâtre, est pour eux un enjeu fascinant car ils peuvent s'impliquer, discuter, analyser, et, pourquoi pas, se mêler de guérir. Mais dites à quelqu'un que vous vous sentez seul. Il vous semblera compatissant, mais regardez attentivement, et vous verrez une main se tordre dans son dos vers la poignée de la porte, comme si son propriétaire, trouvant la solitude contagieuse, s'apprêtait à se ruer dehors. Parce que la solitude est un phénomène banal, humiliant, évident, terne et laid.

Moi, toute ma vie, comme dirait Wordsworth, je me suis senti « seul comme un nuage », et j'en ai marre. Je veux faire partie d'une équipe, je veux un partenariat, je veux entendre le murmure d'admiration que déclenchera chez les gens notre entrée dans une pièce (« Bon, nous sommes sauvés puisqu'*ils* sont là »), mais aussi leur faire un peu peur, les intimider par l'acuité de nos reparties – Dick et Nicole Diver dans *Tendre est la nuit*, charmeurs et sexuellement captivés l'un par l'autre, comme Burton et

Taylor, ou comme Arthur Miller et Marilyn Monroe, mais en solides, sensés, constants, sans les dépressions nerveuses, les infidélités et le divorce. Je ne peux pas le dire tout haut, car rien en ce moment même n'effraierait autant Alice, sauf si je brandissais une hache, et je ne peux certainement pas prononcer le mot, si dérangeant, de « solitude ». Que dire, alors ? J'inspire à fond, soupire, me prends la tête et déclare :

« Tout ce que je sais, c'est que tu es absolument fabuleuse, Alice, et d'une beauté frappante, mais, plus important, j'adore passer du temps avec toi. Je crois vraiment qu'on devrait… » Je m'arrête et fais quelque chose d'hallucinant. J'embrasse Alice Harbinson.

Je l'embrasse *vraiment*, sur la bouche et tout. Ses lèvres chaudes sont légèrement gercées – je sens la peau morte sur celle du bas, que j'envisage de mordre tout en me disant que ce serait peut-être un peu trop audacieusement sensuel pour un début. Peut-être, simplement en l'embrassant, pourrai-je la débarrasser de cette petite peau… Peut-on embrasser de la peau morte ? Je ne l'ai jamais fait. Je le fais. Alice s'écarte et je me dis que j'ai tout fichu en l'air quand elle me sourit, ôte elle-même le morceau de peau, passe le dos de la main sur sa bouche pour vérifier qu'elle ne saigne pas, se passe la langue sur les lèvres, et nous retournons à notre divine séance de baisers.

Je ne suis pas un expert en la matière, mais je suis presque sûr que ceux-là sont *bons*. C'est très différent de l'expérience avec Rebecca Epstein : Rebecca est une fille formidable et amusante, mais sa façon d'embrasser est comme elle, sans compromis. La bouche d'Alice semble être sans contours, sans limites, elle n'est que douceur chaude, et malgré le soupçon de mauvaise haleine derrière le menthol du dentifrice, je me sentirais au paradis si, tout d'un coup, je ne me demandais pas que faire de ma langue, qui me semble énorme et charnue comme celles qu'on voit enveloppées dans du film plastique chez le boucher. Mettre la langue, est-ce approprié en cette situation ? Alice, une fois de plus, me vient en aide : je sens *sa* langue toucher timidement mes dents, puis elle me prend la main et la pose sur Snoopy et sa niche, puis *sous* Snoopy, et ce qui se passe après se brouille dans mon esprit.

32

QUESTION : Sous quel nom est plus connu Ehrich Weiss, fils d'un rabbin hongrois, célèbre pour sa dextérité à se libérer des entraves et son art de l'escamotage ?
RÉPONSE : Harry Houdini.

LE LENDEMAIN MATIN, ON S'EMBRASSE ENCORE, sans l'abandon érotique de la nuit, car elle peut enfin voir qui elle a en face. Elle a de surcroît un atelier Masques à 9 h 15. À 8 heures, mes souliers crottés à la main, je suis prêt à m'escamoter.

« Tu ne veux pas que je t'accompagne, tu es sûre ? dis-je.

— Oui.

— Sûre sûre ?

— Oui. Je veux préparer mes affaires en paix, prendre une douche et tout. »

Je serais très heureux d'assister à tout cela, et je sens obscurément que j'y ai droit, mais la salle de bains est commune, ce qui fiche tout en l'air, et, surtout, je ne dois pas m'accrocher. C'est capital.

« Bon, alors merci de m'avoir *eu* », dis-je, en m'essayant, avec ce mauvais jeu de mots, à la fanfaronnade.

Raté. Je me penche pour l'embrasser. Elle se recule un peu trop vite et je me demande si je l'ai vexée, quand elle produit une explication tout à fait raisonnable :

« Désolée. Mauvaise haleine.

— Pas du tout », dis-je bien qu'elle pue vraiment du goulot. Mais ça m'est égal. Elle pourrait cracher du feu que ça ne me gênerait pas.

« Tu pourrais cracher du feu que ça ne me gênerait pas, dis-je.

— Hmmm, répond-elle, sceptique, en roulant des yeux ravis. Bon, dépêche-toi de partir. Il ne faut pas qu'on te voie. Et, Brian…

— Oui ?

— Tu ne dis rien à personne, promis ?

— Bien sûr.

— Ce sera notre secret ?

— Oui.

— Un secret absolu ?

— Je le jure.

— Bon. Tu es prêt ? » Elle ouvre la porte et regarde si la voie est libre avant de me pousser dehors du petit geste amical qu'on emploie pour faire sauter un parachutiste réticent. Avant qu'elle referme la porte, j'ai le temps d'entrevoir une dernière fois son ravissant visage. Elle sourit, il me semble.

Assis sur un radiateur, je tape mes chaussures l'une contre l'autre en souillant le parquet de boue séchée.

Je flotte jusque chez moi. Depuis la veille, je n'ai mangé que des chips et des cacahuètes. Je meurs de faim et me suis froissé un muscle du cou en embrassant Alice, ce qui doit être bon signe – l'enthousiasme. Je ressens les effets de ma nuit blanche : ce vertige, cette impression de vide, de speed, la montée d'adrénaline provoquée par l'exultation et l'échange de salive. Je m'arrête au garage pour acheter mon petit déjeuner : une canette de Fanta, une barre Mars, et une Aero Mint. Je me sens tout de suite mieux.

C'est une belle matinée d'hiver fraîche et piquante. Des théories de gosses vont à l'école sans se presser, la main dans la main de leurs parents. À un passage piétonnier, j'attends, en mordant dans ma barre Aero Mint, de traverser à côté d'une petite fille qui regarde avec curiosité mes souliers et mon pantalon boueux. On dirait que quelqu'un m'a plongé dans une bassine de cacao. Voilà le genre d'image bizarre que les livres pour enfants un peu sophistiqués doivent adorer. Je souris à la petite fille, me penche vers elle et lui dis donc, avec des accents à la Salinger : « En fait, je veux dire, on m'a plongé dans une bassine de cacao ! »

Les mots sont sujets à quelque avatar entre mon cerveau et ma bouche. Ils résonnent soudain à mes oreilles comme les plus étranges et dérangeants qu'on puisse dire à un enfant. Sa mère semble également de cet avis car elle me regarde comme si j'étais *L'Attrape-mômes* en personne et, prenant sa fille dans ses bras, elle traverse avant que le feu passe au rouge. Je décide d'ignorer sa réaction car je ne veux pas qu'on me gâche ma matinée ; je tiens à conserver mon allégresse légèrement nauséeuse, mais tout de même, quelque chose me tracasse, dont je n'arrive pas à me débarrasser.

Spencer. Qu'est-ce que je vais dire à Spencer ? M'excuser, c'est probable. Mais sans trop de solennité, sans en faire trop ; je vais juste lui dire : « Eh, vieux, désolé pour hier soir, mes mots ont dépassé ma pensée », et nous rirons de la situation ensemble. Puis je lui confierai qu'Alice et moi avons fait l'amour… ah, non, j'ai promis de ne pas en parler…, que nous

« sortons ensemble », et tout redeviendra normal. Bien entendu, ce serait mieux qu'il parte aujourd'hui, mais je ferai l'effort de lui préparer de quoi lire, et, tout à fait rabibochés, nous irons ensemble à la gare.

Il n'est pas à Richmond House. La chambre est dans le même état que nous l'avons laissée hier après-midi en sortant – le sommier, la pagaille de couvertures et de serviettes humides, l'odeur d'ammoniaque, de Carlsberg et de gaz du Calor. Je me demande s'il a laissé des affaires ici mais me souviens qu'il n'avait rien d'autre que le sac en plastique avec le *Daily Mirror* et un reste ranci de petit pâté à la viande toujours posé au pied de mon bureau. Inquiet, je ramasse le sac et vais à la cuisine, où Marcus et Josh mangent des œufs pochés en vérifiant le cours de leurs actions dans le *Times*.

« L'un de vous a vu Spencer, hier soir ?

— Non, dit Josh.

— Il était censé être avec toi, non ? demande Marcus.

— On s'est perdus de vue à une soirée. Je pensais qu'il reviendrait ici.

— Pourquoi, tu as découché, sale fêtard ? ricane Josh.

— J'ai passé la nuit chez une amie. Mon amie Alice, justement. (Je me souviens trop tard que je suis censé me taire.)

— Waouhhh ! s'exclament-ils à l'unisson.

— Vous savez, ça, on l'a ou on ne l'a pas. »

Je jette le sac de Spencer à la poubelle et sors de la cuisine en me disant que je ne *l'ai* pas, que je ne l'ai jamais eu, que je ne l'aurai jamais, que je ne suis même pas sûr de savoir ce qu'est ce *ça*. Mais il n'y a aucune raison pour que les autres ne croient pas que je l'ai, ne serait-ce qu'un instant.

QUATRIÈME MANCHE

« Rosemary se leva, se pencha sur [Dick] et lui dit la chose la plus sincère qu'elle lui eût jamais dite : "Oh, toi et moi sommes de tels *comédiens* [1]..." »

F. Scott FITZGERALD, *Tendre est la nuit*.

1. Traduction Jacques Tournier. Pierre Belfond, 1985 ; Le Livre de Poche, 1990.

33

QUESTION : Dans son article de 1926, publié dans la revue *LEF*, fondée par le poète Maïakovski, Serge Eisenstein propose une nouvelle forme de cinéma, moins basée sur le déroulement logique, linéaire de l'action que sur une juxtaposition stylisée des images. Quel nom lui donne-t-on ?

RÉPONSE : Le montage des attractions.

IL EXISTE UNE CONVENTION DE GENRE, particulièrement reconnaissable dans les films américains grand public, où le héros et l'héroïne tombent amoureux l'un de l'autre durant une séquence de montage longue et muette, soulignée inévitablement par un thème orchestral aux harmonies riches et sentimentales, dominé par un solo de saxophone. J'ignore pourquoi le fait de tomber amoureux doit se passer de mots – peut-être parce que expliquer vos pensées les plus intimes est fastidieux pour tous ceux qui ne sont pas directement impliqués. Mais de toute façon, cette séquence type illustre tous les trucs sympas que les amoureux sont censés faire : manger du pop-corn au cinéma, se porter sur le dos (*il* est bien trop lourd pour *elle*), s'embrasser sur un banc public, essayer des chapeaux ridicules, boire du champagne dans des bains de mousse, tomber dans des piscines, rentrer chez soi la nuit bras dessus, bras dessous, en nommant les étoiles, etc.

En réalité, durant la semaine qui a suivi notre nuit ensemble, cela ne s'est pas passé du tout ainsi entre Alice et moi. Elle ne m'a plus donné signe de vie, ce qui me permet de ressortir mes deux mots clés (Ravageur et Réservé, vous vous souvenez ?). Je mets un point d'honneur à ne pas menacer sa précieuse indépendance – elle est tellement occupée avec sa pièce... Pendant ces sept jours, je ne lui ai téléphoné que cinq ou six fois tout au plus, sans laisser de message, ce qui revient à dire que je ne l'ai pas appelée du tout. Il y a pourtant eu un moment délicat, quand Rebecca a décroché : j'ai dû contrefaire ma voix, mais je suis quasi sûr que c'est passé comme une lettre à la poste.

Tout ce temps, je me suis distrait en écoutant les Kate Bush de la période intermédiaire et en m'épanchant dans un long poème que je compte offrir à Alice pour la Saint-Valentin, c'est-à-dire dans trois jours, la veille du *Challenge*. Je sais que cette « fête des amoureux » n'est qu'une exploitation cynique des sentiments, qu'elle représente le marketing le plus vil, mais il fut un temps où elle avait de l'importance pour moi : j'envoyais un nombre de cartes aussi fourni que le publipostage du *Reader's Digest.* Maintenant que je suis un vieux cheval de retour, émotionnellement discriminatif, je n'en enverrai que deux : à ma mère et à Alice. Il serait plus judicieux de ne rien envoyer à Alice, mais si elle croyait que je n'ai plus de sympathie pour elle, ou, pis, que ce qui s'est passé entre nous était purement sexuel ?

Mon poème, j'ai l'impression qu'il avance, mais je n'arrive pas vraiment à me décider pour telle ou telle forme de versification. J'ai essayé le sonnet pétrarquéen, le sonnet élisabéthain, le distique rimé, les alexandrins, le haïku, le poème non rimé, mais je peux fort bien finir par écrire un limerick :

Alice, palace, calice, phallus, malice…

En fin de compte, le nez de Patrick n'est pas cassé. Il n'en est pas moins rouge et difforme. « Action Man » n'est plus si beau à voir en ce moment. Il a aussi une cicatrice sur la joue, opportune celle-ci, car elle le fait passer pour le dur qu'il n'est pas. Je me garde bien de le lui dire. Je demande à la place :

« Ça te fait mal ?

— À ton avis, idiot ?

— Je dirais que oui.

— Gagné. Un mal de chien. » Il tapote son appendice pour renforcer son argument, ce qui lui permet de faire des grimaces pour se rendre intéressant. Nous sommes dans sa petite cuisine d'une netteté toute militaire, en train de faire du thé avant l'arrivée du reste de l'équipe. Ce soir, c'est notre dernière répétition avant le passage à la télé.

« Tu te rends compte que je vais être obligé de montrer ma gueule cassée à des *millions* de téléspectateurs ?

— Tu t'exagères le nombre, Patrick. Et de toute façon, ils arriveront à dissimuler ça avec le maquillage, ou une cagoule.

— Tu veux que je te dise, Brian ? Je l'espère bien, car toute ma famille sera dans le studio, et je ne veux pas avoir à lui expliquer qu'un prolo de skinhead cockney m'a foutu sur la gueule parce qu'on n'avait pas les mêmes idées politiques.

— Ce n'est pas la seule raison.

— La raison, c'est que ce type est une bête sauvage, et qu'il aurait fallu le garder en laisse. Il a de la chance que je n'aie pas porté plainte.

— Aucun intérêt : il n'a pas le sou.

— Ça t'étonne ? Comment un malade pareil pourrait-il avoir un job normal ?

— En fait, il est très intelli…

— On ne l'est pas quand on se conduit comme lui.

— Et toi, tu ne crois pas que tu as été un peu…

— Un peu quoi ? »

J'ai envie de lui dire : « pontifiant, ignorant, odieux, condescendant », mais je me ravise. Pourquoi ? Parce que c'est mon meilleur ami qui l'a mis dans cet état. Je me contente de sortir un paquet de ma poche. « J'ai ça pour toi, une offre de paix de la part de Spencer, qui te demande de l'excuser. » Je lui tends une très grosse tablette de chocolat Cadbury aux fruits et aux noisettes, le cadeau de Noël de Nana Jackson, ce qui n'est pas très scrupuleux de ma part car Spencer ne se serait jamais excusé, naturellement. J'imagine un instant quel effet ça me ferait de démolir d'un coup de plaque ce nez hautain – ce nez de droite ; j'imagine le bruit qu'il ferait en se cassant, la satisfaction que cela me procurerait, mais je me contente de lui tendre poliment le chocolat. Nous sommes censés être une équipe, après tout. Patrick marmonne un « merci » laconique et fourre la friandise en haut de ses étagères pour ne pas avoir à la partager.

On sonne. « Si c'est Lucy, Brian, il faut que tu lui présentes tes excuses, me dit Patrick. Elle a été salement secouée par le carnage commis par ton copain. »

Je dévale l'escalier pour ouvrir. Lucy et son panda sont là.

« Salut, Brian, me dit-elle, pas un brin stressée.

— Lucy, je voulais te dire combien je suis désolé pour cette regrettable bagarre de l'autre soir.

— Pas de problème. Je comptais t'appeler dans la semaine pour savoir si… »

ALICE ! Alice apparaît derrière la tête du panda.

« Salut, Alice.

— Salut, Brian. » Elle me fait un sourire imperceptible, car, après tout, nous avons des choses à cacher.

Le reste de la réunion se passe sans incident majeur. Nous ne savons toujours pas quels vont être nos adversaires car les organisateurs tiennent à garder le secret jusqu'au jour « J ». Patrick nous dit de ne pas nous démonter si c'est Oxbridge ou l'Open University [1]. « Ils sont très surévalués », assure-t-il. Nous réglons ensuite les problèmes pratiques tels que louer le minibus de l'équipe de hockey, coller des affiches à la corpo pour que les étudiants qui le souhaitent viennent nous soutenir. L'un des copains baraqués de Patrick, de droite, comme de juste, s'est proposé pour conduire le minibus des supporters jusqu'à Manchester – à supposer que nous arrivions à le remplir. « Si quelqu'un veut venir, faites-lui signer une fiche d'inscription au foyer des étudiants », nous précise notre capitaine.

Alice compte inviter la troupe d'*Hedda Gabler*, et Lucy certains de ses copains de médecine. Moi, la seule personne que j'aie à inviter est Rebecca, et je n'ai aucune certitude quant à ses réactions : nous sifflera-t-elle, acclamera-t-elle nos adversaires ? Je décide à tout le moins de lui laisser le choix.

« Maintenant, dit Patrick en consultant ses notes,

1. Oxbridge : Oxford/Cambridge.
Open University : adultes reprenant leurs études, redoutablement mûrs et cultivés.

voici le dernier point à régler. Nous devons choisir une mascotte pour notre équipe. »

Je n'ai rien qui pourrait remplir les conditions requises, et Patrick ne possède aucun doudou, rien d'amusant. Nous tirons au sort entre Eddie, l'ours en peluche d'Alice, ou le crâne du squelette anatomique de Lucy, qu'Alice propose avec humour d'affubler d'une écharpe rouge et de prénommer Yorik.

Eddie l'ours l'emporte.

Quand nous avons fini, je dois courir derrière Alice qui va tout droit à sa répétition.

« Qu'est-ce que tu fais, dem…

— J'ai une répétition.

— Mais dans la journée ?

— J'ai une dissert' à rendre.

— Même pas libre pour une séance de cinéma ? »

Elle s'arrête, regarde autour d'elle pour s'assurer que personne ne nous voit ensemble, puis déclare : « Cinéma ? D'accord. » On s'entend sur le lieu et l'heure du rendez-vous, puis je cours chez moi me mettre à mon poème.

L'après-midi suivant, elle tire au flanc pour être avec moi. Le cinéma n'est pas l'endroit idéal pour parler, ni pour simplement me permettre de la regarder. De surcroît, elle veut aller à l'Odéon voir *Retour vers le futur*, de Robert Zemeckis, alors que j'ai en tête quelque chose d'intellectuellement plus exigeant que de la science-fiction ; au bout du compte on va au cinéma d'art et d'essai voir le double programme du mardi, deux films muets révolutionnaires, chacun dans son genre : *Le Cuirassé Potemkine*, d'Eisenstein (1925), et le chef-d'œuvre surréaliste de Buñuel, *Un chien andalou* (1929).

Avant la séance, nous achetons des confiseries diverses chez le marchand de journaux car, comme je le fais remarquer, le prix de celles vendues au cinéma est prohibitif, et nous asseyons dans une rangée du milieu. Nous devons être six en tout. Les lumières s'éteignent et l'atmosphère de désir sexuel réprimé qui circule entre nous comme un léger courant électrique est presque tangible, comme l'odeur de tabac refroidi, de soda sirupeux Kia-ora orange, et ce vague sentiment d'infestation par les morpions qu'on a toujours dans un fauteuil de cinéma. La séance commence par *Un chien andalou*. Durant la séquence saisissante de l'œil de femme tranché au rasoir ou celle des ânes en putréfaction traînés sur le piano à queue, Alice se penche en avant en se cachant les yeux. Je passe le bras autour du dossier de son fauteuil, un geste niais censé la protéger de la perspicacité outrée de Dalí et Buñuel quant au fonctionnement du subconscient.

Les lumières se rallument et il y a un court entracte durant lequel nous mangeons un sac de cacahuètes enrobées de chocolat en buvant du soda Lilt orange-ananas tout en discutant du surréalisme et de ses rapports avec l'inconscient. Alice n'est pas fana. « Ça me laisse froide ; c'est laid et aliénant. Ça ne me touche pas. Je ne me sens impliquée à aucun titre.

— Ce n'est pas fait pour t'impliquer émotionnellement, pas de la façon conventionnelle qui consiste à se sentir proche, tout au moins. Le surréalisme cultive l'inquiétante étrangeté, il est fait pour déranger. Moi, je le trouve plein d'émotion, même celles qu'il suscite sont négatives, comme l'angoisse et le dégoût. »

Bien sûr, l'ironie de mon argument, c'est que, au contraire des surréalistes, je *voudrais* qu'Alice se sente impliquée émotionnellement de la façon la plus conventionnelle et la plus positive – qu'elle ressente de l'attrait, et non de l'angoisse et du dégoût.

Les lumières s'éteignent de nouveau et les choses s'arrangent avec le film d'Eisenstein. Je la regarde en coulisse durant la fameuse séquence des marches d'Odessa jusqu'à ce qu'elle me sourie ; je me penche alors pour l'embrasser. Elle me rend mon baiser, assez longtemps, et c'est merveilleux. Il y a un léger clash d'haleines entre le citron vert et les laitages parce qu'elle est passée aux bonbons aux fruits alors que j'en suis resté au chocolat, et je ne peux pas vraiment profiter du baiser car j'ai un morceau de cacahuète coincé dans une dent de sagesse, et si on y mettait trop d'ardeur, ou trop d'ampleur exploratoire, sa langue pourrait le trouver et le déloger. En fin de compte, je n'ai plus à m'inquiéter, Alice s'écarte en me chuchotant : « Regardons le film. Je veux savoir ce qui arrive aux marins. »

Quand nous quittons le cinéma, la nuit est tombée. J'ai un peu mal au cœur – trop de chocolats et de baisers – mais elle me prend le bras et, tandis que nous rentrons du centre-ville, on parle d'Eisenstein avec un zèle tout révolutionnaire. « Il est vraiment le fondateur de la technique narrative cinématographique moderne », dis-je. Quand je suis à court de ces banalités glauques, je propose : « Café et crêpe ? Ou le pub ? Ou alors on rentre : chez moi ou chez toi ?

— Il faut que j'aille apprendre mon texte.

— Je pourrais te mettre à l'épreuve. (Mais quelque chose me dit que je l'ai suffisamment mise à l'épreuve pour aujourd'hui.)

— Non : je préfère l'apprendre seule. »

Je me rends compte avec horreur qu'on se dirige vers la cité U, et que c'en est fini pour le moment du montage cinématographique « Ils tombent amoureux ».

Sur la rocade, en passant devant la gare routière, je vois quelque chose qui me donne une idée.

« Viens avec moi une seconde.

— Pour quoi faire ?

— Tu verras, c'est drôle. Promis. » Ma main se referme sur son bras pour qu'elle ne s'échappe pas, et, dans un brouillard de moteurs diesel, nous pénétrons dans la station de cars. Je l'entraîne vers la cabine du Photomaton.

« Qu'est-ce qu'on fait ici ?

— On va se faire prendre en photo. (Je cherche de la monnaie dans ma poche.)

— Nous *deux* ?

— Oui.

— Quelle idée ridicule. » Elle essaie de se dégager. Je resserre ma prise.

« Juste une photo-souvenir, dis-je, en sentant que le mot est mal choisi, comme si j'enterrais déjà notre relation.

— Il n'en est pas question », répond-elle fermement.

Je me demande comment je vais pouvoir la faire entrer dans cette boîte sans être obligé de la chloroformer. Je n'ai pas de mouchoir.

« Oh, allez, sois sympa.

— Non !

— Mais pourquoi ?

— Parce que je me sens moche. (Bien évidemment, elle veut dire que c'est moi qui suis moche.)

— Sottises. Tu es parfaite. Viens, c'est rigolo, tu verras. »

Je tire le rideau de nylon orange infusé dans le diesel et la nicotine et on s'écrase à l'intérieur pour savoir comment on va procéder. Finalement, Alice s'assied sur mes genoux, mais elle se relève aussitôt en me demandant d'ôter mes clés et la monnaie de mes poches. Puis elle se rassied, les jambes ballantes cette fois, et met ses bras autour de mon cou. Elle joue le jeu maintenant, et on dirait même que nous allons nous amuser. Je me penche pour insérer 50 pence dans la fente.

Le premier flash se déclenche juste au moment où j'essaie d'ôter de mes yeux la mèche folle qui me barre le front. J'ai la bouche entrouverte pour parler.

Pour le deuxième, j'enlève mes lunettes, creuse les joues et arbore ce demi-sourire narquois des mannequins mâles, juste pour jouer la sophistication.

Pour le troisième, j'essaie un grand rire joyeux, naturel, tête renversée en arrière et bouche ouverte.

Et pour le quatrième, j'embrasse Alice sur la joue.

Il nous semble que plusieurs heures s'écoulent avant que la machine délivre les photos. On poireaute debout, inhalant les vapeurs de diesel, écoutant les annonces dans les haut-parleurs. Le car de 17 h 45 pour Durham va partir.

« Tu connais Durham ?

— Non. Et toi ? me répond-elle.

— Non. J'aimerais bien. Je crois qu'il y a une très belle cathédrale. » Le véhicule passe devant nous en nous rotant à la figure ses gaz d'échappement. J'envisage de me jeter sous ses roues quand l'appareil, avec un bruit sur deux tons comme le test stimulus-réponse, crache enfin ses photos, encore gluantes de révélateur et puant l'ammoniac.

Certaines tribus primitives croient que la photographie leur vole un peu de leur âme. En examinant nos clichés, je suis tenté de les approuver. Sur le premier, ma main et mes cheveux obscurcissent pratiquement tout le champ, et les seules choses bien visibles sont l'acné ornant en virgule les coins de ma bouche et le bout d'une grosse langue marbrée pointant, obscène, comme si je venais d'encaisser un direct à l'estomac. Le deuxième (la parodie du mannequin mâle) est sans doute le plus grotesque et le plus sinistre – c'est aussi celui (le seul, dois-je dire) où Alice lève les yeux au ciel. Sur le troisième, intitulé « le rire », surexposé et horrible de couleurs fanées, on peut voir, par mes trous de nez tapissés de poils, l'épicentre intérieur de mon crâne, et, par mon palais rosâtre et côtelé, en passant par les plombages gris argent de mes molaires, jusqu'à mon épiglotte. Enfin, sur la quatrième, où je suis en train d'embrasser une Alice aux yeux fermés qui fait la grimace, ma bouche gercée et toute plissée évoque un haddock.

Pour le portefeuille, ce sera pourtant celle-ci.

« Oh ! là, là ! dis-je.

— Très joli, tempère Alice d'une voix morne.

— Laquelle veux-tu ?

— Aucune. Tu peux les garder en souvenir. » Encore ce mot, qui m'évoque maintenant l'expression *memento mori*. « Désolée, Bri, mais je dois me sauver. »

Elle se sauve. Littéralement.

Assis chez moi ce soir-là, je mets la touche finale au poème en levant les yeux vers la bande de photos « patafixées » au mur de mon bureau. Je me dis, en regardant celle où j'embrasse Alice, que notre sortie de cet après-midi n'a été qu'un demi-succès. Je devrais l'oublier, bien sûr, mais je crains de ne pas pouvoir fermer l'œil si je ne lui parle pas ce soir même. Je remets mon manteau dans l'espoir de la trouver à la cafèt', pensant qu'elle y serait allée après la répétition.

Elle n'y est pas, évidemment. La seule personne que je reconnaisse là est Rebecca Epstein, entourée de sa petite coterie de cesréacsmefoutentlesglandes. Elle semble plutôt contente de me voir et demande à ses camarades de redistribuer, sinon le fric, du moins l'espace sur le banc pour que je puisse m'asseoir à côté d'elle. La table est couverte de verres vides : elle a alterné le whisky et la bière toute la soirée et me semble assez partie.

« Tu as vu *Le Cuirassé Potemkine*, d'Eisenstein ?

— Non. Pourquoi, je devrais ?

— Impératif ! C'est un film extraordinaire. Il passe toute la semaine au cinéma d'art et d'essai.

— Allons-y demain après-midi alors. Je taillerai les cours.

— Euh... je viens de le voir cet après-midi.

— Seul ?

— Non, avec Alice. » Mon ton désinvolte ne prend pas, avec Rebecca, qui a un sixième sens pour flairer l'entourloupe. Elle me lance, toutes griffes dehors : « Vous deux me semblez curieusement proches, en ce moment. Tu me caches quelque chose ?

— On a juste passé un peu plus de temps ensemble, c'est tout.

— C'est vrai, ce mensonge ? » Elle se met à rouler une autre cigarette alors qu'elle en a déjà une collée au coin de la lèvre. On dirait qu'elle charge un revolver. « C'est... vrai (elle lèche le Riz-Lacroix)... ce mensonge ? Il n'y a pas à dire, Jackson, tu t'y connais pour donner du bon temps à une fille. Un monument de la propagande soviétique l'après-midi, puis peut-être une virée chez Luigi pour un cocktail de crabe, un demi-poulet grillé sauce barbecue et une bouteille de lambrusco blanc. La classe, quoi ! J'espère seulement qu'après une journée pareille elle t'a laissé lui tripoter les seins. »

La seule chose intelligente à faire, c'est de ne pas mordre à l'hameçon.

« On passe davantage de temps ensemble pour faire *des choses intéressantes.* »

Rebecca hausse les sourcils et se sourit à elle-même avant d'allumer une nouvelle cigarette. « Ah bon ? (Elle ôte un morceau de tabac collé sur sa lèvre.) Comment expliques-tu alors que je ne te voie jamais à la cité U ?

— On est discrets. On prend notre temps, dis-je, peu convaincant.

— C'est pour ça que tu lui as téléphoné toute la semaine ?

— Moi ? Certainement pas.

— Tu es sûr ?

— Oui.

— Parce que ça ressemblait sacrément à ta voix…

— Euh…

— Toi essayant de te faire passer pour un autre, je veux dire.

— Non, ce n'était pas moi.

— Alors, tu l'as baisée ou non ? (Ton comminatoire, cigarette à la bouche.)

— *Quoi ?*

— Vous avez eu ensemble des *rapports sexuels* ? Tu sais, cunnilingus, coït, la bête à deux dos, tout ça quoi. Allons, tu as dû au moins en entendre parler. En tant que membre de l'*University Challenge*, comment feras-tu si on te demande : "Jackson, natif de Southend-on-Sea, étudiant en littérature anglaise, comment définiriez-vous le rapport sexuel ? — Vous me permettez de me concerter avec mon équipe, Bamber ? — Merci Bamber. — Alice, qu'entend-on par rapport sex…"

— Je sais ce que c'est, Rebecca.

— Bon, alors tu en as eu, ou tu te réserves pour ta femme le soir de tes noces ? Autre hypothèse : c'est elle qui trouve ton histoire sexuelle inquiétante – on n'est jamais assez prudente de nos jours. Sauf que, si je me souviens bien, *tu n'as pas d'histoire sexuelle.* »

Avant même de savoir ce que je vais dire, je le dis : « Et toi Rebecca, la tienne, d'histoire sexuelle, tu la trouves assez intéressante pour en parler ? »

Elle ôte la cigarette de sa bouche, pose la main sur le bord de la table, un instant muette.

« Bien envoyé, Jackson », finit-elle par dire. Elle termine sa dernière gorgée de bière en grimaçant. « Touché, mec ! »

Après quoi, nous restons assis en silence.

« Je ne voulais pas te blesser, dis-je.

— Sûrement pas. T'inquiète. »

Je décide de rentrer. Tout en enfilant mon manteau, je lui demande :

« Tu viendras assister à l'émission ?

— Quelle émission ?

— L'*University Challenge.*

— Quand est-ce ?

— Après-demain.

— Impossible : j'ai des cours.

— Il y a une liste sur le panneau du deuxième étage. Si tu peux te libérer, inscris-toi.

— Je vais voir…

— J'aimerais tellement que tu viennes…

— Pourquoi ?

— Ça me ferait plaisir, c'est tout. Peut-être à après-demain alors ?

— On verra. »

Je fais un détour par la cité U, juste au cas où, et je mets ma carte dans sa boîte ; à vrai dire, ma main hésite à la lâcher : je dois respirer un bon coup. Après, je traîne dans les parages en faisant semblant de lire les panneaux d'affichage, des fois qu'Alice rentrerait. Mais je ne veux plus tomber sur Rebecca cette nuit. Je retourne chez moi et vois Josh en train de punaiser un message sur ma porte.

« Ah, c'est toi, bourreau des cœurs. Un message pour toi d'une personne prénommée… (*Alice ?* Mon cœur bat…) d'un gars prénommé Tone. Il dit que tu dois l'appeler d'urgence.

— Ah bon », dis-je en me demandant ce que Tone me veut : venir me voir, lui aussi ? Impossible, avec la Saint- Valentin demain et le *Challenge* après-demain. Je regarde ma montre : 23 heures. Je décroche le téléphone à pièces du hall.

« Salut, Tone ! dis-je avec chaleur.

— Salut, mec.

— Je ne te réveille pas ? Je viens de trouver ton message. Tu comptais venir me voir ? Parce que dans ce cas, le moment est mal choisi.

— Je ne comptais pas venir, Brian. De fait, je me demande quand, toi, tu peux descendre à Southend.

— Certainement pas avant Pâques.

— Non, je veux dire, pour venir voir Spencer.

— Pourquoi ? Qu'est-ce qu'il lui arrive ?

— Tu n'es pas au courant alors ? »

Je presse le récepteur contre mon oreille et m'appuie au mur.

« Au courant de quoi ? »

Tone soupire à l'autre bout du fil.

« Spencer a eu un accident », dit-il.

34

QUESTION : « Les viandes préparées pour les funérailles ont été servies froides sur les tables du mariage. » Aux noces de qui cette phrase fait-elle allusion ?

RÉPONSE : À celles de Gertrude et Claudius dans *Hamlet*.

JE ME PRÉCIPITE À SOUTHEND le matin de la Saint-Valentin, avant l'arrivée du courrier, et suis vers midi dans notre petite maison d'Archer Road. Depuis le changement londonien à Frenchurch Street, je meurs d'envie de pisser mais, les toilettes du train étant salement bouchées, j'ai dû me retenir. Les reins me font mal. J'ouvre la porte, monte en trombe l'escalier, vais à la salle de bains et pousse un cri.

« OH, MON DIEU ! »

Il y a un homme dans la baignoire, du shampoing sur la tête. En me voyant, il crie aussi : « PUTAIN DE MERDE ; MAIS QU'EST-CE QUE… ! »

Maman sort de sa chambre en nouant la ceinture de sa robe de chambre ; par-dessus son épaule, je vois le lit défait, un slip kangourou sur la têtière et un pantalon abandonné sur le tapis. Sur la table de nuit, deux verres et une bouteille d'un mousseux quelconque.

« BRIAN, QU'EST-CE QUI TE PREND DE RENTRER COMME ÇA, SANS CRIER GARE ? » hurle maman. Je me tourne parce qu'elle n'a pas bien fermé son peignoir. Je vois que l'homme du bain s'est levé : d'une main, il rince le shampoing, de l'autre, armé d'un carré d'éponge destiné au visage, il cache ses parties intimes.

« Qu'est-ce qui se passe ici ? demandé-je.

— J'essaie de prendre un foutu bain ! fulmine l'oncle Des.

— Attends en bas ! m'ordonne ma mère. (Ton infect.)

— Il faut que j'utilise d'urgence le W-C. (Je lève l'abattant.)

— BRIAN, ATTENDS EN BAS ! » répète-t-elle en serrant son peignoir. Je ne l'ai pas entendue gueuler comme ça depuis que j'étais gosse. Je me *sens* un gosse. Je descends, ouvre la porte de derrière et pisse dans un coin du jardin.

Une fois revenu à la cuisine, j'allume la bouilloire électrique et j'entends maman et l'oncle Des descendre l'escalier à pas de loup et chuchoter dans le hall comme des ados. Je crois entendre : « Je t'appelle plus tard », un bruit de baiser – le *smack* de deux bouches, puis la porte d'entrée se ferme et ma mère craque une allumette, allume une sèche et tire une grande bouffée. Tout à coup, elle est derrière, à la porte de la cuisine, en survêtement bleu pâle, fumant comme un pompier et brandissant un verre sale de l'autre main.

La bouilloire ne siffle pas. C'est long.

Maman se décide à parler :

« Je croyais que tu allais tout droit à l'hôpital voir ton copain.

— J'y suis allé. C'était trop tôt pour les visites. J'y retournerai cet après-midi.

— Mais moi, je ne t'attendais pas maintenant.

— Non, à l'évidence ! Alors, comme ça, oncle Des n'arrive pas à prendre tranquillement son bain ?

— Ne prends pas ce ton avec moi, Brian.

— Quel ton ? (Regard innocent.)

— Tu sais ce que je veux dire. »

Elle écluse le reste du vin. La bouilloire finit par siffler.

« Tu fais du café ?

— Oui.

— Fais-m'en un, alors. Et allons nous asseoir dans le salon. Il faut qu'on ait une petite conversation. »

Oh, mon Dieu, j'ai le cœur qui se serre. « Petite conversation », « franche discussion », « échange sincère », « dialogue privilégié ». Il va falloir qu'on se parle comme des adultes. J'ai réussi à éviter ça jusqu'à présent. Mon père est mort avant d'avoir pu me faire le numéro éducatif habituel : « Quand un homme et une femme s'aiment très fort... » Ma mère, elle, pensait que nous n'en n'aurions pas besoin, ou que je débrouillerais un jour tout seul les mystères de l'amour physique – ce qui, en quelque sorte, s'est avéré (les poubelles de Littlewoods, vous vous souvenez ?). Mais cette explication-ci, je ne vais pas pouvoir y échapper. Je prends deux chopes, sur les trois que nous possédons, et, en y versant une cuillerée de café en poudre, je ne sais pas trop que penser. J'essaie d'imaginer une explication anodine à la présence d'oncle Des dans notre baignoire le jour de la Saint-Valentin, mais je n'en trouve pas. Tout ce qui me vient à l'esprit, c'est l'explication évidente, et l'explication évidente est... impensable. Oncle Des et maman. Oncle Des, qui habite trois portes plus bas et maman, ensemble, dans le même lit, en plein jour. Oncle Des et maman entretenant une…

La bouilloire siffle. Ma mère, au salon, tire de profondes bouffées de sa Rothmans en regardant la rue à travers le rideau en filet. Je lui tends sa chope et m'assieds, assez abattu, sur le canapé. On se tait. Je me demande si c'est cela qu'on ressent quand votre femme va vous annoncer qu'elle veut divorcer.

Je remarque la carte de Saint-Valentin sur la cheminée. Un Chagall. « Je vois que tu en as reçu une, alors.

— *Quoi ?* Oh, merci beaucoup, chéri, elle est très jolie.

— Comment sais-tu que c'est moi ? dis-je en une faible tentative pour mettre un peu de légèreté dans cette pesanteur.

— Eh bien, tu as écrit dessus “Pour maman”. J'en ai donc déduit… » Elle essaie un sourire puis retourne à son poste à la fenêtre et souffle sa fumée si fort que le rideau bouge. Elle finit par dire : « Brian, ton oncle Des et moi avons une… (elle a failli lâcher « une liaison »)… une relation.

— Depuis combien de temps ?

— Octobre dernier.

— Mon départ pour la fac, c'est ça ?

— Plus ou moins. Il est venu un soir manger un curry et me tenir compagnie, mais une chose en amène une autre, et je comptais te mettre au courant à Noël. Sauf que tu as été tellement peu là… Et je ne voulais pas te l'annoncer par téléphone.

— Non, bien sûr. Et c'est… sérieux ?

— Je crois. » Elle tire de nouveau sur sa cigarette, arrondit la bouche, exhale et dit : « Nous avons parlé mariage.

— *Quoi !*

— Il m'a demandé de l'épouser.
— Ce type ? Épouser ce type ?
— Je sais, Brian, tu ne l'aimes pas, mais moi, oui. Beaucoup même, c'est un homme bon, il me fait rire. Et j'ai quarante et un ans, Bri. Je sais que pour toi, cet âge, c'est un pied dans la tombe. Tu verras quand tu en seras là… Mais moi, eh bien, j'ai encore des accès de solitude (elle fixe le plancher en exhalant une grande bouif). Tu vois, Brian, ton père est mort depuis longtemps, et Des et moi ne faisons rien de mal. Je ne laisserai personne sous-entendre que c'est le cas. »

J'en suis resté au choc initial.

« Alors tu vas l'épouser ?
— Je crois, oui.
— Tu n'es pas sûre ?
— Si, j'en suis sûre.
— Quand ?
— Plus tard dans l'année. Il n'y a aucune urgence.
— Et, concrètement, comment ça se passera ?
— Il viendra s'installer ici, chez moi, et…(Elle est de nouveau nerveuse : je me demande ce qu'elle peut m'annoncer de pire.)… Nous comptons transformer la maison en Bed and Breakfast. »

Je ris, non parce que je trouve la réponse drôle – rien n'est drôle dans cette histoire – mais faute de réaction plus adéquate.

« Tu plaisantes ?
— Non.
— Un B&B ?
— Oui.
— Mais il n'y a pas de chambres disponibles !
— Pas pour des familles, non. Pour des personnes seules ; des jeunes couples, ou des hommes d'affaires. Des va transformer le grenier en loft (elle regarde de nouveau la rue derrière le rideau en filet),

et il y aura ta chambre. Nous songeons à débarrasser ta chambre.

— Et mes affaires, vous les mettrez où ?

— Nous pensions que tu pourrais les emporter.

— En fait, vous me foutez dehors ?

— Le mot n'est pas exact : nous te demandons d'enlever tes affaires.

— Pour les apporter à la fac ?

— Par exemple. Ou les jeter. Après tout, ce ne sont que des bandes dessinées et des modèles réduits d'avions. Tu n'en auras plus besoin en grandissant.

— On me fout dehors, c'est clair !

— Ne sois pas idiot. Bien sûr que non. Tu pourras toujours passer les vacances ici, et l'été…

— Mais votre saison B&B battra alors son plein, non ?

— Brian…

— Très généreux de ta part et de celle d'oncle Des, maman. Combien me ferez-vous payer la nuit ? (J'entends ma propre voix, glapissante et hypocrite.)

— Ne réagis pas comme ça, Brian.

— Comment veux-tu que je réagisse quand on me jette hors de ma propre maison ? »

Elle se retourne brusquement et me plante dans la poitrine un doigt de la main armée de la cigarette.

« Ce n'est plus chez toi, Brian.

— Ah non ?

— Non, désolée. Tu as passé ici… quoi ? Une semaine à Noël, et encore, tu étais pressé de rentrer à l'université. Tu ne reviens jamais le week-end, tu ne téléphones pas pendant des semaines, tu ne m'écris jamais. Alors, non, cette maison n'est plus la tienne. C'est la *mienne*. Celle où je vis seule, jour après jour, depuis la mort de papa, celle où je dors seule, et ça, ce foutu canapé, c'est là que je passe mes soirées, seule, à regarder la télé ou simplement le mur, alors que tu es à la fac, ou, quand tu daignes venir me voir, tu es dehors avec tes copains, ou enfermé dans ta chambre parce que parler à ta mère, c'est tellement ennuyeux, n'est-ce pas ? Tu as la moindre idée de ce que c'est, Brian, d'être cloîtrée ici, toute seule, foutue année après foutue année ? » Sa voix se casse. Elle se cache le visage dans les mains et se met à sangloter. De gros sanglots mouillés. Une fois de plus, je n'ai aucune idée de ce que je suis censé faire.

« Allons, maman, allons... » Elle me chasse comme une mouche, d'un geste de la main.

« Laisse-moi seule, Brian. »

Je suis tenté de lui obéir, ce serait tellement plus simple.

« Inutile de te mettre dans des états par...

— Laisse-moi tranquille. Va-t'en. »

Et si je faisais semblant de n'avoir rien entendu de tout cela ? La porte du salon est restée ouverte. Je pourrais sortir et revenir dans deux heures, le temps qu'elle se calme. C'est ce qu'elle veut, non – que je sorte ?

« Je t'en prie, maman, ne pleure pas. Je déteste quand tu... »

Je n'ai pas le temps de finir ma phrase car moi aussi je pleure. Je m'approche d'elle, la prends dans mes bras et la serre fort contre moi.

35

QUESTION : Les pierres dressées disposées en cercle à Lindholm Høje, près d'Aalborg, au Danemark, désignent quel site rituel ancien ?
RÉPONSE : Un site funéraire viking.

JE RETROUVE TONE À 14 H 15 AU BLACK PRINCE, sur le front de mer. Le pub est vide, à l'exception de deux vieux schnocks cacochymes en train de faire durer leur fond de bière tiède en feuilletant des exemplaires cornés de *The Sun*. Il me faut pourtant un certain temps avant de reconnaître mon copain, car je m'attendais à le voir en denim bleu clair, et non en costume gris à un seul bouton, chaussettes blanches et mocassins gris.

« Bon sang, Tone, qu'est-ce que tu as fait à tes cheveux ? » La toison de Viking a disparu. Il arbore une coupe stricte, avec une raie à gauche, un peu trop basse. Tone en costard, avec une raie.

« Je les ai fait couper, c'est tout. » Je vais les ébouriffer quand il bloque ma main, façon karaté, en un geste qui n'est pas vraiment amical. Comme je ne veux pas alourdir l'ambiance, je lui demande : « Tu mets du gel, ou quoi ?

— Un peu. Et alors ? » Il boit une gorgée de sa demi-pinte et je me dis : *On aura tout vu*, Tone tenant une si petite chope, cela crée des problèmes d'échelle, comme s'il était une sorte de géant. Je lui demande :

« Tu reprends une bière ?

— Non.

— Rien qu'une demi-pinte.

— Je ne peux pas.

— Allez, mauviette…

— Je ne peux pas. Il faut que j'aille travailler.

— Mais tu as sûrement un peu de temps, non ?

— Je t'ai dit non, tu as compris ? » me rembarre-t-il. Je vais me chercher une pinte et me rassieds à côté de lui.

« Alors, comment va le boulot ?

— À peu près bien. De l'atelier, j'ai été promu côté clientèle. Ce qui explique… (Il lisse d'un air à demi contrit les revers étroits de son costume.)

— Quel rayon ?

— Hi-fi et audio.

— Formidable.

— Et je touche un pourcentage, en plus.

— Spencer m'avait parlé de l'armée territoriale.

— Ah bon ? Tu as dû bien te marrer.

— Non, bien sûr que non.

— Tu approuves ?

— Je n'ai pas dit ça. Tu vois, je suis un unilatéraliste. Je trouve qu'on devrait réduire notre budget défense et injecter cet argent dans les services sociaux, ce qui ne m'empêche pas de comprendre qu'on ait tout de même besoin d'une défense quelconque. (Tone, peu intéressé, regarde sa montre.) Alors, tu as vu Spencer ?

— Bien sûr que j'ai vu Spencer. »

Il me rembarre encore : je me dis qu'aujourd'hui, je ne peux rien dire à personne sans me faire sauter dessus.

« Comment va-t-il ?

— Plutôt pas mal pour quelqu'un qui est passé à travers un pare-brise de Ford Escort.

— Que lui est-il arrivé ?

— Sais pas au juste. On était au pub, vendredi, comme d'habitude, et après la fermeture il a voulu aller à Londres, dans un club ou je ne sais quoi, pour qu'on continue à boire. J'ai dit non, car je travaillais le lendemain et que je le trouvais déjà très parti. Il est rentré chez lui prendre la voiture de son père. Deux jours plus tard, sa mère m'a téléphoné pour me dire qu'il était à l'hôpital.

— Quelqu'un d'autre a été blessé ?

— Non.

— Heureusement.

— Sauf ton “ami” (ton railleur) Spencer.

— Je ne voulais pas… je croyais seulement… Et il est dans le pétrin, juridiquement parlant ?

— Eh bien, son test d'alcoolémie était positif, son permis, provisoire, la voiture ne lui appartenait pas et il n'était pas assuré. Alors, oui, d'un point de vue légal, ça se présente mal.

— Et comment… comment se sent-il ?

— Ça, vieux, demande-le-lui toi-même. (Ton excédé.) Il faut que je retourne travailler. » Il liquide sa demi-pinte, sort une boîte de sa poche et s'envoie un Tic Tac dans la bouche sans même m'en offrir un.

Nous sortons ensemble et remontons la rue vers la jetée. Le vent ramène vers nous la pluie qui tombe sur l'estuaire et Tone resserre les revers de son costume pour protéger sa chemise et sa cravate tandis que nous nous hâtons vers High Street.

« Tu comptes passer la nuit ici ? s'enquiert-il, par pure forme.

— Non, je ne peux pas. » Je me demande si je vais lui parler de ma participation, demain, à l'*University Challenge*, mais je décide que non. « J'ai un tutorat tôt demain matin, je repars donc cet après-midi. Mais je reviendrai à Pâques. On pourra se voir, à ce moment-là.

— Ouais. Peut-être bien…

— Tone… qu'est-ce que je t'ai fait ? Tu sembles furax contre moi.

— Ah bon ? Tu as cette impression ?

— Ça a quelque chose à voir avec ce que Spencer t'a raconté ? (Pas de réponse.) Qu'est-ce qu'il t'a dit, Tone ? »

Il finit par lâcher sans me regarder : « Spencer m'a parlé de sa visite à ton université. Apparemment, tu ne t'es pas conduit comme un copain. Pire, Bri, j'ai la nette impression que tu t'es conduit comme un saligaud.

— Pourquoi, qu'est-ce qu'il t'a dit ?

— Laisse tomber.

— Je ne pouvais pas le garder plus longtemps, Tone. C'était contraire au règlement.

— Je vois, le règlement, c'est le règlement.

— C'est lui qui a déclenché cette bagarre, Tone.

— Écoute, ça ne m'intéresse pas. C'est une histoire entre toi et Spencer.

— Alors, c'est ma faute s'il a décidé de se saouler la gueule et de foncer dans un arbre ?

— J'ai pas dit ça. Démerde-toi avec ça, Brian. C'est ton problème. »

Il se hâte de remonter la rue, la tête baissée sous la pluie, s'arrête et m'apostrophe : « Et tâche de ne plus trop déconner avec Spencer, d'accord ? »

Il me quitte, et j'ai l'impression que je ne le reverrai plus.

36

QUESTION : Isolé pour la première fois par F.W.A. Sertürner en 1806, quel est le nom courant de l'analgésique dérivé des graines du *Papaver somniferum* non arrivé à maturité ?

RÉPONSE : La morphine.

UN SAMEDI MATIN DE MAI 1979, trois jours après les funérailles de papa. Je suis étendu sur le canapé, les rideaux encore tirés mais vêtu de mon uniforme de collège, en train de regarder BBC 1, la Saturday Morning TV. Techniquement, je n'ai pas besoin d'être en uniforme, mais je tends à le porter tous les jours, vacances ou pas, car c'est plus simple : on n'est pas obligé de se demander que mettre. Ma seule concession au week-end est l'absence de cravate.

La famille est rentrée chez elle. Ne restent que maman et moi. Maman n'est pas en grande forme. Elle dort tard le matin et arpente ensuite l'appartement en peignoir, laissant une traînée de chopes sales et de mégots, puis se jette sur le canapé où elle se pelotonne pour somnoler tout l'après-midi, et même le soir. La maison tout entière a un aspect grisâtre, il fait trop chaud, ça sent le renfermé. Ni elle ni moi n'avons l'énergie de fermer les rideaux, de vider les cendriers, de faire la vaisselle, d'éteindre la télévision, de préparer autre chose que des spaghettis en boîte. Le réfrigérateur est encore plein de cake aux fruits, de roulés à la saucisse sous film plastique et de bouteilles de Coca éventé – les restes de la veillée funèbre. Je mange des chips à l'oignon au petit déjeuner. C'est la pire période de notre vie.

Quand on sonne, je me dis : « C'est une voisine qui vient voir comment va maman. » Elle répond et j'entends dans le hall une voix que je ne reconnais pas. Puis maman ouvre la porte du salon en tenant d'une main, par décence, sa robe de chambre serrée contre son cou et en parlant de ce ton mondain qu'elle emploie avec les visiteurs importants.

« Il y a là quelqu'un qui veut te voir, Brian. »

Elle s'efface pour laisser entrer Spencer Lewis.

« Ça va, Bri ? (Je me redresse.)

— Et toi, Spencer ?

— Qu'est-ce que tu fais ?

— Rien.

— Un verre de Coca, Spencer ? demande maman.

— Volontiers, madame Jackson. »

Maman, discrète, nous laisse seuls et Spencer vient s'asseoir près de moi sur le canapé.

C'est difficile de ne pas s'exagérer l'importance de la présence chez moi de Spencer Lewis. Nous ne sommes même pas copains, ni rien ; on ne s'est pratiquement jamais parlé – à part quelques insultes sur le terrain de foot –, nous contentant d'échanger un signe de tête dans la queue formée devant la camionnette du vendeur de glaces. Il semble n'y avoir aucune explication possible à la présence chez moi – ce dingue qui porte son uniforme de classe le samedi – d'un type aussi cool, aussi populaire et aussi dur que Spencer Lewis. Il est pourtant ici, assis sur le canapé.

« Qu'est-ce que tu regardes ?

— Swap Shop.

— *Beurk ! Je déteste.*

— *Ouais, moi aussi. » Je prends un air sarcastique, mais j'adore cette émission. On se tait un moment puis il me dit : « J'espère que ta mère ne s'est pas vexée : je l'ai appelée "madame", mais je ne sais pas si pour une veuve on ne doit pas dire "mademoiselle".*

— *Non, certainement pas. »*

À part cette remarque tout à fait anodine, il ne mentionne pas la mort de mon père, ne pose aucune question sur les funérailles ni sur mon état d'esprit – et tant mieux, car ce serait trop gênant : nous n'avons que douze ans, après tout. Il reste avec moi pour regarder la télé tout en buvant son Coca éventé. Il me dit quels groupes sont super et quels autres sont nazes, et je le crois, je suis d'accord avec tout. C'est comme si une vedette de cinéma était venue me rendre visite ou, mieux qu'une vedette de cinéma, quelqu'un comme Han Solo, le contrebandier de la galaxie dans Star Wars. *De la part de Spencer, cette visite est un acte d'une gentillesse rare.*

La jambe gauche de Spencer est cassée en trois endroits, la droite aussi. Il s'est pété une clavicule, ce qui est très douloureux car on ne peut pas plâtrer. Le haut de son corps est donc totalement immobilisé. Ses bras semblent OK; mais ses avant-bras et ses paumes de main sont bandés, blessés par les éclats de verre. Il n'y a pas eu de dégâts médullaire ni crânien, mais il a eu six côtes enfoncées par le volant, ce qui rend sa respiration difficile et tout sommeil naturel impossible. Il a aussi le nez cassé, rouge et informe, et, au-dessus du sourcil droit, une vilaine entaille qui lui a valu six points de suture au fil noir. L'œil lui-même, souligné d'un gros hématome, est à moitié fermé. Le sommet de son crâne est criblé d'estafilades noires ou rouges, suturées ou non, très visibles sous les cheveux encore ras, et il a quelques points supplémentaires à l'oreille gauche, dont le lobe a été partiellement arraché.

« Et à part ça ?

— À part ça, je me sens en pleine forme, dit-il. »

On rit. Silence.

« Tu me trouves amoché. Si tu avais vu l'arbre, alors ! » dit-il, sans doute pas pour la première fois. On rit de nouveau, Spencer pouffant et grimaçant tout à la fois, à cause de ses douleurs aux côtes et à la clavicule. On le bourre d'antalgiques, mais il ne sait pas exactement quoi. Quelque chose de nettement plus fort que l'aspirine ; des opiacés, pense-t-il. Cela semble marcher, car les coins de sa bouche s'étirent en un sourire lunaire et sans joie qui ne lui ressemble pas. Rien d'effrayant comme celui de Jack Nicholson à la fin de *Vol au-dessus d'un nid de coucou*, mais tout de même une attitude amusée qui semble discordante. Il ne s'exprime pas non plus avec sa clarté et sa précision habituelles ; on a l'impression qu'il est dans les vapes et sa voix est étouffée.

« La bonne nouvelle, tout de même, c'est que la justice a ajourné mon procès pour fraude aux indemnités chômage.

— Tant mieux.

— Oui, ça rend la vie presque vivable. T'aurais pas une cigarette, par hasard ?

— Spencer… je ne fume pas.

— Je crève d'envie d'une clope et d'une pinte.

— On est à *l'hôpital* !

— Je sais, mais quand même.

— La bouffe est potable ?
— Pas terrible.
— Et les infirmières ?
— Non plus. »

Je souris en faisant un bruit de gorge pour lui signifier mon amusement, car je ne suis pas dans sa ligne de mire et il ne peut pas trop bouger la tête.

« Et tous ces dégâts (je désigne les plâtres, les mains bandées) auront des répercussions légales ?

— Sais pas encore. Probablement.

— Putain, Spencer… Tu n'aurais pas pu y penser avant ?

— Tu n'as pas fait tout ce trajet pour m'engueuler ?

— Non, bien sûr, mais quand même, tu déconnes.

— Ouais, je sais. Ne pas fumer. Ne pas se battre. Ne pas filouter l'État, ne pas conduire bourré, boucler sa ceinture, travailler dur, aller aux cours du soir, acquérir des qualifications professionnelles. Vraiment, Brian, par moments tu es à toi seul l'incarnation d'un spot gouvernemental éducatif.

— Excuse-moi.

— On ne fait pas tous ce qu'il faudrait faire, Brian.

— Non, je sais.

— On ne peut pas tous être parfaits comme toi, Brian.

— Attends, je suis si peu raisonnable…

— Mais tu vois ce que je veux dire, Brian, n'est-ce pas ? »

Il n'a rien crié de tout cela, car il ne peut pas crier. Il l'a susurré avec hargne avant de se réfugier de nouveau dans le silence. Moi, il y a quelque chose que je veux lui dire, mais je n'ai pas encore trouvé les mots pour le faire. Tandis que j'y réfléchis, il me demande de l'eau. J'en verse dans un gobelet en plastique que je lui tends, et, tandis qu'il tente de se redresser pour boire, je sens l'odeur de métal de son haleine chaude. Il se laisse retomber sur l'oreiller.

« Alors, comment va Alice ? demande-t-il.

— Très bien. J'ai passé la nuit de notre dispute chez elle.

— Sans blague ! (Il me sourit joyeusement. Un vrai sourire.) Alors, tu sors avec elle ?

— Eh bien, on y va mollo, dis-je, un peu honteux, mais c'est vraiment bon.

— Brian Jackson, tu caches bien ton jeu de séducteur !

— Mouais, on verra à l'usage ! » Je sens que le moment est venu de faire ce qu'il faut faire : être adulte, quoi. Je respire un grand coup. « Alice m'a dit que tu lui as parlé en ma faveur, à cette fête.

— Elle t'a dit ça ? (Il évite mon regard.)

— Oui. J'ai été dégueulasse avec toi, hein ?

— Non, Brian.

— Si. Je le sais. Un vrai salaud.

— Mais non, Brian…

— Je ne le fais pas exprès : ça m'arrive, c'est tout.

— On oublie, d'accord ?

— Non, on ne peut pas.

— Si ça peut te faire plaisir : t'as raison, Bri, tu t'es conduit comme un salaud. Maintenant, on oublie ?

— Oui, mais comment ressens-tu… tu sais, les choses ?

— En général tu veux dire ? Pour être honnête, je me sens fatigué. Et j'ai peur, Bri. » Il me dit cela si doucement que je suis obligé de me pencher pour entendre, et je remarque alors qu'il a les yeux rouges et pleins de larmes. En me voyant le regarder, il lève ses mains bandées pour me cacher son regard en expirant très fort pour retrouver son calme. J'ai de nouveau l'impression d'avoir douze ans ; je suis triste, gêné, sans savoir quoi faire. Il faudrait que j'aie un geste gentil, mais lequel ? Mettre un bras autour de ses épaules ? Je n'ose pas me lever de ma chaise et prendre le risque de nous faire remarquer par les autres patients de la salle. Je reste donc où je suis en marmonant :

« C'est normal d'avoir peur. Vivre, c'est effrayant, non ? On le dit, du moins.

— Peut-être bien.

— Ça s'arrange, il paraît.

— Je voudrais bien, parce que moi, j'ai tout foutu en l'air.

— Conneries. Tu es un mec bien, Spence. Tu vas t'en sortir. » Je me penche, tends le bras vers lui et lui serre l'épaule. Le geste est maladroit et la position peu confortable, mais je la maintiens aussi longtemps que je peux, jusqu'à ce que ses épaules cessent de trembler. Il finit par ôter les mains de ses yeux.

« Excuse-moi. Ce sont ces drogues qu'on me donne », dit-il en essuyant les larmes avec ses bandages.

Peu après, nous sommes à court de sujets de conversation. J'ai encore tout mon temps mais je prends mon manteau.

« Hou-là, il faut que je me dépêche, sinon, je vais rater ma correspondance.

— Merci d'être venu, vieux.

— C'était un plaisir.

— Toujours le mot pour rire !

— C'est vrai ! Pas un plaisir, mais tu vois ce que je veux dire.

— Hé, tu ne veux pas signer mon plâtre ?

— Oui, bien sûr. »

Au pied du lit, j'attrape un Bic accroché à l'écritoire à pince et trouve un espace vierge ; il y a beaucoup de « meilleurs vœux de rétablissement » signés de prénoms que je ne connais pas ; puis le « Ça te fait les pieds, connard », et « Le Zep règne » qui m'évoquent Tone. Je réfléchis un instant et écris : *Cher Spencer, toutes mes excuses et mes remerciements. Casse-toi la jambe ! Ah ! Ah ! Plein d'affection de la part de ton Brian.*

« Qu'est-ce que tu as écrit ?

— "Casse-toi la jambe."

— *Quoi* ?

— C'est une expression empruntée au théâtre : "Bonne chance" porte malheur. »

Spencer lève les yeux au ciel, souffle entre ses dents, et me dit lentement : « Tu sais, Brian, tu peux être parfois un enfoiré absolu.

— Je sais, vieux, je sais. »

37

QUESTION : Quel martyr chrétien du IIIe siècle, dont l'identité est discutée – soit un prêtre et médecin romain massacré sous l'empereur Claude II le Gothique, soit l'évêque de Terni, lui aussi tué en martyr à Rome – dispose depuis le XIVe siècle d'une fête à son nom célébrant les amoureux ?
RÉPONSE : Saint Valentin.

CHAQUE FOIS QUE J'ENTENDS ÉDITH PIAF CHANTER « Non, je ne regrette rien » – un peu trop souvent à mon goût depuis que je suis à la fac –, je ne peux m'empêcher de me demander de quoi diable elle parle. Moi, *je regrette presque tout*. Je sais qu'on n'atteint pas l'âge adulte sans douleur. Les rites de passage, je connais. Je connais le terme de *Bildungsroman*, roman d'initiation, je sais qu'inévitablement je me pencherai sur mes souvenirs de jeunesse avec un sourire sagace et amusé. Mais je ne vois pas pourquoi je devrais avoir honte de ce qui m'est arrivé *trente secondes plus tôt*. Pourquoi la vie devrait être pour moi ce paysage maritime éternellement houleux d'amitiés embourbées, de chances mal saisies, de conversations niaises, de journées gâchées, de remarques idiotes, de blagues pas drôles. Pourquoi je devrais me pencher sur des choses qui se tortillent sous mes yeux horrifiés comme autant de poissons mourants.

Bon, ça suffit. Trop, c'est trop. Dans le train du retour, en examinant ma dernière et ahurissante collection d'impairs, je décide de changer de vie. En général, je prends cette décision trente ou quarante fois par semaine, en général à 2 heures du matin, car biture, ou le lendemain, car gueule de bois. Mais cette fois, c'est la bonne. À partir de maintenant, je vais vivre comme il se doit. Ravageur et Réservé, à l'évidence, ça ne marche pas, ça ne marchera jamais pour moi. Je change de devise. Ce sera dorénavant Sagesse, Bonté et Courage.

Quand le train finit par entrer en gare, je me rue sur une cabine téléphonique du quai et, après avoir cherché des pièces, je mets en vigueur mes nouveaux principes en composant le numéro. C'est Des qui répond. Maintenant que la liaison n'est plus un secret, je ne vois pas pourquoi il s'en priverait.

« Allô...

— Salut, Des, Brian à l'appareil », dis-je, avec ma vivacité naturelle.

Je me rends compte que je l'ai appelé par son prénom en omettant l'« oncle ». Un signe de ma nouvelle maturité, ou un lapsus freudien vu qu'il baise ma mère, allez savoir.

« Oh, salut Brian. » C'est bizarre, mais je sens une appréhension dans sa voix, comme si je lui faisais peur, moi, un gringalet, alors qu'il pèse quatre-vingt-dix kilos et quelques. Il ne court pas non plus le risque d'être boxé au téléphone. Il y a un silence. Il finit par le rompre : « Désolé d'avoir exhibé ce matin devant toi mes bijoux de famille. Ta mère et moi, on comptait te mettre au courant, tu sais.

— Des, il n'y a aucun problème. C'est parfait, je t'assure. » Je vois mon reflet dans le verre de la cabine et m'aperçois que j'arbore un sourire démesuré de clown. « Maman est là ? » Une question stupide puisque c'est sa maison.

« Bien sûr. Je te la passe. » J'entends un froissement de tissu et, malgré la main posée sur le récepteur, un chuchotement. Puis maman prend l'appareil.

« Allô ? »

Sa voix est hésitante, comme lointaine – elle ne parle pas vraiment dans le combiné.

« Maman ?

— Tu es bien rentré, Brian ? »

Elle détache tous les mots, ce qui signifie qu'elle a bu.

« Oui. »

Il y a un silence, et je n'ai qu'un désir, raccrocher. Mais c'est sans compter mon nouveau dogme (Sagesse, Bonté... c'est quoi, déjà, le troisième ? Ah oui : Courage). Je déglutis et me force à continuer.

« Écoute, je voulais te dire... (Qu'est-ce que je voulais lui dire au juste ?) Je voulais juste te dire que j'ai réfléchi, à propos de toi et Des, et que je suis vraiment content que vous vous mariiez. C'est une idée géniale en fait : c'est un mec super et je voudrais que vous me pardonniez pour... Bon, j'ai été pris au dépourvu, la nouvelle m'a déstabilisé, voilà.

— Oh, Brian...

— Et je trouve que le B&B est une idée formidable. Je viendrai débarrasser mes affaires aux vacances de Pâques, et ma chambre sera à vous. Comme tu dis, ce ne sont que des maquettes d'avion, après tout. Tout ça est parfait, et je suis heureux... que vous soyez heureux. »

Pas de réponse de l'autre côté. Maman, qui passe le récepteur d'une oreille à l'autre, doit être en train de ravaler ses larmes.

« Tant que tu ne me demandes pas d'appeler Des “papa...”, dis-je avec humour, pas de problème.

— Oh, Brian, je ne te demanderai jamais une chose pareille.

— Donc, tout baigne. Alors, tu viens demain ?

— Et comment ! Je ne manquerais pas ça pour tout l'or du monde.

— Tu es sûre de pouvoir te le permettre ? Le billet de train et tout ça ?

— Ne t'en fais pas, Brian.

— Le ticket à ton nom sera scotché sur la porte du studio.

— Oh, Brian, autre chose... » Le *bip-bip* retentit. J'ai de la monnaie plein la poche mais aussi le sentiment d'avoir dit tout ce que j'avais à dire. « Il faut que j'y aille, maman : plus de pièces.

— Brian, il faut que je te demande quelque chose.

— Vas-y, mais vite.

— Des peut venir aussi ? »

Il n'y a plus de tonalité. Je reste un moment dans la cabine, le récepteur à la main. En réalité, c'est mon père qui devrait être là demain. Pas lui en personne, puisqu'il est mort, mais, dans ma tête, c'est lui qui devrait être assis à côté de maman à applaudir, brandir deux pouces en signe de victoire, et maman doit le savoir aussi car elle n'aurait pas été aussi nerveuse en me demandant si elle pouvait amener ce type au prénom ridicule – « Des », comment peut-on ? – qui prendra la place de papa dans l'assistance, un type que je connais peu et que je n'aime pas particulièrement.

Je sors des pièces dans ma poche pour rappeler ma mère. Elle décroche immédiatement.

« Maman ?

— Oui, Brian. Je te demandais si…

— Bien sûr que tu peux amener Des.

— Oh, parfait.

— J'arrangerai ça demain sur place.

— Tu es sûr que ça ne pose pas de problème ?

— Sûr et certain.

— Alors à demain.

— Au revoir. »

Je raccroche, puis reste un moment dans la cabine. Il est sans doute trop tôt pour le dire, mais on dirait que la politique Sagesse, Bonté et Courage est payante. Peut-être que pour une fois, j'ai fait quelque chose de bien. Je devrais rentrer, préparer ce que je vais porter demain, m'offrir une bonne nuit de sommeil et tout, mais je décide d'aller voir Alice, car c'est la Saint-Valentin et elle a dû recevoir mon poème.

38

QUESTION : Adam Heyer, Frank Gusenberg, Pete Gusenberg, John May, Al Weinshank et James Clark étaient au nombre des victimes de quel événement sanglant survenu à North Clark Street, Chicago, en février 1929 ?
RÉPONSE : Le massacre de la Saint-Valentin.

« ÉCOUTE, ALICE, J'AI RÉFLÉCHI AU SUJET DE NOUS DEUX. Tu sais, ce poème de John Donne, “The Triple Fool”, dans lequel il dit : *I am two fools, I know / For loving and for saying so / In whining poetry* [1], eh bien, le Triple Idiot, c'est un peu moi. Je sais que j'y suis allé un peu fort en te traînant à ton corps défendant dans la cabine de Photomaton, puis en t'envoyant un mauvais poème sur une carte postale. Je sais combien tu tiens à ton indépendance, que j'accepte pleinement. Je suis amoureux de toi, bien sûr, amoureux fou, ce qui en fin de compte ne doit pas entraver notre relation : on a du plaisir à être ensemble, on est bons amis, âmes sœurs même. J'ai plus envie d'être avec toi qu'avec personne au monde, même si je suis parfois un parfait crétin – la

1. « Je suis deux fois idiot, je sais / Pour aimer et pour le dire / Dans un poème geignard. »

plupart du temps en fait et, écoute, je sais que tu ne m'aimes pas. Pas encore, du moins. Mais un jour, qui sait ? Ces choses arrivent, et je suis patient. Ça ne me fait rien d'attendre. L'attentisme est une bonne tactique. Il ne faut rien précipiter, juste prendre du bon temps ensemble. Attendre et voir. D'accord ? »

Voilà plus ou moins ce que je vais dire à Alice. Pour la citation de John Donne, j'ai quelques doutes, craignant de faire cuistre. Il faudra voir ce que ça donne en situation. Mais je vais dire tout ce que je viens d'énoncer, rien de plus, sans entrer dans un lourd débat, puis je mettrai mon manteau et rentrerai chez moi où je m'accorderai ces huit heures de sommeil réparateur. Je n'essaierai même pas de l'embrasser. Et si elle me demande de rester lui faire l'amour, je dirai non car nous avons le *Challenge* demain matin. Nous devons être dispos, comme des boxeurs. Pas de sexe avant un match.

Je suis devant sa porte. Je frappe.

Pas de réponse.

Je refrappe. Bon sang : Sagesse, Bonté, *Courage*, Sagesse, Bonté, *Courage*…

« Qui est là ?

— C'est Brian.

— Oh, Brian, il est près de minuit.

— Je sais. Excuse-moi, je voulais juste te dire bonsoir. »

Je l'entends se lever, un froissement de tissu m'indique qu'elle enfile un vêtement, puis elle jette un œil par l'entrebâillement de la porte, en tee-shirt Snoopy et culotte noire.

« Je dormais, Bri. (Elle se frotte les yeux.)

— Oh, je suis désolé. Mais j'ai eu une journée mouvementée ; je voulais en parler à quelqu'un.

— Ça ne peut pas attendre…

— Pas à quelqu'un, en fait. À toi. »

Elle se mord la lèvre et tire sur son tee-shirt.

« Bon, entre, alors. » Elle ouvre la porte et je vais m'asseoir au bord de son lit défait encore tout chaud d'elle. Je lui demande :

« Alors, comment s'est passée cette Saint-Valentin ?

— Très bien.

— Tu as reçu du courrier ce matin ? (Mon ton en dit long.) Quelque chose de sympa ? »

Qu'attend-elle pour venir s'asseoir à côté de moi ?

« Oui, et je te remercie, Brian, c'était un joli, un très joli poème. »

Pourquoi ne s'assied-elle pas près de moi ?

« Tu trouves ? Ouf ! Parce que j'étais un peu gêné. C'est la première fois que je fais lire ce que j'écris à quelqu'un.

— Ça m'a plu. C'est très... franc... disons, de l'émotion à l'état brut. Assez dérivé de e.e. cummings, ou plutôt, non, pas dérivé, mais inspiré. Je crois même avoir reconnu quelques vers de lui. »

Mince alors, elle m'accuse de plagiat *ou quoi ?*

« Mais c'était charmant, vraiment. Merci. J'ai été très... touchée.

— Alors tu crois que c'est moi, dis-je pour rire. Quel poème ? Je ne t'ai jamais envoyé de poème. » Je jacasse, je le sais, mais elle sourit, se gratte le coude et, assise sur sa chaise, fait une tente de son tee-shirt en le tirant vers le bas et en recouvrant ses genoux remontés. Ma gaieté est forcée depuis que j'ai remarqué, derrière Alice, fourré n'importe comment dans un grand récipient d'eau emprunté à la cuisine collective, un énorme bouquet de parfaites roses rouges. Bien sûr, il n'y a aucune raison qu'elle ne reçoive pas de cadeaux d'autres hommes, je serais naïf de le penser, belle, populaire et sexuellement attirante – l'archétype du sex-appeal – comme elle l'est, mais ce bouquet est tout simplement... vulgaire. J'essaie de ne pas faire une fixation dessus, de me concentrer sur mon petit poème personnel, sincère et artisanal. Mais elles sont là, ces putains de roses parfaites, dressées derrière ses épaules et empuantissant l'atmosphère de leur odeur aussi puissante qu'un désodorisant d'atmosphère.

« Jolies fleurs, dis-je.

— Oh, ça ! » Elle y jette non pas un, mais deux coups d'œil par-dessus son épaule, comme si les fleurs s'apprêtaient à l'attaquer par surprise, à la façon du foutu bois de Birnam [1].

« Tu sais qui te les a envoyées ?

— Aucune idée », dit-elle.

Un salaud friqué en tout cas ; il y a tout un trimestre de ma bourse planté dans cette bassine. Et elle sait qui les lui a offertes, car pourquoi être aussi généreux si c'est pour rester anonyme ?

« Il n'y avait pas de carte ?

— Ça ne te regarde pas, Brian. (Me voilà sèchement remis à ma place.)

— Oui, tu as raison.

— Oh, excuse-moi ! » Elle se lève et vient se pencher sur moi pour m'étreindre. Je vois son dos nu, sur lequel le tee-shirt est remonté, et pose une main sur sa peau chaude, juste au-dessus de sa culotte en tulle ou dentelle noire transparente, et nous restons comme ça un instant, moi le regard rivé sur les roses.

« Désolée de t'avoir rembarré. Je peux être une vraie garce par moments. Mais on a eu une répétition

1. *Macbeth*, acte V, scène v : Le bois de Birnam « en marche », ce sont les soldats anglais déguisés en arbres qui avancent sur Dunsinane.

longue et difficile, ce soir, et je dois me sentir toujours dans le rôle. » Elle s'assied à côté de moi et se met à rire. « J'ai dit ça, moi ? Quelle prétention ! » On se sourit et je me demande si je peux l'embrasser, mais je me rappelle mon nouveau mantra : *Sagesse*, Bonté, Courage.

« Écoute, Brian. Il faut vraiment que je retourne dormir. On a une grosse journée demain.

— Bon, je m'en vais. (Je me lève à moitié puis me rassois.) Mais avant, il faut que je te dise quelque chose.

— D'accord. (Ton las. Elle se rassied.)

— Ne t'inquiète pas. Je voulais juste te dire… (Je lui prends la main.) Alice… Écoute, Alice, j'ai réfléchi au sujet de nous deux. Tu sais, ce poème de John Donne, "The Triple Fool", dans lequel il dit : "I am two fools, I know / For loving and for saying so / In whining poetry", eh bien, le Triple Idiot, c'est un peu moi. Je sais que j'y suis allé un peu fort en te traînant à ton corps défendant dans la cabine de Photomaton, puis en t'envoyant ce mauvais poème sur une carte de Saint-Valentin. Je sais combien tu tiens à ton indépendance, que j'accepte pleinement. Je suis amoureux de toi, bien sûr, amoureux fou…

— Écoute, Brian…

— Mais ce n'est pas le plus important, car en fin de compte…

— Brian…, dit-elle.

— Laisse-moi finir.

— Non, Brian, ça suffit.

— Ce n'est pas ce que tu penses, Alice.

— Désolée. J'en ai assez entendu. Arrêtons cette comédie. »

Ce qui est bizarre, c'est que ce n'est pas à moi qu'elle adresse ces derniers mots, mais à l'armoire.

« Allez, Neil, ce n'est plus drôle. »

Elle appelle son armoire *Neil* ? Et sa commode, alors ? Elle tape sur la porte du plat de la main et ladite porte s'ouvre doucement, toute seule, comme dans un tour de passe-passe.

Il y a un homme assis dans l'armoire.

Qui tient son pantalon à la main.

Je ne comprends pas.

« Brian, je te présente Neil. »

Neil sort et se déplie.

« Neil joue Eilert Lovborg dans *Hedda Gabbler*.

— Hello, Neil, dis-je.

— Hello, Brian, dit Neil.

— On… répétait, dit Alice.

— Oh », dis-je, comme si cela expliquait tout.

Je crois que je serre la main du type.

LA DERNIÈRE MANCHE

« Que penses-tu d'elle ?

— Je n'ai pas besoin de le dire.

— Dis-le-moi tout bas à l'oreille, continua Miss Havisham en se penchant vers moi.

— Je pense qu'elle est très fière, lui dis-je tout bas.

— Après ?

— Je pense qu'elle est très jolie.

— Après ?

— ... Je pense que je voudrais retourner chez nous.

— ... Tu iras bientôt, dit Miss Havisham à haute voix. Continuez à jouer ensemble. »

Charles DICKENS, *De grandes espérances* [1].

1. Le Livre de Poche, « Classiques de Poche », mars 1998, traduction de 1861 de Charles Bernard-Derosne révisée (? pas cet extrait, semble-t-il), annotée et préfacée par Jean-Pierre Naugrette.

39

QUESTION : « Il était une fois quatre enfants prénommés Peter, Susan, Edmund et Lucy. » C'est ainsi que commence l'œuvre la plus connue d'un universitaire, romancier et apologiste du christianisme. Quel est le nom du livre ?

RÉPONSE : *Le Lion, la Sorcière blanche et l'Armoire magique*, de C.S. Lewis.

C'EST UN CLICHÉ DE DIRE QU'ON EST DÉÇU quand on rencontre les gens célèbres en chair et en os car ils vous semblent beaucoup plus petits qu'à l'écran. Ce n'est pas le cas pour Bamber Gascoigne, qui est nettement plus grand que je ne l'avais cru ; très mince, très souriant et étonnamment beau gosse, comme l'un de ces personnages bienveillants sortis d'un roman de C.S. Lewis prêts à vous entraîner dans des aventures extraordinaires, le sex-appeal en plus. Nous faisons tous les quatre la queue dans le studio de télé, attendant nerveusement qu'il nous prenne à part à tour de rôle, un peu comme un membre de la famille royale a un mot pour chacun des invités au gala annuel qu'elle préside.

Alice, qui m'évite, est la première dans la file d'attente. Je n'entends pas ce qu'elle dit mais elle doit tenter de le séduire. Vient ensuite Patrick, courbé en deux d'humilité, qui, après lui avoir rappelé qu'il l'a rencontré l'année précédente à la même époque, la joue copain-copain. Bamber, très aimable, lui répond avec un large sourire : « Bien sûr, je me souviens de vous », tout en se demandant sans doute « qui est ce prétentieux crétin ? ».

Vient le tour de Lucy, incroyablement simple et gentille, comme d'habitude. Puis le mien. Je me demande si je dois l'appeler Bamber ou M. Gascoigne. Il me serre la main et je lui dis : « Heureux de faire votre connaissance, monsieur Gascoigne.

— Je vous en prie, appelez-moi Bamber, répond-il en gardant ma main dans les siennes. Et vous, vous vous appelez… ?

— Brian Jackson, dis-je dans un souffle.

— Et vous étudiez ?

— Eng. Lit.

— Pardon ?

— La littérature anglaise. » Je l'ai presque crié, en articulant bien, et je le vois se reculer imperceptiblement. Il a sans doute senti l'alcool dans mon haleine car je n'ai pas encore dessaoulé.

En dépit de tous les efforts des autorités chargées d'accorder les licences, on peut trouver de l'alcool à n'importe quelle heure, si on le veut vraiment.

Après avoir quitté Alice, tout tremblant d'émotion, j'erre dans les rues pour me calmer et me retrouve devant The Taste of the Raj, un restaurant doublé d'une sorte de bar clandestin indien. On peut boire tout ce qu'on veut, toute la nuit, à condition d'être à trois cents mètres d'un oignon frit.

Il est plus de minuit, et le restaurant est vide.

« Une table pour une seule personne ? me demande l'unique serveur.

— Oui, s'il vous plaît. »

Il m'installe dans un box près de la cuisine. En ouvrant le menu, je constate, ironie du sort, qu'il comporte une offre spéciale Saint-Valentin pour les couples d'amoureux. Avantageux, semble-t-il, mais je ne serais pas capable d'avaler tout ça, et je ne suis pas venu pour manger. Je commande une pinte de bière, deux poppadoms, un oignon bhaji et un gin tonic.

« Pas de plat principal, monsieur ?

— Peut-être après », dis-je. Le serveur approuve d'un hochement de tête mélancolique, comme s'il comprenait le mécanisme parfois bestial du cœur humain, et va me chercher mes boissons. Je tourne le dos à la cuisine, et j'ai fini la bière et le gin tonic avant même d'entendre le tintement du micro-ondes. Le serveur me glisse l'assiette d'oignon bhaji entre les coudes et je lui désigne les verres vides.

« Une autre pinte de *lager* et un gin, s'il vous plaît. Pas de tonic cette fois. » Le serveur aux yeux tristes hoche la tête avec sagacité, soupire, et va chercher mes boissons.

« Excusez-moi ! Double, le gin. » Sans grand appétit, je trempe les rondelles croustillantes d'oignon dans le yoghourt aqueux à la menthe. Quand il revient, je bois un doigt de bière, verse le gin dedans et remue le mélange avec ma fourchette tout en entreprenant de faire le point sur mes connaissances.

Je connais la différence entre un ptérosaure, un ptéranodon, un ptérodactyle et un rhamphorhynchus. Je connais le nom latin de la plupart des oiseaux domestiques anglais. Je connais la capitale de presque tous les pays du monde, et aussi leur drapeau. Je sais que

Magdalen College se prononce *Maudlin*. Je connais toutes les pièces de Shakespeare sauf *Timon d'Athènes*, et tous les romans de Charles Dickens sauf *Barnaby Rudge*, toutes les *Chroniques de Narnia*, de C.S. Lewis, ainsi que l'ordre dans lequel toutes ces œuvres ont été écrites – avec quelques lacunes dans le cas de Shakespeare. Je connais les paroles de chaque chanson de Kate Bush, même celles de la face B de ses disques, ainsi que celles qui ont figuré en tête du hit-parade. Je connais tous les verbes irréguliers français et l'origine de l'expression « se rallier à l'avis général [1] » ; je sais à quoi sert la vésicule biliaire, comment se forment les bras morts des rivières, je connais, dans l'ordre, le nom de tous les souverains britanniques, celui de toutes les épouses d'Henri VIII et leurs sorts respectifs, la différence entre les roches ignées, sédimentaires et métamorphiques, et les dates majeures de la guerre des Deux-Roses, le sens des mots albédo, péripatéticien, litote, le nombre moyen de cheveux sur une tête humaine, la technique du crochet, la différence entre la fission et la fusion nucléaire, comment épeler « désoxyribonucléique », nommer les constellations, tous les peuples de la Terre, évaluer la masse de la Lune et décrire le fonctionnement du cœur humain. Pourtant, le plus important – comme l'amitié, la capacité de faire le deuil de mon père, l'amour, ou simplement connaître le bonheur d'être bon, honnête, digne, serein –, voilà qui me dépasse. De surcroît, je suis sûr de ne pas être intelligent ; sans conteste, je suis un ignorant, un être incurablement stupide.

1. Ou « suivre la ligne du parti » – en anglais : *To toe the line*. L'une des origines possibles est sportive : les coureurs se placent sur la ligne de départ.

Un peu déprimé, je tente de me remonter le moral en commandant une troisième pinte et un autre double gin, je verse de nouveau le gin dans la bière en touillant de la même façon et trempe un morceau de poppadom dans le chutney à la mangue. Tout ce que je me rappelle ensuite, c'est que je suis au lit tout habillé, et qu'on me secoue à 6 h 30 du matin.

« Brian, réveille-toi.

— Foutez-moi la paix.

— Brian, vite, on est en retard. » Quelqu'un me secoue. Je repousse la main qui m'agrippe l'épaule.

« Il fait encore nuit, dis-je. Foutez le camp.

— Il est 6 h 30, Brian. Nous devons être au studio à 9 heures. Nous n'y serons jamais. Allez, dépêche-toi. (Patrick tire un peu le duvet.) Tu as dormi tout habillé ?

— Non ! dis-je, outré, mais peu convaincant puisque, à l'évidence, je suis vêtu. J'ai eu froid pendant la nuit, c'est tout. »

Patrick tire complètement le duvet.

« Et les pompes ?

— J'avais aussi froid aux pieds.

— Brian, tu as bu ?

— Non !

— Brian, je croyais que nous étions d'accord : au lit de bonne heure et pas d'alcool avant la compétition.

— Je n'ai pas bu ! » dis-je en dérapant sur les mots. Je me redresse et sens le mélange gin-bière-rondelles d'oignons frits se stabiliser dans mon estomac.

« Brian, ton haleine pue l'alcool. Que fait ton matelas par terre, au fait ?

— Il dit que c'est un futon », dit Josh, grelottant sur le seuil dans son slip. Markus, derrière lui, regarde la scène en clignant des yeux.

« Il m'a fallu réveiller tes colocataires, me dit Patrick.

— Houps ! désolé, mecs.

— Tu es saoul, Brian. C'est incroyable !

— Non, c'est faux. Cinq minutes. Donne-moi cinq minutes.

— Tu n'en auras que trois. Je t'attends en bas, dans la voiture », dit Patrick, indigné, qui sort en trombe, Josh et Marcus sur ses talons. Je soupire, me frotte le visage de mes mains et m'assieds au bord du futon.

Je me souviens d'Alice.

J'ouvre l'armoire et prends la veste de velours de papa.

L'ambiance jusqu'à Manchester est plutôt sinistre. Nous voyageons dans la 2 V d'Alice. Au moment où je grimpe derrière en écrasant des paquets de chips et des boîtes de cassettes vides, elle me fait un pâle sourire d'excuse que je fais mine de ne pas remarquer. Je referme la portière en tirant le fil à linge qui fait office de poignée et l'épuisement me fait roter entre mes dents. Le docteur Lucy Chang le remarque, fait son diagnostic et m'octroie ce sourire d'hôpital dont on apprend la pratique aux étudiants en médecine. Je remonte mon manteau sous le menton en guise de couverture et nous cahotons éperdument, comme au champ de foire, dans ce véhicule qui évoque ceux des montagnes russes.

Inutile de préciser que ce bon vieux Patrick, en guise de mise en train, nous a préparé plusieurs centaines de questions tapées sur des fiches format A4, et il insiste pour les hurler au-dessus du bruit de tondeuse à gazon du moteur de la Deuche, tandis qu'on se traîne sur l'autoroute à quatre-vingts kilomètres à l'heure. Je décide de ne pas répondre à une seule, juste pour lui faire la nique. Le truc pour survivre à cette épreuve, c'est de rester digne. Orgueil et Dignité seront mes mots d'ordre de la journée. Ça, et contrôler mon estomac pour ne pas me vomir dessus.

« Trois questions bonus sur les batailles. En quelle année a eu lieu celle de Blenheim ? Qui répond ? Personne ? Lucy ?

— 17... 12 ?

— Non : 1704.

— Où est le Saillant, dans la bataille du Saillant ? Le Saillant. Quelqu'un a une idée de ce que c'est ? Le Saillant. Allez, réfléchissez. La bataille du Saillant. Elle a eu lieu où ?

— En Hollande, dis-je pour ne plus entendre ce “Saillant” qui me sort par les oreilles.

— En Belgique : c'est la zone de front en saillie dans la bataille des Ardennes, répond Patrick en claquant la langue de contrariété. Question n° 3 : connue aussi comme la bataille des Trois Empereurs, Austerlitz impliquait combien de pays ?

— Patrick, à quoi ça sert, tout ça ? (Je me penche sur son siège.) Crois-tu honnêtement que des questions pareilles risquent de tomber ; que, par miracle, une seule d'entre elles figurera dans le quiz ? Parce que sinon, tu fais perdre du temps à tout le monde.

— Brian... (Lucy me pose la main sur le bras.)

— Échauffement intellectuel, Brian », hurle Patrick. Il se retourne dans son siège pour me regarder. « À l'usage de ceux d'entre nous qui ne sont pas aussi *frais* qu'ils devraient l'être.

— Je ne sais pas pourquoi tu t'en prends à moi, Patrick. (Je m'adresse à Alice.) À quelle heure tu t'es couchée la nuit dernière, Alice ? »

Elle me jette dans le rétroviseur un regard froid, ce regard méprisant de première de la classe : « On parlera de cela plus tard, Brian.

— Parler de quoi ? demande Patrick.

— De rien. Rien du tout, dit Alice.

— Alors, Alice, c'est seulement nous quatre, l'équipe, ou tu as caché quelqu'un dans le coffre ?

— *Quoi ?* demande Patrick.

— Brian, pas ici, d'accord ? lâche-t-elle entre ses dents.

— Quelqu'un veut bien me dire ce qu'il se passe ? aboie Patrick.

— Écoutez, tout le monde : et si on se mettait une cassette ? » dit Lucy la conciliatrice. D'une main, elle tient toujours mon bras, et je crois voir la seringue hypodermique dans l'autre. Je me renfonce dans mon siège et remonte mon manteau sur la tête pour essayer de dormir. Jusqu'à Manchester, nous écoutons en boucle « The Look of Love » d'ABC. New Wave et New Romantic. J'ai du mérite de ne pas hurler.

Bamber, une fois que je lui ai soufflé à la figure mon haleine alcoolisée, disparaît dans son bureau pour étudier les questions. C'est notre vieil ami Julian, son charmant second, qui est chargé de nous révéler l'identité de nos adversaires. Et voilà : exactement ce que nous redoutions : Oxbridge. Patrick se force à sourire mais ses grincements de dents résonnent dans le studio.

« Eux », nos quatre ennemis, se dirigent lentement vers nous, en ligne, mais espacés, comme des flingueurs en battue. Ils ont tous choisi le style costume cravate agrémenté de l'écharpe de leur université. Ils sont tous binoclards – sans doute pour nous impressionner. Leur équipe est cent pour cent blanche et mâle. Je crois que nous pouvons nous féliciter d'avoir joué la parité sexuelle, même si l'une de nos deux femmes est une méchante, une intrigante et une traîtresse, une sorcière aux deux visages.

Bien sûr, nos adversaires en viendront à découvrir par eux-mêmes la vraie nature d'Alice, mais en attendant ils convergent vers elle en ignorant les autres, l'entourent comme pour lui demander des autographes, tandis que Patrick sautille dans leur dos en essayant désespérément de serrer quelques mains, n'importe lesquelles. Leur capitaine, Norton, qui étudie les lettres classiques, est un beau mec suffisant aux épaules larges et aux cheveux flottants, le type de séduisant salaud « humaniste » qui a l'air de faire de l'aviron partout, même dans un studio de télé. Il serre la main d'Alice sans faire mine de la lâcher. « Alors, comme ça, vous êtes la mascotte, lui dit-il lubriquement, ce qui me paraît un commentaire d'un chauvinisme outrageux. Je suis à deux doigts de l'indignation féministe, en lieu et place de mon amie, quand je me rappelle l'armoire. De surcroît, Alice ne semble pas choquée ; elle rit, se mord la lèvre et fait son œil de biche en secouant sa chevelure fraîchement lavée ; Norton, en retour, secoue la sienne, vigoureuse et brillante, Alice secoue encore, et lui en remet une louche dans le renvoi de crinière en arrière : on a l'impression d'assister à un rituel d'accouplement dans un documentaire sur la vie des animaux. J'ai honte de dire que le mot « allumeuse » me traverse l'esprit. Je le chasse, car il est spécifique au genre, donc misogyne, et je me contente de me tenir à l'écart du groupe sans personne à qui parler. Lucy s'en rend compte, vient vers moi, me prend le coude et me présente à Partridge, un garçon à la peau duveteuse et au crâne déjà dégarni qui étudie l'histoire moderne à Saffron Walden, près de Cambridge. Je souris, souris encore et bavarde tout en me demandant où je pourrais me retirer pour m'étendre un peu.

Pas le temps, hélas ! Julian nous conduit en douceur à nos sièges respectifs pour une répétition pour rire avant l'épreuve, avec lui dans le rôle de Bamber. Inutile de dire que Patrick a décidé par avance comment nous placer. Je suis tout au bout, aussi loin de Lucy et lui que possible, pratiquement dans le studio mitoyen. Alice est entre nous, ce qui aurait été délicieux quarante-huit heures plus tôt, mais n'est maintenant qu'un crève-cœur. Nous sommes assis là, en silence, fixant un point devant nous, tandis que Julian nous rappelle que ce que nous allons vivre n'est qu'un jeu. L'important, selon lui, c'est de nous amuser. Le bureau et les buzzers sont curieusement artisanaux, comme si on les avait réalisés en travaux pratiques de menuiserie, et je peux voir les ampoules nues qui éclairent mon nom sur le devant du panneau. Je pourrais en dévisser une si je le voulais, peut-être même la voler après l'émission pour la garder en souvenir. Une blague de potache. Je songe à en faire part à Alice quand je me souviens que nous ne nous parlons plus. Cela m'attriste. Julian nous invite à essayer nos buzzers, pour voir quel effet ça fait. Nous le faisons tous et je me penche en avant pour regarder mon nom clignoter : Jackson, Jackson, Jackson.

« Enfin, mon nom en lumière », dit Alice. Je me garde bien de la regarder, mais, au son de sa voix, je me rends compte qu'elle arbore un sourire désespéré. « Tu sais, poursuit-elle, je me disais que la seule façon de voir mon nom clignoter serait d'en changer : "Issue de secours" ferait l'affaire. » Je ne souris pas, me contentant de taper en morse sur le buzzer : point point point trait trait trait.

« Ça fait drôle, non, de se retrouver enfin ici ? » insiste-t-elle.

Je ne réponds toujours pas. Elle tend la main et prend la mienne qui joue avec l'appareil.

« Brian, je t'en prie, parle-moi », chuchote-t-elle. Elle ne sourit plus. « Écoute, je tiens à m'excuser pour hier soir, et je suis désolée si tu crois que je t'ai mené en bateau. Mais je ne t'ai jamais fait aucune promesse. J'ai toujours été honnête avec toi. Parle-moi : je ne supporte pas ton silence. »

Je me tourne vers elle. Elle est belle, avec l'air triste et les yeux cernés.

« Je ne peux pas. Excuse-moi, Alice. »

Elle hoche la tête comme si elle me comprenait et avant qu'on ait pu en dire plus, Julian s'éclaircit la gorge et la répétition commence.

« En quelle année a eu lieu la séparation entre les Églises chrétiennes orientale et occidentale, parfois nommé le schisme d'Orient ? »

Je crois savoir : j'appuie sur le buzzer.

« En 1517.

— Non, désolé. Je crois que vous confondez avec la Réforme de Luther. Cinq points de pénalité.

— 1054 ? dit Norton, l'humaniste aux cheveux flous.

— Correct ! » dit Julian.

Norton sourit en secouant victorieusement sa crinière.

« Dix points pour vous, Norton, et votre équipe va avoir la chance de répondre aux trois questions bonus sur les dieux romains. »

Ces dieux, je les connais tous, bien sûr.

À la fin de ces quinze minutes de répétition censées être « juste pour le plaisir » (souvenez-vous : ce n'est qu'un jeu), nous avons perdu : nous avons 15 points, nos adversaires 115. Patrick, planté devant le décor, est tellement furieux qu'il en a perdu la parole : il émet des glapissements aigus, et soudain il se met à marcher en rond, en ouvrant et fermant les poings.

« Ouf, ils sont forts, dit Alice.

— Ils ont eu de la chance, c'est tout, dit Lucy. Partridge est le plus redoutable.

— Trois ans, j'ai attendu ça pendant trois ans ! marmotte Patrick, qui a retrouvé le verbe, en continuant ses petits cercles.

— Nous sommes un peu nerveux, dit Lucy. Prenons les choses plus légèrement. Nous devons nous amuser, nous détendre. »

J'ai soudain besoin d'un verre. Je me demande s'il y a un bar dans le bâtiment. « On devrait peut-être tous aller au bar boire une pinte ou deux pour nous décontracter, dis-je.

— *Quoi !* s'écrie Patrick.

— Tu n'as pas l'air de trouver que c'est une bonne idée...

— Brian, tu as répondu à huit questions blanches à 10 points [1] durant cette répétition, et tu t'es trompé six fois. Ça nous a valu *trente points en moins.*

— C'est faux... n'est-ce pas ? » Je m'adresse à Lucy, dont je quémande le soutien. Elle se tait en regardant ses pieds. Patrick se tourne vers elle.

« *Lucia, dimmi, parli italiano* ?

— *Sí, un pochino.* (Air gêné.)

— *E tu, Alicia, dimmi, parli anche italiano ?*

— *Sí, parlo italiano ma solo come una turista*, déplore Alice.

1. Dix points de plus si on gagne. Cinq points de pénalité si on perd.

— Il nous demande si on parle italien, me chuchote Lucy.

— Merci. J'ai compris, dis-je sèchement.

— Et toi, Brian, tu parles italien ? me lance Patrick avec hargne.

— Non, pas vraiment.

— Résumons : Lucy, oui ; Alice, oui ; toi, nada. C'est pourtant toi, le seul non italophone de l'équipe, qui t'es mêlé de répondre à la question portant sur un terme musical italien.

— Personne d'autre n'appuyait sur le buzzer. Alors, j'ai tenté le coup.

— C'est ça le problème avec toi, Brian. Tu tentes toujours le coup, et tu te plantes toujours. Et pourtant tu continues : buzzer, buzzer, buzzer, et c'est faux, faux, faux, et tu nous fais perdre, et tu nous tires vers le bas. » Il est rouge brique, comme son écharpe réglementaire. Son visage n'est qu'à quelques centimètres du mien.

« Allons, allons, les garçons, ce n'était qu'une répétition, modère Lucy, en tentant de s'interposer entre nous tandis qu'Alice, qui surjoue la terreur, les mains sur le visage, nous regarde entre ses doigts.

— Je ne sais même pas pourquoi je t'ai accepté dans l'équipe. Tu t'amènes ivre, puant l'alcool, tu nous la joues comme si tu savais tout alors que ton inculture est abyssale. Tu es un poids mort pour nous, rien de plus. » Il a posé ses mains sur ma poitrine et me postillonne à la figure. « On serait mieux loti avec quelqu'un pris au hasard dans la rue, poursuit-il, ou même avec ton stupide copain, l'horrible Spencer, qui, à la réflexion, doit être aussi ignorant que toi. Une catastrophe ambulante. Comme dit le proverbe, on peut extraire le garçon de l'Essex, mais pas l'Essex du garçon. »

Il doit continuer puisque je vois ses lèvres remuer, mais je n'entends plus ce qu'il dit parce que, me saisissant aux revers de la veste en velours de mon père, il me soulève de ma chaise. C'est là que je prends ma décision. Quelque chose claque en moi, ou plutôt se détend ; c'est peut-être la référence à Spencer, ou à mon reste d'ébriété de la veille, mais je vais donner un coup de boule à Patrick Watts. Je bande légèrement les muscles de mes jambes – non, rien à voir avec le saut du basketteur –, juste un petit effet ressort parti de la plante de mes pieds – et je cogne mon visage aussi fort que possible au milieu de sa trogne. J'ai honte de dire que j'éprouve un plaisir éphémère mais profond à m'être vengé ainsi, avant que la douleur ne se fraie un chemin jusqu'à mon cerveau et que tout devienne noir.

40

QUESTION : Dans *Le Chant d'amour de J. Alfred Prufrock*, de T.S. Eliot, le soir est « étalé contre le ciel...

RÉPONSE : « ... comme un patient éthérisé sur une table. »

« EN "GLASWEGIAN" PURE ET DURE, je ne crois pas me tromper en disant que nous avons sous les yeux le résultat d'une incompréhension totale du principe de base du coup de boule, dit Rebecca Epstein. L'idée, c'est de cogner son front (partie dure) aussi fort que possible contre le nez (partie molle) de l'adversaire. Mais toi, Brian, tu as cogné ta partie molle (ton nez) contre la partie dure (le front) de Patrick Watts. D'où saignement et perte de connaissance. »

J'ouvre les yeux et constate que je suis étendu sur deux bureaux mis bout à bout. Lucy Chang, debout près de moi, écarte mes cheveux de mes yeux et me demande : « Combien de doigts je te montre, là ?

— Si la réponse et fausse, on perd cinq points ?

— Pas dans ce cas, non, sourit-elle.

— Alors, la réponse est trois.

— La capitale du Venezuela est ?

— Caracas.

— Bravo, monsieur Jackson. Je crois que vous survivrez. »

Il paraît que nous sommes deux étages au-dessus du studio, à l'arrière du bâtiment, dans le bureau même de la production d'*University Challenge.* Il y a des ouvrages de référence partout et des photos d'anciens gagnants sur les murs. Je tourne la tête et vois Rebecca assise au bord d'un bureau situé en face du mien. Elle est jolie – non, je retire « jolie », car c'est un adjectif réservé aux femmes, donc une entorse à la théorie du genre –, attirante, dans une longue et simple robe noire moulante et une veste en toile de jean noir. Elle remue ses pieds chaussés de Doc Martens.

« Alors, tu es venue ? dis-je.

— Pour rien au monde je n'aurais manqué ça. J'étais dans un minibus en compagnie de Jeunes Conservateurs pétés à la bière, tous avec leurs écharpes et leurs ours en peluche pour rire, qui m'ont fait payer 3 livres pour l'essence que ma petite personne leur coûtait en plus, ce qui est une arnaque absolue, et je me disais, putain, qu'est-ce que je fais là ? C'est l'enfer. Puis, une fois arrivé, on a fait un tour des studios TV : c'est là qu'on t'a trouvé évanoui par terre, dans une mare de sang, et j'ai pensé, merde alors, si ce spectacle ne vaut pas 3 livres, alors rien ne les vaut. »

Je baisse les yeux et constate que je suis en pantalon et maillot de corps – le même que je porte depuis trente-six heures – taché de sang et tout odorant de gin. Odorant est une litote : j'empeste. Des vapeurs de gin montent visiblement de mon torse.

« Où est le reste de mes vêtements ?

— On t'a agressé sexuellement quand tu étais dans les vapes. Objection, Votre Honneur ? »

Lucie rougit. « Alice a lavé ta chemise dans les toilettes pour dames, dit-elle. Elle la fait sécher au sèche-mains.

— Et ma veste, elle n'est pas tachée ?

— Impeccable.

— C'était celle de mon père, alors…

— Ne t'inquiète pas. »

Je me redresse avec précaution, en prenant appui latéralement au bord du bureau ; mon cerveau doit suivre le mouvement car je le sens cogner contre le bord de mon crâne. Lucie sort son miroir de poche pour que je me regarde. Je m'attendais à un spectacle de cauchemar, mais non. Mon nez n'est pas pire que d'habitude, à part les deux rondelles autour de chaque narine qui semblent tracées au feutre rouge. Je demande :

« Et Patrick ?

— Pas une égratignure.

— Dommage.

— Eh, on arrête la surenchère ! » Elle me fait néanmoins un sourire de connivence avant d'ajouter d'un ton sérieux : « Il y a un problème.

— Lequel ?

— On ne te réadmettra pas dans l'équipe.

— *Quoi ?* Tu plaisantes !

— Hélas non.

— Mais pourquoi pas ?

— Parce que tu as agressé notre capitaine.

— Je ne l'ai pas agressé. Je l'ai frappé une seule fois, parce qu'il m'a provoqué. Vous l'avez vu me saisir par les revers de ma veste, non ? Comment peut-on d'ailleurs parler d'agression quand c'est moi qui suis blessé ?

— Voilà, Votre Honneur, un bon argument en faveur de la défense, ânonne Rebecca.

— Je sais, Brian, dit Lucy, mais Patrick est très mécontent. Il a un copain de Sciences éco prêt à te remplacer au pied levé.

— Je n'arrive pas à le croire !

— Mets-toi à sa place : tu arrives puant l'alcool, tu te plantes sur un maximum de questions, et en plus tu essaies de lui casser le nez.

— Mais ma mère sera là, et tout.

— Relativise : ce n'est qu'un quiz stupide, Brian, dit Rebecca en balançant toujours ses pieds.

— Mais elle vient de loin, ma mère – de Southend-on-Sea. »

Je sens ma voix se briser légèrement, ce qui est pathétique pour un garçon de dix-neuf ans, mais ce quiz a une telle importance pour moi… Je m'imagine soudain en train d'essayer d'expliquer à maman pourquoi on me prive de jeu télévisé. J'ai l'impression d'être un gamin renvoyé de l'école avant la fin de la classe. L'idée est si mortifiante qu'elle me donne la nausée.

« Qu'en pense Julian ?

— Que c'est à Patrick de décider. Ils sont en train d'en discuter.

— Et toi, Lucy, qu'est-ce que tu en penses ? »

Elle réfléchit, les sourcils froncés.

« Je pense que si vous décidez tous deux de vous conduire comme il se doit entre membres d'une même équipe, et que si toi, Brian, tu ne t'excites pas sur le buzzer, on pourrait te garder.

— Merci. Tu pourrais aller dire ça à Patrick pour moi ? S'il te plaît… »

Elle soupire, regarde sa montre, regarde la porte et dit : « Bon, je vais voir ce que je peux faire. » Elle sort en nous laissant seuls, Rebecca et moi, toujours assis au bord de deux bureaux qui se font face, balançant tous deux les jambes en essayant d'ignorer ce qu'on nomme, je crois, en langage baba cool, des « ondes négatives » entre nous. Quand le silence devient embarrassant, elle désigne la porte du menton.

« Elle est chouette.

— Qui ?

— Lucy.

— Oui. Très.

— Pourquoi tu ne sors pas avec elle ?

— Parce que je n'en ai pas envie.

— Mais puisque tu la trouves sympa...

— Et alors ? Beaucoup de gens le sont.

— Pas assez belle pour toi, c'est ça ?

— Je n'ai pas dit ça, que je sache.

— Pas assez sexy alors ?

— Rebec...

— Laisse-moi te dire que tu n'es pas non plus un prix de beauté, mec.

— Non. Je sais...

— Assis là, dans ton maillot de corps taché de sang, puant et cradingue de surcroît, ça se sent d'ici.

— Merci pour les compliments, Rebecca.

— Alors, pourquoi tu ne sors pas avec elle ?

— Sans doute parce que je ne lui plais pas.

— Comment le sais-tu si tu ne lui as pas demandé ? Si tu savais comment elle te regardait quand tu étais dans le coma...

— N'importe quoi...

— ... en effleurant ton front de la main pour repousser les cheveux qui te tombaient dans les yeux. Touchant.

— N'importe quoi.

— En introduisant amoureusement des mèches de papier cul dans tes narines pour étancher le sang. Très érotique, comme geste.

— Rebecca !

— C'est vrai ! Si je n'avais pas été là, elle t'aurait probablement ôté aussi ton froc. Et toi… qui ne comprends rien à rien…

— N'importe quoi !

— Pourquoi tu rougis alors ?

— Je ne rougis pas.

— Pourquoi tu ne lui demandes pas ?

— Demander quoi ?

— De sortir avec toi.

— Parce que je n'ai pas… je ne suis pas amoureux d'elle.

— Pas plus d'elle que de moi ?

— *Quoi ?*

— Oui, tu as bien entendu.

— Rebecca, on ne pourrait pas parler de ça plus tard ?

— Pourquoi pas maintenant ?

— Parce que j'ai autre chose en tête. D'accord ?

— D'accord. Tu as raison. » Elle glisse de son perchoir et tire sur sa longue robe avec une maladresse dénotant un manque de pratique, traverse le bureau et vient s'asseoir près de moi.

« C'est un dessous de fourreau vintage que tu portes ?

— Pourquoi pas une crinoline ? C'est une *robe*, ballot. Comment va ta tête ?

— Elle me fait un peu mal. »

Elle sort de la poche de sa veste une flasque de whisky d'un quart de litre.

« L'antidote du poison. Tu en veux ?

— Vaut mieux pas.

— C'est le remède souverain contre la gueule de bois.

— Pas celle qu'on doit au gin.

— Och ! Tu devrais savoir que le gin est une saloperie qui *déprime.*

— Je crois que c'est pour ça que j'en ai bu.

— Hum, je vois. Apitoiement sur soi-même et autodestruction : le doublé gagnant. Pas étonnant que les femmes te trouvent irrésistible. Le Travis Bickle de *Taxi Driver.* » Elle boit une lampée d'alcool et me passe le flacon.

« Crois-moi, le scotch est le remède universel.

— J'ai peur qu'on ne le sente dans mon haleine. » Elle sort de son autre poche une boîte de pastilles de menthe extra-forte.

« Bon, passe-le-moi, dis-je. » Je bois une très grande goulée puis prends une pastille, laissant les goûts se mélanger. On se regarde en souriant, jambes ballantes comme des écoliers perchés sur un muret.

« Tu sais qu'Alice voit quelqu'un d'autre ? dis-je.

— Oui.

— C'est Neil, le type qui a joué Richard III. Pour coller à son rôle, il boitillait dans le bar avec des…

— Le con aux béquilles ?

— Lui-même. Je suppose que tu étais au courant pour Alice et lui.

— Je l'ai vu deux fois se glisser hors de sa chambre. Je m'interrogeais…

— Tu bosses toujours la question ? »

Elle me regarde sans comprendre.

« Tu *bosses*, comme Richard III. Bon, laisse tomber, dis-je… Pourquoi tu ne m'as rien dit ?

— Ta vie amoureuse est ton problème exclusif, pas vrai ?

— Vrai. » Je dois confesser que, même après tout ce qui m'est arrivé – la trahison d'Alice, le coup de boule catastrophe et tout le reste, je songe à embrasser Rebecca, remiser ma pastille de menthe dans un recoin de ma bouche et l'embrasser là, tout de suite, curieux des conséquences.

Mais le moment passe. Je m'abstiens et regarde ma montre.

« Ils prennent leur temps, dis-je.

— Qui ?

— Le jury.

— Tu veux que j'aille voir ?

— Ce serait sympa de ta part. (Elle saute par terre et s'apprête à sortir.) Dis-leur un mot aimable en ma faveur, veux-tu ?

— Ouais, en admettant que j'en trouve un. » Elle ajuste de nouveau sa robe et sort en me laissant seul.

Je suis toujours un peu nerveux quand je suis livré à moi-même sans rien à lire, tout spécialement en tricot de peau ensanglanté. Mais ce bureau est bourré d'ouvrages de référence. Je prends l'*Oxford Dictionary of Quotations*, le dictionnaire des citations qu'on m'avait glissé sous la tête en guise d'oreiller et c'est à ce moment-là que je *la* vois.

Posée sur le bureau.

L'écritoire bleue à pince.

Sur l'écritoire, il y a quelques feuilles A4 photocopiées, avec le nom de Julian, le chargé de recherches, en en-tête. Je me dis que ce sont ses notes relatives à la logistique de l'émission. Il les avait à la main quand ils m'ont monté et a dû les oublier ici. Les noms des membres des équipes respectives, l'attribution des places, et autres aspects pratiques. Mais sur le dessus est attachée une épaisse enveloppe en papier kraft qui semble contenir deux paquets de cartes à jouer.

Je m'assieds devant le bureau.

L'enveloppe n'est pas fermée. Ou à peine. Je n'ai qu'à glisser le pouce d'un seul côté, sous deux petits centimètres de colle.

Je la jette sur le bureau comme si elle me brûlait les doigts.

Puis je la pousse loin de moi du bout de l'index.

Puis je la tâte, comme on le fait pour savoir si un petit animal est mort.

Puis je l'attrape par un coin et la ramène vers moi.

Puis je la prends à deux mains, la pose sur mes genoux et la regarde.

Puis je la remets sur la table, la fais glisser assez loin pour qu'elle soit hors de portée.

Puis je me dis : « Et merde ! »

Je me penche pour la récupérer et je l'ouvre.

41

QUESTION : Quel genre littéraire ont en commun James Hogg, Saint-Augustin, Jean-Jacques Rousseau et Thomas De Quincey ?
RÉPONSE : Ils ont tous écrit des « Confessions ».

QUAND J'AI PASSÉ LE BAC, juste avant l'épreuve de chimie – un questionnaire à choix multiples –, j'ai eu une grippe intestinale. Ma propre dénomination emphatique pour cette infection bénigne sans fièvre ou presque, qui a déclenché chez les examinateurs la peur de la contagion. On m'a donc autorisé à passer l'épreuve seul, sans surveillance, dans un petit bureau situé à côté de la salle des professeurs. Voilà le genre d'écolier que j'étais : absolument digne de confiance.

J'ai triché.

Pas massivement. J'ai vérifié que personne ne venait, j'ai sorti mon manuel d'exercices de révision et j'ai jeté un rapide coup d'œil au tableau périodique des éléments pour vérifier la valence et la formule chimique du potassium, ou du magnésium, ou je ne sais plus quoi. Je l'ai remis en hâte dans mon cartable et ne l'ai plus ressorti.

Soit dit en passant, après Noël, quand j'ai joué au Scrabble à la bougie avec Alice, dans le Suffolk, j'ai tiré un *e* et un *s* et les ai subrepticement échangés contre un *z* et un *x*, ce qui m'a permis de tripler deux fois en me plaçant sur le rouge (« perplexe » et « excitez »).

En matière de tricherie, c'est mon seul palmarès. Je ne suis pas fier de moi, et ces deux occasions m'ont laissé un arrière-goût de honte. J'ai usé de ce que Sartre, je crois, appelle « la mauvaise foi ». Mais le pire, c'est le sentiment lancinant que tricher était inutile. De toute façon, j'aurais eu le bac et gagné la partie de Scrabble. Ma malhonnêteté a seulement terni ma victoire. Comme le diraient maman et Sartre, le tricheur se ment à lui-même sur ce qu'il est vraiment.

Mais aujourd'hui, il n'est pas question de passer le bac ou de jouer au Scrabble. C'est le *Challenge*, et j'ai huit excellentes raisons pour tricher ; 1) On passe à la télé et tous les gens que je connais vont me voir : Spence, Tone, Janet Parks, mes anciens profs, le professeur Morrison et ce salaud de Neil MacIntyre ; 2) L'émission est publique : il y aura ma mère, Des, mon futur beau-père, Rebecca, Chris le hippy, et cette salope féline d'Erin ; 3) Il y a mon équipe, Patrick, et surtout Lucy, que j'ai laissé tomber, et qui mérite tellement de gagner ; 4) Il y a Alice, dont je suis probablement encore amoureux, qui me prend pour un emmerdeur, un ivrogne, un boulet et un con ; 5) Si on m'interdit de reprendre ma place dans l'équipe, mon dilemme moral n'a pas lieu d'être ; 6) Cette situation ne m'est pas imputable : c'est la faute de Julian, qui a joué le rôle du tentateur ; 7) Tout le monde ferait pareil à ma place, *tout le monde* ; 8) Je ne suis qu'un être humain.

Voilà pourquoi je me décide à ouvrir l'enveloppe. Techniquement, c'est de la triche, mais je me fixe des limites : je ne lirai qu'une seule fiche. Une seule et unique fiche, je le jure. Mais il faut faire vite. Je cours à la porte, l'entrouvre pour voir si le couloir est vide, cours vers le bureau et sors les fiches de l'enveloppe.

Elles forment deux piles séparées entourées d'un élastique. L'une constitue les questions initiales à dix points, les principales, soumises au seul hasard ; l'autre les questions bonus, ou subsidiaires, qui en rapportent cinq chacune. Je coupe environ aux deux tiers la pile des questions préliminaires, place les deux piles coupées face contre la table pour pouvoir les remettre dans le bon ordre, ferme très fort les yeux et sors une fiche, que je tiens à quatre-vingt-dix centimètres de mes paupières fermées.

J'ouvre les yeux et lis :

> QUESTION : Sous quel nom le personnage de Dickens, Philip Pirrip, est-il mieux connu ?

Je ressens une bouffée d'irritation car la question est trop facile. Je sais : c'est Pip, dans *Les Grandes Espérances*. Quel intérêt de lutter contre sa conscience quand on connaît la réponse ? Et bien que j'aie conclu le pacte strict avec moi-même et Dieu, ou quelque autre juge suprême, de ne regarder qu'une seule fiche, j'en prends une autre dans la pile et la lis.

> QUESTION : L'État de Californie est entouré de trois États américains et d'un État mexicain. Quels sont-ils ?

Oregon, Nevada, Arizona, Baja California. Parfait : juste assez difficile pour me donner de l'importance, pas assez pour me faire passer pour un monstre. Mais comment prononce-t-on le nom « basse » en mexicain ? Baja ? Baya California ? Aucune importance : cela n'invalidera pas ma réponse ; je répète tout haut, pour faire vrai : « Oregon, euh... Nevada... euh... Arizona, et Baja... (là, petit sourire pour faire excuser mon espagnol un peu rouillé)... ou est-ce Baya California ? »

Et si jamais Lucy connaissait la réponse ? Je parie qu'elle sait. Eh bien, tant pis. L'important, c'est que notre équipe gagne. Je préférerais même qu'elle sache, car j'aurais moins mauvaise conscience. Je replace en vitesse la fiche au bon endroit, tapote la liasse sur le bureau pour qu'elle soit impeccable, redonne deux tours d'élastique, remets les deux piles dans l'enveloppe que je lèche, mais pas trop, aux deux coins, comme je l'ai trouvée, fixe l'enveloppe sous la pince de l'écritoire et repose celle-ci exactement comme je l'ai trouvée, tout en me répétant à mi-voix la réponse que j'énoncerai de ce ton incertain qui confère un naturel total.

Je vais à la fenêtre et regarde les toits et les cheminées de Manchester en réfléchissant à ce qu'il me reste à faire. Tout d'abord présenter mes excuses à Patrick, sincères et humbles, mais pas serviles, en reconnaissant que nous nous sommes tous deux laissé emporter, ce qui me permettra de préserver mon orgueil et ma dignité. Puis conclure une paix temporaire avec Alice, lui signifier qu'elle m'a blessé, mais aussi qu'elle fait une terrible erreur en choisissant ce Neil plutôt que moi ; elle perdra au change, ce que je lui prouverai : avec elle à mon côté, je vais gagner le *Challenge* avec style, grâce et modestie. *Oregon, Nevada, Arizona et Baja California...*

On frappe à la porte et Patrick entre, l'air sombre, suivi d'Alice et de Lucy souriant sous cape.

« Patrick.

— Brian.
— Excuse-moi pour tout à l'heure.
— Excuses acceptées. » Il s'éclaircit la gorge et Lucy lui donne un petit coup de coude d'encouragement dans les côtes. « Bon, heu... j'ai parlé avec Lucy et Alice, et on a conclu qu'on s'est tous un peu emballés. Les lumières du studio, l'ambiance – tout cela nous est monté à la tête. En conséquence, on a décidé qu'on voudrait que tu restes notre équipier.
— Merci, Patrick, lui dis-je en m'inclinant légèrement.
— Merci, Brian. » Il fait de même.
Lucy, rieuse, m'adresse un clin d'œil et le V de la victoire, discrètement, au niveau de la hanche ; Alice me tend ma chemise propre, sèche, et soigneusement repassée, ainsi que la veste de mon père, en velours côtelé brun.
« Parfait, dis-je. Allons leur botter le cul. »

42

QUESTION : Dans *Howards End*, de E.M. Forster, quel est le sort funeste réservé à Leonard Bast ?
RÉPONSE : Une bibliothèque lui tombe dessus et son cœur lâche.

AVANT D'ALLER « BOTTER LE CUL » DE NOS ADVERSAIRES, on nous offre du thé et des biscuits. Je vais ensuite dans les toilettes pour hommes me laver les aisselles au savon liquide et me sens un peu mieux. Puis on se rend dans deux vestiaires séparés où on nous maquille légèrement. Quand on a une peau aussi esquintée que la mienne, ce pourrait être une expérience embarrassante, mais c'est une gentille fille nommée Janet qui s'occupe de moi, et elle se contente de limiter les dégâts. Un petit pois de fond de teint et un peu de poudre pour assécher, matifier les glandes sébacées qui s'épanouissent sous les spots. Pour trois d'entre nous, l'opération est rondement menée. On a repassé le sweat-shirt de Patrick, qui arbore les insignes de notre université, et une sévère carapace de laque casque à jamais sa toison en celluloïd ; Lucy a changé de chemisier pour en enfiler un frais, craquant, impeccable, boutonné jusqu'au cou ; elle a mis un soupçon de rouge à lèvres et noué ses cheveux avec une pince en forme de papillon. Debout dans le couloir, nous discutons plaisamment et je la trouve ravissante. Je réfléchis à la façon de le lui dire sans passer pour un sale macho quand Alice sort du studio de maquillage.

Elle porte un long fourreau noir à haut col, resserré en bas, qui l'entrave et laisse apercevoir des bas résille et des chaussures noires à lanières et talons aiguilles – du gâchis, puisqu'on ne voit jamais les jambes dans ce genre d'émissions. On dirait une vedette de cinéma, radieuse et luminescente au point de me filer de nouveau le bourdon.

« C'est un peu trop, non ? nous demande-t-elle.

— Pas du tout, Alice. Tu es magnifique », dit Lucy.

Julian vient nous chercher, la tristement célèbre écritoire à pince à la main, et, pensant avoir mal vu, il jette un second coup d'œil à Alice. « Parfait, mesdames et messieurs, suivez-moi si vous êtes prêts. » Nous le suivons dans le couloir qui mène au studio. Je marche derrière Alice entravée pour la regarder chalouper.

L'autre équipe est déjà là, en train de prendre ses marques, et, plantés dans les coulisses, nous entendons les applaudissements et les cris de leurs supporters. Puis Julian nous fait un signe de tête et, tels des gladiateurs, nous entrons dans l'arène. Je suis toujours sur les talons d'Alice tandis que nous traversons le studio pour rejoindre nos places ; j'entends le public retenir son souffle, les techniciens et cameramen chuchoter dans leurs micros, et un bourdonnement d'admiration monter de la salle, audible derrière les acclamations. Alice soulève un poil sa robe puis s'assied sur sa chaise en pivotant, comme le font les vedettes de cinéma pour monter en limousine, et là, c'est le déchaînement : quelqu'un, dans le public, siffle d'admiration entre ses doigts, ce que je condamne, en adepte de la théorie du genre. Je suis bien le seul car tout le monde rigole, y compris Alice, qui tient notre mascotte, Eddie le Teddy, comme un masque devant son visage. Comme dit ma mère : « Elle est belle et *elle le sait*… »

Une fois l'excitation retombée, elle et moi nous regardons en souriant.

« La paix, d'accord ? demande-t-elle.

— La paix », dis-je.

Nous scrutons le public afin de repérer nos proches. Les Harbinson sont là, et Rose fait à sa fille un discret mais fier salut de la main.

« Quel soulagement de les voir habillés », dis-je.

Alice me donne une petite tape sur le poignet. Maman est au deuxième rang, juste derrière Rebecca. Elle me fait un signe encore plus discret de l'auriculaire, puis brandit deux pouces. Je lui fais un signe tout aussi discret.

« C'est ta mère ? me demande Alice.

— Oui.

— Elle a l'air sympa. J'aimerais bien la rencontrer.

— Ça se fera peut-être. Un jour.

— Qui est le type avec la moustache à la Tom Selleck ?

— L'oncle Des. Pas un vrai oncle, en fait. Il va épouser ma mère.

— Elle se remarie ?

— Oui.

— Quelle nouvelle formidable ! Tu ne me l'avais pas dit.

— J'allais le faire hier soir, quand…

— Oui, oui, je sais. Écoute, Brian, cette histoire avec Neil ne me mènera nulle part. C'était juste une aventure. Ça ne veut pas dire que toi et moi… »

Elle ne finit pas sa phrase car Bamber fait son entrée. La foule l'applaudit et l'acclame. Alice me prend la main, la serre fort, et mon cœur cogne dans ma poitrine.

Il est temps d'en finir une fois pour toutes avec tout cela, de tourner la page.

Naturellement, dix-huit minutes plus tard, nous avons perdu.

Ou pratiquement : Nous avons 45 points, ils en ont 90, mais Partridge à la peau de pêche, avec ses joues duveteuses et sa calvitie précoce, est à l'évidence un monstre, un mutant produit par quelque tripatouillage génétique dans quelque labo de savant fou : il sait *tout sur tout. Le Pape Pie XIII, la faille de San Andreas, Hérodote, 2n–1(2n–1) où n et 2n–1 sont des nombres premiers, le nitrate de potassium, le chromate de potassium, le sulfate de potassium…* Et ce type est censé étudier l'histoire moderne, et il a l'air d'un gamin en barboteuse. Ce n'est même pas exact de définir son savoir illimité comme de la « culture générale » : ce qu'il possède, c'est un concentré de savoir. Je suis sûr que derrière la tête de Partridge, il y a un petit bouton caché qui, si on le presse, fait coulisser les deux côtés de son visage pour laisser apparaître des banques de diodes électroluminescentes et des puces électroniques. Pendant ce temps, leur capitaine, Norton, de Canterbury, l'« humaniste », n'a strictement rien à faire. Il transmet la réponse à Bamber de sa belle voix bien modulée, puis se renfonce dans son siège en étendant les jambes, joue avec sa magnifique et brillante chevelure et jette à Alice des œillades signifiant « À plus tard, ma jolie ».

Patrick commence à paniquer. Le col de son sweatshirt bordeaux est ourlé de sueur et, tel un malade mental qui se serait introduit au Pentagone, il ne se laisse pas ôter le bouton de la main. Il accumule les fautes, des fautes énormes, et appuie sur le buzzer comme un maniaque.

Bip.

« George Stephenson ? dit Patrick.

— Non. Désolé. Cinq points en moins.

— Brunel ? dit Partridge.

— Exact. Dix points pour vous. »

Bip.

« *Les Droits de l'homme*, de Thomas Paine, implore Patrick.

— Non. Désolé. Cinq points en moins.

— *L'Âge de raison*, de Thomas Paine, dit Partridge.

— Exact. Dix points de plus. »

Et ainsi de suite. Alice et moi sommes plus qu'inutiles. Elle répond à une seule question, en se trompant – Dame Margot Fonteyn au lieu de Dame Alicia Markova ; quant à moi, j'ouvre à peine la bouche, opinant éperdument du chef à tout ce que dit Lucy lors des consultations. En réalité, si ce n'était pour le brillant docteur Lucy Chang, nous en serions à moins quelque chose maintenant, mais chaque fois que Patrick donne une mauvaise réponse, notre puits de science en donne une bonne, avec calme et sobriété. « L'étude des abeilles ? — Exact. » « Je pense donc je suis ? — Exact. » « *Zadok le Prêtre*, de Haendel. — Exact. » Vient un moment où, ignorant Alice, je me penche en avant pour la regarder, tandis que Lucy coince une mèche noire soyeuse derrière une oreille et fixe modestement le sol tandis qu'on l'applaudit ; je pense à la conversation avec Rebecca : peut-être aurais-je dû en effet demander à cette bombe intello de sortir avec moi. Pourquoi ne pas y avoir pensé ? La solution, c'est probablement ça. Si la situation ne s'arrange pas entre Alice et moi, alors…

Mais je délire. Revenons à la réalité. Nous avons 65 points et nos adversaires 100. Le monstre Partridge répond à trois questions successives et infernales sur la théorie d'Évariste Galois, ou autres « conditions de solution des équations par radicaux ». Figé sur ma chaise, muet, je regarde le dos de notre mascotte et nous perdons, perdons, perdons. Je comprends que même avec l'Oregon, le Névada, l'Arizona et la Baja California dans ma manche, nous ne pourrons plus gagner que si quelqu'un dans l'assistance – Rebecca par exemple – flingue Partridge avec un fusil à lunette.

Puis quelque chose d'extraordinaire arrive : une question dont je connais la réponse.

« "Porphyria Lover", dans lequel le protagoniste étrangle sa bien-aimée avec sa tresse de cheveux, est un poème narratif de quel poète victorien ? »

Personne n'appuie sur le buzzer sauf moi. Je le fais, puis j'essaie d'ouvrir ma bouche remplie de pâte à pain. J'arrive enfin à sortir les mots :

« Robert Browning.

— Exact. »

Des applaudissements éclatent – initiés par ma mère, je dois dire, mais des applaudissements quand même. Nous allons avoir droit aux questions bonus. Je ne comprends même pas le début de la première. Alice et moi, grognant tout haut, nous renversons contre le dossier de nos chaises. Mais ce n'est pas grave, car le docteur Chang est là, et ce que le docteur Chang ignorerait de la botanique ne mériterait pas d'être su.

« … qui font partie de la structure de la cellule végétale ?

— Le parenchyme, le collenchyme et le sclérenchyme.

— Exact. »

Le public applaudit encore car nous remontons : nous sommes maintenant à 90 contre 115. Je me réveille, car je sais que je… non, pas « je », mais nous, l'équipe, après tout, que nous pouvons gagner.

« Autre question à dix points. Le personnage dickensien de Philip Pirrip est… ? »

Je le sais.

Bip.

« Pip, dans *Les Grandes Espérances*, dis-je d'une voix assurée.

— Très bien anticipé », dit Bamber. Le public applaudit et quelqu'un va jusqu'à siffler entre ses doigts : Rebecca, il me semble, qui, au premier rang, arbore un large sourire. Ce doit être comme ça quand on marque un but. Je me force à ne pas sourire en retour. Je dois rester concentré, garder l'air sérieux car, je le sais, la question géographique va finir par sortir. Du calme, du calme : les questions bonus tout d'abord : un potentiel de quinze points, plus la question initiale à dix points à laquelle je viens de répondre, ça nous fera 115. Nous serons à égalité avec nos adversaires. Oui, mais sur quoi vont porter les trois questions subsidiaires ?

« Vos questions bonus porteront toutes trois sur les premiers ou les derniers vers d'une pièce de Shakespeare. »

Hourrah ! Je reste impassible mais Shakespeare est mon point fort. Nos adversaires se raclent la gorge de déception et s'affaissent dans leurs sièges. Norton, consterné, rejette ses cheveux en arrière pour la forme ; avec son grec et son latin, il n'est pas un spécialiste du théâtre élisabéthain. Ils pourraient gagner si la question initiale et les trois subsidiaires ne portaient pas sur la littérature anglaise du XVIe siècle. Pas de chance, mecs, les points sont maintenant pour nous. Alice le sent, car elle me fait un clin d'œil accompagné d'un signe de tête et d'un sourire, comme pour dire : « Allez, Bamber, vas-y : on t'attend de pied ferme ! Brian et moi sommes des âmes sœurs ; lui et moi serons à la hauteur du défi que tu vas nous lancer. »

« Première question bonus : Quelle pièce commence par : "*Hence ! home you idle creatures, get you home/ Is this a holiday*[1] ?" »

Je le sais.

« *Jules César*, dis-je à voix basse à Patrick.

— Tu es sûr ?

— Certain. Je l'ai eu au bac.

— *Jules César*, dit Patrick sans hésiter.

— Exact », dit Bamber. Quelques applaudissements éclatent, peu nourris car la deuxième question arrive.

« Quelle pièce finit par les mots : "*Myself will straight aboard and to the state / This heavy act with heavy heart relate*[2]." »

Je le sais. *Othello*.

« C'est *Hamlet*, non ? chuchote Alice à Patrick.

— Non, je pense que c'est *Othello*, dis-je, courtois mais ferme.

— Lucy ? demande Patrick.

— Pas la moindre idée.

— Je suis sûre à quatre-vingt-dix-neuf pour cent que c'est *Hamle*t, répète Alice.

— Brian ?

1. « Dehors ! Rentrez, fainéants, rentrez chez vous / Est-ce fête aujourd'hui ? »

2. « Je m'embarque sur-le-champ, d'un cœur lourd / Pour rapporter au doge cet acte tragique. »

— Je crois que *Hamlet* finit avec des cadavres exposés à la vue de tous et des tirs d'artillerie pour rendre les honneurs au roi. L'"acte tragique" dont il s'agit est la mort de Desdémone et Othello. Mais si tu veux répondre *Hamlet*, Patrick, libre à toi. »

Patrick nous regarde à tour de rôle, Alice et moi, puis prend sa décision. Il lève son micro et dit : « *Othello*.

— Bonne réponse ! » L'assistance trépigne. Patrick se penche et me tapote l'avant-bras avec une gratitude virile. Lucy me fait un clin d'œil et Alice me regarde comme elle ne m'a jamais regardé auparavant : avec une admiration pleine d'humilité et d'affection. Sous le bureau, elle me frotte la cuisse puis me prend la main et la presse, caressant du pouce ma paume moite et insérant un escarpin à lanières entre mes deux grands panards agités pour me caresser la cheville, et on se regarde une seconde qui semble durer une heure, tandis que les applaudissements crépitent et que je ne peux m'empêcher de sourire. Mais Bamber poursuit :

« Votre dernière question bonus. Quelle pièce finit par ces vers chantés : *"But that's all one, our play is done / And we'll strive to please you everyday*[1]*" ?* »

Je le sais.

Toujours main dans la main sous la table, Alice et moi chuchotons à l'unisson : *La Nuit des rois*.

« *La Nuit des rois* ? dit Patrick.

— Exact », dit Bamber. La foule applaudit encore. La main d'Alice encore dans la mienne, je regarde Rebecca. Assise toute droite dans son fauteuil, elle siffle entre ses doigts et applaudit, les deux bras levés

1. « Maintenant la pièce est finie / Et chaque jour nous tenterons de vous plaire. »

au-dessus de sa tête. Maman brandit les deux pouces et Des applaudit à tout rompre, penché vers maman et lui disant, du moins je le présume : « Comment ton fils sait-il tout ça ? Tu dois être fière de lui. » Je crois aussi entendre Alice me dire : « Tu es absolument stupéfiant. »

Bamber reprend la parole.

« Bravo. Vous voici donc à égalité avec l'autre camp. Il nous reste quatre minutes de jeu, ce qui est largement suffisant pour l'ultime question initiale à dix points. Attention, tenez-vous prêts, le doigt sur le buzzer : L'État de… »

Je le sais.

Tenant la main d'Alice de la main gauche, j'appuie sur le bouton de la main droite et énonce sans la moindre hésitation :

« L'Oregon, le Nevada, l'Arizona et la *Baja* – comment dit-on ? *Baya* ? – *California*. »

Puis je me renfonce dans mon siège, attendant les applaudissements.

Qui ne viennent pas.

Rien. Seulement un terrible silence.

Je.

Je ne.

Je ne comprends pas.

En quête d'explication, je me tourne vers Alice. Elle me regarde droit dans les yeux, avec un étrange demi-sourire perplexe que je prends tout d'abord pour du respect mêlé d'admiration pour mon brio, mais qui se transforme peu à peu en une sorte de moue dégoûtée. Lucy et Patrick ont la même expression de mépris horrifié. Je regarde le public et ne vois que des sourcils froncés et des rangées de trous noirs – des bouches béantes de stupéfaction, sauf Rebecca, penchée en avant sur sa chaise, la tête dans les mains. Un grondement monte soudain du public et quelqu'un éclate de rire, un rire retentissant et hystérique. Un spasme de douleur et de regret, aigu au point de me propulser en arrière dans l'espace, me traverse la poitrine, et je comprends ce que j'ai fait.

J'ai donné une bonne réponse à une question qui n'a pas été posée.

Bamber Gascoigne est le premier à s'exprimer :

« Eh bien, extraordinaire mais vrai, la réponse est exacte. Donc… » Écouteur à l'oreille, il consulte la salle de contrôle avant d'ajouter : « … donc je pense qu'on va arrêter l'enregistrement quelques minutes. »

Sous le bureau, Alice lâche ma main.

ÉPILOGUE

« Un savoir médiocre est une chose dangereuse : il faut boire à pleine coupe à la fontaine [des Muses], ou n'y point boire du tout. De petits coups brouillent le cerveau, et la raison ne revient qu'en buvant à grands traits. »

Alexander POPE, *Essai sur la critique*.

« Je sais qu'une bonne chose va se produire
Et je ne sais pas quand,
Mais rien que d'en parler peut suffire. »

Kate BUSH, « Cloudbusting [1] »,
The Hounds of Love.

1. « Briser les nuages » : allusion à l'appareil créé par l'esprit inventif de Wilhelm Reich. Une des chansons du 5e album de Kate Bush, *Les Chiens de meute de l'amour*, 1985.

43

DERNIÈRE QUESTION : large de 257 kilomètres sur son axe est-ouest, ce qui en fait la plus grande des îles grecques, avec Héraklion comme capitale, quelle île méditerranéenne fut le berceau de la première vraie civilisation européenne, celle de Minos ?

RÉPONSE : La Crète.

12 août 1986

Howdy[1] *! Hello, belle étrangère !*

Comment vas-tu ? Je parie que tu seras surprise après tout ce temps. Oui, le cachet de la poste est véridique. Je suis ailleurs qu'en Angleterre pour la première fois de ma vie. Quelque part où il fait chaud. Je suis même bronzé, enfin, je le serai quand j'aurai fini de peler. Comme il fallait s'y attendre, je me suis exposé trop longtemps trop tôt ; j'avais tellement mal (même aux fesses) que j'ai été obligé de manger debout. Mon acné s'est drôlement arrangée dans le processus, mais tu n'es pas obligée de le savoir ! J'ai aussi appris la plongée, un sport qui déclenche chez moi des crises de panique. Ce qu'on mange ici me

1. Raccourci local pour « *How do you do* ».

convient parfaitement : rien que de la viande brûlée et absolument aucun légume. Aujourd'hui, j'ai goûté pour la première fois la feta. Ç'a un peu le goût de carton d'emballage en salé. Tu te souviens du dîner chez Luigi, quand tu portais cette robe de bal ?

Bon, changeons de sujet. J'ai reçu ta carte juste avant notre départ ; une agréable surprise et un vrai soulagement. Après notre petite... comment dire... aventure, j'avais peur que tu ne m'en veuilles à jamais. Tu vois toujours Patrick ? Il s'est rasséréné, ou mon nom est-il encore couvert d'opprobre ? Voici ce que je te suggère : Prononce-le en lui transmettant mon meilleur souvenir, éloigne-toi de trois pas et vois s'il change de couleur.

C'est une grande nouvelle d'apprendre que tu joues Helen Keller le trimestre prochain. Un vrai défi pour une actrice que d'incarner un écrivain aveugle, sourde et muette. L'avantage, c'est que tu n'auras pas de texte à apprendre. Tu sais ce que disait Noel Coward ? Que jouer c'est, pour l'essentiel, ne pas se cogner aux meubles. Ha, ha ! Excuse-moi, ce n'est pas drôle ! Sérieusement, je te félicite de tout mon cœur : tu seras une grande Helen. Je viendrai peut-être te voir jouer, surtout que j'ai raté ta Norvégienne, comme disait le cuistot repentant. Un jeu de mots pâtissier ! Ha, ha ! Tu piges ? Ce serait merveilleux de te revoir après tout ce temps. J'ai tellement de choses à te dire...

Je dois m'interrompre car je l'entends monter l'escalier. Elle revient de nager – ce qu'elle aime particulièrement faire quand le soleil est moins chaud. Je fourre la lettre dans mon livre, me jette sur le lit et fais semblant de lire *Cent ans de solitude*.

En fin de compte, c'est pour Julian, le jeune et sympathique chercheur, que j'ai eu le plus de remords. Car pour que mon histoire soit crédible, j'ai dû le mouiller un peu.

Voici comment je m'en suis tiré : j'étais étendu sur les deux bureaux et j'ai accidentellement fait tomber son écritoire à pince, celle qu'il avait oubliée derrière lui quand on m'a monté dans la pièce ; l'enveloppe s'est ouverte et les fiches se sont éparpillées ; aussitôt conscient de ce qu'elles représentaient, j'ai tout remis en vitesse dans l'enveloppe, mais, sans m'en rendre compte, j'ai dû en lire une avant de la ranger – de manière subliminale, bien entendu.

Bamber et lui ont été très sympas, compte tenu du fait qu'ils ont dû arrêter l'enregistrement et renvoyer tout le monde à la maison. Je veux dire qu'ils ne se sont pas conduits comme la Gestapo en me braquant le faisceau d'une lampe dans les yeux ou en me tabassant. Je suppose que c'est parce que, techniquement, je n'avais rien fait de mal : rien, en tout cas, qui aurait pu me valoir des poursuites judiciaires.

Bien entendu, ils ont dû disqualifier l'ensemble de l'équipe, bien que j'aie déclaré avec insistance être seul en cause – le seul fautif –, ils ne pouvaient pas prendre le risque de ne pas le faire. Et voilà, fin de partie : tout le monde privé de *Challenge*.

Je dois admettre que l'affaire était assez embarrassante, au point que je ne me sentais pas de rentrer en voiture avec les autres, qui auraient d'ailleurs fort bien pu refuser de me prendre. Quant au minibus des supporters, on m'y aurait mené la vie dure. Je suis donc rentré à Southend avec maman, dans le pick-up de Des, coincé entre eux deux sur le siège du conducteur. Vous savez, la séquence du journal télévisé, où l'on voit des criminels sortir d'un commissariat de police cachés sous une couverture ? Eh bien, c'était un peu ça pour moi. En quittant le parking, je pouvais voir les autres autour de la 2CV jaune d'Alice, Patrick shooter avec furie dans les pneus tandis que Lucy essayait de le calmer ; Alice, belle et triste, appuyée contre la voiture, toujours vêtue de sa magnifique robe, avec Eddie le Teddy à la main. J'ai croisé son regard lorsque nous sommes passés devant eux, et elle a sans doute dit : « Regardez, le voilà ! », ou quelque chose dans ce goût-là car tous se sont retournés. Dans ce genre de situation, il n'y a pas quarante mille attitudes à adopter : je me suis contenté, enfermé dans l'habitacle, d'articuler en silence le mot « désolé ».

Je ne suis même pas sûr qu'ils l'aient lu sur mes lèvres.

Patrick s'est mis à crier quelque chose que je n'ai pas entendu, et il cherchait autour de lui quelque caillou pour me lapider. Alice se contentait de secouer lentement la tête en signe de désapprobation. Seule Lucy m'a fait un signe de la main, ce que j'ai trouvé incroyablement généreux de sa part.

Quand elle est profondément endormie – sa petite sieste de fin d'après-midi –, je vais sur la terrasse qui domine la mer et je reprends ma lettre.

Excuse-moi. J'ai été interrompu. Où en étais-je ? Ah, oui : je pourrais venir te voir jouer Helen Keller, sauf que l'Écosse, c'est drôlement loin. Je vais m'installer à Dundee en octobre prochain, tu vois. L'université m'a accepté en Littérature tout court (en Écosse, ils se gardent bien de parler de « Littérature anglaise » : ils sont susceptibles). J'ai de la chance qu'on m'ait offert un nouveau départ et tout ; l'avenir s'annonce sous des auspices favorables, et je compte bien cette fois me concentrer sur mes études…

J'ai raconté à maman la même histoire qu'aux responsables de l'émission. Je crois qu'elle m'a cru, bien qu'elle n'ait pas dit grand-chose sur le moment. Mais le lendemain matin, quand nous sommes arrivés à Southend aux petites heures du jour, tandis que je m'engageais dans l'escalier montant à ma chambre, elle m'a dit que cet incident n'avait pas d'importance et qu'elle était tout de même fière de moi. Vrai ou non, cela m'a fait plaisir.

L'après-midi, j'ai appelé le département d'anglais pour dire que j'étais malade et ne reviendrais qu'une semaine plus tard. L'information avait dû circuler car le professeur Morrison ne m'a même pas demandé de quoi je souffrais. Il m'a juste dit qu'il comprenait, que c'était une bonne idée de m'absenter, et de prendre le temps que je voulais. J'ai donc passé la plus grande partie de la semaine au lit, à dormir, à lire, sans boire une goutte d'alcool, à essayer d'y voir plus clair.

Mais, s'agissant de certains événements, on n'y voit *jamais* plus clair. Deux semaines plus tard, je n'avais toujours pas quitté ma chambre. J'ai donc décidé qu'il valait mieux que je ne retourne pas à la fac. Un après-midi, Des m'a emmené dans son pick-up pour que j'aille chercher mes affaires en l'absence de Josh et Marcus, et on a fait l'aller-retour dans la journée. En rentrant, je me suis remis au lit et y suis resté suffisamment longtemps pour que maman m'envoie voir un médecin. Après, j'allais un peu mieux.

J'ai passé les six mois suivants à Ashworth Factory, l'usine de grille-pain qui m'a rendu mon job. Je crois qu'ils étaient contents de me récupérer. Maman et Des ont dû retarder du même nombre de mois l'ouverture grandiose de leur B&B, mais ils ont été extrêmement compréhensifs à cet égard. Des est un type plus que correct, je dirais. Spencer était sur pied en avril ; il a été condamné avec sursis, mais a dû payer une grosse amende. Je me suis débrouillé pour lui trouver un boulot chez Ashworth avec moi. Ce temps passé avec lui a été une bonne chose. Je ne lui ai pas dit toute la vérité sur ce qui m'était arrivé, et il n'a pas cherché à la connaître, ce qui était encore mieux. J'ai un peu vu Tone, mais pas des masses, car il semblait être constamment occupé à des « manœuvres secrètes » avec l'armée, à Salisbury Plain.

Quoi d'autre ? J'ai beaucoup lu. J'ai écrit un peu de poésie, nulle, le plus souvent, quelques nouvelles et une pièce radiophonique : un monologue intérieur basé sur *Robinson Crusoé*, mais modernisé (quoique parler de Robinson Crusoé comme d'une pièce « en costume », c'est ridicule !), et du point de vue de Vendredi. J'ai écouté sans cesse *The Hounds of Love*, décidant que c'était très certainement le meilleur album de Kate.

Puis en juin, totalement à l'improviste, j'ai reçu un coup de fil.

Bon, je dois finir cette lettre maintenant. Je sens une forte odeur de viande brûlée, ce qui veut dire que le dîner est presque prêt !!!

Rétrospectivement, c'est une drôle d'époque que nous avons vécue, n'est-ce pas, Alice ? La métaphore (ou devrais-je plus sobrement écrire « la comparaison » ?) qui me vient à l'esprit, c'est moi, enfant, avec mon père me rapportant une maquette d'avion Airfix à monter soi-même. Je m'asseyais à la table de la cuisine, ouvrais la boîte, m'assurais que je disposais des bons outils, de la colle et de la peinture adéquates (mate et brillante), et d'un cutter vraiment très, très tranchant, puis je me promettais de suivre les instructions à la lettre, de prendre tout mon temps, sans brûler les étapes, sans rien précipiter, d'opérer avec soin, de me concentrer à mort pour obtenir une perfection de modèle réduit, son idéal platonicien en somme. Mais à un moment donné, quelque chose tournait mal – je perdais une pièce tombée sous la table, ou je faisais baver la peinture, ou je collais accidentellement une hélice à l'arbre de transmission, ou je maculais de couleur le cockpit transparent, ou les décalcomanies se déchiraient quand je tentais de les faire glisser où il fallait. Résultat : quand je montrais mon œuvre à papa, le produit fini avait quelque chose de… moins satisfaisant que je ne l'espérais.

Tu sais, Alice, j'ai essayé d'utiliser cette métaphore – en l'étoffant bien sûr – dans un projet de poème, mais je ne suis pas encore arrivé à l'exploiter.

En tout cas, tous mes vœux pour cette nouvelle année universitaire. Je t'enverrai un mot dès que je serai installé, et peut-être pourrons-nous…

« À qui écris-tu ? me demande-t-elle, aveuglée par les rayons du couchant.

— Oh, à ma mère. Bon bain ?

— Tonique. Sauf que quelque chose m'est rentré dans les cheveux.

— Tu veux que je regarde ?

— Oui, s'il te plaît. »

Sans remettre son soutien-gorge, elle s'assied par terre entre mes jambes.

« Tu pourrais peut-être t'habiller un peu ? dis-je.

— Tu voudrais peut-être une paire de claques ?

— Mais tout le monde peut te voir !

— Et alors ? Vraiment, Jackson, je te jure, j'ai l'impression d'être partie en vacances avec la foutue Mary Poppins.

— Tu sais, tu es vraiment grossière…

— D'accord. Ferme ta gueule et regarde ce que j'ai dans les cheveux.

— On dirait du pétrole ou du goudron.

— Ça part ?

— Non.

— Tu crois que ce serait plus facile sous la douche ?

— Peut-être.

— Bon, tu viens ?

— Ouais, d'accord. »

Et voilà. Nous en sommes au début, naturellement. L'idée, quand on s'était parlé au téléphone, c'était de partir ensemble en faisant chambre à part. Ou tout au moins, de partager une chambre à deux lits, un plan qui s'est révélé ruineux et a capoté dès la troisième nuit, après une longue et franche conversation accompagnée d'une bouteille entière de brandy Metaxa.

Mais comme je l'ai déjà dit, nous y voilà. Pas exactement là où je m'attendais à être, ni même avec qui je le voulais, mais qui fait ce qu'il veut ? Et, pour être honnête, je ne m'attendais pas non plus qu'*elle* soit ici avec moi. Elle continue à jurer comme un charretier, mais elle me fait rire. Cela n'a l'air de rien, mais il y a quelques mois, je n'aurais jamais rêvé de me gondoler de la sorte. Donc ça va.

Ça va même très bien.

Tous les jeunes se font du mouron. C'est normal, inévitable. Grandir, c'est ça. À seize ans, ma plus grande inquiétude dans la vie, c'était de ne plus rien réussir d'aussi brillant, d'aussi noble, d'aussi pur, d'aussi tangible que mon triomphe au certificat de fin d'études secondaires. Évidemment, c'est du passé. Du haut de ma dix-neuvième année, je veux croire que je suis beaucoup plus cool et beaucoup plus sage.

Remerciements

Je remercie les personnes suivantes pour leur contribution, leur soutien – et leurs blagues ; tout le personnel de chez Hodder pour son enthousiasme, et tout particulièrement Mari Evans pour son superbe *editing* ; Jonny Geller et tous les membres de Curtis Brown. J'ai une dette particulière envers Hannah MacDonald pour ses conseils précieux, ainsi qu'envers Roanna Ben pour son engouement immédiat pour mon livre. Merci aussi à Douglas Kean, Michael McCoy, Josh Varney, Nicola Doherty, Emma Longhurst, Nick Sayers, Judith Auld, Justin Salinger, Tamsin Pike, Christine Langan, Camilla Campbell, Nicholas Wilson-Jones, Olivia Trench, Susie Phillips, Crispian Balmer, Sophie Carter, Eve Claxton, Mattew Warchus – et Nell Denton pour avoir porté *cette* robe. Pour des raisons romanesques et de tournage cinématographique, certaines modifications ont été apportées aux règles de l'*University Challenge* – mille excuses aux puristes.

Je suis redevable à d'innombrables ouvrages de référence, mais en particulier à l'*Encyclopædia Britannica* et à l'*University Challenge : The First 40 Years*, de Peter Gwyn, dont nul foyer ne saurait se passer. Je tiens aussi à présenter mes remerciements les plus sincères à Bamber Gascoigne, Kate Bush, Jeremy Paxman et les champions 2002 de Sommerville College, Oxford (qui m'ont inspiré involontairement).

Et plus que tout, je voudrais remercier Hannah Weaver, qui est présente à chaque page, qu'elle le sache ou non.

La traductrice voudrait remercier son ami Charles Nemès pour son sérieux coup de main avec les blagues.

MIXTE
Papier issu de
sources responsables
FSC® C003309
FSC
www.fsc.org

10/18, une marque d'Univers Poche,
est un éditeur qui s'engage pour
la préservation de son environnement
et qui utilise du papier fabriqué à partir
de bois provenant de forêts gérées
de manière responsable.

Impression réalisée par

CPI
BRODARD & TAUPIN

La Flèche (Sarthe), 72037
Dépôt légal : mars 2013
X06002/01

Imprimé en France